文
景

Horizon

社科新知　文艺新潮

述而批评丛书　第二辑

当代小说诗论

谢尚发 著

上海人民出版社

上海文学批评的青年力量
——述而批评丛书第二辑序

新的时代发展引领文学创作的转换，青年作家、批评家如何面对时代变化中的价值和精神问题，如何以创作和批评的方式发出青年一代的铿锵之音，文学在深度参与现代化建设时，如何在文学创作和文学批评上引领潮流、创新方法、更新观念，更好地在中国式现代化中发挥文化的作用，这是批评面临的新责任。

习近平总书记高度重视文艺评论的社会功能，强调："要加强和改进文艺理论和评论工作，褒优贬劣，激浊扬清，更加有效地引导创作、推出精品、提高审美、引领风尚。"上海的文学批评一直有非常好的传统，涌现出一大批具有全国影响力的评论家，引领时代风气，积极参与并带动了中国当代文学的进程。斗转星移，薪火相传，述而后作，传承创新。新时代以来，上海出现一批年轻的文学评论新人。2018 年，上海作协积极推动"述而"批评丛书的出版，集中推出 11 名出色文学批评家的作品，引起社会关注。把青年新力量的队伍吸纳进来，文学批评新力量会迎来很大的转机。如今上海又一批年轻的文学批评新人脱颖而出，有的是作协成员，有的是高校教师，有的是媒体中坚。为进一步加强上海青年评论家的影响、培养上海青年评论家队伍，我们继续推动“述而”青年批评家丛书的出版，希望聚集目前上海最具影响力和潜能的年轻批评写作者，精选每一位作者最有代表性的文学批评文章，再推出一套能够全面反映当下上海青年文学评论整体风貌的精品文集，集中展示这一批评家群体的成就和风采，也展示上海文学批评的新发展与新收获。从中我们可以看到，上海青年批评者正在新的科技基座上思考人文，推动人文，书写当下，思考未来，努力做时代的同路人与风向标，对新兴的文学现象进行客观判断，展开有效批评，提出前瞻建议，发出与时代息息相关的声音。

批评随时代而变。当代文坛，创作繁荣，色彩斑斓。塑造当代文学格局的，不仅有风格各异的传统文学期刊，更有引领青年创作风尚的新锐杂志；不仅有传统文学及其出版机构，网络世界的文学平台则更加丰富多样，自媒体、文学社区、网络文学网站等，共同组合出当下文学版图的样貌。随着网络文学的繁荣和网剧等新的艺术题材的兴起，第二辑“述而”批评丛书跟第一辑一个很大的不同，是除了收入传统的文学批评文章，还有意收入了网络文学及泛文学（如电影、电视剧、网剧等）批评的相关作品，在重视传统文学批评的同时，引导读者关注和思考网络文学和泛文学的发展，为日新月异的艺术发展提供有益的参考。

文学的创造性转化和创新性发展需要广大文学工作者的共同努力，青年批评家勾连现在与未来，是最具有潜力的创造性力量。在现代性进程内部有效改造中国传统文论，走出书斋的象牙塔，迈向时代的十字路口，走出内循环的舒适区，在世界性的合唱中加入中国批评的声音，亟待我们直面与践行。“述而”批评丛书第二辑的出版是这份共同努力的一部分，希望能取得有益的社会效果。在新时代的引领下，上海文学具有更加开放创新、流动多元、跨界共融以及面向世界的品质，我们要用全球视野重新认识和深刻把握脚下的热土，进一步深入生活、扎根人民，用文学的方式书写上海改革开放波澜壮阔的生动实践。未来我们将进一步促进创作、打造精品，用系统的观念全面梳理和构建中国式现代化的文学话语和叙事体系，继续赋能文学、提升价值，向广大人民群众提供高品质的文学供给，为推进中国式现代化书写文学篇章、贡献青年力量。

上海市作家协会党组书记、专职副主席

马文运

序　打油诗里的文学批评

韦勒克和沃伦在《文学理论》一书中，首先挑明了文学和文学研究的区别，他们说："文学是创造性的，是一门艺术；而文学研究，如果称之为科学不太确切的话，也应该说是一门知识或学问。"[1] 在他们的论述脉络中，"文学研究"又可以被细化为文学理论、文学批评和文学史，其中文学批评是"研究具体的文学艺术作品"。这种观念一直影响着中国当代的批评实践，使得甄别优劣、鉴赏文本、透析作品、解读思想等成为文学批评固定的"功能"，甚至要求它"重建历史"和勘探"作家的创作意图"，结果就造成了文学批评对文学作品亦步亦趋，敲边鼓、站台子。斯坦纳曾毫不客气地说："当批评家回望，他看见的是太监的身影。如果能当作家，谁会做批评家？……如果能赋诗传唱，如果能从自己有限人生中取材并铸就不朽小说，创造永恒形象，谁会选择作文学批评？……批评家过的是

[1] ［美］勒内·韦勒克、奥斯汀·沃伦：《文学理论》，刘象愚等译，浙江人民出版社，2017 年版，第 3 页。此书从 1980 年代被翻译进来之后，一直是学界较为倚重的对象，对中国现当代文学研究产生着深刻的影响。相关言论可参阅程光炜：《韦勒克、沃伦的〈文学理论〉与中国现当代文学》，《文艺研究》，2009 年第 12 期。

二手生活。他要依靠他人写作。他要别人来提供诗歌、小说、戏剧。没有他人智慧的恩典，批评无法存在。尽管凭借风格之力，批评也可能成为文学，但往往情况不多，除非是作家为自己的作品作评论或为自己的诗学辩护……使语言保持生命力的，不是批评。这些都是简单的道理（在破晓时分，诚实的批评家会如此对自己说）。但是，我们有忘记这些道理之虞，因为当下尤其强调批评的力量和自立的威望。批评刊物上充斥着评论和诠释文章。……批评家凭能力成为人物，他的劝导和争议发挥了公共作用。批评家互相吹捧。聪明的年轻人不再视批评为挫败，不再视批评为与自己有限才华的灰沙逐渐忧郁地妥协；他们认为批评是声名显赫的志业。这不仅好笑，结果也有害。"[1] 次等地位、被阉割的文化行为、互相吹捧的事业等，尽管这些话语带着嘲讽、挖苦、讥笑，但他所提出的问题却丝毫没有降低文学批评的地位和价值，只是充满了期待和渴求。在此类言语中，"凭借风格之力，批评也可能成为文学"的判断，无意间流露出文学批评对文学创作的挣脱，让自己拥有独立品格，也实证着文学批评可以有着别样的追求。

何为文学批评，以及它和文学创作的具体差异与类同，显然是一个众说纷纭、自说自话的问题，一直未曾停歇。李健吾、艾略特、本雅明等都有论述，且颇有见地。我也曾在一篇名为《批评的自我批评》中直言道："真正的文学批评，还应该是诗人批评家所从事的那一类批评——它将作家作品作为交谈的对象，从而引

[1] ［美］乔治·斯坦纳：《语言与沉默：论语言、文学与非人道》，李小均译，上海人民出版社，2013 年版，第 9—10 页。

申、处理自己最为关心的问题，作为一种精神的交流，一种自我反省的方式，获得智慧教益、德性养成。文学批评要肩负起它被赋予的任务，就首先要洁身自好，以同时代人的角色，做着不合时宜的思考，从传统中汲取养分，来匡正时代的文学发展。”[1]正是基于此，文学批评尝试以不同的方式来切入文学作品，并力争在形式探索、主题选择、独立品格建立等上，来实现对自我形象的重塑。

一般来说，文学批评的形式丰富多样。1980年代以来，沉迷于西方文学和哲学理论，文学批评日益变得学理化、理论化，逐渐发展成现在所谓的“学院式批评”或“学报体文章”。一本正经、引经据典、头头是道，大约是这类批评一目了然的特色。时人常被这种“文体”所吓倒，以为高深莫测、深入文本肌理。不管是单个作品的评论，还是一个时期创作的总结，甚至是一种文学思潮的归纳，都带着西方文学或哲学理论的强劲势头，几个哲学家的名讳经常出现，举凡胡塞尔、海德格尔、福柯、德里达、巴赫金、罗兰·巴特、利奥塔、德勒兹等[2]，是常被征引的对象，可谓紧跟时代的发展。一个时期内，学人们开口闭口离不开这些理论家。十分惊奇的是，他们的理论竟然无一例外地都能“被征引”来剖析当代文学的作品。

随着时间的推移，这种学院式批评逐渐显示出疲态来。大约

---

[1] 谢尚发：《批评的自我批评》，《文学报》，2018年6月28日。该文是为“第六届《文学报·新批评》优秀论文奖新人奖”而写的类似于“创作谈”、“创作理念”的文字。

[2] 比较奇怪的是，传统的哲学理论，以及现代主义和后现代主义哲学与文学理论之外，征引较少，柏拉图、霍布斯、康德、黑格尔等人，几乎找不到踪迹。这与时代的思想氛围有关，20世纪西方学术的译介和传播，更为新鲜地刺激着学人们。

在进入新世纪之后，一种新的、更为随意也更为洒脱的批评方式慢慢升温，越来越多的学者开始走出理论的羁绊，以性灵的文字笔墨抒写一己的文学感觉，贴切又到位地品味文学作品。这一股潮流且可称为“随笔体批评”，其实是承继着李健吾、沈从文、茅盾等人而来的。将学理化沉思融入优美的书写中，文学批评不再显得僵硬、冰冷而刻板，变得活泼、清新且韵味十足，足可媲美文学作品。尤其是随着 1980 一代的成长，这种批评方式越发显著起来。当然，它也从未消失在学院式批评的潮流中。

如果再进行一次看似不必要的命名，那么可以说，学院式批评是西方批评的某种延续和提纯，是从哲学家们解剖文学作品中衍生的纯粹文学批评，可以被称为“西方式批评”。随笔体批评主要继承自现代文学传统，尽管它内里包含着古代文学的“诗文评”的核心要素，但不妨称为“现代式批评”。不管是哪种方式，最重要的不是外在形式的更迭与替换，而是对文学本身一针见血的洞见。就这一点而言，古代文学中“诗文评”中的“诗论式批评”，就可以称为“古代式批评”，它的代表作有杜甫《戏为六绝句》、元稹《酬孝甫见赠十首》、戴复古《论诗十绝》、元好问《论诗三十首》、王士祯《戏仿元遗山论诗绝句》、赵翼《论诗五绝》等，是古代文学研究者所常考究的作品。“以诗论文”传统，中外皆有，但能绵延不绝、精品不断，大约也只有中国了，尤其是此后艾青等人克承其绪，使之薪火永传。诗论式批评至当代文学，就一点点地式微了，且不说以诗论文，即便是以诗论诗也很少见。如果从大的方面来看，古人的诗文评迥然有别于论文体批评——“‘诗文评’重在‘品评’、‘品说’、‘赏鉴’、‘赏析’、‘玩味’、‘玩索’，其‘感性'特色更浓厚些；'文学批评'重在'评论'、'评价'、'评说'、'评析'、'裁判'，其'理性'特色更浓一些。而在这表面差异背后，更有中西不同民族在哲学思想、思维方式等文化本性上的区别为其根由。"[1]诗文评就这一面看去，戒除了批评的高高在上、盛气凌人，更多的是贴着文本前进，把自我生命体验融入其中，以性灵文字书写灵性感悟，是平等的对话和交谈，而非一方对另一方的鉴别、评价。仅从这一点上来说，诗论的方式不但更新了文学批评的写作形式，也同时强调一种新批评观念的传达。因此，也有论者强调诗文评的特色，指出"一是它不拘文体，即没有一种垄断性的专属文体来限定'诗文评'的统一面貌。'诗文评'在文体方面的开放性最直接的表现就是它总是直接借用别类文体样式"，"二是，'诗文评'本身就是文学创作。或者，我们可以这样简单地认为：从'诗文'到'评'，是从一种文学到另一种文学。"[2]

---

[1] 杜书瀛：《论"诗文评"》，《文学遗产》，2011年第6期。文章主要在梳理诗文评的历史传统、典型特征以及内在所包含的民族文化要素等。

[2] 王侃：《学院派、诗文评及批评文体》，《文艺争鸣》，2018年第1期。该文是"文学批评与文体意识"专辑的一篇，其他文章为孟繁华的《文体意识与文学批评实践》、贺绍俊的《文体与文风》、常智奇的《浅谈"注释、喻理式"的文学批评的体式》、赵勇的《作为"论笔"的文学批评——从阿多诺的"论笔体"说起》、敬文东的《文学批评漫议》、谢有顺的《批评应说出个体的真理》、何言宏的《批评文体的偏至与再造》、何平的《自我奴役的文学批评能否"文体"？》、张莉的《越轨的笔致、独立品质与"中国视野"——关于文学批评的随想》、张定浩的《什么是批评，何谓文体》、方岩的《作为"札记"的文学批评——从"重读"苏珊·桑塔格谈起》、王晴飞的《批评文体的内在形式》、何同彬的《直言、逃兵与批评的"异时代"性》、杨辉的《文学史观、古典资源与批评的文体问题》、颜炼军的《探骊求珠，攒杂成文——文学批评写作浮想》、韩松刚的《文体意识与文学意义——关于当代文学批评的一点漫谈》、李明彦的《重建文学批评的文体意识维度——"文学批评与文体意识"研讨会综述》等，共18篇，规模可谓宏大至极。

“以诗论文”的方式，尤其是以“诗”的简洁、凝练方式，十分强调以最少的字数来传达最为丰富的内容。但矛盾的是，“文”之为“文”的丰富性，常撑破了一首诗的限量，朝着更为广阔的社会人生、历史文化而开掘，三言两语无法承担起品味的复杂性。于是，择取其一而不及其余，就成了一种有效的策略，让“文”中最亮眼的部分闪耀发光，而掩盖了其他虽具特色却并未成为主角的要素、主题。因此，许多诗论几乎都是以组诗的方式出现的。随物赋形，便是当下对诗论的一种要求，尤其是当用“打油诗”的方式来对“小说”进行言说的时候，这种问题愈发突出。为了调和这种矛盾，“诗论”变成了“诗”与“论”，这种便宜的形式既将诗文评的传统带入其中，也把学院派的作风包含，不能说是一举两得，因为它们随时有冲突的危险和不可调和的矛盾张力——诗歌创作本身，要求韵律、平仄、节奏等，需要严格地按照绝句、律诗等近体诗的格式来创作；文学批评本身又时刻有着表达自我的冲动，不但要评判文学本身，还要达成自我的文学性。内里包含着的创作与批评，就意味着两种不可调和的力量。当然，恰是两种力量的看上去的不可调和才促成了诗论的合理性与合法性——追求一种新颖的、独立的、文学的文学批评，让文学批评不从属于文学创作，而是本身就是一种文学创作。那么，尽管“诗”与“论”处在分离的状态，但它本身的实践强调的是，“诗”作为文学批评的方式，而“论”只是补充和说明，是旁敲侧击的敲边鼓与阐释、扩展。由此而来，诗论本身的分裂恰好意味着它们之间的某种难言的调和——互相说明、互相补充，各自作为对方的注脚。

"打油诗"云云，意味着这些批评文字是沾了诗的光，而它本身并未严格地按照近体诗的韵律、平仄等来以诗的方式写诗。借用形式比写诗在这里更为重要，是它实践文学批评也是一种文学创作的理念的追求之一种。因此，诗论之名，实则是打油诗论，而打油诗和论的分离，更将这一不得已的状况给公开化、明朗化了。但无论如何，尝试着用"诗论"的方式来刷新文学批评的观念、形式和文体，不失为一次有意义的冒险。

目录

上编　前辈们

《山本》诗论

书贾作《山本》后

山自青黛水自流，
一岭春醉一岭秋。
横断人间多少事，
天地生死两悠悠。

戊戌年庚申月壬申日　长安·里路屋

贾平凹的山水、物事与人间

——《山本》阅读札记[1]

在中国当代作家中，若论创作的勤奋和作品的数量，贾平凹可谓是首屈一指的代表。在《极花》出版两年后，便推出了长达50万字的小说《山本》，且不见任何仓促生产的瑕疵，反而越发显得遒劲、练达与洞明世事的从容淡泊，令人不禁感叹贾平凹的文学生命不曾有岁月的痕迹降临，反倒老而弥坚，越发显示出勃勃生机中一种老夫聊发少年狂的精气神。但细读《山本》便会发现，扑面而来的喧嚣热闹故事背后所隐现着的沉着冷静、淡定从容，以及由此而彰显出的一种“天地人一体”的境界，与年少勃发的热火劲儿相去甚远，到底还是把岁月所沉淀的气质毫无保留地播撒于文本的缝隙中，涌现为别样的审美风格和思想意涵。借由《山本》及其所营造的意境，以窥探贾平凹的心理惦念与内在追求，在阐释作品的过程中尝试着理解贾平凹本人的思想，或许意味着一条充满危险的文本解读路径，但本文愿意冒险而行，尽管这部小说还存在着历史、民间、小说与重复等阐释的路径。

[1] 本文发表于《大西北文学与文化》2022 年第 1 期。

一、人即物，或地方志的写法

在《山本》的《后记》和《题记》中，贾平凹一再强调："山本的故事，正是我的一本秦岭志。"他说："这本书是写秦岭的，原定名就是《秦岭》，后因嫌与曾经的《秦腔》混淆，变成《秦岭志》，再后来又改了，……于是就有了《山本》。"在原本的计划中，他打算"整理出一本秦岭的草木记、一本秦岭的动物记"，为了实现写"秦岭志"的宏愿，"在数年里，陆续去过起脉的昆仑山……去过秦岭始崛的鸟鼠同穴山……去过太白山；去过华山；去过从太白山到华山之间的七十二道峪；自然也多次去过商洛境内的天竺山和商山。"但仍然觉得只是"秦岭的九牛一毛……没料在这期间收集到秦岭二三十年代的许许多多传奇"。[1] 这些"二三十年代的许许多多传奇"成了充实《山本》的主要内容，让阅读者看到一个混乱、杀伐屠戮与权力之争的故事。然而正如贾平凹所说，"《山本》里虽然到处是枪声和死人，但它并不是写战争的书，只是我关注一个木头一块石头，我就进入这木头和石头中去了。"依然是写地方志的调子和追求，只不过境界要求更高，朝着"人即物"的方向而去。

我们都知道，"方志是一定地区范围的综合记述，内容宏富。举凡一地的疆域、沿革、山川、地质、地貌、土壤、气候、建

---

[1] 贾平凹：《后记》，《山本》，作家出版社，2018 年版，第 522—523 页。贾平凹习惯性地给每一本新书都写上一篇《后记》，交代写作的缘起、构思的情况、意欲表达的东西等。在这篇不长的《后记》中，贾平凹多次提到了《山海经》，是中国最早的地方志，更是山水志的开宗之作。在《老生》中，贾平凹不惜在文本内大量移植《山海经》，似乎还嫌不够，因此说《山本》是他仿制《山海经》的一次尝试之作，也未为不可。

置、城镇、乡里、物产、资源、财赋、户口、军事、民情、风俗、人物、艺文、名胜、古迹、异闻、琐事，无不备载，无所不包，也即于一地古今主要人事物都记载。”[1] 在地方志的书写中，“必载人物，几成定例。……方志记载人物，传、录、表三者之中，历来是传为主体，备受重视，刻意经营，一般几占总篇幅的大半。”[2] 不仅如此，除了这些地理、历史、文化等地方性知识的介绍之外，章学诚还提出方志书写的地位应等同于“国史”，“为树立良好的社会风气作出贡献”，他论述道：“史志之书，有裨风教者，原因传述忠孝节义，凛凛烈烈，有声有色，使百世而下，怯者勇生，贪者廉立。”[3] 这尤其体现在地方志中关于人物传记的书写上，从人物的选择、事件的记载，乃至于强调教化功用的议论等，都是常用的手法。但《山本》毕竟首先是一部长篇小说，而非中规中矩的地方志著作，这就要求在具体的书写中，弃置关于地方性风物知识的无所不包的详细介绍，而择取地方人物的传奇经历，敷衍勾连出一部可读性更强的作品。既要符合小说的审

[1] 黄苇等：《方志学》，复旦大学出版社，1993 年版，第 267 页。该书广泛论述了方志的概况、历史源流、内容特性、体例流派、功用价值、各种方志理论、继承与创新、新方志编撰的探讨等，提出了不少新颖的观点。尤其是关于方志理论的探讨，指出方志的地方性、连续性、普遍性、广泛性、资料性、可靠性、思想性、时代性、实用性和系统性，基本上把方志的性质特点囊括殆尽。

[2] 黄苇等：《方志学》，复旦大学出版社，1993 年版，第 658—660 页。关于入方志的人物标准，则几乎都是“大人物”、“对国家、社会、民族作出了重大贡献”的人。但为追求全面，一个地方的“大奸大恶”之人也都悉数列入其中。小功、小劳以及小恶、小劣之人，一般会被文献忽略，但方志规模较大，则仍然选择列入“人物传记”之内。

[3] 章学诚：《答甄秀才论修志第一书》，转引自仓修良：《方志学通论》，齐鲁书社，1990 年版，第 436 页。

美要求，又要兼顾地方志书写的野心，贾平凹便把秦岭一地的风俗习惯、巫神气息等融入其中，在人物传奇的描摹里透露着地方志书写的韵味，穿插于故事情节中的地方风物的介绍文字时时显露出别具一格的小说趣味[1]。从整部作品的叙事线条来看，“人即物”的观念贯穿始终，让《山本》不再是流于表面的传奇书写，而是深深扎根于秦岭的地理历史之书，以人为物，记录地方，堪称一本厚重的宏大“地方志”。

《山本》的故事主人公分别是井宗秀兄弟和陆菊人，整部小说围绕着井宗秀给涡镇带来的变化、井宗丞参加秦岭游击队和陆菊人辅佐井宗秀以及二人之间实存却并不道破的爱情来组织笔墨，把秦岭在 20 世纪二三十年代的复杂世事勾勒了出来，国民军、游击队、逛山、刀客乃至于本地的保安团、预备团等，各种势力你争我夺，攻伐不断，以致尸横遍野，酿成人间惨剧。兄弟为敌、朋友反目、挟天子以令诸侯、打土豪分田地等桥段一幕幕上映，秦岭如同一个大舞台，各种势力便在这个舞台上亮相、演武，唱了一出爱恨悲欢、生离死别的大戏。人与人之间相互的杀伐夺利，犹如动物间的猎食竞逐，越是惨烈越把人的动物性给展示了出来。

---

[1] 在小说中，以麻县长整理秦岭风物的由头，贾平凹有大篇幅的“草木记”文字。小说的第 298 页至 299 页分别从较为专业的角度，介绍了蕺菜、大叶碎米荠、诸葛菜、甘露子、白三七、六道木、接骨木、胡颓子。如果加上小说中散落四处的贝母、延龄、开口箭、天南星、手参、长果升麻、红皮藤、紫骨丹、岩白菜、莛子藨、赤瓟、赤地利、蝙蝠葛、凤尾草、枇杷草、贝母、半夏、祖师麻、三叶樋、淫羊藿、桔梗、党参、天麻……可谓是“多识于鸟兽草木之名”。详细文字参见贾平凹《山本》，作家出版社，2018 年版，第 298—299 页。“动物记”则广泛涉及白鹭、黑鹳、斑鸠、嘀鹛、酒红朱雀、金雕、红脚隼、练鹊、百舌、伏翼、鹌鹑、鹭鸶、鹖鸥等。参见贾平凹《山本》，作家出版社，2018 年版，第 270、195、178 页。

如果说《山本》是一本“秦岭动物记”，那么活跃于秦岭这个舞台上的各色人等便是名副其实的“动物”，他们披着人皮却上演着动物般的故事，千百年来须臾不曾停止，历史便一次次地重复上演。为了把“人即物”的这种思想贯彻下去，贾平凹在书中不断地强化人和动物之间的关系——麻县长用说出三种动物的形容词的方式来考察一个人：“第一个动物的形容词是表示你自己对自己的评价，第二个动物的形容词是表示外人如何看待你，自我评价和外人的看法常常是不准的，第三个动物的形容词才表示你的根本。”[1]井宗秀生肖属虎，便处处彰显出老虎的气势，他的行踪、做事等都依靠着老虎这一属性来进行安排，以至于不能离开虎山等，显得迷信而迂腐可笑，却处处彰显出一种神奇的魔力；陆菊人被认为是金蟾，能带来财富，她在被任命为茶行总领的时候，一而再再而三地碰到了蟾蜍，令她惊叹“我是蟾变的？还真是金蟾变的？突然一声响动，如风倏忽刮起，是尺八之音”。（292页）而在此后的行文发展中，陆菊人越发地成为一只金蟾，行为做事果敢干练，茶行一再盈利，成为涡镇的一景。因此镇上的老中医陈先生才说：“人是十二个属相么，都是从动物中来的。”（496页）属相或者说赋予人以动物的意义，如果还只是一种谶纬之术的表达，那么在长相上把人与物联系起来，则更显明了作为动物的人和“人即物”的思想实则是并不能分的一体两面。在井宗秀和陆菊人之外，贾平凹单独把麻县长拎出来，从他的行为和语言中都把“人即物”的思想给点出来，三个动物的形容词是其一，在对秦岭的草木、动

[1] 贾平凹:《山本》，作家出版社，2018年版，第271页。下引只注明页数，不再一一列出。

物感兴趣之余，竟动手写了两本贾平凹念兹在兹的《秦岭志》——《秦岭志草木部》和《秦岭志禽兽部》。如果把《山本》也作为一种地方志的书写，那大概应该称之为《秦岭志人物部》了。但这“人物”也并非纯粹地属于超立于自然的人间，大半已被当作秦岭的“动物”，作为“人物的称呼”而出现的“秦岭动物志”，这或许就是“人即物”这一观念的要义。麻县长几乎成了贾平凹在书中的代言人，他说：“我可能也就是秦岭的一棵树或一棵草吧。”（329 页）还把自己的书斋取名为“秦岭草木斋”，使得“人即物”的观念还带有“草木”的意味。更有甚者，在他目之所及的地方，“人即物”成了秦岭的最大景观：“我在街巷里走，看好多男人相貌是动物，有的是驴脸，有的是羊脸，三白眼，一撮胡子，有的是猪嘴，笑起来发出哼哼的声，有的是猩猩的鼻子，塌陷着，鼻孔朝天，有的是狐的耳朵，有的是鹰眼，颜色发黄。”（332 页）在目睹了一茬又一茬的杀戮和死亡后，麻县长自然又想到了“人如草木”，一茬茬被收割：“这年月人活得不如草木”，便见出人世间的大悲哀。按照人的性格，麻县长又说：“这人不是动物变的就是植物变的，有些人胡搅蛮缠是菟丝子，有些人贪得无厌就是猪笼草，有些人是菱角还是蒺藜呀，浑身都带刺！”（481 页）“人即物”的思想便从形貌、性格，由外至内全能看出动物和植物的本质来，《山本》中活跃着的人，便构成了地方志中关于物产、动植物的内容，看上去是人间的传奇，实则是秦岭的草木记、动物记，是一部别样的秦岭地方志。由此，才有陆菊人用狗与兔的道理来给花生灌输男女恋爱的“知识”：“你见过狗撵兔吗？兔子越跑，狗越去撵，但兔子不能跑得太快，太快了就要卧下来等等，等到狗觉得能撵上了它会更撵，兔子跑得没踪影，那狗也就不撵了。”[1]表面上来看，《山本》处处写的都是人物传记，但又处处都是“草木记”、“动物记”，贾平凹只是转换了方式，把人作为动物、植物来去描摹罢了。

不惟此，作为地方志的写法，地理、文化内容之外的历史意义也在小说的故事中被烘托了出来。布罗代尔作为“长时段”历史研究的代表，在《地中海与菲利普二世时代的地中海世界》中，“第一部分论述一种几乎静止的历史——人同他周围环境的关系史。这是一种缓慢流逝、缓慢演变、经常出现反复和不断重新开始的周期性历史。……在这种静止的历史之上，显现出一种有别于它的、节奏缓慢的历史。人们或许会乐意称之为社会史，亦即群体和集团史，……第三部分，即传统历史的部分，换言之，它不是人类规模的历史，而是个人规模的历史。……这是表面的骚动，是潮汐在其强有力的运动中激起的波涛，是一种短促迅速和动荡的历史。这种历史本质上是极端敏感的，最轻微的脚步也会使它所有的测量仪器警觉起来。这是所有历史中最动人心弦、最富有人情味、也最危险的历史。”在这本书中，他宣称：“终于能够在历史的时间中区别出地理时间、社会时间和个人时间。”[2]用

[1] 贾平凹：《山本》，作家出版社，2018年版，第327页。同样的文字，还被第二次重复地使用：“狗撵兔，兔就要跑，跑得太快了还得停下来往后看看狗，兔跑得一溜烟没了踪影，那狗还会撵吗？”见贾平凹：《山本》，作家出版社，2018年版，第386页。

[2] ［法］费尔南·布罗代尔：《地中海与菲利普二世时代的地中海世界》（第一卷），唐家龙、曾培耿等译，商务印书馆，2013年版，第8—10页。在这部大部头的著作中，布罗代尔先交代了地中海的地理世界，接着分析社会史、经济史和战争史，最后才把菲利普二世时期的各国纷争写出来。其中，地理世界占用了500页的规模，社会史等占有600页规模，最多的则是第三部分，也就是“表面的骚动”部分，如果把战争史的部分加进来，几乎占了将近700页的内容。

小说的形式为一个地方写志，山川河流、疆域沿革、地貌气候、建置物产等都无法逐一开列，亦即布罗代尔所谓的“静止的历史”难以占用大篇幅来进行描述，但“节奏缓慢的历史”和“个人规模的历史”则构成了《山本》的核心内容。其中，“个人规模的历史”又恰好成了“人即物”思想在《山本》故事内容中占据“核心的核心”地位的重要表现对象。贾平凹越是把井宗秀、井宗丞和秦岭里的各色人物的生命不止、折腾不息给描摹得淋漓尽致，越是展现了秦岭这个地方在历史变革中所保持着的静默不变的历史本色，把人物归属于秦岭这个“提携了黄河长江，统领着北方南方”的“地方”，只是择取了“地方志”中最为激荡、短促也“最富有人情味、也最危险的历史”的一部分。秦岭作为地理的要素，则不动如斯，千百年如此，观看着人世间上演的一幕幕悲喜剧——正是它的“静止的历史”，见证、参与并塑造了属于秦岭的“社会史”、“个人规模的历史”以及在“地理时间”之外的“社会时间和个人时间”。“最动人心弦、最富有人情味、也最危险的历史”与其说是《山本》的精彩故事，不如说是秦岭最丰富鲜明又最富有戏剧化的历史的注脚，“人即物”的思想正好是这一注脚的最佳角色扮演，且正因为这种历史存在，秦岭的地方志才显得更为饱满、丰腴、充盈。

二、晚期风格，或晚郁时期，或从容之境

如果把秦岭喻为观看人世的一尊佛像之目光，那么整个《山本》所讲述的故事中的诸多折腾便只是尘埃的一部分罢了。贾平凹

在《山本》中不断地叠加出一种从人世到山水的文学间隔效果[1]，颇有突兀之嫌，但只要用心领会人世繁忙的表象背后那静谧、安稳又泰然处之的山水自然，不难理解这种书写方式的奥妙之所在。整个小说中，这种写法最具个性且最明显地彰显出作者把人间、物事置于山水之境的观看的意图的，是小说结尾处的那一笔诗意的点染："陈先生说：一堆尘土也就是秦岭上的一堆尘土么。陆菊人看着陈先生，陈先生的身后，屋院之后，城墙之后，远处的山峰层峦叠嶂，一尽着黛青。"（520页）其时，在井宗秀一系列的操持之下，已成县政府所在地的涡镇，正遭受阮天保带领的红十五军团炮火的洗礼，城墙坍塌、尸横遍地、房屋尽毁，在一堆瓦砾废墟中，陆菊人挂念儿子剩剩和镇上老中医陈先生，慌忙来到安仁堂，看到的只是远处秦岭的山峰，默然无语，"一尽着黛青"。相比于秦岭的千年历史，涡镇在短时间的传奇经历，只不过是沧海一粟，刹那瞬间，贾平凹截取了这一段往事所要道出的，则是秦岭的那种"泰然处之"的波澜不惊与从容淡定。实际上，与其说这是秦岭的"泰然处之""从容之境"，不如说真正"泰然处之"的是作者本人，他在《山本》的喧嚣故事里达成了他写作的"从容之境"。

整部小说中，贾平凹着墨不多却颇有禅意的人物便是安仁堂的大夫瞎子陈先生。他总是未卜先知，看淡人生的一切，唯独珍重人的性命。当凤凰镇流行病爆发的时候，他不避山水艰险和丧

[1] 这主要是指贾平凹在《山本》的叙述中，常常会在故事最热闹、情节最紧张、人物心理活动最频繁等的关节点，忽然插入一两句或者一段两段的自然景观描写，有时候是一朵花开，有时候则是一只蝴蝶，有时候是天气的某种变化，有时候又是一只猫跑过。这种叙述的效果具有"文学间隔"或"文学距离"的作用，读起来有突兀之嫌。但这正是本文所要强调的。

命危险，执意前行，为救黎民百姓而奔波忙碌。他怀有天下苍生的热心，却对涡镇的兴衰成败看得很淡；他治身病也治心病，看病却总对病人说："你是给你活哩还是给别人活哩，唵？别想得那么多，你记住，许多想法最后都成了疾病。"（253 页）他还劝陆菊人："喜欢一个人，其实是喜欢自己。你把自己想多了，你就有了压力，把自己放下，你就会知道怎样对待你的日子，对待你要做的事和做事中的所有人。"（292 页）在陆菊人碰到人生难题的时候，陈先生便多次为她出谋划策，处处透露出一种散淡之气，仿若在人间之外，却又生活在人间之内。在一次去陈先生家说事的时候，"陈先生抬起头来，一片树叶正好从外边落在窗台上，说：是一片叶子？陆菊人说：是一片叶子。陈先生说：每片树叶往下落，什么时候落，怎么个落法，落到哪儿，这在树叶还没长出来前上天就定了的，人这一生也一样么。"（435 页）这已经超出日常的对话，而处处透露出禅宗顿悟的机锋，而正是得益于这种对人生大起大落、兴衰成败、荣辱得失的顿悟，才会有整个人的气定神闲、泰然处之，从而有一种"从容之境"的气度氤氲于《山本》中。

为了达成这种淡定镇静的"从容之境"，贾平凹在书中时时处处善用动物或植物来把紧张的故事氛围导引向一种静谧安详的境界。在埋葬唐景之时，本是悲哀的人群抬头一看，"树上就飞来两只鸟，一样的红嘴，尾巴却一个黑一个白，大家谁都认不得这是什么鸟，鸟就嘎嘎叫，扑棱着翅膀鸽"。（207 页）经营了一天涡镇的事务，井宗秀骑马前行，"一边走一边仰头看天，月高云淡，繁星点点，无数的蝙蝠飞过，虽然悄然无声，但他却想到那空中肯定就有了痕迹的"。（221 页）陆菊人在纸坊沟看井宗秀离开他父亲的坟，伤心哭泣，“睁开眼了，就在坟堆上，突然站着一只朱鹮。……回过头来，沟道里，那玄女庙，那村子，就已经被白云覆盖了”。（409 页）在假装着和红十五军团打了一场遭遇战之后，井宗秀却抬头看天空，“空中已没有了一丝硝烟，有着一只鹰，鹰好像在站着”。（454 页）涡镇钟楼建成，陆菊人和花生在楼上说笑，井宗秀和杜鲁成来了，笔墨一转却写道：“两人笑声朗朗，一群扑鸽正从楼顶飞过，那金顶的光就破碎了，像是撒了一片鱼鳞。”（475 页）王喜儒去河边挑水，“一仄头，又看到了一片花开，红艳显亮，而倏乎里哗哗地响”。（493 页）此类笔墨在书中俯拾即是，把紧张、刺激又惊险的人间万事，带入到一种静谧、安详的气氛中，那些喧嚣的红尘吵闹，也就立刻静止了下来，带给读者的是一种“泰然处之”的从容淡定，人间硝烟中的战火瞬间熄灭而归于一种超脱。为了把这种境界给点破，贾平凹还用动物的气定神闲来反衬人世间的喧嚣热闹——“燕子是最亲近人的，但它又不肯像麻雀落在门槛上、台阶上，它的巢筑在门顶上和前檐下，超然独处。”（381 页）以至于涡镇即将大难临头之时，“陆菊人哼哼地笑了一下，其实并没有笑出哼哼声。这时候，太阳从东边的山峦上冒出来了，先是西栏杆红，再红到东栏杆，一切都是那么寂静，陆菊人却瞬间不安起来，觉得所有的东西正与自己远去，越来越远。”（503 页）这不得不令人想起司空图的《二十四诗品》中恰有“落花无言，人淡如菊”的话语，而陆菊人的名字和她所看到的寂静，以及她与井宗秀之间深厚却从不说破的爱情，恰恰也是一种“人淡如菊”的“典雅”。只是在这“典雅”中，装载着太多贾平凹的期许，是那种经历了热闹红尘后的静谧与安然，也是冷眼看了世事喧嚣的淡定与从容。

从 1973 年发表作品以来，贾平凹的写作生涯已经绵延了 45 年的岁月。假如按照埃斯卡皮在《文学社会学》中所描绘的作家“创作生命力”曲线图来看，作家创作的高峰期“平均临界年龄在 40 岁左右”。[1] 即便落实在中国当代文学的作家分析中，适当放宽限制，可以“把一代作家的年龄时段切分在60岁”[2]，那么如今已届 66 岁的贾平凹，也已经处于创作的“晚期”了。因此将《山本》归入贾平凹的晚期作品应该是合适的。按照爱德华·萨义德的论述，“生命中最后的时期或晚期，身体的衰退，不健康的状况或其他因素的肇始，甚至在年轻人那里它们也会导致过早夭折的可能性”，进而导致作家们的“作品和思想”将会“获得一种新的风格”，他称之为“晚期风格”。他继续论述道：“在某些晚期作品里会遇到某种被公认的年龄概念和智慧，那些晚期作品反映了一种特殊的成熟性，反映了一种经常按照对日常现实的奇迹般的转换而表达出来的新的和解精神与安宁。”与此同时，还存在晚期风格的第二个类型，“它包含了一种不和谐的、不安宁的张力，最重要的是，它包含了一种蓄意的、非创造性的、反对性的创造性。”[3] 他还广泛涉及了晚期风格中“大胆的和令人吃惊的新

---

[1] ［法］罗贝尔·埃斯卡皮：《文学社会学》，于沛编译，浙江人民出版社，1987 年版，第 17—18 页。

[2] 程光炜：《从田野调查到开掘——对 80 年代文学史料问题的一点认识》，《中国现代文学研究丛刊》，2017 年第 2 期。

[3] ［美］爱德华·萨义德：《论晚期风格：反本质的音乐与文学》，阎嘉译，生活·读书·新知三联书店，2009 年版，第 4—5 页。在书中，萨义德着重论述的便是这第二种类型的晚期风格。

颖性”，在主题方面自觉地返回到起始点，用“一种非凡的独创性和简洁优雅的平静风格，来表现出晚期、身体上的危机和放逐的各种极端”[1]。在论述21世纪中国文学之时，陈晓明把1950年代出生的作家在20世纪末和21世纪初形成的“稳定和踏实的文学总结积累期”，称为“晚郁时期”[2]，并先后论述了刘震云、铁凝、阎连科、张炜、贾平凹、莫言等人。在总结“晚郁时期”的美学特征之时，陈晓明指出“回到本土”“更加沉静的写作”“自由放纵的态度”“内敛的主体态度”“汉语言的炉火纯青”是五个重要的维度[3]。在这些论述中，“和解”“安宁”“沉静”“内敛”等是常用的界定词，而这些恰恰也都体现在《山本》的文本态度中。且不说陆菊人的名字中“人淡如菊”的意指，也不用说陈先生对人生的领悟与超脱的态度，甚至不用说贾平凹时刻用突兀出现的动物、植物、天象等把喧嚣的场面导进静谧安逸的氛围之中，单就字里行间所体现出来的“泰然处之”的镇静、淡定与从容，或者说取了“山水之心”来看待人间的攻伐征战、杀戮奸巧、狗苟蝇营，贾平凹作品所一再揭露的“从容之境界”，便不难体会出来。所谓“秦岭志”者，既是指秦岭的草木与动物、山水与地理，也同样是一种“以秦岭为心态”的思想境界——横亘在中华大地之

[1] 在对贝多芬、欧里庇得斯、阿多诺、施特劳斯等人进行分析之后，萨义德在《晚期风格概览》中列举了许多音乐家和作家们的晚期风格。参见［美］爱德华·萨义德：《论晚期风格：反本质的音乐与文学》，阎嘉译，生活·读书·新知三联书店，2009年版，第133—161页。

[2] 陈晓明：《中国当代文学主潮》，北京大学出版社，2013年版，第574页。

[3] 详细论述可参见陈晓明：《新世纪汉语文学的“晚郁时期”》，《文艺争鸣》，2012年第2期。

上，提携着黄河长江，统领着南方北方，不管人间如何断杀争斗、波谲云诡，历史如何一次次地重复着兴衰治乱的模式，而秦岭自岿然不动、屹然独立，身在红尘之中，心在人间之外，那一份超脱与从容，便完全把贾平凹写作的“晚期风格”给彰显了出来，既是自由放纵、反创造性的创造性，也是集大成的、风格的自我完成。用贾平凹的话来说：“这该是古人讲的入得金木水火土五行之内，出得金木水火土五行之外，也该是古人还讲的看山是山看水是水，看山不是山看水不是水，看山还是山看水还是水吧。”[1]“秦岭之心”的获得与描摹，成了《山本》背后所浸染着的全新的思想境界，是自由的、“从心所欲不逾矩”的，也是淡泊的、从容的，更是禅宗顿悟的、超脱的，是老庄哲学合于天道的、齐物逍遥的、天人合一的。

三、齐物论，或逍遥游：天人合一与“大化流行，生生不息”

不管是“人即物”的写作方式和理念传达，还是“从容之境”的点染与浸润，贾平凹显然在《山本》中沉思着“生命存在的意义”，追问“人世间的红尘生活命运如何”，其所沉思、追问的结果则都在他所选择的写作方式中表达了出来，如果用庄子的说

[1] 贾平凹在这些话语之前还说：“不是我在生活中寻找题材，而似乎是题材在寻找我，我不再是我的贾平凹，好像成了这个社会的、时代的，是一个集体的意识。”恰是这个“集体的意识”，凝结为“秦岭之心”。参见贾平凹：《后记》，《山本》，作家出版社，2018年版，第524页。

法，便是“齐物论的大境界”，更是“逍遥游的真从容”。也是在《后记》中，贾平凹说：“说实情话，几十年了，我是常翻老子和庄子的书，是疑惑过老庄本是一脉的，怎么《道德经》和《逍遥游》是那样的不同”，在秦岭流连行走的过程使他顿悟到：“老子是天人合一的，天人合一是哲学，庄子是天我合一的，天我合一是文学。”[1] 以文为生的贾平凹，懂得了《逍遥游》的庄子是“天我合一”的，是属于文学的，自然便在《山本》中将之付诸实践，把这一文本作为“天我合一”的写作来尝试。而所谓的“天我合一”，实际上正是庄子“齐物论”的思想，追求一种“天地与我并生，而万物与我为一”的境界，更是“庄生梦蝶”的物化之境[2]。由此返回头来再去观看贾平凹“人即物”的写作方式，便能明白那不仅仅是地方志的写作方式，还寓意着贾平凹所要追求的以秦岭为自然，“齐万物而并生死”的思想境界的追求。万物尽其性，即是返归自然，任性而活便是尽着自我的天性而存在[3]，庄子恰是要用“齐物论”的方式来达成“逍遥游”的境界，那么贾平凹便是用“秦岭志”

---

[1] “天人合一”与“天我合一”的提出，足以明证贾平凹在哲学与文学之间所做的选择，及其构筑《山本》的野心。参见贾平凹：《后记》，《山本》，作家出版社，2018 年版，第 525 页。

[2] 陈鼓应：《庄子今注今译》（上），中华书局，2009 年版，第 80、101—102 页。在《齐物论》最后所提出的“物化”也在海德格尔的论述中存在，尤其是他的《艺术作品的本源》一文。当然，海德格尔更强调艺术品本身，与贾平凹在《山本》中所表达的“人即物”的“齐物论”境界有所差异。参见［德］马丁 · 海德格尔：《依于本源而居——海德格尔艺术现象学文选》，孙周兴译，中国美术学院出版社，2010 年版。

[3] 庄子在《列御寇》中说：“巧者劳而知者忧，无能者无所求，饱食而敖游，泛若不系之舟，虚而敖游者也。”也可谓是一种“逍遥游”的境界。参见陈鼓应：《庄子今注今译》（下），中华书局，2009 年版，第 882 页。

的书写来刻摹天人合一境界的哲学理念。因此，老子的天人合一与庄子的天我合一看上去是哲学与文学的区别，但实际上二者在《山本》中早已经是一而二、二而一的一体两面的存在了。

正是出于这种“齐物论”的思想，在小说中，当陆菊人坐在井宗秀为她而设立的高台上观察茶行前后院的时候，“凝视着镇子里的房子、树、街巷、店铺，以及茶行院子墙根那些兰草、月季、丁香、赤芍。它们都是有生命的吧，但它们不知道也不关心她在过去的某个时候路过，现在她又在看着它们，而它们从不回应她的凝视。”（501—502 页）这里万物的灵性与人的灵性处于一种胶合又分裂的状态，尽管是陆菊人一厢情愿的沉思，却带着花草与万物的节奏而入于人的心理。在刹那间的领悟中，贾平凹把“齐物论”的念想赋予了陆菊人和涡镇的物事，而深沉的领悟与深邃的思想穿透力，却不曾以繁复的论证腔调来传谕世人，而是以“大道至简”的方式隐现于文本中间，往往在一两句极其简单的话语中，在鸟的偶尔的飞翔、蓝天白云的一瞥以及蔷薇的瞬间开放中，洇染着力透纸背的力量。若再加上陈先生独特的治病方式，人与物之间的“共通”则增加了许多神秘的力量。“他肚里有个大瘤子，吃药化不了，我让他回去看树上的疙瘩，树上如果有疙瘩，那还有救，人和树是感应的，树身上慢慢长了疙瘩，人身上的瘤子就会慢慢消失的。”[1] 虽是乡风民俗，却把人与树之间的

[1] 贾平凹：《山本》，作家出版社，2018 年版，第 496 页。当然，这样的细节在贾平凹的小说中多次出现。《古堡》中阴阳师就直接说出了类似的话：“这本是要病人肚里生了个瘤子的，禳治后，这瘤子才转移到了这棵树上。”参见贾平凹：《古堡》，《天狗》，译林出版社，2015 年版，第 395 页。

“感应”给烘托了出来，更不要说涡镇的老皂角树被认为是“涡镇之魂”，井宗秀死后他的坐骑黑马流泪不食，既是将物的灵性展演得淋漓尽致，也把人与物的沟通与感应给提点了出来。以至于贾平凹还要借助花生的嘴来抱怨：“人是离不得太阳月亮的，可太阳月亮日夜照着，人并没有把谢呈挂在嘴上么。”（490 页）颇有为物事而不值得的愤慨，更有一种感恩自然的心怀，来于自然而归于自然的情念，这恰是贾平凹“人即物”思想的另一面。同时，在人物的活动、言语之后，点出的一笔笔自然物事，除却将喧嚣导引入静谧的氛围之中的作用，还彰显着人作为自然万物之一的本性。刘老拐说过话之后，“这时候，一只鸟从空中扑啦啦飞过，是水老鸹，羽翎银灰色，亮得像一团铂纸。”（100 页）“陆菊人还站在那里，突然间，她觉得那马的眼神有些熟悉，想了想，像她娘的眼神，连那喷嚏也带着她娘的声音。”（101 页）前者用老鸹的另类美，来回应刘老拐关于人吃饭是乞丐还是财东的议论，后者用马比喻女人来指认陆菊人作为女人该为井宗秀而服务的坐骑本色。在这两者中间，贾平凹又插入了井宗秀关于陆菊人的议论，他说：“刚才我看着你身上有一圈光晕，像庙里地藏菩萨的背光。”但紧接着，笔头一转，“正说着，一股风从街面上嗖嗖地扫过来，腾起灰尘”（100 页），打断了井宗秀继续的评论。突然吹来的风带来了情节的改变，但也喻指着地藏菩萨不真的评论，因为陆菊人想方设法维护的井宗秀，最后被发小好友阮天保给暗杀了，整个涡镇也陷入了万劫不复的境地。这种表面看上去突兀而断裂的话语，正如第一部分的分析所指出的，初读起来会让人感觉很不适，但细细品味那文字背后所蕴含的思想，一则是泰然处之的淡定从容，二则便是“齐物论”境界所追求的效果。如果用《山本》中的话语来把齐物论或逍遥游的境界给描绘出来，莫过于井宗秀选的一副对联，即：“心将流水同清净，身与浮云无是非。”这句出自岑参《太白胡僧歌》中的话语，正是描摹秦岭太白山的物事与僧人的，也恰好符合了贾平凹“秦岭志”的追求与思想境界的达成。

如果仅仅只是把齐物论的调子贯穿于整个小说中，那么贾平凹的《山本》势必显得枯燥而凌乱，“天我合一”，甚或“天人合一”的境界追求，便不会真正地把秦岭的人间含纳其中，因为千古横亘的秦岭及其所养育的草木、动物拥有了其性灵的形象，但人物却被忽略了。从“天人合一”的境界返身观照人间的所在，红尘爱恨、痴男怨女等，走马观花般匆匆而过，恰恰是“大化流行，生生不息”的象征，只有将这生生不息的人间真正地置入“天人合一”的境界中，齐物论或逍遥游的寄托才是扎实的、稳固的，毕竟贾平凹仍旧生活在人间，小说中的人物与阅读者同样首先生活在人间，通由人间而领悟的天人合一境界，才是真正的顿悟与解脱。于是，贾平凹乐此不疲地以井宗秀为中心，把涡镇一步步走向兴盛又坠入灭亡深渊的过程，以及秦岭中活动着的国民军、游击队、逛山、刀客、保安团、预备旅等，一一详细交代，构成了小说的主体。但逛山、刀客如五雷、梁广者与涡镇和红军的复杂纠葛；阮天保在预备团、保安团和游击队中的四处投奔；游击队和国民军、逛山、刀客的复杂关系；红军内部的种种矛盾与屠杀……这些人间的“最动人心弦、最富有人情味、也最危险的历史”越是热闹，越能把“大化流行，生生不息”的命题给呈露出来。他们终将作为秦岭的一草一木，领取各自的命运如斯，归入秦岭的尘埃之中，像文本中处处可见的、突兀地插入其中的关于动物、草木、天象等的偶然一笔——“院子东边的墙里有了一朵花，花在行走着，噢，那不是花，是蝴蝶。”（25 页）花、蝴蝶与人，便是同领着自然的性命，存在于秦岭的一隅，既是“天我合一”的，也是“天人合一”的，都归入了“大化流行，生生不息”的天道之中。

四、商州的脉络，或灵魂的重回

如果要给《山本》一个定位的话，那么我们认为它仍然属于贾平凹的“商州系列”，尽管它被宣称为一本“秦岭志”。这倒不是因为“秦岭”被缩小为“商州”，《山本》的故事范围在“商州”之内，而是必须首先区分地理意义上的商州与文学意义上的商州。在贾平凹的笔端，他所重新建构的“商州”显然已经超出了地理意义上商洛市的一区六县，而是扩展为包含了现今的商洛市、安康市、汉中市的全部与西安市南部秦岭山区，以及渭南市、宝鸡市地属秦岭的那一部分。因此存在着文学上的“大商州”这一概念，《山本》便属于这个“大商州”的系列。其实，不管是自然山水的景观、人文地理的构成，以至于贾平凹虚构的三合县、方塌县、桑木县、麦溪县、涡镇等，和现实地理中的山阳县、留仙坪、凤镇、棣花镇、银花镇等，都携带着浓重的商州气息。它们要么本身就属于地理意义上的商洛地区，要么即便不归属这一地区，也在植被、风习、历史、生活等方面展示出了商州性格。这样，在整个“商州系列”中来观察《山本》，或许能给它一个更为清晰的说明。

自 1983 年“重返商州”后，贾平凹的写作除偶尔溢出“商州”，如《废都》《高兴》《极花》等，大部分作品基本上都尽心尽力地重塑文学意义上的商州。而实际上，甚至可以说从文学创作生涯一开始，贾平凹就没有离开过商州，只是 1983 年之后更为自觉。从最早时期的《小月前本》《鸡窝洼人家》和《腊月 · 正月》开始，贾平凹在 1983—1985 年间写作的几组“商州系列”作品[1]中，乃至于后来的《浮躁》，始终存在着一个乡村与城市的对比维度，这尤其体现在《九叶树》与《西北口》中。即便没有明显的城乡对比，但时代之变、人性重塑等也都存在着城市和乡村的对比身影。在这些作品中，贾平凹意欲在城市的对比中来描摹商州的

[1] 贾平凹曾在一次研讨会上说：“1983 年冬天，发表了《商州初录》，之后，有计划地，却是断断续续地写了《商州又录》《商州再录》(单独发表时更名为《商州世事》)。这可以算作一组，这一组笔法大致归于纪实性的，重于从历史的角度上来考察商州这块地方，回归这个地方的民族的一些东西，而再将这些东西重新以现代的观念进行审视，而做一点力所能及的挖掘、开拓。”“完成商州三录的后期，我写出了《小月前本》《鸡窝洼人家》《腊月 · 正月》这一组。它的写法与三录不同，题材着眼于现实生活。当然，这一组，我的目的并不在要解释农村经济改革是正确还是失败，政策是好是坏，艺术作品不是作为解释的，它是一种创造。所以，这一组小说的内容全不在具体生产上用力，尽在家庭、道德、观念上纠缠，以统一在三录的竖的和横的体系里。”“写完这一组，再写出的就是一个小小的长篇《商州》，旨在从古到今完整地作一次试验。”“但重新到生活中去，进一步作深入的研究思考，立即感到以前所写的还远远不够，有好多问题需要在人的身上深挖方能得到明确的答案，于是就写出了今天大家在这儿讨论的这一组小中篇：《天狗》《冰炭》《远山野情》。”“在这一组之后，还写了另外一组，名字为《黑氏》《人极》《西北口》《古堡》，也是大小不等的中篇，年底和明春即可刊出，到时也盼大家教正。”参见贾平凹：《我的追求——在中篇近作讨论会上的说明》，《关于小说》，生活 · 读书 · 新知三联书店，2015 年版，第 24—25 页。

独特性，去重塑商州人物与生活的品性与德性，于是就有了石根和小四那样的地方的性格及其所成就的乡村的前途，也有面临选择之时小月、烟峰、麦绒与韩玄子们的犹疑、徘徊甚至抵抗，才会让香香、师娘、白香、黑氏、小水等女性及其所自带的菩萨光环更显得光芒万丈。无疑，《山本》中的陆菊人也属于香香等人的“商州女人系列”，她的地藏菩萨的“背光”与师娘的菩萨称谓、安安的菩萨属性等是同属一脉的。杨掌柜的善良忠厚，又和吴三大、井把式李正、木犊等人是相通的。乃至于井宗丞和井宗秀等，和门门、禾禾、天狗、石根、小四、金狗等是同一人物谱系里的众生。当然，随着写作的持续深入，《秦腔》《古炉》《老生》等已经改换了容颜，只是《秦腔》中乡村的衰落里仍旧潜藏着“城市的幽灵”，《古炉》与《老生》处理的历史维度则使其跳脱了这个模式，和《山本》倒是有着异曲同工之妙。

《山本》尽管属于商州系列，但比照之前的商州书写，它已经获得了大大不同的性格。在《山本》这部小说中，真正体现出一种“让地方回归到地方”“让地方成其为地方本身”的野心。它去除了作为对比参照的“城市的魅影”，而是真正地把目光落实在地方，从而让地方的命运、启示显得更为本真，符合了地方和人的天性及其天命，商州作为一个形象更为完善地体现在作品中。商州的山水、物事与人间，全部依托于独特的“商州心性”而存在，体现为山地的品性、本地化的气质，让人一眼就能把井宗秀、陆菊人、陈先生等置入商州大地。当然，更为重要的是，如果说之前的商州系列作品，还停留于吉光片羽式地描摹商州、重塑商州的个性，形成“系列解读”的套路，那么《山本》的写作则具有了商州百科全书的特性与集大成的风格，大有一气呵成的气势。“商州三录”与《商州》，集中对商州的景观、风习和当地生活进行展示；《小月前本》《鸡窝洼人家》《腊月·正月》和《浮躁》则聚焦于时代变革及其在商州所引发的社会、生活与心理变化；《九叶树》《西北口》《远山野情》等还强调对比中所带来的前后转变，体现着主人公对自我本性的坚守；《冰炭》《天狗》《黑氏》《人极》等又多对商州本地人物性格进行集中摹写，把淳朴、善良，甚至略显憨厚的商州人物，变成文学中独一无二的存在。所有这些，景观、心理、性格，乃至于历史、生活、风习等，在《山本》中都一一被涉猎，虽有所侧重，但若论全面则略胜一筹。

另外，在写作心态上，贾平凹的转变也颇值得关注。如果说之前的写作还带有一种负气的年轻气盛，要争一个谁高谁低的结果，带着血气方刚、绝不认输、好胜要强的心态，要“为商州树碑立传、树人立心”的话，那么《山本》则尽褪这种争强要横、好勇斗狠的心态，时时处处都体现出一种自得自适的境界，不强求、不恣肆，也不自负于以一人之力托举商州全境。说白了，人生只不过是过自己的生活，绝不是要在别人的眼中看到自己的形象，正如陈先生给人看病时所言述的心病，幸福还是不幸福，崇高还是不崇高，鞋合不合适，只有脚最清楚。如此说来，《山本》便是一种真正的“回归之作”，既是题材、风格、故事等的回归，更是心灵上对商州的皈依。只是这种皈依不是重返地理、文化意义上的商州，那个商州或许已经不存在，存在的只是一己之心、一己之魂。山之本来，说到底就是命之本来，就是自我之为自我、生命之为生命的那个更为根本的东西。如果非要给它以名称，那便是自然，或者道家所谓的“道”，人道、天道、大道。《山本》就是对人道的回归，也是对天道的回归，更是对大道的回归。大道至简，默然不语，人只能以合于自然的方式来合乎大道的运行，这大道既体现在秦岭的岿然不动、泰然处之，也体现在秦岭中一草一木、万事万物的存在中，真正地属于“一花一世界，一叶一菩提”的佛教境界。因此上，那“从容之境”的构筑，就不是贾平凹强力而为之的人生顿悟，而是自然大道本身如此，《山本》只是一次纯净而无杂念的向之回归罢了。这样，在“商州系列”中，《山本》自然显示出了它的独特地位，完全可以置于一个更高的境地之上。

2018.4.21 人图圆桌 · 问馀斋

《吃瓜时代的儿女们》诗论

说刘氏《吃瓜时代的儿女们》

荒唐不荒唐，
他乡作故乡。
晴天炸惊雷，
梦醒一黄粱。

戊戌年戊申月壬申日　西安·逸远斋

文学应对现实的无力感
——由《吃瓜时代的儿女们》说开去[1]

继以“上访”为题材，展现官场人人自保的《我不是潘金莲》之后，睽违五年之久，刘震云又推出了以“反腐”为题材的《吃瓜时代的儿女们》，把四个八竿子打不着的人，串联进一部长篇小说之中。观察刘震云的创作可以看出，从成名时期的“新写实”小说，到“故乡系列”和《温故一九四二》等历史题材的作品，再到如今的“上访”和“反腐”，他显然走了一条“现实—历史—现实”的取材路线。但“新写实”的路径是普通人的日常琐事，而归返之后的现实则大多是“现实事件”，多与政治生活相关。只不过，在这些作品触及“现实事件”的时候，因为现实的“事件化”，让刘震云善于说故事、玩幽默的叙述方式遭遇了某种瓶颈，肆意挥洒的才华被禁锢在“现实事件”的真实性上，一俟进入小说文

[1] 本文发表于《文学报》2018 年 2 月 22 日“新批评”栏目，发表时题目为《文学面对现实应避免随波逐流——由〈吃瓜时代的儿女们〉说开去》，收入本书时有改动。且本文有一部分内容，与《刘震云的“断代史三部曲”与国人列传——〈一句顶一万句〉〈我不是潘金莲〉〈吃瓜时代的儿女们〉读札》重复，主要涉及《吃瓜时代的儿女们》这一作品。

本，这种处处被捆绑的“事件化”的“现实感”，就显出一种虚假来，让人不禁感叹起文学触碰现实的无力感。

一、妇女列传之牛小丽

如果要给《吃瓜时代的儿女们》寻找一个纽带的话，那么它无疑是四个陌生人物中的一个——牛小丽。刘震云为了让已经被“事件化”了的“反腐”事实不至于生硬地被移植在小说中，费尽心机地勾连了一个文本叙事的结构网络，从而把整个小说文本编织成一个以牛小丽为核心的叙述蜘蛛网。在具体的讲述过程中，再以提纲挈领的方式，拎出这个女人，把整个反腐故事中形形色色的群吏形象一网打尽，让一群“吃瓜群众”傻呵呵地一边吃着西瓜一边看着无关痛痒的腐败荒唐事件，还不忘“事不关己，高高挂起”地品头论足，消费着这些故事中的人物形象。因此，抓住牛小丽，也就能居于这部小说的风暴眼中，一切外在的反腐大戏，不管如何轰轰烈烈、紧张刺激，都如同屏幕上展演的虚幻影像，让读者真正成为“吃瓜群众”。

从精神谱系上给牛小丽找到她的归属，这个谱系便是刘震云笔下塑造的一系列中国大地上的普通妇女形象。与牛小丽最具亲缘关系的自然还是《我不是潘金莲》中的李雪莲，她们几乎是孪生姐妹——执拗又泼辣大胆，天不怕地不怕，遇事有主见，且是家庭中的主心骨。小说的开端处，刘震云上来展现的仍旧是“事件化”了的生活真实：拐卖妇女与假婚行骗。牛小丽即将出嫁，操劳着给窝囊的哥哥买一个外地老婆，却不承想被这个叫作宋彩霞的妇女给骗了。为了寻回买女人花费的十五万元，牛小丽执拗地前往西南某省，追踪宋彩霞的下落，又被介绍人给骗了，一个人被扔在人生地不熟的异乡。最终，她把宋彩霞留下的假的家庭地址上的整个县城和下属的十二个乡镇全部跑遍了，却毫无结果，还在寻找的路上差一点被司机劫色。万般无奈之下，被一个从事色情业的女人骗走，竟然干起了卖淫的勾当。

牛小丽被逼无奈，在走投无路之下选择卖淫，却不小心牵扯出了一系列的反腐大案——她的卖淫与众不同，在于她的淳朴和善良，以及她的长相和涉世未深的稚嫩，能够让她假装农村来的处女，而她的嫖客都是一群有权有势的官员。这些官员们找她这样一个假处女，理由又千奇百怪。仅以与牛小丽八竿子都打不着的李安邦和杨开拓来说，前者是为了保住“官运”，在一个算命大师破解之法的安排下，以处女红来消灾避难，这就类似于现实生活中的“王林事件”，荒唐之处可见一斑。后者则是因为性功能障碍，只有和处女发生性关系，才能够维持一个月的性生活，于是就把破处当成了救命良药。处于叙事网络核心的牛小丽，在和这些官员们进行性交易的时候，被背后主使的商人全程录像，成为查出一系列贪腐大案的关键——这又不啻一个女版的“李宗瑞事件”。

但作为良家妇女的牛小丽，前后行事的逻辑实在矛盾百出——她既可以千里迢迢，不妥协地寻找被骗走的钱财，居然也能那么顺理成章地就接受了卖淫的安排，尽管她有自己的无奈之处，但绝不至于到了山穷水尽以至于要出卖身体的地步；她倔强的性格彰显出一个与现实斗争到底的形象，却最终成了一个和男人在床上进行性交易的乖乖女；她大胆而有主见，操持着整个家庭，又毫无来由地成了皮条客和老鸨手中玩弄的棋子……这种种矛盾之处，也彰显出了刘震云在涉及对“事件化”的生活现实进行文学化表达的时候，顾此失彼的一面，毕竟，牛小丽只不过是他临时征用来暴露反腐大案的一个可怜的乡下妇女罢了，至于她的内心、性格、背景等，则完全被忽略了。然而可惜的是，整部《吃瓜时代的儿女们》，写得最好的一个人物形象，恰恰又是牛小丽。刘震云要给吃瓜群众展示的“荒唐”腐败案件，也以“荒唐”的文学效果，让吃瓜群众不忍卒读。

二、群吏列传之李安邦与杨开拓

围绕着牛小丽团团转的，是一群“贪官污吏”，既有省长、市长、县长，也有县上某个局处的小领导、银行行长。和历代正史中的“酷吏”“廉吏”等不同的是，他们具有了“现代性”的思维逻辑和行事风格。他们并不是穷凶极恶的暴虐官员，但也绝不是为民做主的青天大老爷，而是一整套现代官僚机器上的一个螺丝钉罢了。只不过他们从正史中继承了一般官员的“自保哲学”：中饱私囊、以权谋私、钱权交易、草菅人命，表面上都是谦谦君子，背地里却龌龊卑鄙，虽然并没有坏事干尽，但个个都视权力为生命，为源源不断的财富的源泉。在刘震云的小说系列中，他们的前辈就是《我不是潘金莲》中“人人自危又人人自保”的懒政怠政者——为了尽量不给自己惹麻烦，能推则推，能躲则躲，让一颗芝麻变成了一个西瓜，让一只蚂蚁成了一头大象。他们的为官目的便是平稳升迁，而对自己的岗位职责从来都是漠视的。

李安邦作为一个省长，从秘密渠道获知消息，自己有望成为省委书记，便开始了前后的“打点”。但不巧的是，各种倒霉事都聚集过来：他试图讨好翻脸的朋友，使其不要背后说坏话，还算是官场中常见的事情；他的儿子出车祸，但要摆平的不是车祸本身，而是车祸中死去的一个被甩出车外的裸体女人。他的妻子直接越过他，收受商人送来的巨额资金，还没有政治头脑地四处张扬；一手提拔起来的干部又接着被查出贪腐问题，担心这个胆小怕事的部下透露出自己的问题。所有的焦虑集中起来，让他孤立无援中只能找到商人赵平凡。赵平凡一点都不平凡，他人脉关系极广，在政界和商界叱咤风云，表面金盆洗手四处做慈善捐款，背地里却仍旧做着各种勾当。正是他出的主意，带着李安邦找到了神秘兮兮的道人一宗，于是才有了与牛小丽牵扯到一起的缘由。

更“事件化”的故事属于杨开拓，也是彰显刘震云应对现实的无力感最为集中的一个人物形象。在小说中，抖开整个贪腐网络的人，正是荒诞漩涡中的杨开拓。他参加外甥的婚礼之时，发生了一件“新闻事件”——运送烟花爆竹的货车爆炸，将“彩虹三桥”炸断。这又是河南义昌大桥坍塌事故的小说化表达。奔赴现场的他面对混乱的现场，回答市长问话的时候竟然“傻笑着点了点头”，最终这张傻笑的照片在网络上引起了全民公愤，让他获得了“微笑哥”的网络称号。不仅如此，人们还将他戴着的手表单独截图出来，又搜罗出他其他场合所佩戴的手表图片，指证了他的贪污，让他又获得了“表哥”的网络绰号。这明显是对“杨达才事件”的文学挪移。只不过，在小说中，刘震云把河南的交通事故与陕西的交通事故并置在一起，在杨开拓身上汇聚了两个省份的“新闻事件”。最终杨开拓被“双开”，隔离审查，牵扯出了牛小丽的卖淫，十二个与牛小丽发生关系的官员被一网打尽。

至此，刘震云用了偶然的爆竹炸断桥梁作为收网的绳子，把各类“反腐事件”“新闻事件”和“网络事件”，甚至是“政治秘闻”类的捕风捉影的事件化为故事，拼凑到一起，以牛小丽作为中心，将之串联起来，构筑了一部全新的小说。人们不禁要追问，倘若如此简单地抄录这些事件化了的真实故事，就能成为一部小说，那么作家的工作也未免太过简单了。刘震云把一件十分神圣又艰苦的工作，竟然以现实的“幽默谐趣”方式呈现给了读者，不知道他究竟是要为读者负责呢，还是要以取巧的方式来用文学手法复述新闻事件呢？人们不得不怀疑，刘震云在操弄文学笔法的时候，他到底是在将当下历史化，还是在借助事件化的存在，将自己及其创作历史化呢？

三、荒唐作为“扣子”

为了让这部小说摆脱“抄袭”网络和现实的嫌疑，刘震云煞费苦心——他找来了“吃瓜群众”作为掩护，言下之意是要以这样一个荒唐的反腐故事，来彰显当下社会大众的生活状态，却一不小心滑入了事件化的现实的泥沼中不能自拔；他又找来牛小丽作为结构的核心点，把不相干的几个人串联在一起，来凸显当下时代网络的神奇功能，以及网络对大众生活的本质性改变，以此来用“吃瓜时代”命名了这一段历史；他还用了一个善恶报应的陈旧叙事圈套，来给整个作品落下帷幕：马忠诚多少年没有升迁的希望，在他灰心后淡泊为官的时候，却被任命为某市环保局副局长。以平常心领受了命运安排的他，决定五一假期带领家人出游海南。正在假期中的马忠诚，因突发事件急于回去，在火车站遇上了“钓鱼执法”的麻烦，他被骗去洗脚屋充当了一回嫖客。但有惊无险地逃过一劫之后，他才得知刚才与他进行性交易的竟然是落马省长李安邦的原配夫人康淑萍。这不禁令读者大跌眼镜，除了用中国传统小说中的善恶报应的陈腐观念来解释，这种“善有善报，恶有恶报”的叙事逻辑，实在是无法成立。为了突出“吃瓜时代”的特征，刘震云又征用了“女明星出轨人妖”以及微信监管的“删除功能”等热点事件，试图把这个电子时代的“无关联的关联性”，在小说中以哲理化的方式给表达出来。但叙述至此，即便不读原著的人也能感觉出来，相比为“吃瓜时代”把脉，移植网络事件更像是这部作品的核心要件，它所占的比重、它所彰显出来的时代特征……无论从哪一点来说，都不像是为“电子时代”立传。

为了圆整个小说的故事，刘震云找了个故事叙述的“扣子”，即荒唐。在小说行将结尾的地方，刘震云交代道：“去年轰动全国的大案，最后落脚到洗脚屋；一只鸡，使省长的老婆也成了鸡，事情也有些荒唐；……啥叫荒唐？事情荒唐不叫荒唐，把荒唐当工作做才叫荒唐；把荒唐当工作做也不叫荒唐，联防队员把钓鱼执法的钱拿回家，他老婆又拿这钱去过日子才叫荒唐。你也荒唐，我也荒唐，大家共同靠荒唐过日子，荒唐可不就成了正常？”吃瓜群众看的事情是荒唐，而官员们把荒唐当作工作做也成了荒唐，荒唐成为日常，便是“吃瓜时代”的典型特征。

刘震云或许忘了，靠着“荒唐”的魔力无法解除附着于这部小说之上的平庸与乏味，正如一个“倔强”的农村妇女无法拯救一群懒政怠政的官员一样。以牛小丽作为整个叙事网络的核心，用“卖淫”串联起了整个“网络事件”的线索，再用烟花爆竹炸断桥的意外来作为荒唐的借口，从而满足了整个小说叙述的内在圆满的需求，看似毫无拼贴痕迹，但并未摆脱对网络事件的移植和截取。加上牛小丽行事逻辑的前后矛盾、李安邦与杨开拓的简单化，甚至马忠诚超脱的为官态度等，使得故事仍旧呈现出一种撕裂感，一种硬性拼凑的痕迹。

近年来，先有余华对现实“正面强攻”的《第七天》，接着有关仁山探索土地流转的《麦河》，再有徐则臣关注雾霾的《王城如海》等，他们都试图对现实发声，介入现实社会，从而彰显文学的力量。但对他们而言，触碰现实的无力感在小说中就表现为拼凑事件化的现实、大段议论代替小说叙述、截取网络故事作为小说素材、照搬现实生活中人物形象……人们不禁吃惊，文学已经沦为现实的附庸，对现实的提炼与升华、重造与反思，付诸阙如。别说文学的介入，纵然是高出现实一筹都成为遥不可及的事情。人们不禁追问，这是江郎才尽的表现，还是作家太过“聪明”的结果？追逐“社会热点”，造成“爆红效应”，却唯独不顾及文学本身的规约，让文学径直成为网络事件的作家版，这是否会对当代文学造成致命的伤害？或许，已经到了作家们反思自我创作的时候了。

《日夜书》诗论

《日夜书》阅后札

岭翻五海远，
旧事回三山。
策安村妇口，
政享有无间。

戊戌年庚申月壬申日　西安·逸远斋

“新却旧着”的文学

——韩少功《日夜书》及其书写的策略[1]

对一个精雕细刻、产量不多的作者来说，推出一部小说意味着生命里的一个新刻度正在形成；而同样对一个讲究语言和叙事的作家来说，重新书写惯常的题材却以迥异的面貌呈现，大概意味着作家的又一次自我挑战，或曰转身。然而如同舞者的转身一样，有些人的舞步轻柔曼妙、自然畅快，赢得了阵阵掌声，但有些人则是别别扭扭、自己拐倒了自己，不但舞蹈跳得不好，还在舞池中妨碍了其他舞者。探索的道路上所遭遇的任何一次挫折和跌倒，都在一定程度上标明着创新的难度、突破的不易和面目一新的挑战。深知其中堂奥的作家们，总是希望在转变上来得华丽些、再华丽些，然后带着全新的作品亮相，不但成功地超越自己，而且奠定文学的新的高度。几年前的刘震云以一部《一句顶一万句》尝试了一把挑战的刺激与豪迈，诺贝尔文学奖获得者莫言同样以《蛙》窥探了转身的奥妙、体验了超越的滋味。如今，

[1] 本文发表于《文学报》2013 年 6 月 13 日“新批评”栏目，发表时题目为《写作观念的新旧交替——评韩少功〈日夜书〉及其书写策略》，收入本书时有较大改动。

韩少功也携带着自己的新作《日夜书》，玩起了转身和超越的游戏。这部小说放弃了《马桥词典》词语带动叙事的策略和《暗示》以笔记书写小说的洒脱，希图通过重写知青的陈年旧事来映照当下社会的思想和精神境况。于是当年的知青生活与当下的现实生活交替出现，一个人来往穿梭于两个时代，挥洒着知青时代的豪情与无奈，觉知着当下生活的困窘与虚无主义的倾向。不管是从小说的叙述策略，还是就其所追寻的精神世界的深度而言，韩少功无疑在挑战自我的道路上越走越远。然而，不能掩盖的则是全新的追求里所隐含的旧因素，让这部小说成为一部名副其实的“新却旧着”的文学作品。

一、又见马尔克斯

许多年之后，面对世界末日的最终审判，加西亚·马尔克斯一定会记起他所代表的魔幻现实主义在1980年代之后的中国文学界持续引发的火爆效应与频频被模仿的现象。那时的中国文坛，寻根文学已经取得了众人瞩目的成就，引发了持续的争论与探讨，一批作家借鉴魔幻现实主义的方法写出了《马桥词典》《透明的红萝卜》《尘埃落定》、《西藏，系在皮绳结上的魂》等作品。若干年之后，莫言凭借魔幻现实主义的书写方式问鼎了千人关注、万人敬仰的诺贝尔文学奖，把中国当代文学推向了一个新的高度。其时，韩少功作为寻根派的执牛耳者，推出了小说《日夜书》，重写知青题材的同时，试图兼收并蓄地运用后现代主义小说的诸种技法，创造性地缔造全新的中国当代文学的书写面貌。

于是，许多年之后，读者们发现，马尔克斯又一次以更为清晰的面目出现在中国文坛的舞台上，脱掉了所谓本土化的五彩华服，径直以典型魔幻现实主义的叙事语貌亮相。

《日夜书》以陶小布作为叙事的焦点，铺陈一代知识青年上山下乡的经历，及其在新时代的遭遇和思想危机。作为一个叙述者，陶小布总是以“我”的口吻随意颠倒故事的顺序，于是整个小说呈现出一种时空倒错、穿梭往来的特点，造成了叙事的复杂性和多点性，仿佛同时绽放的花朵装满了整个花圃，异常靓丽炫目，让观赏者目不暇接、眼花缭乱。叙述人自由穿梭于当下与过去两个时空之中，犹如手握绣花针，让故事作为主线，串联起记忆的点点滴滴。如果说故事是丝线，叙述者是绣花针，那么绣花的技巧则是马尔克斯的祖传秘方。因为韩少功达成这种目的所依据的基点正是马尔克斯的叙事语貌，那个魔幻现实主义的“圣经”句式：许多年之后，面对行刑队，奥雷良诺·布恩地亚上校将会回想起，他父亲带他去见识冰块的那个遥远的下午[1]。整部小说，伴随着阅读的推进，处处能够见到这个经典句式的魅影，它时时刻刻浮现，指认着作为马尔克斯后代的全部特征，也炫耀着这种特征。翻开小说，劈头盖脸的一句就是：“多少年后，大甲在我家落下手机，却把我家的电视遥控器揣走，使我相信人的性格几乎同指纹一样难以改变。”[2] 接下来便铺展开大甲的这种性

---

[1] ［哥伦比亚］加西亚·马尔克斯：《百年孤独》，黄锦炎等译，上海译文出版社，1984 年版，第 1 页。

[2] 韩少功：《日夜书》，《收获》，2013 年第 2 期，第 91 页。下引只注明页数，不再一一列出。

格，如何遗忘自己的东西，如何找错了门儿，如何有特殊的待遇。诸如此类。阅读的兴致如果就此被挑起，顺次读下去别有收获也说不定，谁知道正在前行之际，兴致勃勃中，又跳出一句，“多少年后，我再次经过这条小溪，踏上当年的小木桥，听河水仍在哗哗流淌，看纷乱的茅草封掩路面，不能不想起当年。”（92页）这无疑让人怔了一下，怀疑起自己的阅读对象到底是韩少功的《日夜书》，还是马尔克斯的《百年孤独》。如果仅此一点还不足为证，还能够持续读下去的话，那么紧接着又跳出来的话语则让人突然间发现，马尔克斯实在是“他乡遇故知”了。“我醒了过来，再次醒过来了，发现很多事情还得从头说起。”（93页）“多少年后，我差不多忘了白马湖。多少年后，我却从手机里突然接到军哥上吊自杀的消息，顿觉全身发软。”（97页）“如果大甲这家伙后来没吹牛，那么他持枪从毒贩子们那里解救小安子，地点应该在美国的路易斯安那。”（106页）“多少年后，大甲与小安子都去了国外，有人在军哥耳边嘀咕，说那两个家伙不怎么道义，据说……”（107页）“多年后，他已远在太平洋的那一边，音信渺茫，相见时难，但还是不时潜入我的恍惚，触动我内心中柔软的一角。”（119页）等等等等，不胜枚举，俯拾皆是，真真让人在恍惚之中以为自己是在阅读马尔克斯的《百年孤独》，而非韩少功的《日夜书》。这分明是哥伦比亚的花儿嘛，怎么一不小心就开在了中国呢？我总觉得，引用这样的句子都让人有一种不寒而栗的感觉，仿佛马尔克斯的幽灵就站在身边，阴森得可怕，诡异得可怖，狰狞得可憎。

就整个文学的发展而言，世界文学格局中的交流成为一种必然的现象，更何况存在着“影响的焦虑”，促使作家们总是跟随前辈的足迹，练就一身本领之后开创崭新的道路，通往文学的高峰。这是再正常不过的文学现象。然而如果一个国家的文学长时期地依赖另外一个国家文学的哺乳，始终走不出文学的断奶期，那么对该国文学的发展则会产生致命的影响。走不出断奶期的孩子注定是孱弱的，其夭折的遭遇只是时间的早晚而已。

1980 年代之后的中国文学，被打开国门后的西学文风所震撼，用一种更为惊奇的眼光去看待全新的文学流派，尤其是兴盛于其时的后现代主义的诸多文学流派。由于其方法的复杂多样性，影响着中国的众多作家也开始探讨文学的内部构成，形成了先锋派的实验探索。但是更为自觉的追求还应该是对魔幻现实主义的模仿，因为这一流派立足于本土的自我经验构成，以虚幻的故事和细节敲打真实的生活和感受，构筑了一道迥异的文学风景线。这给当时的中国文学带来了无限的希望，形成了颇具影响的寻根文学。然而时至今日，文学界依然患有消化不良症，未能将这些世界性的文学成就完全消化而形成一种创新的风貌，仍旧亦步亦趋，让人担忧中国文学的前景和未来。

二、“小却大着”的叙事与“大却小着”的思想

从《日夜书》的书写中，可以看出在叙事和思想上，韩少功都铆足了劲儿，准备来一回天地换新颜的大变革。这种野心一目了然，透露出一个汉字的执着与坚韧。他不惜一切代价，排兵布阵，将自己的浑身解数毫不隐藏地使出来，那种决绝的气概处处

体现在小说当中。

就叙事而言，韩少功突然间开始转变那种温婉雅致的书写方式，告别了词语和笔记带动叙事的试验机制，取而代之的则是日常言说的通常与顺滑，完全口语化的表达让读者突然找不到那种刻意为之的强调文学性的表达。这种书写方式，如果说贾平凹最为拿手，那么就没有其他人敢称第一了。贾平凹永远在自己的世界中絮絮叨叨，永不停歇地操着一口陕西腔调自顾自地一遍又一遍诉说着陕南的故事。韩少功也突然间改头换面，用一种这样的腔调来叙事，就忽然将自己的身份隐藏起来了。《日夜书》的叙事语言可以说是贾平凹《秦腔》和余华《兄弟》的双重组合。书写知青岁月的酸甜苦辣和激动人心，动用的是一种来自乡下的口吻，略带抒情，又微涵怀念，正是贾平凹拿手的方法。一俟写到当代都市生活，韩少功又拿出了余华在《兄弟》中的恣肆汪洋的任意任性的劲儿，随意点拨，泼墨写意画一般，天马行空，不说到痛快淋漓绝不停下。《日夜书》和《兄弟》可谓是孪生"兄弟"了，尤其是《兄弟》的下部。中国当代文学的两套笔墨深深地潜藏在贾平凹和余华的两部作品中，书写者往往无出其右者，而韩少功则在一部小说中综合了两者，可谓是左右逢源。就当下两套笔墨的运用而言，韩少功的《日夜书》真可谓是"小却大着"的叙事了。

如果到此为止，还不算是真正的大叙事，因为韩少功还要展现自己开阔的视野和借鉴的拿手好戏，于是整部《日夜书》就让人读到了太多文学名家之身影，他们幽灵一般走进走出，仿佛《日夜书》为他们在午夜提供了一个交谈的场所，每个人都拿出自己的看家本领，聚在一起，各显神通。马尔克斯自不必说，卡尔维诺也频频亮相。“眼下这一刻，我已经站在未来了，已把自己这部电影看了个够，也许正面临片尾音乐和演职员表的呼之欲出。”（102 页）“流行在头上飞掠，我现在该往下写吗？星空在缓缓旋转，我现在该往下写吗？月光下的山那边似乎就是世界边缘，是滑出这个星球的最后一道坡线，我犹豫的笔尖该往哪里写？”（127—128 页）恍惚之间，已经置身于卡尔维诺的小说中了。“写这本书的时候，时常搁笔，走到窗前。天上空荡荡的……”[1]“我的书呀，你现在到了结尾处。最后这几天，我写得飞快，一行一行地写下来，我穿越了几个国家，跨过了几大洲几大洋。”[2]庄生梦蝶的化境大概在韩少功的《日夜书》中得到了一种阐释，那种不分你我的书写中，承载着整个世界文学的技巧，浑然不知何者为韩少功，何者为马尔克斯、卡尔维诺等，更不用说明里暗里对法国新小说、女性主义等的借鉴。

这种看似一般的叙事风格中，却隐藏着韩少功的野心，整合如此多的写作方法之后，带给我们一种全新的阅读体验。事实上，这种“小却大着”的叙事其实延续了韩少功的写作路径，只是越发变本加厉，肆无忌惮地脱去了皇帝身上的新装，赤裸裸地宣称一种模仿的书写方式。试问，在这种模仿中，中国当代文学到底想做些什么？文学到底创造什么样的作品？这种写作的意义到底何在？想来不禁使人愕然。

---

[1] ［意大利］卡尔维诺：《我们的祖先 · 树上的男爵》，蔡国忠等译，译林出版社，2001 年版，第 296 页。

[2] ［意大利］卡尔维诺：《我们的祖先 · 不存在的骑士》，蔡国忠等译，译林出版社，2001 年版，第 404 页。

当然，韩少功试图通过这种叙事策略的融合，来达到自我思想的表达。重操知青题材，韩少功这一次的书写多少让人有些失望，失望不在于他没有写出知青一代前生后世的状况，失望在于，他不但没能超越自己，反而向自己投降，不断降低了自己文学作品的质量。有些作家实在是不严肃，一年一部长篇或者两年一部长篇，动辄六十万字、三十万字，贾平凹者如是，然而读来却平平无奇，同一个腔调说出了不同的废话。有些作家则似乎江郎才尽，玩弄新鲜的把戏，东一耙子，西一耙子，胡拉乱扯，美其名曰探索或者创新，韩少功者当如是。

《日夜书》的期望不难发见，在作者的创作过程中，随着叙述者的不停转换，往来于现时代和知青时代，以两相对比的方式探照知青一代的精神世界。于是，不堪回首的往事映入眼帘让人流连忘返，却难以掩盖其中的愚昧、失落和痛苦不堪，混乱的现代生活又充满了虚无、寂寞、荒诞和无可奈何，以至于生活变成了五彩斑斓的宝塔，看似晶莹剔透又美妙无比，却经不起任何哪怕一点点的推敲。倘若不去推敲生活，人们还算过得有滋有味，一旦面临询问，便支支吾吾、不知所言了。处于这种前不着村、后不着店的时代，知青一代所遭遇的生活窘境使得他们既回不去，又走不出来，融入现代生活的过程也是努力适应的过程。于是整个小说显现出一种悲壮的哀情，苍凉、惨淡却又显得无所适从、难以名状。韩少功并没有抓住一个核心，或者并没有找出一条主线，甚至只是印象式地草描了一代人的生命处境。因此凌乱和芜杂在所难免，读来让人越发觉得味同嚼蜡。没有了《马桥词典》探索的激情与内敛的沉稳，也没有了《爸爸爸》的文化情怀和人世体悟，完全一任文字的爆炸、故事的漫延、人物的模糊横行其中，思想境界自然难以超越。悲天悯人的深沉被浮躁凌厉所代替，俯瞰天地沧桑被婆婆妈妈所接续，一代人的生命处境之难以言说被置换成了无休无止的扯皮……韩少功这究竟是怎么了？

事实上，这种“大却小着”的思想，在中国当代文学中屡见不鲜，比比皆是。不能拿作家们与歌德比较，也不能拿他们与列夫·托尔斯泰和司汤达比较，他们只是故我地书写着大却小着的思想，不管是境界还是格局。小说成了他们打发寂寞、邀功请赏的工具，成了他们赚取资本和名声的手段，忘记了作家的基本修养和思想境界，只是一味地做码字工。因此，他们称不上是文学家，甚至难副作家的名号，“写手”大概是他们最好的特征描述。偶尔爆发，只当是灵光一现，因此阅读他们从来都不能够阅读其全部，如同看一个人，只看眼睛或者鼻子是美的，倘若要看整个脸蛋儿，恐怕就让人失望了。这是中国当代作家的悲哀，也是中国当代文学的悲哀。因此，所谓“时代情绪的诗性书写”[1]、“重新打开记忆之门”[2]、“在仰观深察的叙事里展开诸多纵深探究”[3]等，所看重的正是《日夜书》的思想探索，然而却忽略了韩少功的宏大叙事其实是“大却小着”的思想与无所适从的茫然。

---

[1] 廖述务：《时代情绪的诗性书写——以韩少功〈日夜书〉为中心》，《创作与评论》，2013 年第 1 期。

[2] 刘复生：《重新打开记忆之门——韩少功〈日夜书〉对知青经验的反省》，《创作与评论》，2013 年第 1 期。

[3] 舒文治：《在仰观深察的叙事里展开诸多纵深探究——韩少功长篇新作〈日夜书〉阅读札记》，《创作与评论》，2013 年第 1 期。

三、再历史化与“新却旧着”的文学

历史化作为中国当代文学最重要的特征之一，在当代文学的表达之中始终或隐或现。从历史化到超级历史化、再历史化，到最后的去历史化，都隐含着中国当代文学对于构建历史的冲动。历史化在詹姆逊那里所指的是文学作为文本和叙事，在参与到构建历史的过程中所能够提供的历史面貌，历史的客观存在性在文学的历史化叙事中几乎被完全消解，取而代之的乃是虚构的历史。也就是说，“历史也只能存在于这些文本之中。”[1]（19 页）参与历史叙事的冲动，一直纠缠着政治的诉求，因此构建何种历史、如何构建这种历史、构建历史的目的何在、重新叙述的历史要交代何种历史事件等，都成为当代文学历史化的重要考量方面，因此，在所谓真实的历史已经成为过往之后，凭借文字所保留的历史便成为当代人的言说，文学便在正史之外希图提供更为丰富的历史真实，甚至是历史精神。所以，历史化这一当代文学的现实，始终充满了作家对历史精神进行探索的无休止的坚持，他们怀抱着雄心壮志，整装待发，然后接住文学的叙事来达成对历史的全新书写。文学发展到 1990 年代和 2000 年代的时候，去历史化一度成为文学回归自身的一大显著特征。然而恰恰是在去历史化的呼声和现实中，文学又在悄然地进行着再历史化、重新历史化的工作。因此，不管是历史化还是去历史化，对当代文学而言，以一种恰当的方式参与到政治之中，才是他们的最终目

[1] 陈晓明：《中国当代文学主潮》，北京大学出版社，2009 年版，第 19 页。

的。历史化的过程中，作家们怀抱着不同的政治意图，书写着全新的历史，构建当下生活的同时构建历史的过往，而他们笔下的当下生活正是历史事实的组成部分。韩少功同样如此，在《日夜书》中，可以说一种再历史化的倾向相当浓重，甚至可以说，再历史化的冲动在作品中如火山般喷薄而出，燃烧了韩少功，也燃烧了作品中的每一个人物。

重写知青题材，韩少功的诉求本来是追求一种全然不同的知青叙事，然而恰恰相反，再历史化的过程中，韩少功非但没有将这段历史写出新意，反而将现实作为历史的一部分纳入其中——其庞大的野心中，知青叙事只不过是其历史化的一小部分而已，言在此而意在彼的书写方式中，韩少功更加强调对当代精神的关注，从思想上探讨我们这个时代。或许可以说，知青题材多少有些引子的意味，是一个借以展现其历史化冲动的线索，借由这一线索，韩少功书写着对当代精神和思想进行历史化的野心。对知青生活的闪回般的叙事只不过掩盖了小说历史化的目的，他更愿意努力在当下的生活中寻找一种全新的精神面向的解释。再历史化的倾向中，韩少功毫不隐讳地彰显着自己政治诉求的意图，在历史化中加入政治的叙事，在日常生活的言说中带上政治诉求的倾向，因此，比起那些以去历史化的方式参与到历史化的过程中的作家，韩少功显然在这一点上更为清醒，也更为自觉。早年作为寻根派的中坚力量，韩少功就不无在历史化的冲动中加入政治的诉求，一种在世界文化中塑造中国形象的渴望时刻隐现其中。而如今，他径直将笔触深入到当代生活的精神和思想内核中，挖掘历史记忆作为历史化的幌子和借口，真实的目的却是要剖析当代社会生活，为其把脉、诊断，不试图开出药方，只是和盘托出当代的精神世相和思想状况，于是，知青记忆叙事的历史化倾向只不过是招摇在外的羊头，店铺里卖出的却是对当代精神和思想进行历史化的狗肉。这一点恰是其明显的“新却旧着的文学”的表征，也是“旧却新着的文学”的奇特面孔。在新和旧的交替往复之中，韩少功玩起了文学历史化、去历史化和再历史化的博弈，却始终忘却不了希冀描绘当代生活精神图谱的冲动，也忘却不了探索当代思想境况的使命。因此，与其说韩少功是在重新书写知青题材，探索一代知青人的精神世界和思想状况，不如说他是在借知青一代生活之酒杯，浇自己心中将当代生活再历史化的块垒。历史的过往已然是既成的事实，在众多作家对之进行历史化之后，韩少功要再历史化这历史的过往势必是一种巨大的挑战，然而其意图的复杂则让他轻巧地避开了这种困难，开始尝试一种在历史中诉说现在和当下、在现在和当下中追忆历史的叙事方法。于是，韩少功《日夜书》的历史化叙事便呈现为时间和空间上的往来穿梭，在错综复杂的跳跃中展现出一种自我历史化的独特书写方式。

然而在再历史化的过程中，韩少功的政治诉求则表现为一种政治牢骚，是满腹抱怨的愤愤不平，也是无可奈何的调侃与自轻自贱式的嘲讽。历史化作为参与构建历史的方式，同时也是政治化的策略之一。韩少功打着知青题材的幌子，对知青一代进行历史化的书写，暗地里却进行着当代精神和思想的历史化工作，又将自己的政治诉求掩藏于两者之中，不动声色又絮叨不停，真真是当代文学的一道奇异的风景线。从政治诉求到政治牢骚的转变，隐含着历史化倾向的艰难时世的到来，也暗含着一代文人历史化激情的冷却时代之到来，当代文学的历史化必然会在某些方面停止前进而代之以非历史化的书写，而在另一些方面则事无巨细地参与到历史化过程之中。历史往往如此发展，这一幕曾经是建国之后文学发展的最为显明的现象，如今灵魂附体，重又出现。历史的鬼魅身影再一次重现于当代文学的舞台之上，重现于韩少功的《日夜书》中。从大甲引出的“共产主义就是不分你我的乱来”（91 页）的判断，到对当代社会的牢骚式抱怨，“我就奇了怪了，好多人连饭都吃不饱，国家烧这种钱干什么？你上了天又怎么样？放个礼花不是更好看？”（139 页）韩少功的历史化意图再也难以隐藏起来，政治牢骚恰恰表明了其政治诉求和意图，也将其历史化的面具摘下，还原本真的面目——以历史的过往书写历史的当下，以历史的当下衬托历史的过往。读者不禁会心一笑，这不是所谓的隐微式写作的典型吗？这不正是尤里安皇帝、霍布斯等的书写方式吗？不正是《左氏春秋传》、香草美人式的写作吗？何以魂兮归来、借尸还魂了呢？这可真算得上是文学的一次绝妙的玩笑——我们“新却旧着”的文学呵！

《义乌之因》诗论

阅陈河小说札

千里奔波行复忙，
铜臭攻伐皆荒唐。
黄粱一梦难醒后，
何故殷勤去他乡。

丙申年庚子月辛巳日　人图圆桌·问馀斋

去国·还乡，以及其他种种现代性与世界性
——读陈河的小说《义乌之囚》[1]

小说《义乌之囚》发表于《人民文学》2016年第10期，迅速成为人们阅读的文本，并被《北京文学·中篇小说月报》2016年第11期转载。小说再一次重提了华人小说的“国际视野”，却以“返乡”的形式，将故事聚焦于义乌这个以小商品批发而闻名于世的小县城，从而带来了不同的阅读感觉。进入文本之中，读者们将会发现这是一个有着封闭式叙事和开放式结尾的故事，也同时是一个沾满了现代人习性的陈旧又新鲜的传奇。类似于侦探小说，又有某些现实主义传统的影子和遗传的基因。它不属于中国，也不属于加拿大，更不属于非洲，而是属于它们的全体，属于世界性的历史潮流。它或许见证并描摹了我们这个时代的生活之种种，也或许将会变成历史的小小一部分，但无论如何，它都将带着自己的独特叙述，给读者们呈现一幅丰富复杂的世界性的现代图景。让读者们觉得，我们无往不在故事之外，又无往不在

---

[1] 本文发表于《文学报》2016年11月24日“新批评”栏目，发表时题目为《去国与还乡的变奏曲——读陈河小说〈义乌之囚〉》，收入本书时有改动。

故事之中。

一、去国·还乡，或一桩死亡事件的文学叙事

《义乌之囚》的故事略显出一种单纯的复杂来。它并非传统意义上的双线叙事，而是隐约有三条同时发展又紧密地纠缠在一起的线索，构成了整个故事的线条，仿若三根线绳揉搓成的一根大绳。编织这样一根大绳的过程，就是展现三个人物命运、性格和理想的过程，而旁逸斜出的部分，则是小说里各种形形色色的“国际人物”。

小说的第一条线索是加拿大籍华人杰生，返回义乌去调查弟弟死亡的故事。这一路对死亡真相的探索，牵扯着杰生的生活和反思。在一批批中国人热闹非凡的移民高潮中，杰生提供了自己的反思：外国的月亮并不比中国圆。艰辛的打工经历、艰难的生活之种种、艰苦的忙碌奔波……中国人只看到了光鲜的一面，却总是想当然地把背后的辛酸痛苦给忽略或遗忘。杰生就是一个注脚——经营着批发出口生意，艰难地讨着生活。这其中有妻子家中的贷款帮扶，也有自己老家父母的全力相助，所有这一切都是为了成全异国他乡的富人美梦。为了节省钱，他让弟弟杰林帮助从义乌进货，然后在加拿大销售。然而弟弟却意外地在一起打架斗殴事件中丧生。杰生还乡的重要目的之一，就是调查弟弟的死亡真相。于是，第二条故事线索浮现了出来——一个义乌小青年，如何一步步走向自己生命的终结。杰林同样是个不安分的小伙子，帮着哥哥在义乌搞批发的过程中，擅自挪用了哥哥的

货款，去做一桩伟大的“非洲事业”，并在一次和广州来的黑人打斗过程中，被割断了动脉而死去。他的死，被他崇拜着的查理称赞为是一次“光荣的死亡”。而同时，他的死也将非洲的部落和军阀之间的混战，以打架斗殴的方式挪移在了中国大地上，一个经济繁荣、商品众多、贸易发达的国度。由此而来的，则是一直隐现其中却始终见不着庐山真面目的查理——第三条线索的中心人物。查理原名杜子岩，有一个杀人分尸的哥哥。这无疑给他的存在蒙上了一层残暴的阴影。然而他的人生轨迹却朝着另外的方向发展。在加拿大努力地经营着自己的生意，在经历了失败之后，终于把生意做得很大，成了多伦多批发生意中显赫的大腕级人物。几乎是一夜之间，查理的生意惨败，整个人也都销声匿迹了，却在几年后出现在了义乌。因为他认为，“义乌原来是一个奇异的迷宫，从这里可以找到自己失落的梦境”。他也恰好是以义乌为基地，一步步地构建了自己的“非洲事业”，也是他的人生事业——属于英雄者的传奇美梦。他反复强调，“某种意义上说，义乌的确包含了我的过去、现在和将来。”“在义乌有一条通向我梦境的路径。”从本质意义上而言，“义乌之因”与其说是杰生这个因为欠款而被地下讨债公司囚禁起来的人，不如说是这个从灵魂上被义乌牢牢控制住的有着重塑现代英雄美梦的人。通过进一步的了解，杰生发现，原来查理把几乎所有的钱财都投到了非洲最黑暗的心脏地带。还不惜资本地在中国投资工厂，生产假冒名牌货，以此来筹备资金用于他的“非洲事业”。

三条线索，因为杰林的死，紧密地纠缠在一起，环环相扣，一步步推进，颇有侦探小说的意味。在这个过程中，义乌的众生相也于焉可见。小青是一个批发商人，走到哪里都带着一个保镖，深谙义乌商人间的伎俩；一个个黑人，说着完全陌生的话，在异域他乡穿街走巷地出没在义乌的角角落落；伊朗人、印度人、阿拉伯人，各色皮肤的人充斥着义乌这个小小的中国之地，按照“天下熙熙皆为利来，天下攘攘皆为利往”的生存原则，在资本的驱使下构建着全球的贸易体系，以此来获得利润。杰生千方百计，终于找到了难觅踪迹的查理——利用现代科技手段，两个人通过视频连线的方式，进行了一次会谈：查理忙于自己的非洲事业，并且宣称可以为了非洲事业牺牲自己的性命。杰生试图追回从弟弟之手流进查理口袋的钱，正是这些钱的流失，导致了他欠债八十多万美元。而实际上，他根本无法追回自己的钱财，疯狂的查理早已把这些钱财凝固在他的“非洲事业”上了。然而杰生将如何面对自己接下来“义乌之囚”的困境呢？小说却在这里戛然而止，留下了现代资本与人性及革命之间的永远令人玩味的谜题。

整个小说，在“去国”与“还乡”的逻辑中展开，用一桩死亡事件勾连种种人物的命运，以及他们的理想追求——对资本的永不厌倦的欢喜，对性事的或隐或现的迷恋，对生活的浮躁又切实的期盼，以及对革命的遥远而迫切的追思。在“去国”和“还乡”之间，小说构筑出一幅现代资本全球化带来的人物生活轨迹的世界化图景，他们穿行于各个国家之间，仿佛行走于邻里之间一般，而他们的面孔则呈现着千差万别的模样。他们为着纯粹货币哲学的目的，行走于各地，追求自己利益的最大化。然而却出现了一个异类——查理（杜子岩），要跑到鸟不拉屎的非洲最黑暗的地方，帮助那里的人们革命求解放，而实际上是在悄悄地把未进入现代性旅程的非洲人拉入世界性的贸易体系范围之内。然而，查理崇拜的切·格瓦拉已死，留给他的革命遗产，则变了形地被他这样的现代人给继承了下来。

二、货币现代性与切·格瓦拉及其革命遗产

在整个小说的架构中，由现代贸易体系所打造的世界性资本市场，将五湖四海的人们联络在一起，描绘出一幅全球化的逼真景观。陈河无意于展现这样一种全球化的景象如何活灵活现地出现在日常生活的叙事中，毋宁说，陈河自身的国际旅行经验，必然会带来这样一种叙事视角。长期居住于加拿大，主要文学活动却在中国大陆进行，这对陈河而言，无异于是说杰生的故事可能只不过是自己经历的“资本版”或“生意版”，是换了一种角度的重新讲述。只是这一次，陈河用了一桩死亡的事件，勾连着“去国”与“还乡”的故事，从而展现出整个世界性的图景。但陈河的目的定然不是已经被说滥了的俗套的全球化故事，它不牵涉旅行，也不牵涉跨文化交流，而是抹平了一切国别、种族、地域与文化的差异之后，把生存赤裸裸地展示出来罢了。与其说《义乌之囚》所写的是一个被囚禁在义乌的人物前前后后的故事和经历，不如说“义乌”只是取了一个象征的寓言体存在形式，意在展示一种现代人生存的困境——来自资本对生命自身的压榨，来自生存重压对生活的折磨，以及来自因传统的革命意识而改变着的人生轨迹。这种种一切交织在一起，混合着“货币的现代性”，或者

甚至就是奠定在“货币现代性”的基础之上，无异于在提醒任何一个读者，试图通过生存空间的转换来对生存质量进行提高的企图，不啻一个痴人说梦的奢望。只要货币存在，生存的艰难就一直存在；只要心内的魔咒不除，就永远不会有更新的幸福在前方等待，哪怕搬来革命的遗产，也无济于事。

杰生的忙碌奔波，是货币现代性的典型呈现。所谓的货币现代性，意指在经济全球化的背景下，文化、种族、国别等的差异被磨平之后带来的人性共通性及其种种表现。陈河选取了义乌作为展现这种货币现代性的场所，无疑是抓住了这个世界意义上的小商品市场所具有的得天独厚的条件——它位于中国：世界各地经济都疲软的情况下，中国经济一枝独秀，引领风骚；它走向世界：不仅加拿大有着批发零售的现象，远至非洲都同样存在着它的身影，也就是说，不管是发达国家、发展中国家，还是蒙昧落后的国家和地区，都能找到商品无所不在的身影。世界各地的人们都来到这个小地方，争相上演一场人类共通性的大剧——为蝇头小利而不惜丢掉性命，为生活忙碌奔波而从不嫌累，为活命而干着各种难以忍受的工作。只能说，货币现代性的名言就是：全世界都是一样的。与此同时，货币现代性的信条也变成了：有钱能使鬼推磨。本是通达幸福的工具径直变成了现代人追求的“最终的目的”（西美尔语）。这一本末倒置的生存处境，无异于宣称了现代人的生存悲剧：被抹平了个性的整齐和划一，让任何追求个人意义的英雄式想法变得荒谬可笑而略显迂腐落伍。哪怕有人最终起而反抗货币现代性的最新哲学，都充满了反讽意味。查理就是其中最典型的一个。

以切·格瓦拉作为自己偶像的查理，在这样一个资本现代性的后革命时代高举革命的大旗，放弃了资本的享乐，去往贫穷的非洲进行一场看似伟大却十足荒诞的“革命义举”。他宣称：“我和我的朋友们随时都愿意为了非洲事业而死去。对我们来说，钱财是沙子水泥，我们用它们来建设一个城堡。我们的钱财一旦加入了，就如浇筑混凝土一样粘固在大厦上，怎么也取不出了。看看我，我现在没有私人财产，我与妻子和儿子都不再有家庭关系，我不会有一分钱的私产留给它们。”俨然一个彻头彻尾的“无产阶级”，且是一个“国际无产者”的形象。他完全是为了“革命义举”而奔赴非洲，与那里的军阀作战，和那里的酋长联络，以至于成了“黑人的教父”，连非洲的“信使”都要不远万里来到中国的义乌，寻求来自“黑人教父”的帮助。在非洲，黑人的圈子里，他被亲切地称为“查理博士”。他在义乌工厂里定制的印着切·格瓦拉头像的帽子，无意中和雷锋发生了关联。“义乌人都叫这个头像雷锋，因为和雷锋的一张标准像很像。”与其说切·格瓦拉的头像与雷锋的标准像很像，不如说被类比者是非洲人的“查理博士”，是“黑人的教父”——一个完全是出于无私观念的、自愿去非洲干革命的现代英雄。在把自己彻底无产化之时，查理还把自己“公义化”，以一个异域他乡的人物来书写属于非洲人的英雄传奇。他的“革命义举”实在是和这个资本现代性的时代格格不入了，以至于连杰生都要怀疑，他到非洲到底是去“干革命”还是要去“做生意”的。查理整个“革命义举”的荒谬性，于焉可见。

其荒谬性质的第一重表现，是查理不得不借助现代资本主义的货币哲学逻辑去以“非洲事业”之名“干革命”。查理痛恨“该死的帝国资本主义”，因此他要完全义务地去非洲帮助那里的人干革命——巧合的是，“义务”和“义乌”又是近音词，这一层关联或许并非陈河有意为之，却无意中巧合出了“革命义举”的荒诞性。切·格瓦拉可谓是这种“革命义举”的先驱，难怪查理会以此来作为自己帽子的装饰，甚至在最后将自己打扮成了另一个切·格瓦拉。然而杰生的义乌之行，却揭开了查理“革命义举”的面纱，露出其中丑陋的资本主义嘴脸的真面容。为了支持自己在非洲的革命，查理成了“冒牌大王”，在中国建设了一个大工厂，专门生产各种“资本主义世界”的知名品牌的冒牌货，举凡耐克、阿迪达斯、香奈儿等，都在其列。以资本主义的罪恶之实来行无产阶级的革命义举，其荒诞性一目了然，稍有历史知识的读者，立马就读出了其中的奥妙。陈河的高明之处也就体现了出来——现代革命英雄的神话，被货币现代性击打得粉碎，成了举世闻名的笑柄。因此，可以说，货币现代性以无可争辩的真理性存在，摧毁了各种各样的现代英雄美梦，把任何一个人都变成狗苟蝇营的“生存者”，而非拯救世人的“大英雄”。货币现代性的时代，是一个庸人辈出的时代，是一个碌碌无为的时代，绝不是一个英雄诞生的温床。那伟大的“革命梦幻”早已经随着切·格瓦拉的死去而永久地灭绝了。

从第二重荒诞性上来说，查理的“革命义举”充满了“现代人的虚伪性”。而这“现代人的虚伪性”无异于是“货币现代性”的另一面——宣称公平和无差别的“货币”，只不过是造成新的不平等和不公正的工具和媒介罢了，其内在的本质仍旧是“富人的天堂，穷人的地狱”，仍旧是别有用心的人们塑造自我形象的途径。只不过在查理这里，“发家致富”被改写成为“革命义举”，“暴发户”的可恶形象被改写为“无产者”的光荣头衔罢了。实际上，查理的一段话，道出了他“革命义举”的真实目的：“在抵达了非洲之后，我的内心开始平静，我现在明白了在我的灵魂里充满着原始的情感，渴望着声誉和虚名，追求着徒有其表的成就和权力，渴望在什么不为人知的鬼地方干一番惊天动地的大事业。”这实实在在是“现代资本主义的明目张胆的功利逻辑”，远非切·格瓦拉的“革命初衷”。也因此，是“贫穷的非洲”成就了“富裕的查理”，让他成功地升级为“查理博士”和“黑人的教父”。那个高举着“革命义举”大旗的“无产者”查理，原来也竟然只不过是一个贪图虚名之徒。

三、世界性：资本·贸易·商品·革命·人性

倘若停留在“切·格瓦拉及其革命遗产”的现代性境遇，《义乌之囚》的思想意义显然就苍白许多，虽然也提供了不少令人深思的地方。陈河的野心绝不止于此，他还要进一步去揭示“货币现代性”和“革命遗产”背后所隐藏着的人性的善恶，以及世界主义的当代历史化呈现和永远把当代历史化的努力。按照詹姆逊的说法，“永远历史化”是人类历史发展过程中一个始终“未完成的事业”，因为历史永远向前，现在永远流逝从而归入历史的痕迹。陈河及其创作不同于国内作家之处，或者说高出国内许多写作者的地方，在于“世界性经验”的获得，为其打开了更为宽广的视野，看到“当代生活历史化”的不同侧面。在这个全球化的时代，

中国的一个小小县城也可以成为世界中心，所发生的一桩桩事情再也不是单纯的地方性事件，而必然会上升为“世界主义的事业”之一环，从而被铭刻在历史的记录册上。南来北往的人，不再是操着统一语言、遵守同一风俗的“民族国家”的“想象的共同体”，世界本身就已经是一个命运共同体了，那种“地方性的品格”被成功地置换为“世界性的特征”，由各种方式被连接在一起，从“单一的人性”发展为“统一的心理”，进而在世界任何一个角落都可能会发生着同样的事情。这就是《义乌之囚》的深刻意义，是陈河的独特观察带来的独有贡献。

查理首先是一个“世界性的公民”，他已经完全摆脱了杰林“地方性的品格”和杰生“未完成的世界性转变”，是一个彻头彻尾的“世界人”。并不是从他的足迹上来判断他的“世界性的公民”的属性的，而是从他的思想、行动与追求来观察，所体现出的这种独特品质。他身上同时混合着“资本主义的生意人”“无产阶级的革命者”“现代生活的代言人”等多重角色，是一个靠着“利润”活着的商品体系枢纽的人，靠着“商品交换的差价”来获取“资本”；也同时是一个抛弃了“资本”的无产者，朝着更高的“声誉”追求而去的无产者，试图凭借“革命义举”来“干一番惊天动地的大事业”，从而在历史上留下自己的声名。他所追求的革命，已然超越了“地方性”，尤其映衬着切·格瓦拉的革命实践，而获得了“世界性”的意义。因此，在查理的身上，综合地体现着在“世界性”的生存体系中，世界主义形成所依托的资本、贸易和商品。在义乌生产着“冒牌商品”，在世界各地通过贸易的手段来获得资本，将整个世界连接在一起，形成统一的“查理世界”。而这种种，只不过是他“革命链条上的一环”罢了。商品的生产、交换，以及最终实现的“资本化”，都是为了服务于“革命义举”。然而这“革命义举”也同样是世界性的，因为查理继承的革命遗产来自另外一个世界意义上的革命者切·格瓦拉。但无论如何，查理都无法摆脱世界性的经济一面——他需要拿着雄厚的资本，通过贸易的方式来获得作为商品的武器，从而实现他的崇高的革命义举。他的每一次行动中，都充满了“现代性的反讽和嘲弄”，是一次似是而非的努力，更是一次意想不到的“搬起石头砸自己的脚”的行为。“革命被世界化”，和资本、贸易与商品的世界化并没有任何本质的区别，查理的由中国而加拿大、由加拿大而非洲，只不过是串联起“革命的世界性”的一个代表而已。因此，查理对义乌有着独特的情感，乃是因为义乌已经完全地“经由商品、贸易和资本而彻底地世界化”了，借由此，他才可以真正地把自己的“革命义举世界化”。另一方面，也是因为只有在“世界性的意义上”，“革命义举”才会发生；只有遥远的非洲的黑暗心脏，才能接纳、领受甚至是欢迎他这个痛恨“该死的帝国资本主义”的“无产者的革命义举”。所以从某种程度上来说，“革命的世界化”只不过是另一种资本、商品和贸易的世界化的翻版罢了，并不能够给查理提供更好的可以实现自己“历史不朽”美梦的舞台。所以在查理经历了“资本、商品和贸易世界化”的失败之后，他的“革命的世界化”行为也注定是失败的。

同样需要注意的是，在种种世界性的图景中，“人性的世界化”同样占据着醒目的位置。不管是杰生，还是查理，他们都在最基本的人性的层面上，把自私自利、贪婪、追逐利益最大化等展示得淋漓尽致。“人为财死，鸟为食亡”的命题，并不算古老，它甚至是现代人的永恒宿命。而这“财富”又不仅仅体现为货币，还包括声誉、权力、事业的成就等。世界各地的人，聆听着自己本性的召唤，抱着相同或不同的目的纷纷聚集于义乌这样一个小县城，如动物般忙碌着，采集着人生的财富。再也无法从肤色、地域、文化等差异中，去析出人性的差别，因为那早已经被断定为是一个谎言，人性的共通造就了无可避免的世界性之形成，而不管是“去国”还是“还乡”，不管是“做生意”还是“干革命”。

读罢《义乌之囚》，思及这种种无可逃避的“人性的共通性与世界性”，竟然有一丝悲凉不自觉地从心底升腾而上，竟至于会有一种绝望萦绕周围，笼罩着读者，迫使任何一个有追求的人士去思考：如何才是超越之道？如何才能够拯救自我于“世界化的深渊”？是以“去国”的方式来义无反顾地拥抱“世界性的到来”，还是以“还乡”的方式来固守着“地方性的纯熟”？是应该朝着“现代性的种种”奔跑而去，以便融入历史的滚滚洪流之中，还是应该向着“蒙昧的无知地带”进军，以“革命的义举”来重造一种属于“英雄的史诗和大事业的辉煌”？这是关于人类“命运共同体”的思索，也是对着人性的一针见血的发问。这种种追问和思索，或许并没有一个最终的答案，因为“我们无往而不在历史之外，又同时无往而不在历史之中”。不管这历史是“以过去的形式存在”，还是“以当下的方式存在”。这或许就是人类的宿命，是不管折腾着还是顺从着的任何一个人都必须面对并领受的命运。

2016.10.26 人大图书馆圆桌

《劳燕》诗论

寄语《劳燕》

伯劳东飞离西燕，
北牖南窗不相见。
硝烟散去归来后，
此生殒命近非远。

戊戌年庚申月甲戌日　长安·逸远斋

一个女人和三个男人的中国故事
——张翎《劳燕》读札[1]

《流年物语》出版不久，张翎的又一力作《劳燕》接踵而来。不同于《流年物语》，《劳燕》以一个女性来组织三个男性，从幽灵叙事的角度，让三个男性交替叙说，讲述了一个中国最普通的乡下女子劳燕的一生。也许是张翎终于掩藏不住自己女性作家的身份，在一份为女性所写的“乱世奇缘记”中，从异性的眼光中来看出女性的种种。得乎此，我们就推开了一扇观察《劳燕》的大门，进入其内部，更多细节将依次呈露出它们的状貌来。

一、一个女人

南朝梁萧衍有《东飞伯劳歌》，其辞曰：“东飞伯劳西飞燕，黄姑织女时相见。谁家女儿对门居，开颜发艳照里闾。南窗北牖挂明光，罗帷绮箔脂粉香。女儿年几十五六，窈窕无双颜如玉。

[1] 本文发表于《文艺报》2017 年 8 月 11 日，发表时有较大删改。后全文发表于《江南 · 长篇小说月报》2017 年第 5 期，收入本书中的文本主要来源于此。

三春已暮花从风，空留可怜与谁同。”由此演化出“劳燕分飞”的成语来，后世沿袭而用。王实甫的《西厢记》中亦有词曰：“他曲未通，我意已通，分明伯劳飞燕各西东。”每一则“劳燕分飞”的故事，都有一个凄恻悲凉的女性立于其后，她们或者美人迟暮，闺思意浓，又或者天涯海角，音信难通。张翎取了“劳燕”作为这部小说的名称，便与这些诗曲形成了互文效果，也能使读者在小说之外窥探其别样的效果。自然，对《劳燕》中的姚归燕而言，她的“凄恻悲凉”既不是美人迟暮，也不是相思难了，而是时代和战争加诸她身上的种种历史的重负，使她不堪于爱情的种种，虽不至于随波逐流，但也憯凄增欷，读来不免令人怆恍懭悢。

姚归燕在整个小说中是被讲述的对象，但她同时构成了小说的核心人物。和传统中国所有的女性一样，姚归燕淳朴、勤劳、隐忍，从小和管理她家茶园的阿权叔的儿子刘兆虎青梅竹马，有了懵懂的情思。按照一般的传统故事的讲法，两人应该平安无事地走入婚姻的殿堂——但时代的洪流裹卷着每一个人向前而去，不辨方向。在姚归燕几乎还懵懂无知的时候，刘兆虎却在新思潮的影响下，闹学潮，一心想去延安革命圣地。改变两个人命运的是日本人的侵略战争——首先是抗日战争带来的抓壮丁，无奈之下刘兆虎入赘到姚家，他成了传统律法中姚归燕的丈夫，躲避了被抓壮丁的命运。紧接着，日本人轰炸了姚家茶园，并且入侵了四十一步村，姚刘两家遭受了灭顶之灾——双方的父亲被炸死，姚归燕被日本兵强奸并残忍地迫害，刘兆虎被打伤，漂流到下游被救起后加入了国民党特务组，接受美国大兵的训练。从此，“劳燕分飞”，天各一方。

姚归燕被牧师比利救下，身体伤痕虽然愈合，但侵略带来的梦魇一般的精神和心灵的伤害无法抹去。她变得更加沉默寡言，难以摆脱这痛苦。终而，她开始跟随比利学医，在比利的精神疗法之下学会了直面痛苦、伤害，重新找回了自我。同时，“天各一方”的伯劳和飞燕却近在咫尺。刘兆虎所在的训练营，恰好在月湖旁边，与姚归燕的住所比邻而居。传统贞洁观念浓重的刘兆虎，难以冲破加诸他身上的种种兽性，见面而不相识。两个默默相恋的人咫尺天涯。姚归燕失身于日本人，成了一种诱惑，不但村里的地痞流氓试图再次强奸她，连训练营的“鼻涕虫”也试图强奸她。几乎是众叛亲离，成为被唾弃的对象，姚归燕的痛苦实际上已经从身体转移到了心灵，从战争转移到了人性。

也恰在这种境遇中，姚归燕的表现才终于让张翎的笔下流淌出真正属于女性的泉源——她在“鼻涕虫”死后，用针缝合了男性身首异处的身体，从而以宽容、怜悯和慈爱，原谅了世人加诸她身上的种种罪恶。她学医之后，尤其在接生方面，为落后的中国农村带去了现代医学，从而让月湖及其周边村镇告别了传统、落后的接生婆。对耻辱和伤痛的隐忍，对周围人的爱，仍旧在她伟大的女性胸怀中，熊熊烈火一般燃烧着。在月湖的岁月里，她和美国教官相爱，并生下了姚恩美。这个中美混血的后代唯独认刘兆虎为自己的父亲。战争结束后，仍旧是姚归燕，用她残破的身体，拯救着刘兆虎于混乱的时代。并在刘兆虎被抓去劳改的岁月里，她积极奔走，继续牺牲自己的身体，换取了一个男人的自由。那被唾弃的女性之身，却拯救男人于苦难之中。

在小说中，姚归燕罹难的历史，便是她女性光辉照耀世俗丑陋的事实，并带去温暖和阳光的历史。在“一份清单”中，当听到上帝的问话“你们到底从这个可怜的女人身上拿走了什么？”的时候，比利开列的清单是“一点点信任、耐心、慰藉、勇气和善意，最多再加上一副完好的牙齿，一个光洁的额头，两只饱满的乳房。”为了表现这种“野兽环伺”的女性生存困境，张翎让三个男人来讲述一个女人的故事。在这男人叙述的女人故事中，伟大的女性，所能承担者，往往是男性所想象不到的。她们的宽容胸怀能够原谅一切伤害——不计前嫌，出于女人的本能来为“鼻涕虫”缝补身体；同样忘记耻辱和嫌弃，千方百计帮助刘兆虎逃离惩罚。她厌恶男性对她的侮辱，但是在一个男性的社会中，她不得不委身于一个男人而去拯救另一个男人。因此，这样一个女性，必须在男性的讲述中，才可以被窥见她所遭受的侮辱和悲惨。

二、三个男人

为了能够完整地叙述一个女人一生中所遭受的苦难，张翎在《劳燕》中采取了独特的叙事方法——幽灵叙事。这种倒叙的结构用于一部长篇小说，极其罕见。但可贵的是，张翎在倒叙的整体框架中所安放的则是一个顺序被讲述的故事。幽灵们七十年之后重聚月湖，以回忆的方式讲述自己交往中所看到的姚归燕。因此，幽灵叙事中就有不少穿插，这些穿插和旁证，如同补丁一样，缝合着关于姚归燕故事的缺口，并最终拼贴出完整的姚归燕的生活路线图。受限制的第一人称叙事，聚集在一起形成了全视角的叙事，限制反而成了敞开。

牧师比利是第一个登场叙事的男性。作为一个以弘扬上帝福音而来到中国的传教士，比利用了自己的私人关系，把现代医学卫生体系逐渐带到落后的月湖，在身体和精神两方面来影响着当地的居民。在比利的叙述中，他在日军侵袭了四十一步村的时候，见到了被蹂躏糟蹋的姚归燕。正是比利拯救了她，才会有此后一系列故事发生。但是在和比利的交往中，张翎让一个开放的美国男性，来影响保守、沉默并且遭受伤害的姚归燕。传统的贞洁观，在姚归燕的身上顽固地存在，并且促使她缄默地生活着。仍旧是比利打破了沉默，让她学会了直面自身的痛苦，直面罪恶的世界带来的伤害。姚归燕的确做到了，而且跟随比利学会了西医，包括外科手术——这对一个中国女人而言，无疑是一次胆战心惊的考验。从此后，依靠自己的医术，姚归燕开始造福乡邻，在他们异样的眼光中，她把耻辱、流言蜚语抛诸脑后。张翎讲述的这一个中国故事，因为加入了美国元素，突然让文本膨胀出另外一种精神气质——勇敢地面对耻辱，坚强地活下去。这不啻一种生存哲学。可以说，比利所给予姚归燕的，正是那个清单上列着的“勇气”。比利为姚归燕起名斯特拉，也预示着姚归燕如明亮的星星，照耀黑暗的夜空。

紧接着上场讲述姚归燕故事的，是被派往中国协助中国军队训练士兵的伊恩。他看到的是遭受苦难并且战胜内心痛苦、直面了自己处境的姚归燕。其时，她已经摆脱了耻辱的阴影，重新投入生活、拥抱生活。因此，伊恩给她取名温德，如风一样轻盈的女人。在这个美国教官的目光所及之处，是姚归燕纯洁、质朴和快乐的一面。也正因为此，伊恩爱上了姚归燕。张翎高明之处在于，她处理这段恋情的时候抛开了一个男人和一个女人的故事，而是用了两只狗恋爱的故事，取了象征的方法，将之铺陈开来。从和伊恩的交往中，作为女性的姚归燕展示了另一面的性格：清新、乐观、敏捷，如风一样。这本该正常发展的女性特征，被时代和战争阻断，却被一个美国军人发现。如果说比利见证了耻辱和伤害，并最终挖掘了女性的勇气、胆识和智慧，那么伊恩的叙述则让姚归燕展示了女性更为纯朴的一面，风一样的性格。两个男人如同盲人摸象，最终拼合出来完整的女性形象。

最后一位出场的是一个中国男人，姚归燕青梅竹马并且订了婚的丈夫刘兆虎。也是从这里，展示出了张翎越发娴熟的小说写作技巧——轻盈如燕子沾水，不经意间点染的两个美国男人，映照出了刘兆虎这个中国男性，以及他眼中的中国女性。对姚归燕来说，刘兆虎无疑是灾难的另一种体现形式——对中国女性而言，与其说时代和战争是一次身体的伤害，不如说中国男人才是伤害她们至深的罪魁祸首，因为他们往往会在伤口上撒一把盐，让她们痛及灵魂。刘兆虎为了革命理想，一直追求向前的生活，他对姚归燕的感情来得更加复杂而任性，实际上伤害了一个无辜的女性。在姚归燕遭受暴行之后，他的态度是冷淡的，并且为了摆脱这一层关系，还要在报纸上刊登出与她解除婚姻关系的公告。但最终战争结束后，他仍旧需要姚归燕的保护才能够活下来；在新中国成立后的运动中，也是姚归燕的帮助让他免于长久的处罚——自然，也是这个多灾多难的女性，让刘兆虎成为一个真正的男人。从刘兆虎这一维度，张翎集中把一个苦难、隐忍、勤劳的中国女性形象给展示了出来。她独特地属于中国，独特地具有中国男人眼中过去的中国女性的特征。

围绕着姚归燕，张翎用三个男人的讲述编织了一张网，全方位地透析了一个女性的各个侧面，从而反映出不同文化价值观念之下，所呈现出的复杂、多样的女性形象。三个男人分别集中就这一个女人身上的三个方面，亦即勇气、胆识和智慧，清新、纯朴和动人，以及苦难、隐忍和勤劳，展开他们的叙述。毋宁说，三个男人如同三面镜子，分别照出了同一个女性身上所具有的三种迥然不同的特征。而三个男性都爱着这一个女性，因此，“以爱之名”聚集起来的男性们悄然从这一个女人身上取走了“信任、耐心、慰藉、勇气、善意”，以及她的身体和灵魂。叙述至此，与其说张翎是在讲述一个战争中遭受苦难的人的故事，不如说她是借一个时代的苦难，来展现男性对女性的剥夺，以及种种男性的偏见所导致的女性的灾难人生。终其一生，姚归燕都未能获得幸福，她在男人之间游走、周旋，男人们窥视着她的身体，榨取了她所拥有的一切，从身体到灵魂。如是，毋宁说《劳燕》是一曲女性苦难的悲歌。“劳燕分飞”的说法，也只能让渡给“苦难的燕子”这一含义。

三、中国故事

小说发展到当下，越来越倾向于强调故事、情节和人物，而慢慢忽略了形式和叙事的问题。一个好故事，被阅读者所看重。但如何讲述一个故事，似乎成为一个优秀作家的“基本技巧”而未能被充分考量。也因此，阅读新出版的众多小说，总感觉是一个腔调里喷吐出的不同的故事版本，逐渐开始和流行的段子、网络小道消息没有了区别。这其实是在拷问一个问题——文学之为文学，其独特性在哪里？一般地讲故事，说书、通俗小说、影视剧等，都超过了文学叙事文本。于是，许多人转向了文字的华美与语言的优势，但若缺少了更好的文体结构、叙事风貌，恐怕这些也将会是无源之水，无所依着而破碎一地。重提小说的形式和叙事学文体，并非要重返后现代主义略带炫技方式的大胆创新和令人不忍卒读的风格，而是找到合适的形式以承载特定的内容。在这方面，张翎应该下了很大的功夫，因此《劳燕》就显示出其迥异的一面。

写出一个女性人生和命运的复杂性，多侧面地展示其性格构成，一般而言会拉开叙述的架势，娓娓道来，从头说起。但张翎更愿意从男性的眼光来审视女性的存在，再在时代的转折、战争的灾难和日常的俗事之中，容纳一个女性一生的故事。《劳燕》中三个男人的叙述相互衔接，也相互补充，从而勾勒出时代转变、战争摧残、人性戕害等环境中，一个中国女人的命运、生活和性格。叙述视角的切换和变化，虽然让完整的故事有着撕裂感，但也同时构成了层次性、多侧面性，万花筒般的讲述映照故事和人物的完整性。更为重要的是，在三个男人的讲述中，那个被讲述的女人姚归燕，看似被动地被言说，却实在是在借助三个男人的讲述来进行自述，她的令人唏嘘不已、悲叹连连的遭际，才得以流传。

叙事视角的第一人称化和转换的方式，保证了观看的完整性。同时，为了缝补文本讲述的缝隙，张翎还采用了其他的办法。其中之一，是多文体的混杂。讲述故事的人物，带有第一人称的主观性，张翎用了报道、动物的视角来进行补充。摘录自“《美东华文先驱报》抗战胜利七十周年纪念专辑”中的“人物特写之三”，不但继续推进故事的发展，还提供了一个客观的第三人称叙事的视角。在交代伊恩和姚归燕恋爱的时候，用了两只狗的恋爱故事进行串联，隐晦却也意趣盎然。这种宕开一笔的闲言碎语，不但给文本增加了风趣的部分，也更能够揭示出关于性别的沉思。在此之外，张翎还把书信、新闻报道等都容纳了进来，使它们构成了一个极其复杂的结构整体。尤其是附录的“上海《都市新闻在线》今日头条：一封丢失在世纪尘埃里的信”，既提供了故事真实性的证明，又让幽灵叙事有了依托，也同时把历史感带出来了。

讲述“中国故事”和“讲述”中国故事，是小说文本的一体两面。张翎用了一个女性的故事、三个男人的讲述，叙述了历史尘埃里的中国故事，抗日战争、解放战争及解放后的漫长共和国岁月的故事。三个历史阶段，中美两种文化背景，被张翎网罗在一个故事里，既有战争、苦难，也有性别、宗教，亦有罪恶、宽宥——《劳燕》如一只翩飞的燕子，掠过沧桑历史的水面，荡开潋滟旖旎的波纹，映照出世态百相、人情冷暖。

2017.5.29 人大图书馆圆桌

2017.6.18 改毕

下编　同代人

《梁光正的光》诗论

遥寄梁鸿

中原才女呈华章，
挥毫镌刻写梁庄。
叹息顿挫歌哭泪，
说罢人间尽苍凉。

戊戌年庚申月甲戌日　长安·逸远斋

梁庄、父亲列传与梁鸿的虚构
——《梁光正的光》阅读札记

神说，要有光，就有了光。——《圣经·创世记》

一、梁鸿的小说“圣经”

《圣经》中的这句话，既把造物主的伟大与现世的起源性表达了出来，也把父性的光辉与诞生的基础性呈现了出来。阅读《梁光正的光》这部小说，时常会跳出来这么一个句子，不但与作品中时常出现的“光”之描绘有关，如：“对面的父亲，眼睛里燃烧着熊熊烈火。古老的光在焕发新生，它隔绝了父亲对现实的感知能力，让他成为一个孤绝的骄傲的战士。”[1]“那双眼睛突得很远，燃烧着可怕的火焰。”（232 页）“光”几乎成为父亲自带的属性，环绕着他形成一个辉煌的远景，以便给顶礼膜拜者找到崇敬的理由。在某种程度上，它让父亲拥了巨大的“光环”，荣耀于世。也

[1] 梁鸿：《梁光正的光》，人民文学出版社，2017 年版，第 220 页。下引只注明页数，不再一一列出。

同时，和作品中父亲的高大形象联系在一起，尽管这个梁光正作为父亲或农民，都有些不务正业的弊病，但他仍以上帝般伟岸的身躯，占据着子女辈的内心。在小说的细节处，他在整个家庭中拥有着至高无上的权力，总在行使最终的决定权。凡是他认定的事情，最终妥协的只能是身边的人，而不是他自己，“因为他所要求的从来都是充满正义感的、关乎大是大非的、涉及根本善恶的事情。”（18 页）这种带着绝对的、不容商量的性格及其引领下所牵扯着的行为，无疑都指向了《圣经》中那个无所不能、无所不在的“造物主”形象——他以他的绝对权威创造着世界，创造着人世间的男男女女，从而使其成为至高无上的“天父”；也同样把罪恶和苦难降临于世间，让人们生活艰难；接着，再让凡俗的士子分有了他的灵魂和精神，从而以“圣子”“圣灵”的形象和身份走到人群中，传播福音、教授生活、聆听忏悔。某种程度上，人们可以说，“造物主”既是一个可敬的伟岸父亲形象，因为有了他才有了生命的诞生和存在，但也同样是他，成为一个罪恶的渊薮，安排世人领受艰难困苦，并以各种方式在他的面前忏悔以便获得救赎。不啻此，他既给予了生命存在以罪恶和苦难，又充当了能够拯救众生的角色，成为一体两面的施予者与索取者，在情感的寄托上，人们就不得不怀着既爱又恨的心理，虔诚地尊崇着他，又无时无刻不在和他的遭遇中痛恨、埋怨着他。对梁光正的子女们而言，他们的父亲便是这样一个形象，从他自带的火焰所萦绕出的光环，到他“生命不息，折腾不止”的行为所导致的种种后果来说，都是如此。这是阅读《梁光正的光》的第一感觉，也是在《圣经》中的这句话的指引下，所作的最初的判断。

作为一个因非虚构写作而成名的作家，梁鸿的《梁光正的光》则试图抛开这一写作惯性，以虚构的方式重写父亲的形象，既是挥手告别过往的文学写作习惯，也是要换一种方式“重回梁庄”。但梁庄已经悄然地变成了只能重回的地方，背井离乡与光荣升迁让一代人远离了乡土村落，当他们回首远望之时，除了村头还残留的父亲的背影，空荡荡的原野上或许留下的庄稼的残枝败叶，再也找不到能够牵念的任何存在。只不过，随着父亲的病逝，一并埋葬的除了父亲的遗体，必将还有“乡村的精魂”。《梁光正的光》中，故事的发生地已然和梁庄有了较大差距，从梁庄而吴镇，从吴镇而穰县，只有在短暂的归返中，梁庄作为“曾经的故乡”才会出现在人物的眼前。不同于《出梁庄记》和《中国在梁庄》两部非虚构作品，《梁光正的光》显然是要用告别父亲的方式来告别梁庄，但与此同时，告别梁庄实际上又只不过是“重返梁庄”的另一种说法罢了[1]。在小说中，梁庄已经不是那个地理空间意义上的村落，而是一个带着底层叙事标志的“文学事件”——它是事件，而非地理学意义上的存在。这个文学事件标志着文学重新召唤回了它本该有的温度，本该有的“慈悲之心”“怜爱之情”与“圣洁的人间大爱”。在这个文学事件中，梁鸿以父亲作为叙述的对象，将慈悲之心、怜悯之情和圣洁的人间大爱泼洒于文字间，既是以乡愁的名义来祭奠必将消逝的乡村世界，怀念往昔不再的旧日时光，也是用冷酷残忍的显微镜，烛照自我灵魂的卑

[1] 这种说法同样适用于梁鸿的“虚构”和“非虚构”——所谓的虚构，某种程度上也就是非虚构；而所谓的非虚构，也是虚构的另一种说法罢了。这从精神、思想和文学的意义追求来说，更加明显。

贱与污浊，把凡夫俗子的红尘日常演绎得凄美惊艳，也将尘世的悲哀与苍凉书写得刻骨铭心。对这部小说而言，作为父亲的梁光正有多么伟岸、崇高，就映衬出子女们有多么琐碎与低贱；父亲的“瞎折腾”“事儿烦”和“没有父亲的人情味”等特征，无疑也同样映照出子女们内里卑贱低微的生活，尽管表面上看他们的日子风光先验；与此同时，这些特征也表达出子女对父辈的爱恨交织的情感，凸显了子女一代在廉价幸福观指导下其生命所昭示出的人生意义与价值的匮乏、虚无。父亲作为一个形象，亘古恒久地栖息于子女们的生命中，诞生、养育、保护并使之独立生存，走向辉煌人生。这一过程同样耗费着父亲的生命，或者说，父亲的一生，恰是子女们无限索取的生动写照，不管这索取显得父慈子孝，还是带着亲情的残忍与世态的炎凉。因此可以说，梁庄并未远去，它往日是父亲的领地，此时则被父亲的子女们隐性地继承着，不管他们如何远离故乡，他们却始终“在家”。纵然父亲死去，连带着也将村庄埋葬，但在年年的祭奠中，在日常的琐碎与卑微里，梁庄依然在兹。作为“文学事件”的梁庄改头换面，脱去非虚构的外衣，穿上虚构的装扮，改变的只不过是装束，那内里不变的则是身体，更是灵魂和精神。从这一点上而言，不管梁鸿用虚构还是非虚构的方式，梁庄依旧是她的“文学事件”，袒露着她的关切、她的爱和她的灵魂。

梁鸿的小说“圣经”，用了别样的虚构方式，把乡村的一整套人伦道德、人际政治、人心世事等和盘托出，乡村出身的他们即使身在县城，但骨子里流淌着的仍旧是乡村的血。梁鸿可以在非虚构和虚构中随意转换文学笔法，但梁鸿就是梁鸿，是那个从梁庄走出的作家，她心心念念的仍旧是为故乡立传，为故乡言传，也为故乡遥望、祭奠、守候。要读懂梁鸿的“小说圣经”，就不得不从父亲的形象入手，从父亲和他的子女们的日常生活入手，来一探究竟。

二、能人、“折腾”与父亲的生活哲学

在整个小说的一开首，梁鸿就迫不及待地为一个“事烦儿”父亲惟妙惟肖地画了一幅肖像——年事已高的父亲，有了源源不断的寻亲计划和行动。他不但自己寻亲，前往湖北、陕西、内蒙古等地，还要让他的子女们开车陪着他一起行动。由此引来了子女们不休不止的抱怨：儿子勇智对父亲的行为愤怒不已；女儿冬雪则连珠炮地枚举父亲种种不是及其给子女们带来的“灾难”；冬玉和冬竹年纪较小，没有直接与父亲对抗，但总是拿哥哥和姐姐作为盾牌，来抵挡父亲的“折腾”。在他们的眼中，“父亲喜欢帮助别人。家里总是人来人往，父子吵架、朋友失和、宅基地纷争、告状打官司，凡与嘴有关的事情，父亲都能插上一杠子。”（31页）不仅如此，父亲梁光正“一辈子爱出个风头，爱管个闲事”（69页），哪怕是重病住院，他也不闲着，在将近一个月的时间里，“父亲教两个老人和不孝子女斗争，调解三起家庭矛盾，批评了四五个晚辈粗心，为前后住进来的六七个病人打气。除了睡觉、昏迷和极为痛苦的时刻，他都在忙着为大家操心。”（244页）但看上去他唯独不操心的，就是他的家庭，他的妻子，和他的孩子们。为此，梁鸿不惜笔墨，专门对“事烦儿”进行了多

次的解释——“事烦儿事烦儿，就是事太多。别人都安生过日子，他这里却总有事发生。人家风平浪静，他这里风雨雷电。他总是有本事找来种种事情。说好听一点，是正直，坚持正义，看不惯歪风邪气，说不好听的，是他自己活该。”（197 页）再深一层次，“‘事烦儿’的另一层含义就是，别人受得了的事情，他受不了，别人能咽下去的事情，他咽不下去。他不能过风平浪静的日子，不能忍受相安无事，更不能忍受‘好好过日子’这样的话，他眼里容不下丝毫灰尘。他不是在反抗专制、反抗权威，他不懂这些，他只是天然地对它们没有免疫力。”（220—221 页）在父亲的一生中，1959—1961 年三年困难时期，为了能够找到吃的，他四处流浪，差点被定性为“流窜犯”；“文革”的时候因为站错队而成了“反革命”，不得不逃离家乡，先后去了内蒙古、北京、河北、湖北、新疆、云南等地，而留给家里人的则是无穷无尽的担惊受怕，以及随时会到来的苦难承担。那之后，父亲开始了各种各样的“折腾”——他出门做药材生意，在汉中碰到了被丈夫家庭暴力、无法承受的蛮子，并把她带到梁庄老家；他看报纸，听信一个广州佬的传言，大面积种植麦冬，丰收后却根本卖不出去，因此而欠下债务，不得不出门打工偿还债务；他又思谋着豆角能够挣钱，不惜把所有土地全部种上豆角，同样因为销路问题，不但把家人累得半死，最终也未能挣到大钱……凡此种种，不一而足，让他的妻子和孩子们日日生活在穷困中，便生出了许多怨恨来。尤其是儿子勇智，与父亲永远不对付，不像是父子，倒像是敌人。做生意、出外打工、变着花样种地等，几乎是梁光正一辈子里“事烦儿”的典型事例。而这个“事烦儿”说白了，就是不停地进行各种各样的“折腾”。他不能够安分于一亩三分地的清贫，总试图挣大钱、过上好日子，而这恰恰构成了农村里“能人”的标准。

只有从“乡村能人”的角度而言，子女们内心里对父亲的敬重才有了解释的基础。在新中国成立后的困难的岁月里，梁光正的“折腾”显然不合时宜，也让家庭陷入担惊受怕的境地，但母亲对父亲从未有过抱怨，而是温顺地跟随着他过日子。更为神奇的是，这么一个“名声败坏”的父亲，在子女看来，“父亲不务正业、不好好种庄稼，父亲好大喜功、惹是生非，父亲敢说敢骂、爱出风头，父亲冷嘲热讽、藐视那些勤勤恳恳的人”（106 页），不但养活了家里的四个孩子，而且还都一一安顿好了他们的日子——在父亲的催促和鼓励下，勇智考上了中专技校，毕业后成了镇上农技站的站长；大女儿冬雪考上了大学，毕业后在县城当了公务员；冬玉开了一家小商店，生活不富裕但也不忧愁。正是父亲的“折腾”，换来了整个家庭的辉煌未来。更重要的是，“事烦儿”的父亲，死后却获得了无上的荣耀：“‘罗楼的客’‘汉中的客’‘夏集的客’‘五湖的客’，这些客不知道从哪些阴暗角落出来……恭恭敬敬、满脸悲戚地在梁光正的遗像前鞠躬、磕头，进到里面，扶着梁光正的棺材，浑浊的眼睛里流出泪水，嘴里叫着，兄弟，兄弟啊，没承想你先走一步。”“几个操持外乡口音的老人神色肃穆，像失去了亲密的革命战友，像是一个突然被砍掉一个缺口的整体，眼神里藏着很深的疼痛。”以往在父亲故事般的叙述中出现的人物，也因为父亲的去世而“出现在他们眼前”。“又有一些年老的妇人流着眼泪一路哭过来，她们趴在梁光正的棺材上放声大哭”，“村庄里的一些年老妇女结伴而来”……这些为祭奠梁光正而来的人，让他的子女们明白，“梁光正的世界，梁光正的儿女们知道得并不多。”（289—293页）令子女们怨恨父亲的不顾家、瞎折腾，却让父亲获得了如此的殊荣，那个“失败的父亲”形象，竟然在他死后如此辉煌。父亲在晚年那么热衷于寻亲，在子女们看来，也不知道他到底有所少亲戚要拜访，在他死后的时刻里，却一一得到了印证。

梁光正的形象在这种“事烦儿”的书写中，在子女的抱怨中，一步步地丰满起来。家人的不理解，或者他的“事烦儿”带给家人的痛苦，只是父亲形象的一面罢了，他形象的另一面恰是“乡村能人”的底色。不唯此，他的“正义形象”，同样回应着一个“伟大的父亲”，为何能在死后重新诞生的疑问。这尤其体现在已经七十多岁的父亲带领着梁庄人抵抗拆迁一事。为了招商引资，而实际上是为了低价给开发商转让土地，吴镇的领导预备将梁庄的土地征用。梁光正再一次充当了村庄的精神领袖——“人家围在父亲周边，崇拜地听父亲谈政策，谈疑问，谈将要成为黄金的几亩地。”而梁光正所秉承的，无外乎“农民的正义”。他说：“他们算老几？！谁问过老百姓了，征求过意见了？他们真为老百姓着想了？他们就知道坑、蒙、骗、吓，你看那电视上，半夜去把人家房顶拆了，人还在里面，推土机都上去轰，那是为老百姓想的？再说了，你让老百姓都上楼了，地也卖了，那万一工厂倒闭了，谁来负责？到时候，书记镇长早拍屁股走人了，谁管你死活？这么大一个庄，几千人，说上楼就上楼了？说征地就征地了？”再一次地，父亲头上的光环显露出来，从“造物主”而变为

"救世主"："他眼里散发的光足能凿穿日月。那是来自山顶洞人时代的光，古老、神秘，带着超强的聚合力，穿越漫长的黑暗时代，带着人类从蒙昧走向光明，走向食物链的最顶端。父亲被这光芒照耀着，好像获得了启示和指引，手持长矛，向人间风车刺去。"（214—216页）他的行为或许荒唐可笑，却充满了正义感，从而明证着他的"事烦儿"并非"自讨苦吃"，而是秉承着"人间正义"的大义凛然。父亲的形象，再一次和《圣经》中的"神"重合，他所携带的光，也足以朗照梁庄的乾坤。把正义作为人间正道贯穿于生活中，为他人排忧解难、操心受劳，成了父亲的生活哲学，从而凸显了对父亲的想象中某种难以言传的隐秘。那是来自乡土中国的能人所坚守的人性光辉，也是来自"生命不止，折腾不息"的人生信条所裹卷着的人间正能量。从而，子女们的抱怨也在某种程度上成了牺牲自我、成全他人的反证。

三、弥散的"男性荷尔蒙"：为我们的父辈立传

鲁迅在《我们现在怎样做父亲》一文中，从即将为人父的角度说："自己背着因袭的重担，肩住了黑暗的闸门，放他们到宽阔光明的地方去；此后幸福的度日，合理的做人。"[1] 他首先强调的，便是对孩子们生命的保存，又尤其强调的是生养和抚育。对勇智和冬雪等四个兄弟姐妹而言，如果梁光正的"折腾"既带来了他们生活下去的"食欲要求"，正如女儿冬玉所说，"爹一生其

[1] 鲁迅：《我们现在怎样做父亲》，《鲁迅全集》（第1卷），人民文学出版社，2005年版，第135页。

实更多的时间是在给咱们找食物”（199 页），给了他们生命的同时也给予了他们苦难，那么对小峰和巧艳来说，“诞生”的意义和“存活”的可能，则拥有另外一层含义。父亲秉承着他的“生活哲学”，把蛮子从陕南山地带到了穰县，他的“男性荷尔蒙”从梁庄扩散开去。作为后辈的梁鸿，要给“我们的父亲”立传，便在这“男性荷尔蒙”的“折腾”之外，还要直面它所携带的“性”及其附属着的爱情，这恰好是“我们现在怎样做父亲”的起始处。

父亲的爱情始于母亲，那个在父亲的话语中“很文气”的女人。梁鸿在后记《白如黑夜》中说：“我想念书中那个十六岁的少年。他正在努力攀爬麦地里的一棵老柳树，那棵老柳树枝叶繁茂，孤独傲立于原野之中。他看着东南西北、无边无际的麦田，大声喊着，麦女儿，麦女儿，我是梁光正，梁庄来的。没有人回应他。但我相信，藏身于麦地的麦女儿肯定看到他了，看到了那个英俊聪明的少年——他未来将要相伴一生的丈夫。”[1] 这是父亲和母亲爱情中最为诗意的一幕，也是最令人动容的文字。但在儿女们看来，母亲融芝跟随着父亲，几乎一辈子担惊受怕、吃苦耐劳，那么文气的一个弱女子竟然要承担父亲的流浪、乱跑、倒腾所带来的几乎全部灾难性的后果。不堪重负的母亲年纪轻轻就患了偏瘫，卧病在床。那个浪子形象的梁光正，却将他的爱情体现在日常最为艰难的劳作中——为瘫痪的妻子维持生命。他的子女们将不会忘记，“妈在的时候，爹在地里干完活回家，还要做饭洗衣服，他不让妈干。妈一说头疼，爹就赶紧让妈躺下，啥都不

[1] 梁鸿：《白如黑夜》，《梁光正的光》，人民文学出版社，2017 年版，第 316 页。

让她干。”（200 页）他伺候瘫痪在床的病妻，甚为用心，喂吃喂喝，还时常带她出去晒太阳，而且这一伺候就长达八年。尽管可能子女们不理解，但他仍旧用他古老的爱情方式，传递着“男性荷尔蒙”与其所携带着的坚贞与纯洁。

但父亲毕竟是一个男人，一个普普通通的乡下农民，瘫痪在床的妻子无法满足一个中年男人的性要求，他去汉中带回来的蛮子，就成了他明里暗里的情人，最后成了他的妻子。这个不安分守己的农民，却做着最安分守己的事情——他迎娶了蛮子，同样把蛮子前夫的孩子小峰当作自己的亲生儿子，千方百计为他而奔波忙碌。当妻子还瘫痪在床的时候，“男性荷尔蒙”膨胀的梁光正，在他的豆角地里与蛮子野合，不巧正好被儿子勇智碰上，也成了父子不和的重要原因。阴差阳错，蛮子和小峰最终又被前夫带回汉中，继续忍受折磨。老年的父亲千里寻亲中，最重要的寻找对象就是蛮子。当他看到了生活艰难的蛮子，毫不犹豫地拿出钱来帮助她过活，让子女们对这个“败家的父亲”怨气陡增。这种“男性荷尔蒙”继续扩散，便是父亲的“仁义之心”施及小峰。因此，那荷尔蒙所携带的性的信息，实际上早已经被转化为一个男人对爱的别样理解——既是对女性身体的需求，更是心理的需求，以及他作为男人的担当和对子女的爱。小峰在梁庄的时候，不小心跌到锅里，大面积烫伤，数年后重回梁庄已经变成了一个残疾人。梁光正为了帮助这个非亲生的儿子，想尽办法，不惜在七十多岁的高龄还要承包村里的二十多亩地种植油菜。爱的扩展，从性的需求到为人父的和蔼与慈祥的转变，已经将梁光正的“折腾”慢慢融入子女对父亲的“良苦用心”的理解。

对蛮子这个女人的需要，在性与心理双重意义上而言，都是极其重要的。梁光正即将去世的时候，竟然在子女的严密监控下神不知鬼不觉地给蛮子打电话，要她来见上最后一面。但陷入谵妄的父亲，迷迷糊糊中重述了当年和蛮子亲热的场景，令在场的子女后代们羞愧难当。更让人惊诧的是，他病痛的身体居然迅速而准确地伸进蛮子的怀中，抓住了她的乳房不放。蛮子也惊呆了，但很快“在僵持中，蛮子的身体放松下来，顿了顿，接着（她谁也不看），弯下腰，抱住父亲的头，把胸脯埋在父亲的头上。她紧紧贴着他，让父亲能够着她的乳房。……父亲像个小孩子，像个总算找到妈的奔儿，扑到那想得心疼的乳房上，不顾一切吸起来”（277页）。大概是出于女性的敏感，梁鸿在这里的“天才一笔”，为父亲梁光正的形象增加了无限光彩。那环绕在他头上的“光环”终究消逝而去，把他还原为一个凡夫俗子，还原为一个为了家庭生活操碎心而不惜冒险的男人的形象。这一几乎从“神”的位置跌落为“凡人”的过程，却并不意味着梁光正形象的断然分裂，而恰恰反衬了他“作为一个凡人而拥有的神一样的伟岸与崇高”。梁鸿的“小说圣经”，也终于有了它最坚实的生活基础，以及最为神圣的面容。最终为他抬棺，也因为勇智一人无法承担，变成了他与他的“兄弟”小峰的共同努力。梁光正的男性荷尔蒙扩散之处，性便退居其次，他伟岸的男性形象则更显示出它的光辉无比。一个连非亲生的孩子都能够为之而操碎心的父亲，怎么可能不是一个好父亲呢？如此反衬，子女们对梁光正的种种抱怨，也最终只是为了烘托出他高大的父亲形象——“我们现在怎样做父亲”，也从如何做变成了“我们的父辈是怎样的模样”的追忆和建构。为我们的父辈立传，便在看似男性荷尔蒙扩散的地方，立下一座丰碑，作为我们对父辈的永恒纪念和眷恋。于此，思考的方向也就从“我们现在怎样做父亲”，一转而为“我们现在怎样做儿女”了。

四、假如父慈子孝，或颓败的乡村景观

在《梁光正的光》这部小说中，梁鸿虽然用的是虚构方式，但是比起非虚构来，它把底层生活的艰辛与酸楚，日常生活的琐碎与卑微，写得更加刻骨铭心。这尤其体现在父与子、父与女之间关系细致的刻摹上。在小说中，冬雪是“以女儿的身份起着妻子的作用”的一个人物形象，她总是唠叨父亲梁光正，机关枪一样地用语言扫射父亲——“冬雪这辈子最大的任务就是在反对父亲。反对父亲管村里的事，反对父亲帮人打官司，反对父亲再娶，反对父亲和人交往，反对父亲挣钱，反对父亲去寻亲。凡是父亲主张的、兴致勃勃去做的，她都反对。”（74 页）她像妻子一样对父亲形成了牵制，但也正是冬雪，是最了解父亲的人，她批评勇智说：“都是爹把你稀罕坏了，稀罕成个没情没义的东西，早年不说，你结婚，爹在河里拼死拼活装沙，给你修房，你买新房，爹叫大家凑钱；你做生意欠人家钱了，爹哭着挨家跑，叫大家凑钱；你要跑官，爹又跑着让我们筹钱，爹有一分钱，都偷偷攒着给你。……你的良心叫狗吃了。”（235 页）但老年的父亲和他年轻时一样，给子女带来无数麻烦，这成了子女们对梁光正最深刻的认识。小说的开头，子女们烦不胜烦梁光正的寻亲，尤其

是当他要再寻找蛮子的时候，冬雪连珠炮地抱怨父亲给他们和这个家庭带来的伤害，勇智则硬着头皮说“要去你们去，我不去”。他们各自带着自己的伤痕，带着对父亲的种种不理解和对蛮子的仇恨。儿女们最终得出结论：“对父亲而言，对自己亲生子女的爱，就像动物的自然本能，是谁都有的行为，不值一提。对他人的爱，则是一种道德行为的展示，是对人的品行的衡量。他之所以一生都热衷于对别人好，是因为那是他的道德标准，是最低的道德限度，是他之为人的重要标志。这样看来，父亲忽略自己的子女也是很正常的事情，因为他们只是自然伦理下的产物。”（206 页）在这样的环境中和认知中，父亲从来都不是一个慈祥的父亲，只不过是给子女增加麻烦、带来烦恼的源泉。这也就无怪乎子女们对父亲略显不孝顺。

父不慈，子不孝，最激烈的冲突来自小峰的到来。汉中之行虽然见到了蛮子，小峰却因为在外地而不能相见。但很快，他自己到了梁庄，并且很亲切地喊了梁光正作爹，父亲显然很受用，便想着如何帮助小峰这个残疾的孩子。于是他不停地逼迫自己的四个子女，操心给小峰找工作，也让子女们头疼不已，以至于冬雪都要反唇相讥：“就欠这一声爹，人家一叫，你就迷了。你这样逼我们，就不怕有一天把我们逼死？……你善良你要当好人你当去，你给他找工作，我没本事。”（156 页）一家人，竟然成了桌子上剩下的饭菜一样，“谁也分不清谁，谁也无法离开谁，好像一群逃难的人，被霜打得有气无力，挤挤挨挨，无处可去，又相互厌恶。”（160 页）这成了这个家庭父辈与子女关系的真实写照。相信梁鸿在叙及此的时候，是抱着最真诚的情感，以自省的方式，来看待她为父辈立传的过程中，所彰显的作为子女的自己的形象和内心。毕竟，这种家庭关系在当今的社会中虽不说十有八九，也至少十有四五——父慈子孝的传统道德伦常关系，在现代社会快节奏生活的冲击下，已经再也无法保持自身的完整性。这或许并不关涉父母与子女德性上的判断，而是子女微生活而奔波的忙碌与疲惫和他们父母晚年所遭遇的情感荒芜之间，存在着难以匹配的巨大沟壑。也恰是从这一点上而言，我们说，梁鸿用虚构的方式竟然到达了比非虚构更加让人刻骨铭心的效果。

仔细端详，在这部小说中，梁鸿的关怀不在真正地要给父亲描绘一幅肖像画，为他歌功颂德、誉美赞扬，而是要在父亲的形象中，刻摹社会中底层人物的生活状态、生命的本真存在及其样式。父亲可谓这类人中的典型代表，他的一生的经历、他的子女的生活，甚至是他周围人们的日子，都带着一种底层的艰难，以喑哑的姿态召唤幸福的降临。对这些小人物而言，所谓的幸福只不过是吃饱穿暖、居有定所罢了，而一俟要考校他们生命存在的意义和价值，几乎是一种荒诞的行径。这突出表现在蛮子与小峰的遭遇和梁庄拆迁风波之中。小峰因为残疾，无法正常就业，这也是梁光正所念兹在兹的事情，是他人生末期的心病。但恰是因为小峰的存在，又一次性地几乎用了照妖镜的方式，照出了本来生活看似体面、幸福的四个儿女原本的窘迫相。冬雪是县城的公务员，但求爷爷告奶奶也是常事，那种卑微和低贱的酸楚在在彰显了底层人们生活幸福假面背后的令人心寒的真实；勇智是小镇上农技站的站长，时常也能沾着公职的油水，但一俟碰上拆迁这样的事情，他的日子仍旧是朝不保夕的，更为关键的是，成家立业、看上去工作稳定的“政府人员”，却是唯一一个还要向老父亲伸手要钱的人。做生意的冬玉开着小商店，虽不至于饿着，但也仅能糊口，当她还要替父亲照顾残疾的小峰时，窘境就一览无余了。为了阻止小峰在赌博的道路上越陷越深，父亲把他年轻时“折腾”的劲儿拿出来，准备大干一场，父慈而子不孝的泼墨画，把五个孩子的生存本项书写得淋漓尽致。正是在诸如此类的叙述中，梁鸿“虚构的非虚构面目”就显露了出来——小峰因残疾而带来的生存困境、承包土地之后面临的拆迁风波、作为公务员的冬雪和勇智的生活的窘迫、作为生意人的冬玉的寒酸等，又一次彰显了梁鸿心系底层、为民请命的作家本色。

于是，父亲就不再是父亲，而成了梁鸿的代言人，他面对梁庄的拆迁时所作所为、所言所感，是在给当下的乡村提出一系列严厉的拷问：面对资本的迅速侵蚀所导致的乡村颓败，是谁之责，又该如何妥善解决？城市用了资本作为吸引，把青壮年劳动力从乡村带到城市，几乎抽空了乡村本就不怎么厚实的身体，留守儿童和留守老人，虽然只是偶尔在父亲病重后返乡的过程中出现——桂花奶奶病重呼喊无人回应的凄凉，建忠伯瘫痪在床无人过问只得辩声识人来摆脱孤寂，振华无奈回到家乡却谋划着再一次离去的悲壮……从这种种可以看出，乡村的凋敝已经无可挽回地如同父亲梁光正无法治愈的身体一样，注定要永久地消逝在这个世界。颓败的村庄正如他们家的房屋：“房顶上的洞又大了，里面的椽子木梁全露出来了，东屋西屋里面的破烂物什上顶着薄薄的雪，污色，显得格外凄凉。……山墙已经倒了，站在外面，里面看得清清楚楚。”（263 页）不仅如此，资本对乡村的入侵也日甚一日，它们征用农村土地用于房地产建设，试图在资本的积累上大展手脚。这一次，作为梁庄的代表，梁光正极其尖锐地指出“一片祥和”背后的污浊社会风气及子女略显不孝顺的窘迫：“好不容易咋了？好不容易当个小官就该欺压百姓，就该说假话办假事？那算个啥官？我被批斗，你说都是我的错了？我不该偷东西让你们吃？我不该给你妈治病？不该让你们上学？不该说实话？这个社会都坏透气了，都不说，那大家活着还好干啥？”（219 页）这是作为一个父亲说出的话，也同样是一个来自底层的人民的心声。

因此，完全可以说，梁鸿用了虚构的方式，把她非虚构的追求融合在一个父亲的形象中——这个父亲多么“事烦儿”，就能看出梁鸿非虚构的情怀多么宽广；梁光正折腾得多么起劲儿，梁鸿的笔端就显得多么冷峻而略显残酷地真实。这已经超出了“父慈子孝”的传统道德伦理的范畴，而径直走向了社会反思一途。梁鸿带着慈悲之心看待父亲的形象，进而为父亲立传，也怀着怜悯之情关注普通中国人的日常生活，连同她自己也一并作为观察解剖的对象。同时，用了触及心底的爱去追寻父亲的踪迹，勾连父亲一生的记忆，把对底层生活艰辛的关怀和非虚构的批判精神，一并赋予了这个自带光环的父亲。尽管父亲并不是《圣经》中的那个造物主、救世主，他的“光”也只在他的眼睛中时常跳出来，是“微暗的火”。但经由这“微暗的火”的烛照，既能看到一位女儿对父亲深沉的爱和切切的惦念与怀恋，也能看到父亲身上所附着的底层人民生活的辛酸与苦楚，以及为民请命的正义感和刚正不阿的乡民形象。凭借着这“微暗的火”，父亲头上的光环，就不再是一个谜，一个秘密，而是公开地敞示着梁鸿作为一个作家的良心与诚意。为我们的父辈立传，以父辈的光辉身影作为镜子，现在作为子女的我们，是让我们丑恶的面容和卑贱的内心原形毕露，还是可以昂扬着自己的头颅以对应父辈们的伟岸和崇高，大概读过这部小说的人，是不难做出回答的。

2017.11.19 人图圆桌·问馀斋

2018.1.26 改毕

《王城如海》诗论

则臣兄新作阅后

雾笼京城铁辎重，
无雨朗照日曈昽。
骑驴走马锣鼓碎，
寰宇一览俱国中。

戊戌年庚申月甲戌日　长安·逸远斋

苦大仇深的现实主义，或北京风物志
——徐则臣《王城如海》读札[1]

作为“70后”作家群中较具代表性的一位，徐则臣一直以书写北京及其文化和生活著称。作为一个外来者，异乡人的视角从未间断地存在于他的作品中，不管是《跑步穿过中关村》还是《如果大雪封门》，甚至是《耶路撒冷》。他努力地试图深入到这个城市的骨髓之中，并将之呈现于自己的作品里。然而最终，他的作品所展示的北京，只不过是全中国，甚至是整个世界，现代城市的模式化存在，其独特的个性被现代性的面目所遮掩，以“城市”呼之，和以“北京”称之，并无实质差别。这位出生于1970年代的作家，就学于北京大学，毕业后一直居住于北京知春里附近，用了“异乡人的眼”“居住者的身”和“外来者的心”，持续地观察着现代化进程中的“北京及其文化和生活”，《王城如海》就是这一观察的最新呈现。

[1] 本文发表于《文学报》2016年8月25日“新批评”栏目，发表时题为《撕裂的城市风物观察——评徐则臣〈王城如海〉》，收入本书时有较大改动。

一、《城市启示录》及其衍生物

《王城如海》的起首处，似乎把读者拉到了遥远的1980年代。那时候，调皮的孩子们用来报复“仇家”的方式之一，就是捡起石子儿砸破人家的玻璃窗。然而，在时间已经行进到21世纪的第二个十年之时，在首都北京这样一个世界性的超级大城市里，仍旧出没着这古老历史的阴影。历史阴魂不散，记忆刻骨铭心——这也正是主人公余松坡的生活现状。勘察扔石头、砸玻璃这一幼稚的报复行为，根本无需动用太多的逻辑思维，余松坡立马想到了自己的话剧《城市启示录》。这部话剧上演之后，引来了不小的争议，针对他的攻击、谩骂和污蔑，在网络上肆意流传。此后，他的生活就围绕着这样一部戏剧，不停地游走于北京大大小小的地方，甚至是犄角旮旯的租住区。

从这一点来看，《王城如海》是一部典型的“双重文本”小说，以互文的方式展现现代北京的方方面面，勾连起一个文化人的现实与历史、乡村与城市经验、中国感觉与国际视野等。一方面，小说的核心事件是话剧导演余松坡为了让《城市启示录》更好地适应观众，避免那些负面的评价而费尽心力，不惜通过实地调查来印证并修改戏剧情节。《城市启示录》以一个居住海外多年的老教授重回北京的方式，带着专业研究者的视角，来对北京进行思考，提出了北京现代化进程中诸多的问题。这不禁让人想起波德莱尔笔下的“游荡者”以及他们19世纪末对巴黎的观看——一个充满了垃圾的肮脏、黑夜的暗淡等诸如此类“恶之花”的都市。《城市启示录》作为“潜文本”，始终隐藏在“正文本”之下，时不时地跳将出来，印证、补充、解释“正文本”所展现的种种。因此，另一方面，一个看似由“潜文本”牵引出来的故事也逐渐展开。这个“正文本”所展现的是一位海归戏剧导演在北京的生活之种种。作为实验戏剧的探索者之一，余松坡的导演生涯被贴上了“票房毒药”的标签，从而遭受质疑；作为一个父亲，平日里根本无暇顾及儿子余果的成长，只能将之托付给保姆罗冬雨，亏欠着父爱累累；同时，作为一个丈夫，他深夜的梦游症所带来的自残、焦躁等，折磨着妻子祁好，两人成了都市里的平淡夫妻，缺少国际身份所拥有的浪漫想象；作为一个乡民，他心中又隐藏着太深的道德谴责——正是他和父亲的告密，导致了“未出五服”的堂哥余佳山因为政治风波而身陷囹圄长达十五年，出狱后精神失常而失踪，余松坡在北京的街头却巧合地碰上了这个流浪汉。现实的不如意，艺术的不被理解，再加上内心深重的道德谴责，让余松坡的北京生活狼狈至极。

当然，在“正文本”的主线之外，为了和《城市启示录》形成文本的对照、参看和互文，徐则臣还精心编排了一条副线——余松坡家里的保姆罗冬雨，和由她牵扯出的一个生活于北京的底层群体，包括罗冬雨北漂的弟弟、送快递的男友和以他们为中心牵扯着又编织出的一张张底层生活的大网。这里，有送快递出车祸而死去的快递小哥，有为了上位而不惜要求被潜规则的少女，也有为艺术而争执不休的青年。他们用自己的辛苦、劳作和来自他人的讥讽与耻笑，演绎了北京城丰富多彩的故事。因此，与其说《王城如海》是写上层人士的高雅生活，不如说是写底层人民的糟心经历。也恰恰是基于这一点，徐则臣架构小说的本事就出来了：潜文本和正文本之间的互文性、精英阶层与普罗大众的对照映衬、现实与历史的纠缠勾连、生活与精神的双重拷问、表面的温馨与暗地里的阴谋巧合。

二、北京风物志

1984年出版的《北京风物志》以浓浓的抒情意味，介绍了京城的景点、吃食、文化等，用优美的笔调描绘北京的景色风光。再往前看，明末文人刘侗、于奕正以寓居京城时的所见所闻写下了《帝京景物略》，编织了一个集历史地理、文化文学和生活景观于一体的“北京故事”。把时间推展到21世纪的第二个十年，时代的发展已经以超前的规模大幅度地改变了北京的面貌，此刻我们需要另外一部“北京风物志”，借此来观看现下的北京城。徐则臣的《王城如海》恰当其时，以小说的书写提供了一部简略又翔实、客观又想象、现实又虚构的北京风物志，以“70后”的眼光，观看着“摩登的北京”。

不同于《帝京景物略》和《北京风物志》，《王城如海》所展示的北京风物，首先就是“现代性的症候”——雾霾。现代工业的发展给北京带来了巨大的环境污染，导致“王城”如今笼罩于浓重的雾霾之下，从而带来了现代性的种种病痛。在《王城如海》中，再也见不到对天坛、地坛、故宫等古迹的礼赞与抒情，以及对景点如关帝庙、古墨斋等的精美描绘，取而代之的是深重的怨恨与怨恨中的不舍，大有一种“鸡肋”的感觉。整部小说的故事发展，基本上都处在雾霾的氛围之中——雾霾无处不在，渗透进生活中的角角落落，影响着生活，也同时支配着生活于其中的人们的行为。为了表现雾霾的种种，徐则臣还不惜动用间接的手段，以“新闻播报”的方式来大段引用关于雾霾的“说明文”，它的产生、危害、发展历史，以及造成的病患等。在故事情节的发展进程中，塞进这些已经是人所共知的“说明文”，有机地构成了故事的一部分，也同样有硬性拼接的嫌疑，且一再的出现导致了某种故意为之的“啰唆”。

当然，如果《王城如海》在描述“北京风物志”的时候仅仅只是停留于物质形态的雾霾，恐怕它就没有任何新意。作为一种环境、氛围，雾霾不仅仅是物质性的，也同样形成了精神性的存在，甚至是心灵性的存在——生活于北京的人们所体会到的焦虑、压抑、痛苦等因素综合造就的“现代感”。它的速度、力量、机械、理性等都一股脑地将生活于其中的人们拉入其中，裹挟着人们走向未知的领域，正如没人能把控北京这座城市的发展一样，他们也难以把握自己命运的发展。“精神性的雾霾”或“心灵性的雾霾”和“物质性的雾霾”一起，构筑着生活于北京这座“帝都”的人们之命运，他们的喜怒哀乐、悲欢离合、爱恨情仇，无不都染上雾霾的色彩和味道。

因雾霾而来的“北京风物”，就更为复杂多样了——空气净化机、新鲜空气、防雾霾口罩、大风、汽车。这一雾霾及其衍生物的“北京风物志”，鲜活淋漓地表现了现代北京所呈现的最为表面也最为本质性的内容。与此同时，哮喘、过敏、感冒等一系列病症也困扰着生活于斯的人们，他们的故事只能围绕着雾霾及其衍生物来铺排和延展。

“北京风物志”还围绕着北京生活而展开。摆在余松坡餐桌上的“现代化食品”——鸡蛋白（蛋黄不吃，胆固醇高）、牛奶（脱脂的）、麦片粥（降血压）、烤全麦面包片、西红柿，无一不是现代性的风物。再加上围绕着这位导演而来的剧院、观众、媒体、记者等，就更为丰富了。另一侧面，罗冬雨和她所代表的底层人们的生活中所展露出来的北京风物，也同样丰富多彩——三轮快递车、“蚁族”们的租住房、快递物品、网购、车祸、日本毛片，以及婚前性行为、不牢靠的恋爱等等。描绘这些风物就是讲述他们的生活，他们的心灵、精神、情感和故事。他们的可悲、可怜、可叹，以及他们的辛酸、劳苦、勤快等，都在风物的世界里，被构筑了出来，一如古代的地方志，描述那些景物之时，一并将风俗人情、逸闻趣事都记载其中。《王城如海》作为一部当下的“北京风物志”所展现出来的现代性风物，恰好是一个时代的独特存在。从这一层面而言，《王城如海》抓住了时代的本质，并且以此来铺展自己的故事，让作品成为现实主义的代言。然而，其中身与心的分裂，也同样触目惊心——一方面是身在城市，另一方面则心怀乡村。这种撕裂，导致了作为一个异乡人、外来者，对城市的观察只能停留于风物的表面，而难以深入到精神的内核。生活浸染的缺乏，必然会导致身与心的二元分裂，这恰如余松坡备受其苦的现代性的梦游症。

三、身与心：乡村与城市和中国与世界

现代化的进程带来了都市的大发展，但这一进程本身也被彰

显为一代又一代人的被连根拔起及其迁徙的过程。现代化，甚至是全球化，让生命存在成为无根的漂浮物，他们的行走与其说是脚踏实地的前进，不如说是无目的漂泊，他们注定要成为现代的漂泊者。余松坡就是这类人的典型。随着大学招生制度的确立，城市的急速发展，许多人靠着升学、打工、参军等途径，成功地脱离了原先面朝黄土背朝天的泥腿子生活，混迹于都市之中。更有成功者，还可以满世界地转悠，美国、欧洲、澳洲等，漂泊于各种文化情景之中。然而一个明显的分裂就是，他们的身体在不同的地理空间中位移，东西南北地漂泊着，但是他们的心灵却始终如一地稳固在乡村，那里有他们的记忆、历史和乡愁。对漂泊国外的中国人而言，回归仿佛是他们命中注定的行为，就像是放出去的风筝、撒出去的渔网，至于他们究竟有没有收获到自己的人生财富，那就是另一回事情。

潜藏于余松坡精神内层的另一个重要记忆，则更进一步表明了这种身与心的二元分裂状况。作为一个文质彬彬的戏剧导演，他却有着不为人知的惊悚一面："遇到重大刺激或情绪动荡"，他就"会在后半夜梦游"。解开这个谜团，是罗龙河在一次偶然的机会中，碰巧看到了余松坡写于几年前的"遗书"，详细地交代了他梦游的症结所在——余佳山。时间往前拉，空间往乡村扩展，记忆回到少年时期。两个人竞争入伍名额，余松坡最终用了告密的方式，致使余佳山以"妄图颠覆社会主义大厦的反革命暴乱分子"的身份锒铛入狱，十五年后出狱却精神失常，在北京的天桥兜售"新鲜空气"。这成了余松坡的梦魇，揪住他的心灵时时地折磨着他。因此，虽然整个人游走于城市的大街小巷，开着豪车，住着豪宅，却仍旧保有乡村之心。最终拯救他的，居然只有《二泉映月》这样一首悲苦的底层之曲。这种身在城市而心在乡村的分裂，以及看似精英而实则底层的内里，在余松坡的身上得到了最佳体现，同时也成为《王城如海》的写作症候。

就文本的整体性而言，与其说徐则臣在讲述一个现代都市的故事，不如说是在努力就北京这座城市书写一份城市解剖报告，以便揭示出这座城市的真实面貌。然而笔触所到之处，一份北京风物志几乎可以概括所有——既有景观、器物，又有人物、故事。然而阅读之后，总有一种隔阂之感，这感觉里，分明是一个外来者打眼望去所看到的北京之种种——表面、浮夸，带着羡慕的嫉妒和恨，以及由此而来的蜻蜓点水般的“深思”。认识一座城，或许存在多个侧面，但徐则臣选择了最简单的那一个侧面。可以说，《王城如海》无法与《长恨歌》相比，王琦瑶和上海、余松坡和北京是截然不同的。本书或许反映了当下城市书写的一个通病——以乡村之心写城市之文。深入城市的内部，既有表层也有深层，全方位地展现一个立体的城市，而非是扁平的地理空间，或许更为重要。有圆形人物，也有圆形城市——如果满足于一般的故事，自然不无价值；但是要成为经典性作品，恐怕这样的风物志和故事，还需要再进一步提升。这或许并不能够苛求徐则臣，因为现代性追求的就是“标准如一”“理性至上”，城市化也同时意味着生活的标准化、类同化，写出来的作品如果一味地坚持现实主义原则，恐怕就会失去艺术上多样性的魅力。往往有时候，不得不感叹的是：成也现实主义，败也现实主义。

四、“苦大仇深”的现实主义

在《王城如海》中，有这样一段描写：

> 从进入工作室，他就通过不同方式来查验早上刚穿的白衬衫脏了多少。他后悔忘了戴围巾，露在空气中的白衬衫领子被雾霾染成了灰色。他又痛骂北京的交通，出门时赶上早高峰，在路边站了半小时没打到车，只好一路跑过来，雾霾全上了领子。还不知道有多少有害物质通过领口进入衣服里面，附着到了他的皮肤上。

诸如此类的书写在《王城如海》中比比皆是。北京风物志中，再也没有了令人赏心悦目的景致，只剩下雾霾、拥挤的交通、压抑的生活、焦躁的心情，大有一种生不如死的存在感。从语气中，从叙述的调子来看，一副“苦大仇深”的模样便于焉毕露，是悲叹、是憎恨，也是苦闷和仇怨。这和新世纪第二个十年其他书写基本相似，尤其是“70后”和“80后”的创作，更是屡见不鲜，这大概和当下统一模式的城市化进程密不可分。在这些作品中，几乎是不约而同地，传统的现实主义书写模式复活，写作者将自我的所见所闻、所感所思一股脑地塞进小说中，用了一个不大不小、神奇又日常的故事含纳之，再做出一种故作深沉的探索姿态，自然就算成功之作了。殊不知在不知不觉间变成了苦大仇深的现实主义，缺乏一种精神、一种灵魂，更缺乏应有的高度、深度和厚度。同样是书写自己的时代，巴尔扎克能够把握住时代发展的趋势，来源于现实却又不拘泥于现实；列夫·托尔斯泰更是有着大情怀、大悲悯和大思想，任何一部作品都思考着较为深刻的命题；陀思妥耶夫斯基同样如此，小说似乎只是一种形式，用作哲学的沉思；至于“批判”现实主义，司汤达却能抓住现实的致命痛点，一一披露出来，曝晒而剖析之。这种例子举不胜举。但在中国当下的众多书写中，却难觅其踪影。这自然是因为缺乏一个大根基，那就是一颗温柔、敏锐且悲悯的心，一个带有人间大爱且善于进行缜密思考的灵魂。正因为如此，他们就只看得到表面的风物志，却看不到风物志背后的人情人性，以及人心和灵魂。

2016.8.7—11 西安·逸远斋

《大地上的亲人》诗论

《大地上的亲人》读后寄黄灯

字字读来皆心灰，
一吟两地双泪垂。
人间卑贱平常事，
惹得万姓同声悲。

丁酉年癸卯月甲辰日凌晨，北京·墨耘楼

大地上的书写，或非虚构
——黄灯《大地上的亲人》阅读札记 [1]

2016年春节前后，黄灯的《一个农村儿媳眼中的乡村图景》一文成为热议的对象，获得了无数读者的阅读，从精英知识分子到普通大众，从学院派的研究者到漂泊都市的打工族。何以会出现这种热烈的阅读现象？这虽然和黄灯的书写有关，但更重要的则是文章本身所提供的吁请与呼唤，所关注的乡村与底层、弱势与赤贫等问题。等到黄灯将此文背后所隐含的种种、遮蔽的种种铺展开来之后，暴露出的乡村弊病越发醒目而引人深思——那已经不是短暂的“事故”所导致的一时的“问题”，而是长久积累下的病入膏肓。在当下非虚构写作炽热的文坛，以如此鞭辟入里的方式来剖析乡村问题的著作，确实匮乏。黄灯的《大地上的亲人》无疑再一次将遍体鳞伤的乡村推向任何一个有责任心的社会人的面前，亟待有识之士做出有效的回应。

[1] 本文发表于《社会科学动态》2018年第9期。

一、剜心自剖的写作

众所周知，在非虚构的写作中，写作者处于何种地位是其获得合法性书写的重要来源。这无非存在着两种情况——其一，以亲身经历摹写社会现象，让亲历性证明真实性，获得“非虚构”写作的合法意义；其二，虽非亲身经历，但深入现场，作为见证者和观察者提供来自现场中心的报告，同样使“非虚构”有着确凿无疑的存在依据。在《大地上的亲人》中，黄灯其实身兼两种身份，既是事件的参与者、经历者，又是事件的见证者和旁观者。这就要求黄灯必须首先厘清自己存在的身份以及书写的视角。所以在《自序：用文字重建与亲人的精神联系》和每一篇文章前的“写作意图交代”中，甚至也在《后记：跨越时空的乡村书写》中，黄灯不厌其烦地强调：“我意识到，在进入他们的生存肌理、深入其内心世界时，要尽量采用浸入式的交流，避免介入式的冒犯。”[1]这也就是黄灯一直主张的，“用文字重建与亲人的精神联系”，用写作的方式让远离故乡的“城里人”重回家园。

带着自反的心理，用有温度的文字，黄灯的书写就带着浓重的警觉的意味，这也是她书写深刻的重要原因。如果用知识分子的“痛彻心扉的反省”来形容黄灯的内心世界，大概是不会有偏差的，因为正是得益于这一“灵魂上的自我洗礼”，才会有她孜孜不倦的对故乡人物的观照、沉思与书写，也才会有这样一本书的问世。面对乡下的亲人们，“我潜意识里希望和他们保持距离，

[1] 黄灯：《大地上的亲人》，台海出版社，2017年版，自序，第V页。

划清界限，以免给自己带来麻烦”。黄灯的反省那么直白，一击致命——作为来自乡村的城市知识分子，想必大多数学院派的人士都会在潜意识里存在了这样的想法。多年的奋斗终于脱离苦海，谁还愿意重回污泥之中呢？然而正是得益于这种“痛彻心扉的反省”，黄灯觉出了自己作为知识分子的责任——她既然可以拿出“剜心自剖的反省”，赤裸裸地将一个学院派知识分子卑微的灵魂晾晒出来，自然就有无限的力量去面对生活中所有的卑微、低贱和污浊。这大概就是一个“知识分子的高贵”。这并不是说她因为亲情去关注了底层人物的命运，从而显示出她的爱和心胸的博大，而在于勇敢者首先总是向自己动刀子的，在剜心自剖了之后的灵魂警醒中，推己及人地真心关怀那些卑微者、低贱者和痛苦不堪的人群。只有在这种自我反省中，在剜心自剖的疼痛中，她获得了书写的急迫性，一种真正的悲悯便于焉可见。也正是这种悲悯情怀，《一个农村儿媳眼中的乡村图景》才会成为阅读最多的文章之一。因此，与其说《大地上的亲人》是一种非虚构的文学书写，不如说是黄灯将剜心自剖的痛楚作为实验报告提供给大家阅读，那所书写的绝不是“别人的故事”，而首先是“自我的灵魂”反省，带着愧疚、歉意和真诚的爱。

恰因为此，《大地上的亲人》便流露出对贫穷的声嘶力竭的呐喊，而所有的呐喊又都是喑哑无声的悲剧。但最终，不管是声嘶力竭的呐喊，还是喑哑无声的悲剧，都被化入黄灯带着浓浓亲情的文字之中，被一种超越了时空的爱和关怀所包裹。因为倘若没有这种爱和关怀，黄灯的体验不会如此之深，也不会有如此动人心魄、牵人心魂的文字——“生命在他们眼中，并不具有特别珍贵的意义：活着，是卑微而麻木地活着，能够感受到的幸福纯粹来自生命的本能和惯性；死去，也是理所当然地死去，在一个日渐寂寥而没落的村庄，这种无声的悲剧并不会引发人们心中太多的波澜。悲苦农民与生俱来天聋地哑的悲剧命运，难以从根本、整体上得到改变，多年经济发展的光鲜，除了让他们吃饱饭，并没有让其享受到与国家整体实力相当的体面和尊严。”[1] 这便是黄灯所谓的“浸入式观察和书写”的魅力所在，因为她从不会轻易地“用轻佻的文字”将之包装为“别人的故事”。这也同时是黄灯自己的醒悟，带着某种凌厉和决绝之气，一击致命却能使人警觉。正是因为有着剜心自剖的痛彻心扉，黄灯才能在自己的书写中体察入微，不仅仅还原生活中的苦难，而且在苦难中用了一个知识分子的自觉和反思，来刨根问底地打量一个个问题——“我不再将乡村视为寄寓乡愁的载体，而是将其作为‘问题的场域’。”这又是一个学院派的知识分子抱着自省之后的良知，去关注乡村问题的表达。

实际上，选择三个与自己相关的乡村，黄灯并非为了揭示亲人们痛苦的悲剧生活，而是有着更大的野心——“在关于乡村的叙述中，他们不是作为一个个偶然的个体存在，而是始终作为一个庞大而隐匿的群体在默默承受。”“书写亲人的悲伤，就是书写更多和亲人一样的人的悲伤。”[2] 由一个乡村推向整个乡村世界，从一个个鲜活的个体推向整个生存的群体，黄灯书写的阔大

[1] 黄灯：《大地上的亲人》，台海出版社，2017 年版，第 15 页。

[2] 黄灯：《大地上的亲人》，台海出版社，2017 年版，第 3 页。

一面也被凸显了出来。同样地，她不是站在局外人的角度来观看他人的悲剧，因为她深知自己也同样身处于这样一个裂变中的时代，需要和她所书写的对象一起，“共同承受着个体和整体共生的命运。”“在时代变迁中，如何直面自己的经验，直面个人的渺小、卑微，在无从把控的大潮中，探究个体和时代之间的隐秘关联，一直都是我无法回避的精神困境。讲述我亲人的故事和遭遇，实际上是我企图救赎内心的开始。”[1] 所以当有人说这种书写是“诉苦”的时候，大概这些人是根本无法体会埋藏在这些痛苦之后的悲哀和无奈，无法领悟这些痛苦背后站着一个剜心自剖的警醒者、觉悟者。

书写痛苦所面临的困境，也是许多写作者甚至是阅读者所无法体会的。“悲伤是一个家庭不能触碰的秘密，将家人的痛苦、悲伤公之于众，对我而言，面临着艰难的情感抉择。”[2] 作为一个女性，黄灯本能地考虑到对悲伤的揭露会伤及书写对象，她的那些至亲至敬的家人。但抛开女性书写者的身份，我们能够再一次看到，作为一个学院派的知识分子，黄灯从剜心自剖的灵魂洗礼中所获得痛彻心扉的体悟，应该是其拿起笔书写苦难的重要推动力。从《大地上的亲人》的叙述缝隙中，我们不难得知，黄灯大学毕业后进入了工厂，恰好赶上了下岗潮，作为一个下岗工人，她通过努力考上研究生才得以摆脱悲苦的生活。同样地，虽然在广州扎下根，却不得不面临着别样的生存的艰难——房贷、消费

[1] 黄灯：《大地上的亲人》，台海出版社，2017 年版，第 340 页。

[2] 黄灯：《大地上的亲人》，台海出版社，2017 年版，第 3 页。

价格的飞涨、个人的茫然与痛苦等等。正是自觉于身份的差异却经历着同样的悲剧，黄灯的书写就有一种“共呼吸，同命运”的气质。因此，越是进入《大地上的亲人》文本内部，越是愈发明显地看到黄灯的身影。

二、通过文字重回乡村，或以悲悯之心

《大地上的亲人》一共三章，比起许多学院派的理论著作来，显得简洁而单纯。正是借由黄灯的文字，阅读者仿佛进入了一个带着解说词的纪录片观看现场，逼真的画面与真切的情感共同奔流，感染着每一个人。根据黄灯在书中的交代，这些文章大致写于 2003 年至 2016 年之间。在长达十三年的岁月中，作为一个有心者，黄灯在中国经历着巨大的时代转变之时，记录下了转折时代的中国乡村生活的镜像。这也使得这本书的存在，具有了见证历史的效用。

《嫁入丰三村》由五篇文章组成，最震撼人心的当数《一个农村儿媳眼中的乡村图景》。也正是这篇文章，让黄灯经历了一次“最纠结、最难受”的写作。毕竟，面对着亲人们的痛苦，任何书写不仅显得微不足道，也同样会伤及他们已经千疮百孔的心灵。但“天聋地哑的悲剧，若不能用文字呈现，最后只会被生活的泡沫冲刷得无声无息”[1]。正是出于一份知识分子的良知和责任，也是出于通过文字吁请对亲人的关怀和爱，重建自我与乡村的精神

[1] 黄灯：《大地上的亲人》，台海出版社，2017 年版，第 3 页。

关联，黄灯将笔触深入丈夫的家庭，书写了这个位于湖北省孝感市的小村庄。家族的第一代所经历的饥饿、贫穷，与共和国同代人的生活几乎相差无几——兄弟姐妹众多而土地贫瘠所导致的饥饿记忆，在莫言、贾平凹等1950年代出生的小说家笔下有着更为惊心动魄的书写。但在黄灯的笔下，婆婆的一生更显得痛苦不堪——中年丧夫的痛苦对一个女人而言意味着天塌地陷，试图找一个可靠的男人却迎来了脾气暴躁的后夫，一个家庭的悲剧从未停止。紧接着家族的第二代，尤其是以大哥和大嫂为代表的乡民，他们最早进入城市打工，却经历了四姐夫的失败而难以要回工钱。与此同时，耽误了下一代的教育，让成为留守儿童的第三代缺乏父母的管教，重走了打工的道路。但实际上黄灯也揭示了一个触目惊心的现实——哪怕第三代中有人成功考上了大学，也依旧难以摆脱底层的命运。在阶层分化日益严重的今天，阶层与阶层之间的流通途径越来越封闭，阶层固化成为这个时代最隐蔽的新常态，对那些底层的人们而言，通过考学、经商等跻身上层社会越来越困难。倘若黄灯的书写只是停留于对乡村苦难的描摹，那文字的效力便会大打折扣。正是得益于她的冷静和鞭辟入里的分析，让阅读者同时认识到，不可逆转的亘古如斯的命运是对底层人最深的伤害。

很显然，丰三村并不是中国大地上的个案，因为这种“乡村图景”可谓比比皆是——凤形村，作为作者的出生地，同样经历着“现代化进程中的村落命运”，无可挽回地衰落下去。不同于第一章对苦难命运的揭示，黄灯在第二章里开始把书写的笔触转向村庄本身的变化："河水脏了，青山秃了"[1]；"极大地败坏了"的"故乡的风气"[2]；"精神生活的困惑和匮乏"[3]……仿佛是一群被抛弃的人，他们经受着各种各样的时代转变，却成了城市的附庸——乡村成了垃圾堆放地、商品消费地和财富的来源地。这些人对自我命运的不自觉，更是黄灯念兹在兹的痛心之所在。家族的第一代同样子女众多，他们有的沦为打工者，差点误入歧途；有的升为小老板，貌似有钱实则伤痕累累。家族的第二代则散落各地，充当了中国经济繁荣最重要的奉献者和牺牲者。乡村的风习也在时代的变迁中被悄然改变——赌博之风盛行，反映了一夜暴富的虚幻梦想，毒品泛滥的现实更是将乡村拉入无底的黑洞和深渊，教育的缺失和匮乏注定让未来的花朵还没来得及绽放便已凋谢……这些触目惊心的转变，总是发生在财富极大地增长、人们吃饱穿暖的光鲜外衣之下。甚至在他们被宣称为"幸福"的生活背后，总藏着看不见的伤害与致命的暗疮。与丰三村的人们一样，这个村庄人们的经历其实无形中印证了一个事实——在当下中国，乡村的弊病绝不是一个个单独的事件，而是整体上一代代人悲苦的命运。叔叔辈的打工经历，堂弟和表弟们被伤害的青春，和丰三村，以及许许多多中国的乡村，几乎一模一样。

实际上，最后一章《长在隘口村》填补了前两章的某些空白，形成了当下乡村的完整的肖像。《村庄文化的根及80年代的日常生活》一文充满了对遥远时代的记忆，也带着温馨和传统的气

[1] 黄灯：《大地上的亲人》，台海出版社，2017年版，第128页。

[2] 黄灯：《大地上的亲人》，台海出版社，2017年版，第137页。

[3] 黄灯：《大地上的亲人》，台海出版社，2017年版，第136页。

息。也可以看作是黄灯对当下乡村问题突破口的一种展示，可单纯地回到过去显然并不现实，反倒显示出解决方案的虚妄来。但打讲、做冷事、吵茶、看戏等携带着的乡村温情，着实能够引起许多人“历史的乡愁”来。只是黄灯的目的显然并非要带着阅读者重回乡村的过去，重温美好的过去的时代，她是要用这带着浓重的历史的乡愁的文字，勾勒出过去的画面以形成和当下生活的强烈对照——只有在这种对照中，才能看到当下乡村的破败与衰落；只有在过去的映照下，现今生活的丑陋与肮脏才更加触目惊心。年轻一代沉迷于赌博、吸毒的事实，以及他们痛苦的打工经历，让一个带着过去温馨光环的村庄，瞬间在经济大发展、时代大转折的漩涡里被裹挟着走向堕落与崩溃。那些悲惨的经历和痛苦的生活，并未在个人奋斗的神话中被抹平、被消除，反而看出“成功学”背后多少荒谬与不堪的事实。在亲人中，许多人通过开饭店、做生意积累了一笔小小的财富，却付出了巨大的艰辛和代价。比起那些动辄资产数亿、上千万的富二代、官二代，农二代甚至是农三代所经历的痛苦更是这个时代最普遍的日常。因其普遍而更令人痛苦，因其痛苦而更让人愤怒。

在处理这些日常的琐碎和痛苦的事件时，黄灯带着悲悯之心。作者呈现的形象，从更为温情的角度来说是带着爱和关怀，从更为审慎的角度来说，则是一个怜悯底层人们的知识分子悲痛而啜泣的身影。所以在书写悲苦人生的时候，黄灯时刻不忘自我反思——“他们越是活得坦然而毫无欲望，越是对个人命定的困境毫无感知，越是对生活没有过多的奢望，我就越感到这种命定的生存是多么残酷，感叹这个世界为什么总有人要占有如此之多。如何回馈家庭，对跳过龙门的家庭成员而言，几乎成为一种天然的情感选择。”[1] 或许，通过书写吁请疗救的注意，对一个文科知识分子而言，才是“回馈乡村”最好的办法。

三、大城市与小乡村，大时代与小人物

通读《大地上的亲人》整书，一个强烈的感觉，或者任何一个稍具理性的人都会想得到，乡村如今的破败与颓废，多半原因是乡村对城市发展做出了牺牲。改革开放以来，大量农村劳动力涌入城市，把他们的青春挥洒在工地、工厂，奉献给了城市，而他们从城市所获得的酬劳又大部分用消费的形式返还给了城市，只剩下病残的身躯，回到乡村独自面临、处理养老问题。劳动力的丧失，导致乡村大面积土地无人耕种，荒废殆尽。这一点，在《大地上的亲人》中，以四组“打工记”的形式表现了出来。这四组“打工记”牵涉着三代人、三个村庄——叔叔辈的打工记中，黄灯详细记录了河水叔在广州一个叫作塘厦的地方艰辛度日的悲苦生活；同辈人中，则是婆婆家的兄弟姐妹所经历的打工，以及表亲和堂亲的兄弟姐妹漂泊的打工生活，尤其是大哥和大嫂的进城故事，读来令人唏嘘不已；第三代人物中，则主要聚焦在兄弟姐妹们的孩子身上，他们的打工记更为复杂多样，也呈现了当下社会的基本轮廓。四组打工记的书写，勾连起了城市和乡村的命运，“乡村的问题已不可能只在乡村内部循环，乡村和城市早已

---

[1] 黄灯：《大地上的亲人》，台海出版社，2017 年版，第 17 页。

成为一个不可分割的整体。村庄发烧了，那是因为城市发炎了；村庄呻吟了，那是因为城市疼痛了；村庄病象深重了，那是因为城市病入膏肓了。”[1] 但城市对乡村的剥夺仍是不争的事实。大哥和大嫂在北京的打工经历，以及最后数十万欠债的难以追回，虽说是四姐夫间接造成的，但更为直接的则是大批积累财富的有钱人敛财手段所导致的。更不要说下一代的打工者们，男男女女将自己的青春挥霍在广州和东莞的流水线上，赚取微薄的薪酬。与此同时，“信息时代裹挟的消费观念，让他们在获取物品的权利方面，貌似和别人没有差异，但是否具有获取心仪物品的能力，成为凸显他们身份的赤裸裸现实。”[2] 一个花季少女，可能只是为了能够拥有智能手机而出外打工拼命挣钱，但耗费一个月工资的手机可能一年半载之后便需要升级换代或报废，他们也在这种无限制的消费中消磨着自己的人生，靠着自己的青春和体力赚来的辛苦钱最终又拱手送给了城市制造业。这种情况再普遍不过，因为不仅仅是这些打工的孩子们如此新潮，就连上班族，所谓的白领，哪怕是公务人员，也同样落入制造业所宣传的时尚消费陷阱之中。

另一方面，“农村给城市输送了最优质的劳动力和原材料，而城市回馈农村的，却往往是最劣等的产品。”[3] 假冒伪劣的产品充斥着乡村的各种小商店，喝口可乐、粒粒橙、康帅傅等一望而知的假冒商品，农村人都不辨其伪，更不要说打着可口可乐、果

---

[1] 黄灯：《大地上的亲人》，台海出版社，2017 年版，第 338 页。

[2] 黄灯：《大地上的亲人》，台海出版社，2017 年版，第 111 页。

[3] 黄灯：《大地上的亲人》，台海出版社，2017 年版，第 117 页。

粒橙、康师傅等大品牌的高仿真的假冒产品，肆意泛滥。黄灯继续分析道：“不得不承认，在消费层面，农民在付出同样的金钱之后，却得不到相应的产品和服务。……使得农村非常容易成为假冒伪劣产品的倾销地。”[1] 包括过期食品、家用电器等，都是如此。因为黄灯的关注点不同，她并未关注乡村留下来种地的那一部分人，如何用了血汗钱补贴农业的亏空——农业税取消之后，工业制造品的高昂价格一直居高不下，单纯靠农业的产出来获得生活的必需品已经完全不可能。更何况，农产品的价格始终在低水平徘徊，而化肥和种子等农业用品的价格则节节攀升，这中间的差价无疑是城市盘剥农村的最隐蔽的手段。农村实际上已经成了十分不适合维持生计的地方，一代代的年轻人靠着打工逃离乡村也成了在所难免的无奈之举。当然，在改革开放的历史中，各种对城市倾斜的政策使得优势资源朝着城市聚集，乡村大批优秀人才被城市掏空，使得教育下滑严重，乡村在精神层面缺失更多。传统的乡村文化已经被吞噬殆尽，全新的城市消费理念又迫不及待地为了推销商品而肆意传播，于是“一夜暴富”的想法，“为富不仁”的行为，便在乡村蔓延。赌博是集中反映这一观念的最直接证据，而毒品泛滥则多半既是倾销又是诱惑，没有受过良好教育的青年，以涉世未深的懵懂尝试新奇事物，便落入了黑暗的深渊，毁灭了一整个家庭。也因为教育的匮乏，乡村的青年难以找到更好的出路，缺乏必要的文凭和技能使得他们在城市也难以立足，只能干最脏最累的活计，充当了城市发展的廉价劳

[1] 黄灯：《大地上的亲人》，台海出版社，2017 年版，第 118 页。

动力。

事实上，在黄灯的书写中，处处充满了对乡村的观照，但时时刻刻惦念的也同样是城市的发展。扩大一些，黄灯更愿意在对小人物的考察上获取大时代转型的信息。不管是丰三村的故事，还是凤形村和隘口村的故事，背后都隐藏着一个巨大的时代的阴影——阔步向前的发展带来的信心爆棚的群体，经济飞速的增长与社会幸福指数之间巨大的差异，阶层分化的严峻与利益固化的事实，贫富差距的进一步拉大以至于悬殊带来的仇恨和抱怨，社会积累的各种矛盾得不到缓解而形成的冲突……一方面，社会大发展，经济大繁荣，显得欣欣向荣，充满了勃勃生机；另一方面则充斥着病态和残缺，乡村的凋萎与弱势群体更为残忍的失势，底层小人物的挣扎与无奈的悲苦生活，年轻一代的蜗居、抑郁与自杀，年老一代的养老、病痛与死亡等，考量着任何领导者的睿智与改革家的胆识。但作为一个知识分子，黄灯所能提供的或许是窥一斑而知全豹的讯息，对个人在大时代的生存处境以及转型时期社会和个人的命运的考察。作为一个知识人，用了对自我的反省的态度，来重新梳理“我们时代的知识与学问”，拷问知识分子的良知与责任，从而写下自我对时代的关切，这本身便表明了一种态度和立场——关心乡村，关注社会。黄灯一再宣称，“我试图通过叙述以上三个村庄亲人的生存境遇，关照转型期中国农民的整体命运，并在此基础上，勾勒他们与命运抗争的复杂图景。”“我始终认为，在现代化进程中，城市与乡村命运纠葛，在中国语境下对任何一个家庭的透视、对任何一个群体的透视，都能获得隐喻时代的效果，实现对真相的指证。”“农村问题从来不只和农村有关，它的背后关联着更广阔的世界。”[1] 说这种书写方式是“以小见大”，或者“小切口，大问题”，似乎都和这部“悲伤之书”不太相符。比起反映社会问题来，黄灯更注重通过文字来重建与亲人的精神关联；但比起亲情来，黄灯又更愿意在勾勒亲人们的生活轨迹的过程中，来沉思转型时代中国社会的诸种问题。于是，在大城市与小乡村之间，在大时代与小人物之间，黄灯使之勾连了起来，既是借助文字重回故乡，重建与亲人的精神联系，也是通过重回的方式来摹写现代化进程中的社会问题，不为开出一剂疗救的药方，毕竟“现代化进程中，社会转型早已呈现出疑难杂症的症候，即任何单一的方子都无法做到药到病除”[2]。但通过这种书写，最起码让问题凸现出来，让无知无觉者明了自己的生存处境，让漠不关心者从此注意到悲苦的存在，让束手无策者看到患者的病状以便对症下药，让知识走向生活，让学院朝着民间开放，从而共同地去探究如何破解这一社会转型时期种种难题的方法和途径。

2017.3.29 人大图书馆圆桌

[1] 黄灯：《大地上的亲人》，台海出版社，2017 年版，第Ⅶ—Ⅷ页。

[2] 黄灯：《大地上的亲人》，台海出版社，2017 年版，第Ⅷ页。

《藏珠记》诗论

《藏珠记》读后

少女意气为文章，
尽说志怪显荒唐。
人间饮食男女事，
一珠千年照万象。

丁酉年庚戌月戊寅日　京城·问馀斋

一珠千年照万象
——读《藏珠记》有所思[1]

写还是不写这篇评论，的确是时至今日人生中碰到的最纠结的事情。出于一个爱文学者的热心，以及“行必果”的生活理念，花费了那么长时间读完的一部小说，倘若不写，总觉得可惜。但真要动笔来，“无法言说”倒也并不意味着失语，关键在于担忧颠倒了的“阅读的双重效应”出现，即忧惧于“爱不释手，常读常新”的反面。阅读已经耗费了不小精力，再来对一部并不能带来智慧或“有所得”的小说评论上一番，颇为自己“不值得”。平心静气而言，写或者不写，都有“不公”的嫌疑存在——不写，对创作者和作品本身是不公的，它意味着对于劳作的价值的某种程度的怀疑与忽略；写，则又对读者不公，因为它也意味着对时间和精力的漠视与背弃。终于决定拿起笔来“牢骚一番”，其动力来自“批评与自我批评”“反思与自我反思”。

这绝不是一个文学常识普及的时代，甚至可以说，它某种程度上意味着文学常识的匮乏。毕竟，在这样一个时代，处于式微

[1] 本文发表于《新文学评论》2018 年第 2 期。

境地的文学，在影视、网络资讯等的挤压之下，已经退守于社会一隅，虽不至于是文学界自说自话的一家言，但“失去轰动效应”也是不争的事实。读图时代的来临，对阅读提出的挑战，已从虎视眈眈变成了既定事实。因此，留给文学“任性”或“一意孤行”的空间已经十分狭小，它可能并不需要谨小慎微，但假若试图肆意妄为，折腾起来，恐怕带来的也只是一场内耗。当然，存在着大众的文学，也就存在着小众的文学，期望作品横空出世，洛阳纸贵，居多是一种幻象。然而，同样可怕的是，当一件事情无可无不可的时候，那么也就意味着它存在或者不在都无所谓的命运的到来。可惜的是，单就这一文学常识而言，不仅仅对普通的阅读者意味着是匮乏的，甚至对写作者和批评者来说，其状况也同样是堪忧的。

一、一部无法批评的小说

其实，在一个作品极度繁荣也同时带动批评盛极一时的岁月里，重新思考“我们为什么需要批评”显然是多余的。对于重新勘定文学批评的价值和意义的行为，不管是行内还是行外，恐怕都会嗤之以鼻——以批评为业者竟然还要中途回首，追问自己所从事的行当的价值和意义，岂不是犯了“上了贼船还帮贼吆喝”的愚蠢毛病？不过好在如此，还有亡羊补牢的意义在，总不至于在偏道上中毒过深而无法自拔。这种经常性的追问，是要在反思中，让文学批评获得更为适恰的位置，而非重新定义文学批评的标准。局中人的迷雾总要时时拨弄，否则迷失了航向，“副业成为主业”，真就难以拯救了。毕竟，诚如乔治·斯坦纳所说，在二十世纪，“诚实的人要做文学批评，实属不易。有许多迫切的事情要做。评论只是附属品而已。”倒也不是妄自菲薄的贬低，它带有一种恰到好处的自我反思，从而能够在摆正自我位置的同时，清楚自己的职能。斯坦纳接着说：“批评的艺术在于让那些或许最不需要帮助的读者关注文学作品；如果没有较高的文学素养，读者会读诗歌、戏剧或小说评论吗？”充其量，“我们为什么需要批评”所能够厘定的，便是文学批评的辅助功能——它不是审判的最后决断，更不是文学史书写的定词终论，它只是在帮助阅读者从茫茫的文学作品海洋中，甄别出值得花费时间去阅读的珍宝，不会在随便选择中浪费有限生命和精力。这当然牵涉到进一步的追问：我们为什么要写作？或者告诉阅读者，我们为什么要阅读？为什么要阅读这一部而非那一部？

在既往的理解中，文学批评更多地被定位为“私人趣味的学理化”，同样是斯坦纳的话，他还说：“在文学批评中，没有永恒之物的希望之乡，没有确定无疑的乌托邦。就本质而言，评论是个性化的活动。它既不要求论证，也不要求证据一致。”[1]这大概是文学批评价值大打折扣的原因——本来一本正经的文学批评，变成了千人千面的文学意见，这意见根本无法统一，也无需统一。因此上，文学批评就被赋予了另外一种职能：发现文学作品的价值所在，而不管这部作品到底在何种意义上以及是否配得上这种挖掘。进而，文学批评越发变得无可而无不可，成了见人说

[1] [美]乔治·斯坦纳：《语言与沉默：论语言、文学与非人道》，李小均译，上海人民出版社，2013年版，第1页。

人话、见鬼说鬼话的强大阐释力量和能对作品发言的万能机。倘若在这个意义上，回到话题讨论的对象，《藏珠记》绝对是一部值得言说的作品——它以纯文学的姿态，接纳了网络文学和影视文学的桥段：类同于见证的逆向穿越的穿越；它在洞明世事的沉思上，追思人性与爱情的种种：三个人，一个坏，两个爱；它以女性的身体作为书写的题材，重审“破处即死”的处女情结：贞洁与爱情的较量，拥有了女性主义反思的重量级书写。只不过，同样明显的是，《藏珠记》无法言说的部分，也比比皆是——投入通俗文学的怀抱之中，任性恣意地挥洒作者的“小心思”：“这种选择我知道会有人说幼稚、可笑、肤浅，或者别的什么，我统统能够推想得到，没关系，对于读者，我没有期待。这是我满足自己的小说，满足于自己某些厚颜无耻的幻想。”[1]还不待批评的到来，乔叶便已经全副武装，摆出“此处不谈”的姿态，批评自然就无话可说了。

文学批评倘若按照斯坦纳的意思，以最卑微的姿态存在，它也应该肩负起自己的辅助功能，宁愿耗费自己的时间，也要替更多的阅读者节省时间。但在福柯看来，批评需要筑起更具尊严的台基，以便“揭示出隐藏在其符号下面的重大的谜一般的意图”，“所以，只有依据真理、精确性、特性或表达的价值，批评才能分析语言。”[2]文学之所以是文学，便在于它有自己的真理、精确性、特性或表达的价值。在一个文学式微的时代，文学之所以还

[1] 乔叶：《藏珠记》，作家出版社，2017 年版，第 258 页。

[2] ［法］米歇尔 · 福柯：《词与物：人文科学的考古学》，莫伟民译，上海三联书店，2016 年版，第 83 页。

在坚守着它的“一隅”而不被影视、读图等所侵占，便在于它不但要完成语言的表象，还需要在语言的表象之外，提供影视和图片无法给予的“真理、精确性、特性或表达的价值”。这实际上便是阅读者念兹在兹的“有所得”的“得”。讲述一个纯粹的、好玩的故事，描摹一位可爱的、与众不同的主人公……假使只限于此，文学真的就无从与影视剧，甚至与《今日说法》进行区分了。因此，当乔叶心心念念地强调《藏珠记》的“偏轻”之时，她大概不会想到，文学批评所试图要帮助阅读者寻找的，恰恰是轻背后的重，哪怕这种重本身也是一种轻。因此，作为一部无法批评的小说，它的核心要素并非“不能批评”，而是“无从批评”。这无从批评的缘由同样也不是拒绝批评，而是批评已经放弃批评了。那么，对于一部小说而言，它究竟要追求什么？

二、时间有所思与“为何写”

大致梳理一下《藏珠记》的情节，从中也能够看出乔叶的良苦用心。一位唐朝的女子，机缘巧合之下，吞食了波斯商人赠予的神奇的珠子，从此拥有了长生不老的法宝，从唐朝一直活到了当下。这个经历了千年的女子，保持着青春和处子之身，不意却卷入了一个商人和一个官二代之间的“内斗”。赵耀通过官商勾结的方式，积累了大量的财富，却被畏罪自杀的金泽的父亲抓住了把柄，以此来让金泽“分红”赵耀的收入，保证衣食无忧。历经千年而不死的唐珠，可谓阅人无数，看透了赵耀的伎俩，也迷恋上了金泽的单纯、干净。两人迅速坠入爱河不能自拔，但唐珠却难以为这样的爱而付出处子之身，因为对她而言，“破处即死”意味着爱情和死亡被并置在她的命运之中。对一个女子而言，“无法去爱”自然是残酷。这时，为了成全她“大胆爱一回，哪怕即便死去”的愿念，乔叶设计了一个“U盘”的“扣子”，让赵耀在贪恋她的处女之身和怨恨爆发后，强奸了这个“千年老处女”。唐珠血流不止，奄奄一息，依赖于现代科技的发达，最终保住了性命。结局是“落难公子中状元，奉旨完婚大团圆”——唐珠打破了“处女禁忌”，和金泽不休不止地爱着，并诞下一女，孩子手握着那颗从唐朝带来的珠子。金泽参加厨艺比赛获得头名，从此，两人平凡又幸福地生活在了一起。

据乔叶的《后记》交代，《藏珠记》的构思或“灵机一动”来源于韩剧《来自星星的你》。但很难厘定两者之间存在着怎样的“重叠”，且同类的故事也不必非得用比较的眼光来加以评价。乔叶显然并不满足于讲一个电视剧故事，因此她将时间的视角带到故事之中，试图在时间的管窥中来获得小说本身的思想高度，让这个剧情略显狗血的小说拥有厚重感。因此在行文之中，乔叶将她的生活领悟以哲人的口吻，宣讲于字里行间。唐珠时常感慨于千年岁数中所隐藏着的种种秘密，她说：“活得越久，不相信的就越多，相信的也越多。因为这些相信和不相信，我就活得越来越从容。”（25页）她还领悟到：“在这世上，想要万寿，就不能成名成家，就只能做个平凡的人，淹没在人海里。”（31页）接着，她又说：“人事人事，所有的事都在人的身上路过、体现、沉淀和爆发着，说到底，事的根基还在于人。”（39页）在人事的纠缠上，她告诫道：“要想活得长，最重要的是不能让别人伤害我。

不让别人伤害我的最重要前提就是不去惹事儿。……惹不起的人坚决去躲，躲不起的人坚决要逃，逃不脱的人坚决能忍，不好处的人坚决不处，好处的人也坚决不长处。……若结交得太深，一旦到了不得不永诀的时候，就会伤心。”（41页）这类从时间而来的感悟还比比皆是，一一引用实在没必要，因为从一个“千年老人”嘴中说出来的，听上去怎么都感觉，那味道里满藏着现代人的成功学秘诀和街角书摊上随处可见的心灵鸡汤。与其说这是唐珠经历了千年之后的哲人之思，不如说是现代办公室政治的总结。而这些，已经在铺天盖地的电视剧、网络小说、综艺节目等中，大量出现了，着实没有必要再硬着头皮啃一本二十一万字的小说，并从中来学会这些办公室政治技巧。作为一个普通的读者，这促使我们不禁要追问：为什么要阅读？但实际上，这个问题在在是提给写作者的，追问他们的是“为什么要写作”？具体一点，“为什么要写这样一部小说”？

仍回到乔叶的《后记》上，她说《藏珠记》是一部“满足自己的小说”，写起来是“任性和一意孤行”的，所以“对于读者，我没有任何期待”。这就意味着，这是一部“自给自足的小说”，是一部“内收内敛的小说”，它不期待与读者的沟通与交流，甚至不指望读者能够阅读从而抛来橄榄枝。让人颇感疑惑的是，文学写作中，到底存不存在一部“不是给读者阅读的小说”？到底有没有一部“作者写给自己看的小说”？恐怕这种种说法，到头来也都是“虚妄的借口”和“无奈的敷衍与推脱”。因为《藏珠记》毕竟发表了，而且出版了，作为一个消费品它总在吁请着文学消费行为的发生。倘若真的是“写给自己看的小说”，它就根本没有必要公开发表、出版，藏在私人的抽屉中，时不时被拿出来欣赏一二，才是它的存在之道。既然如此，就还是需要重回小说本身，来一探究竟。

就整部小说而言，阅读是轻松和流畅的，它故事本身的委婉曲折以及爱情的千转百回都是引人入胜的。但需要追问的是，倘若文学只是提供一个好的故事，那么文学别致的特征是什么呢？一个阅读者，要消费一个好故事，他完全可以备一个水果盘，拿着牙签，一边轻松地吃着，一边欣赏一部电视剧，或者电影，甚至是某类综艺节目，都能满足他的需求。那么他何以仍要坚持阅读文学呢？文学之区别于影视、综艺等的东西，难道是一个好故事？这其实就是阅读者内心里“有所得”的追求。因此，小说的创作本身，理应在“有所得”上给出一些回应，而不管这些回应是宏大叙事还是通俗故事，是命运、人性、道德还是时间、日常、男女。乔叶完全能够在“千年岁月”的时间宽度和厚度上，作进一步的思考，把由时间积累而来的深度和高度带出来，从而让唐珠与时间共存的故事，不是穿越的戏码，而是站在云端的思考。当然，这可能根本就不是乔叶的追求，她所信托的就是一个偏轻的文本、一部率性而为的小说。只是偶尔，小说中随处可见的廉价的成功学教条和从办公室政治得来的心灵鸡汤，背叛了她任性的初衷。

三、作为日常的宴饮与男女，或“怎么写”

如果只是侧重于概括和剖析《藏珠记》的好看的故事，就无法认识到乔叶在这部小说中的苦心和挣扎——本意是带着任性和一意孤行的写作誓言的，但在具体的写作过程中，一个作家天然的职责和敏感度，还是有意无意地束缚着她，根本无法抛开既有的创作经验，放肆地铺排自我。于是，小说就有一种前进也不是、后退也不行的“扭拧”在，这也明证了一个作家的创作抱负，绝非满足于写作的私欲。作家当然会把自己的喜好、爱憎、期许等融到作品中去，但就作品的完整度而言，乔叶仍然在对之进行各种各样的包装和打磨。这体现在《藏珠记》关于饮食和男女的书写上。

食色，性也，便是日常。乔叶把一个男女之间较为纯情的爱，融到“吃”上来，也可以看出她试图对爱情进行丰富的追求。但诚如荷尔德林的诗歌所说的，“哪里有危险，哪里就有拯救”——必须认识到的是，“哪里有拯救”，肯定意味着“哪里就有危险”。把饮食作为日常的核心引入到爱情中来，让小说在宴饮和男女的两翼齐飞中展示更为鲜活的生活哲学，这种写作的苦心自然不应该被忽略。只是，乔叶这一次过度将自己的“饮食文化”搬入到小说中来，导致整个小说中宴饮与男女的“磨合度”令人不忍直视。

按照一般的说法，“小说就是设定一个目标，并设法去完成它”。如果说写什么还只是偶然的灵机一动的选择，本没有什么区别——帝王将相、才子佳人、普通民众都是无所谓的。但对一部作品而言，怎么写意味着它的完成度如何，才是决定它能否取得成功的关键。乔叶的设计显然是在一个看似俗套的故事上，增加这个故事的日常维度，以此将之与饮食并列起来。在小说中，唐珠是一个“吃货”，千年的经历使她看透了诸多人世间的万象，却唯独无法勘破“食欲”的存在。由吃而精做，便有了小说中大段的关于取水、食材、火候等的详细描摹。以至于日常生活中每一顿的饭菜都详细列上菜单，以及时不时跳将出来的食谱式书写，人间烟火味十足，但总觉得这吃是游离于人物之外的存在。吃这个菜和吃那个菜，本质上是没有任何区别的，这不得不让人想起，“彻底的日常”也就意味着“缺少了日常”。同样，金泽是一心想相当厨师的帅哥，论起做菜来，总能头头是道，以至于“物性”“惊黄瓜资格证”“厨师课”“鼎中之变”等，直接把小说写成了饮食文化，尤其是对豫菜的大呼其神的着墨，不但阻碍了小说本身的发展，而且显得冗余而庞杂。同样，饮食文化本身的描绘也显得照搬照抄食谱、饮食文化史，缺少了文学关怀下的独特性。小说的两大主题便是“饮食”和“男女”，但两大主题几乎是各行其是，自说自话，导致了小说叙事的分裂和游离，完成度自然大打折扣。

为了让小说更加文学化，乔叶还采用了第一人称交替叙述的模式，让唐珠、金泽、照耀、金顺、松爷等站出来说话，从而相互补充，推动故事情节向前发展。第一人称叙述的好处是，直指内心，将人物个性展现得淋漓尽致。但乔叶写得太过匆忙，显然没有认真考虑人物角色的个性特征，他们的身份和经历，如何在他们的言语上表现出来，导致整个小说文本千人一面、众口一词，不是杂语交错的众声喧哗，而是独声部的一言到底。这尤其体现在作为姑姑的金顺的两次“说话”：第一次出场，作为一个乡下妇女，她言辞中时常闪现的方言土语，言辞的世故、老道也略显絮烦的劲道，拿捏得十分到位。但等到她第二次出场说话的时候，呈现出来的文本竟然和唐珠、金泽等人的口气、用词差不多一模一样了。乔叶显然也意识到了这种瑕疵的存在，以至于想方设法，将许多古诗词、古代饮食书籍，甚至许多不常见的古籍，穿插其中。这自然符合唐珠作为一个“古人”的角色形象，但泛滥的肆意运用，非但没有起到与小说叙述融为一体的效果，却处处显示出某种刻意与牵强来。尤其是让一个不学无术、醉心厨艺的官二代金泽，脱口而出《吕氏春秋》文本中的段落，着实把这个毛病暴露无遗。融为一体已是奢望，符合身份的效果都难以完成。若加上随处可见的食谱摘抄，让人感觉这样一部小说有杂凑、随意和粗糙的嫌疑。

的确，判断一部小说是否成功，不能就题材、思想、故事、人物等单方面地进行评价，而是应该看它本身的“完成度”如何（杨庆祥语）。这体现出写作者对作品的经营、深思熟虑与苦心来——写作的态度认真与否，无关乎作品本身完成的状况，认真的作家也会写出粗心的作品。“怎么写”对于一个“70后”作家而言，显然早已经不是问题，但一俟作家要“自嗨”一把，任性而一意孤行起来，恐怕再认真的态度，也难以保证一部作品被高质量地完成。单就饮食和男女的“契合度”问题而言，可以略举一例《红楼梦》，便能见出究竟。在《红楼梦》中，林黛玉和薛宝钗都身体不适而吃药。林黛玉是常见的病症，吃的是“人参养荣丸”，用的药材又极其普通，人参、白术、茯苓、当归、甘草等。这一味药恰好应和了林黛玉寄人篱下，需要“养荣”的身份。因了这，她只能服用普通药材，简单易得。但薛宝钗吃的“冷香丸”

则大为不同，药材极其讲究，白牡丹、白荷花、白芙蓉花、白梅花的花蕊，以及雨水节气的雨、白露节气的露、霜降节气的霜和小雪节气的雪，其所彰显的贵族气，可见一斑。冷香丸所治疗的，又是“热症”，而且是“娘胎里带来”的。如此，薛宝钗的高贵身份、热衷于仕途经济的个性和思想，也就被烘托了出来。同样是一味药，却能起到画龙点睛、恰到好处的作用。

四、文学的“切身性”与“写什么”

整体上而言，《藏珠记》写得略显着急、粗糙，想要表达的东西太多，而又没能找到一个核心要素将之串联起来，于是颇显得散碎一地、凌乱芜杂。若要挖掘其中的价值，自然不难，随意挑出其中的一个点，就能说上许多创新和独特性来，但就小说本身而言，有混搭、堆积的嫌疑。在这些要素当中，信手写去，最显特色且最能将文学的切身性表达出来的，仍是作为女性作家的乔叶最拿手的女性叙事。一个作家选择什么样的题材，本来没有任何章法可循，而且在这一点上是拥有最高自由度的。但古往今来的写作实践，无形中形成了一条定律，便是“文学的切身性”——作家总是最擅长写自己熟悉的东西。个人经验的积累，以及将陌生经验内化为个人经验的能力，是写作过程中一个作家所仰仗的。这是乔叶能够在女性这一话题上，将《藏珠记》进行提升的关键要素。

就《藏珠记》的整体小说文本而言，唐珠无疑是核心的人物，赵耀和金泽都只是这个“千年少女的附属物”。当然，这也成了小说的另一个可被诟病的地方——人物塑造的不对称性，导致红花和绿叶都未能刻画成功。作为一个女性，尤其是一个“千年老处女”，唐珠命运中所注定的“破处即死亡”，几乎成了女性身体全部秘密的核心所在。处女情结说起来虽然已经是陈旧的话题，但对女性而言，这一意味着贞洁的身体密码，构成了她们在世的基础。而成长的过程恰恰是对这一基础的破坏——她们需要爱情，需要性，更需要奠定于破坏而来的生育。处女膜在以往的文学作品中的书写，从未上升到关涉生死的高度，就这一点而言，《藏珠记》用了一个并不新鲜的“类穿越”故事，做了第一次的尝试。女人心性就在保全和打破处女膜的纠结上彰显了出来。女性的身体秘密与心理符码，于焉和盘托出，它本然地属于女性，当然也本然地属于女性主义的种种话题，哪怕许多人会奋而起身反击。由此而来，《藏珠记》所藏之珠，便是“处女膜”；唐珠之所以能长命千年的秘诀，也在于她守护住了自己处女膜的完整性——这种对于贞洁的强调，以及贞洁保全意味着长生的观念，挽救了整部《藏珠记》。但作为女性的无奈，这颗能保长命的珠子，却随着性爱和生育到来，必然破裂于本性存在的自然，这恰是女性的命运之所在。生育不仅是对本体生命的延续，也是它的缩短，“儿是娘的夺命鬼”，竟不是一语成谶的迷信，而是女性存在的天性！

正如《藏珠记》中那颗经历了千年的珠子照亮人世间的万象一样，这部小说本身也给我们提供了关于文学可资言说的种种话题。文学批评的任务——帮助阅读甄别作品的辅助功能，和凭借“真理、精确性、特性或表达的价值”来分析文学文本；为什么写——在故事、人物、情节、语言等之外，提供“有所得”的东西，不管它是轻的还是重的；怎么写——作品本身的“完成度”问题，以及“文本内部的合理性、完整性”；写什么——强调“文学的切身性”，看中写作者对自我私人经验的挖掘，以及对陌生经验的“内在化吸收”……这些文学写作、文学批评和文学阅读的“万象”，在被《藏珠记》这颗珠子照亮的瞬间，拷问的不仅仅是写作者，也同样提请批评者的属意——文学批评不但要思考“批评何谓”，还要思考“批评何为”，以及“批评何偎”。正是基于此，《藏珠记》成功与否、意义何在、价值多大，或许已经不是本文所要考量的问题，而是由此出发来思考“文学的万象”，是对作品和作者的负责，也是对批评和自我的负责。

2017.10.18 人大图书馆圆桌

《贴地飞行》诗论

书《贴地飞行》

故园难守三亩田，
一入灯红砌奇缘。
心思识破痛血流，
换取悲戚到眼前。

戊戌年庚申月乙丑日中元节　长安·逸远斋

城乡与俗世的成功学及时代的精神相状

——《贴地飞行》读札兼及一种现实主义的写作方式[1]

姚鄂梅是那种慢工出细活的作家，她必须对要写的题材烂熟于心才会将之行诸文本，因此作品的量很少，但只要一出手，质都有保证。在同时代的写作者中，她略显默默无闻地执着书写着，显示出一种韧劲和固执来。让她保持韧劲和固执的东西，便是着力于当下的社会生活，以各色人等平凡庸俗的日子作为底料，调配出洞察世相人心的作品，阅读者既能从中寻觅自己的踪影，也可品味故事背后所隐藏着的令人省思的力度与重量。比起当下许多以廉价现实为题材，书写人世沉浮、风云遭际，甚而夸张浮肿、自爱自怜的漫天铺展的“作品”来，她可谓是“时代的绘心者”——在波澜不惊的故事中，剥茧抽丝地展露出普通寻常的人物内心的纠结、疼痛与希冀，且在这种情绪的挣扎中照亮时代的灵魂和精神，让看上去粗粝的故事和人物洇染思想的底色。再一次地，作为“时代的绘心者”，姚鄂梅的韧劲和固执让她在《贴

[1] 本文曾拆分发表于《文艺报》2018 年 4 月 27 日（名为《俗世的成功学及时代的精神相状——〈贴地飞行〉与一种现实主义的写作方式》）和《中华读书报》2018 年 5 月 2 日（名为《现时代“进城故事”里的“村气”》）。

地飞行》中“紧贴现实的大地”持续地“飞行”，几乎以集大成的方式将她多年的探索熔于一炉，使得《贴地飞行》不但带着她既往的叙述症候，也同样以更为缜密的情节推演、富于层次性的文本结构和隐而不显的探索精神，让她成功地跃上了写作的新台阶。《贴地飞行》的“复式文本构型”，让它至少存在着三个层次：乡下人的进城故事、底层青年的奋斗故事和现时代的精神相状。

一、村气：现时代的“进城故事”

乡下人的进城故事，似乎是现代文学以来作家们都喜欢的题材。《阿Q正传》中不经意的一笔就把城市与乡村的对比用如何吃葱的问题给带了出来，乡下人的俗气、土气或者村气，被阿Q用了一趟“进城”便给映照了出来。到了高晓声的《陈奂生上城》，乡下人的进城故事不但继续上演，而且仍旧带着旧时代的气息——陈奂生闭塞狭隘、谨小慎微、土里土气，在他破坏宾馆沙发与床铺以及回到故乡渲染与领导干部的关系等行为中，把乡下人的粗鄙甚至拙劣淋漓尽致地彰显了出来，以至于被批评家们认为是阿Q精神上的后人。直到路遥的《人生》和《平凡的世界》，乡下人的进城故事开始有了转折，纯粹的偶发性行为变成了有目的的理想化追求，高加林所代表的一代人立志要从事实、身份和心理上，彻底进城，进而成为城里人。只不过再一次地，他们失败了，失败的原因自然裹挟着时代的特征，但也昭示着城市与乡村的天壤之别，以及这种差异的难以消除。即便如此，一代又一代的乡下人仍然挤破了头，用各种方式上演版本不同而实质基本一致的“进城故事”。可以说这是时代发展的大趋势，是城镇化潮流裹挟着他们义无反顾地前行，也可以说他们自发地将进入城市、成为城里人作为成功人生的衡量标杆，为之奋斗终生而无怨无悔。不管是以哪种理由来观看乡下人的进城故事，他们身上总是故事很多：成功者曲折艰难的奋斗历史、失败者辛酸痛苦的人生命运、城市漂泊者的焦虑与惶恐，任何一种单独拿出来，都可以作为时代的镜子，照出城市的弊病与乡下人的卑贱。

初看上去，《贴地飞行》讲述的仍旧是一个乡下人的进城故事。小说共四章，但姚鄂梅却十分“奇怪”地在四个章节前面加了一个目录中并未呈现的“引子”，仿佛一个进城故事的小小前史，或者对整个小说的解释与说明，类似一般著作的“前言”。在这个前言中，姚鄂梅首先把主人公杨粒的生存现实给摆置了出来，即“农村的孩子不容易考上大学，考上大学也读不起，勉强读了也找不到工作，找到工作也买不起房娶不起媳妇”。“学而优则仕”的“进城故事”显然已经没有任何机会，为此小说在此后的叙述中，专门用伍杰的嘴讲述了一个“学而优则入城”的失败故事——伍杰学生时代的偶像，是一个尖子生且是高考状元，在敲锣打鼓送喜报沉寂之后，却过着失业的生活，四处求职而不得。偶像的倒塌不仅意味着个人英雄主义的彻底破产，也意味着乡下人进城的路径在阶层固化的时代已经基本被堵死。剩下的进城渠道就只剩下“不体面”的方式——“跟七八对真夫假妻在一间屋里拉着帘子睡觉”，“在地铁上自甘下贱地坐地板”，睡在路边不小心被行驶的车辆轧死。然而，对一心想要“做个体面人”的杨粒而言，除进城已别无他法，他艰难地谋得的一份代课老师的工作随着学生的流失而宣告终结，母亲大病致穷的现实逼迫着他必须进城。很显然，姚鄂梅“讲述故事的年代”和“故事讲述的年代”，已经和鲁迅、高晓声、路遥等完全不同，偶遇城市到积极主动进城再到“逼不得已”进城，这一脉络的发展也实证着姚鄂梅写作的“绘心”本色——同样是乡下人的进城故事，姚鄂梅却把握住了时代发展的隐微秘密，把进城故事讲出了别样的味道。但当她宣称乡下人“不得不”进城的时候，那背后不经意间泛滥出来的乡村的凋敝与乡下人的无奈，便注定了他们进城的“不幸和悲戚”：对乡下人而言，命运对他们来说不是“选择”，而是“注定”。恰是这注定，让进城故事充满了悲凉和苦痛，奋斗的意义、挣扎的徒劳、人生的虚妄，所有的要素混合在一起，让人不禁发问：姚鄂梅真的是在讲述一个老土的乡下人的进城故事吗？

为了认认真真地把乡下人的进城故事讲好，姚鄂梅特意围绕着主人公杨粒编织着他简单却略显复杂的亲人关系图——岳父、妻子和朋友伍杰，他们作为外来人的角色，参与到对杨粒进城生活的塑造当中；母亲作为自己人，把乡下老太太的世故、精明演绎到极致，只为杨粒的“成功进城”；作为情人或露水情缘的袁圆与动物园马园长则分别代表着进城的成功人士和进城的失败典型，烘托着杨粒的进城故事的前途。理清人物关系图，杨粒的进城故事就变得十分艰难，对他而言，摆在面前的进城的道路只有一条：卑微低贱地在城市的下层干“不体面”的工作，还要忍受城里人的奚落、白眼甚至谩骂。姚鄂梅早就为他树立了“榜样”：妻子和岳父。

小美作为杨粒的妻子，因丈夫发生意外事故而守寡，在表哥伍杰的撮合下偷偷嫁给杨粒，和父亲精妙配合上演了一出欺骗好戏，把杨粒带到了城市。但父女二人在城市的生活着实让杨粒心生反感且厌恶至极——父亲收破烂，终日脏兮兮的，手上皆是泥垢，令人作呕；小美同时做两三份工作，不分日夜地干着最脏最累也最不赚钱的工作；父女二人住在垃圾堆里，胡乱拉个帘子便做了房间。戏剧化的一幕是，小美怀孕期间因担心辐射而辞掉干洗店的工作，找了一份餐饮店的工作，却被顾客发现她在垃圾堆中的生活愤怒地投诉她的"不卫生"，导致她丢掉工作。一幅"被侮辱与被损害"的乡下少女画像，在姚鄂梅的笔下略显冷峻而悲凉地被展示了出来，进城故事的老调重弹让时代的辉煌黯然失色。但姚鄂梅偏偏给它找出差异来，在伍杰的指挥下，杨粒竟然要挟、威吓那个投诉小美的老人，反而获得了成功——这背后所潜藏的逻辑，姚鄂梅已经不屑于再详细地讲述了，因为它混合着乡下人的野蛮、无礼和不文明，而这恰恰是城市拒绝他们的理由；老人的儿子并未出现，敲诈勒索的法律手段姚鄂梅到底不忍心摆置在乡下人的面前，只不过给了他们很可怜的"暂时成功"的假象，只用了一句"你们看你们看，就这种素质，也跑到城里来混"，便打发了过去，使得那被侮辱与被损害的人更显辛酸、悲凉。整个小说，围绕着小美这条叙事的主线，把乡下人进城，以及他们的焦虑、辛酸，展现得通透而彻底。目睹了进城的艰难，她立志要让后代不再受苦，因此没日没夜拼命挣钱，但无论如何，微薄的薪水无法满足她的愿望，只得更加拼命——城市不但摧毁了他们的尊严，还在悄然之间摧毁了他们的自信；不但剥夺着他们的劳动成果，还把这劳动成果看得一文不值。城与乡的差距如果还存在，便存在于小美如此丰满的理想与如此骨感的现实之间的巨大沟壑中。

小美之外，姚鄂梅还把杨粒的母亲和伍杰作为另外两种进城的路径加以展现。母亲本意并非要进城，只是想看一下儿子的生活现状，却机缘巧合地以烙煎饼为谋生技能，反而在城市扎下了根。她心有不甘，为儿子而耗尽心血，但她从不认输，不但与乡下来的亲家和儿媳妇工于心计地暗中较量，而且努力融入城市生活，随着城市老太太跳起广场舞。母亲的手艺活和“从城如流”，却被儿媳妇的一句话戳穿了“成功的假象”：“也不看看那些跳舞的都是什么人？人家都是光荣退休，生活无忧，跳舞是为了延年益寿，我们跳累了只会多吃一碗饭。”姚鄂梅到底善于经营她的故事——她总是把前戏做得很足，为的只是在高潮的时候泼一盆冷水。前戏越足，越彰显了这盆冷水的快、狠、准，一针见血，直刺内心，令读者不得不佩服她的狠劲儿：要写出乡下人的尊严追求，就令他们在进城的故事中，尽失尊严。从而让他们的进城故事，充满了血泪、悲怆。伍杰的故事同样如此，这个看上去随遇而安、及时行乐的乡下青年人，以睡女人的方式来理解城市，进而进入城市：“理论来源于实践，不瞒你说，我对城市的了解全是通过女人得来的，我前后交过七个女朋友，做网店的，做餐饮的，开花店的，做房产中介的，是她们一点一点把我从一个乡下小伙子变成了伪城里人。”他习惯性地在城市开疆拓土，每到一处便追求女人，潇洒放荡而自得其乐。但可悲的是，正在他和城市在前线交战的时候，后院却失火了，留守老家开超市的妻子和别的男人生了两个孩子，而他却浑然不知，或知而无奈——在他给城市戴绿帽子的时候，别人早已经给他戴了绿帽子。这种略显悖谬的结局，一下子把“进城的成功人士”，“以其人之道，还治其人之身”了。

姚鄂梅的拿手好戏或许不是精心描绘下乡人进城的细节，他们的悲苦血泪、遍体鳞伤。相比于这些，她更愿意让他们获得“成功”，然后再一步步地揭示这种成功的虚假性。当她笔下的人物和读者对这种结局倍感错愕的时候，她的意图便已经达成，因为几乎无需细细品味，那笔墨背后所浸透着的汗水、眼泪与鲜血，足以震撼人心，属于乡下人的进城故事更加悲壮地上演着，而他们或许浑然不觉，还自以为荣。这是属于姚鄂梅的狠劲儿，但也同样属于乡下人的不幸与悲戚。

二、俗世的成功学：励志、奋斗与心灵鸡汤

不惟此，姚鄂梅还在行文中具体地给出了乡下人进城的理由，即俗世的成功学所追求的目标：物质性自我的实现。杨粒的母亲从未到过城市，进城后儿子给她买了一块巧克力，“母亲才咬了一口，就立住了，闭着眼睛，好久才睁开：这是啥糖！说它苦吧，又不是真苦，甜呢，也不至于甜得齁倒，难怪人人都往城里跑，啥好东西都在城里。”在这里，与其说姚鄂梅是在用一块巧克力来映照出乡下人的贫穷、无知和他们的容易满足，不如说她是在借助一块巧克力来隐喻城市生活对乡下人意味着什么，甚至可以说，这块巧克力只是一个喻体，进城的甘苦才是姚鄂梅所想要表达的本质性意涵。乡下人之所以要挤破了头往城市里钻，也便

是为了得到一块“巧克力”——金钱的充盈，以及优裕的生活所必不可少的房子、车子，总之一句话：物质上所有与生活相关的东西，遍布衣食住行的“巧克力”。而这些，恰恰被认为是“体面的生活”，正如前言部分伍杰给杨粒进城所开出的诱惑条件：“一室一厅的房子，一份虚席以待的流通领域的工作，以及一个妻子和一个岳父，连你觉得必不可少的餐桌、床和隐私，那里也都有，就看你敢不敢就位。”

为了彰显“俗世的成功学”，姚鄂梅特意为杨粒安排了一场“新生的仪式”，不是他本人，而是他的情人。在妻子小美和岳父、母亲给他摆出的“进城的路径”安排下，杨粒按部就班地干了一份送外卖的工作，辛苦、收入低还要忍气吞声。但他并不满足，作为一个“有志青年”，他需要奋斗以实现自己的人生价值，因此他每日每月地早起拼搏，用在公共场所获得的空间和自由拼命复习考试，于此，他生命中所要经历的那一场“新生的仪式”就显得额外重要：彻底斩断他与乡村的关系，以便从头到尾变成一个城市人。袁圆不失时机地给他完成了一次“精神上的重生”——为了摆脱乡下的家庭对自己无所顾忌的压榨，袁圆通过一次精心安排的“自杀”宣布自己的新生，她备好了自杀以便获得新生所需要的一切，然后宣布：“我一定得搞个仪式，以帮助我彻底忘掉他们。……从现在开始，我就是我，一个崭新的人，没有来路，没有故事，没有亲人，没有一切。”从身份上祛除乡村的自卑及其所赋予的意义，杨粒和袁圆的故事就获得了“消除身份”后普通意义上的青年人的“奋斗故事”的面相，因此姚鄂梅所精心装扮的乡下人的进城故事也一转而为底层人的奋斗故事，她以杨粒和袁圆作为这些“底层人”的“青年代表”。

但可悲的是，乡下人的进城故事以失败告终，底层人的奋斗故事同样以失败告终，只是那过程更显卑微与低贱，也更充满了时代的张力与血腥。袁圆在身份认同上抛却了乡下人的外衣后，用自己的聪明才智设计着人生道路，杨粒只不过是她计划中的一部分而已。她认准杨粒，是因为杨粒的帅气，在她从饲养员到兽医的转变过程中，她深刻地认识到“男人与女人的差异”，为了接近动物园园长马咏丽，她借用杨粒上演了一出“美男计”。然而令她倍感失望与痛心的是，聪明伶俐、实力超群的她最终仍然是失败的，杨粒的确建立了与园长的亲密关系，但这种关系也无法成功地使她摆脱饲养员的命运，“心比天高，命比纸薄”的悲戚对她而言意味着绝望。在一个充满了残酷竞争、人情虚伪、后台或者“干爹”的时代，彻底斩断“乡土之根”的袁圆无异于一朵漂泊的浮萍，聪明才智只是可怜的装饰品，她唯独可以利用的只剩下她的身体：成为杨粒的情人，也只不过是为了实现“曲线救国”的目的；失败之后，继而用身体引诱园长的弟弟。她能用来改变自己命运的唯一资源只剩下她的身体，但卑贱如袁圆，仍然无法成功，反而令同为女人的园长愤怒，进而丢掉自己的工作。一个绝佳的青年奋斗的故事，摆在小说文本中，“以自杀而新生的仪式”标明小说文本所追求的已经超出了乡村与城市对比的范畴，径直奔向“青年人的奋斗故事”，从而揭露了这个时代不为人知的阴冷与残忍。

整个文本看上去是乡下人杨粒的进城故事，但更为本质的是，被袁圆裹挟着前进的他，只不过是一个廉价成功学的失败试验品。杨粒有才学，也有能力，但这些都不能帮助他获得任何理想，最终帮助他获得成功的，只是他的“身体”。在袁圆的怂恿和策划下，他成功以开发旅游项目接近了园长，也是在和园长的交往过程中，姚鄂梅把俗世的成功学、励志故事、奋斗精神，以及现时代普遍流行的心灵鸡汤，甚至是办公室法则全都一览无余地展现了出来。俗世成功学外化为园长的生活：儿子出国留学，老公是国企高管，开着豪车，从事攀岩运动……这些带着贵族气的生活方式，代表着袁圆眼中高质量的生活。在她的帮助和鼓励下，杨粒被塑造成一个励志故事的主角：他发挥自己的才华游说园长，在母亲的帮助下争取到了启动资金，兼职导游不至于让自己失业；最为关键的是，导游证都是在他送外卖的间隙学习考来的，他还立志要考国际导游证……底层人的励志活法、奋斗故事，在杨粒身上一五一十地展现出来。也从这个侧面，姚鄂梅把她观察的目光洒遍时代的角角落落，借着乡下人的幌子，直指当下城市生活的庸俗与廉价——如果把园长告诉杨粒应该努力的方向整理出来，定是一部相当完备的“心灵鸡汤宝典”：“怎么进来的不重要，重要的是你能不能站稳脚跟，以及在哪个群里站稳脚跟”，说的是是否乡下人不重要，如何奋斗才重要；“什么都比他们做得好，连玩都玩得比他们好”，无异于是说“人无我有，人有我优”；“永远不要向你的朋友借钱，除非你打算把这个朋友变成普通熟人，甚至是陌生人”，已经成了当下社会的做人信条；“你得捏，为了你的攀岩墙，你一定得捏”，则要求想成功的人，就必须能屈能伸；“白天是平面的，我们只能看到表面，而夜晚却是立体的，我能看到许多白天看不到的东西”，说的是白天和黑夜，也说的是如何看人；“如果你不对自己苛刻，人家就会很苛刻地对你”，几乎是鸡汤文的经典金句；“脚踏实地，做好手边的事，做好自己地盘上的事，而不是痴心妄想着一件可望而不可即的东西”，说的是野心与踏实干的辩证法……诸如此类，不胜枚举。姚鄂梅单独用了杨粒的两个情人，把她对当下社会所追求的“庸俗成功学”“心灵鸡汤文”等的观察，给了一个集中展示的机会，也让这个时代人们的心灵得到了透视的可能。但可悲的是，杨粒之所以获得园长的支持，并非他的能力有超人之处，也非他的智慧高人一等，而只不过是他的长相像园长的初恋情人，她只不过是在杨粒的身上重温初恋的感觉以便救赎自己当年的愧疚。被杨粒看作是人生大事业的攀岩馆梦想，最终也只是成功人士眼中的不值一哂的“突发奇想”。庸俗成功学、励志与奋斗的故事，外加心灵鸡汤的教育，被杨粒的失败照出了它们本来的面目，那些信誓旦旦的奋斗誓言、打了鸡血一样的歇斯底里、为了成功而不择手段的钻营……既是这些奋斗者的丑陋一面，也同样明证着成功者的可耻一面。

姚鄂梅仍旧用她看似漫不经心的笔墨，旁敲侧击，把一个出轨和第三者的暧昧故事，悄然经营成了一个时代的小传，关于梦想，关于奋斗，也关于失败者的歌和成功者的耻。在阶层固化已经成为事实的年代，任何成功者如果不是双手沾满了鲜血，他们的梦想就终将破碎，而他们在奋斗的路途上奸诈阴险、出卖身体和灵魂等丑陋行为，也让人再一次看到了十九世纪巴尔扎克、司汤达等人笔下所描摹的那些人物的幽灵，重新出现于当今的社会。甚至可以说，杨粒是司汤达笔下的于连在中国的现时代所找到的灵魂上的兄弟。这不禁让人慨叹唏嘘，文学史上一再描摹的现象，何其相同地在小说中得到了揭露。

三、灵与肉：时代的精神相状

隐微式的写作方式强调“微言大义”的发明与阐述，但姚鄂梅显然不想把小说当作“隐微术”的实验品，如果更加准确地描述《贴地飞行》的笔法，或许“王顾左右而言他”“指东打西”“旁敲侧击”等更加符合。一个乡下人的进城故事，被姚鄂梅悄然地置入底层人的奋斗故事之中，而不管是乡下人的故事还是底层人的故事，姚鄂梅所关心的从来都不仅仅是进城和奋斗，而是要给这个时代描绘下一幅“巨大的肖像”，成为真正的“时代的绘心者”。

如果要给《贴地飞行》总结出一条“时代的表情”的话，那么第一个便是：这是一个疲惫的时代。人们总是疲于奔命地忙碌着，但对于他们而言，事情几乎没有成功的喜悦，这成功自然不是庸俗的成功学所昭示的金钱、住房、高质量的生活，而是内在精神性的满足。不管是杨粒对自尊的千呼万唤，还是马园长精心装扮自己的“酷”，以至于表面和内心始终处于分裂的状态，甚至是宣布新生的袁圆，机关算尽太聪明，反而害得自己丢了工作……他们都时刻在忙碌着，开会、磋商、运动锻炼，吃饭、喝酒、建立人脉关系，泡妞、性爱、偷情出轨，以至于欺骗隐瞒，又操心谎言被揭穿。每个人都精神委顿、意志涣散，却要强打精神、抖擞自我，以至于“从头到脚都显露出不健康的疲惫”，时不时地感到“一阵深深的疲乏”。灵与肉的分离，不再是张贤亮笔下《灵与肉》的激烈冲突，而是灵魂脱离了肉体，处于沉寂的状态，只见肉体在俗世中的忙碌身影，而看不到灵神归位的欢欣愉悦。伍杰一再向杨粒兜售他及时行乐的生存哲学，而且喜欢在女性的身体上来彰显自己存在的价值，但他最终也只是发现，自己可鄙地陀螺一样连轴转，天南海北奔波忙碌，妻子早已经出轨并生下别人的孩子。他的叹息里所传达的正是时代最深沉的“疲惫”，疲惫不堪地掠夺、豪取，在物质上拼命享受，而灵魂则卑污低贱，以至于早已死去。在背叛和被背叛之间，不管是杨粒、伍杰，还是女人们如小美、袁圆和马咏丽，都蝼蚁一样可怜可悲，被俗世的成功学迷住了双眼，乐此不疲地疲惫着、倦怠着、困乏着，深陷其中而不自觉，径直宣称“疲惫乃事业”的信条。

当这些人物忙碌地奔波于商场、情场和战场的时候，他们的故事深深地透露出这个时代粗鄙的一面：这是一个缺乏爱的时代。人们的肉体占据着生活，这肉体不是性爱的狂欢，而是在生活的重压下，纠缠着经济、社会等生存层面的要素。临时凑成的夫妻充满了欺骗和隐瞒，追逐真爱的结果却只能以出轨和同样欺骗的方式来实现。当杨粒跑到春州的时候，他听到了同样的抱怨：“结婚三年以上，而且有孩子的人，是最可怜的人，他们就像是人质，脖子上套着根看不见的绳子，被控制在看似自由的家里。”责任大于爱情，家庭重于爱情，一个个完美的生命匍匐于生活的重压之下。杨粒才发现他需要的是真爱，这真爱他的妻子给不了，仿佛只有逃离了他的妻子才能获得——“时代的出轨”这一命题正好能够用来形容他们的窘境。这已经不是哪一个人的出轨故事，而是整个时代都在脱离轨道，拼命地试图走上轨道，又拼命地试图摆脱轨道，轨道一如既往，成全了他们也限制甚至扼杀了他们。于是，“围城”的困境重又出现，进去的人和出来的人，各自怀抱着鬼胎，心事重重地计较着得失。反而是浪子伍杰，阅女人无数的他，竟然对一个身患绝症单亲妈妈的孩子，动了父爱之情，在这种爱里，责任心、保护欲外带着价值认可所带来的满足感，让伍杰从一个浪荡子变成了一个有爱的男人，他一整套“用女人证明男人价值”的理论，通过爱的光芒的照耀，显得微不足道而卑鄙龌龊，也足以证明，匮乏爱的时代，恰恰是生出爱的救赎的时代。

与此同时，姚鄂梅还要去精心地描摹一个乡下来的略显胆小怯懦、笨拙而试图守着道德底线的人物的内心，把他的尊严尽失、他精神的困顿萎靡，以及他的背叛与被背叛，用三个女人将之栩栩如生地绘制了出来。一直都要过上“体面的生活”的杨粒，自己所看重的才气与远大的目光，在园长看来只不过是玩弄的小把戏，早就被她识破，他的自尊便被奚落得散洒一地；他努力去改变自己的生活和命运，结果却发现“他的生活并不是最惨，只是没有意义而已”，他的努力、奋斗、挣扎，也都只不过是徒劳的“瞎忙活”，最终仍旧是两手空空，不能带来任何精神的满足；他总是在理想、幻想和现实之间徘徊游离，一边赞赏自己的能力和超出这努力而来的待遇，一边却咬牙切齿于自己的出身和背景，在他背叛自己的出身的时候，他的出身也同样背叛了他。更为可悲的是袁圆，自以为天衣无缝的计划却每每遭遇失败，本想着向更高的层次去追求、发展，却不得不落到人生的最底层，她的“新生”只不过是把旧日子“再演绎一遍”罢了。所有这些人物都在努力地挣扎着，试图摆脱这个时代的束缚，但他们的挣扎非但没有帮助他们获得解脱，反而让他们越陷越深，哪怕自称对一切都尽在掌握的园长，也变成了爱情和相貌的俘虏，显得卑微而可怜。

重新回到姚鄂梅的写作追求上来，我们不禁要追问，在当下现实主义的写作模式重新占据主流位置的时候，我们到底应该如何秉承着现实主义的传统来写下时代的精品？再一次重新拷问，是因为如今许多写作者几乎无一例外地都写“现实”，但他们的现实更加表面、私人，而很少能深入到人心，更遑论能对“时代之心”做出一番令人叹为观止的描述。《贴地飞行》某种程度上提供了一种全新的现实主义写作方式，这新实际上也是旧：在讲述一个十分耐读的故事的同时，赋予它以思想的高度和哲思的深度，让作者对时代的把握自然而然地从讲述的故事中流露出来，不是说教，也不是对表面现实和私人经验的耽溺。不但要描摹“时代之貌”，更要把捉“时代之心”；不仅仅提供一幅时代的肖像画，还要画龙点睛地赋予时代以心灵，使之活灵活现。探测时代幽微的脉搏和心跳，这脉象便是症候，这症候就是故事，这故事隐现着时代之心的跳动与病变的讯息。在这一点上，《贴地飞行》获得了它的高度和深度。

2018.4.6 人图圆桌 · 问馀斋

赵志明小说诗论

书赵志明小说读后

六月雨后复煌煌，
神魔幻术觅清凉。
可怜经久旧年事，
入得时来只荒唐。

丁酉年丙午月丙戌日戊戌时　人图·恭己轩

操持文字的幻术师、乡恋者及其他

——赵志明小说读札[1]

读赵志明的小说，总有一种走进万花筒般的世界的感觉。在这个世界中，既能看到倏忽之间出现又逃逸的幻影人物，也能看到乡风乡土里捕鱼耕种的勤劳农人们，以及疲于奔命的青年和他们略显龌龊又不知如何安放青春的生活。与此同时，在这些绚烂又沉静的文字背后，隐约流淌着一条思想的溪流——在荒诞不经的故事背后，埋藏着关于命运的思索，对人生处境的冥想，和来自灵魂的痛苦挣扎与嘶叫；那些平淡叙述的波澜不惊的故事，也常常让人掩卷深思，领悟到最是不经意间的一瞥，更能带来的精神和心灵上的震颤。赵志明的拿手好戏或许不是修饰或经营文字，但作为一个操持着文字的幻术师、乡恋者，甚至是实录人，他总能以多变的姿态和形式，给小说带来新鲜的质感，仿若转动的多面柱镜，虽不是春夏秋冬的流年光景，却能看到生老病死、喜怒哀乐、爱恨情仇和柴米油盐中的隐秘与领悟。

[1] 本文发表于《创作与评论》2017 年第 20 期。

一、志怪、笔记或小说

稍具文学史常识的人都知道，在唐宋传奇以前，中国文学史上生产了一批极负盛名的志怪小说，它们源远流长的发展历程，其阵势、丰富性和叙述的精巧，足以构成中国小说传统的半壁江山。如果说《山海经》还算是初期稚嫩的文字的话，那么此后的《搜神记》《博物志》《拾遗记》《幽明录》《玄怪录》等皆是文学史上璀璨的明珠。到了蒲松龄的《聊斋志异》、纪昀的《阅微草堂笔记》和宣鼎的《夜雨秋灯录》时期，不仅志怪小说达到鼎盛，且佳作频出，与世情小说可谓同分天地。但这一小说传统进入新文学时期之后，便逐渐式微，被更多样化的小说书写样式所取代——武侠小说、侦探小说，直至当下的玄幻小说，都在“志怪”的基础上往前推演，写出特征更为鲜明的类型体裁。虽也能让人略感志怪小说的传统不至于湮灭，但只能守住通俗文学的大众路子，作为畅销的一途，瞬间绚烂又急速下坠，不禁让人扼腕于当年的繁荣和盛况的不再。

梳理志怪小说的这么一个小小传统，其意不在为探讨它写法的奇特而铺设历史的进程，而是要强调赵志明的小说在当下文学发展格局中所占有的一方天地。在志怪小说流入通俗文学大潮之中的同时，赵志明却坚持秉承纯文学的传统，给予志怪小说在当下文学写作中应有的尊重和地位。他曾坦言：“我平时喜欢看传奇志怪类的小说，久而久之受其影响形成顽疾。”正是这种志怪小说的“顽疾”，一俟流入到小说创作中，就会无形中主宰着他的创作，让他有意无意间写出的一批志怪类小说，显示着他创作的鹤立鸡群的独特来，也更彰显着他文学的别样的用心和别样的追求。在这些志怪小说中，《无影人》叙述一个书生颠倒书简，无意中念出了“王壬士土开升”的咒语，从而解放了他的影子，变成一个无影人，并把这个秘诀告诉了村人，引起骚乱——村人们奴役他们的影子无休止地劳作以换取金钱。在影子的指示下，书生寻找到第一个念出这个咒语的王士开，希望能够恢复正常。结果，被影子封在石头中的王士开却告诉他，影子的企图是要将实体的人变成影子的影子，从而获得完全的自由。倍感孤独的书生，早已生无可恋，纵身跳入影子中，成为影子的影子，他自己影子的附属。志怪意味十足，读来令人唏嘘不已。《石中蜈蚣》同样如此，无头山鸡寻找到避居寺庙苦读的书生，恳求他帮助取回冻结在石头中的头。书生赶到一块石头前，见石中蜈蚣在如魔幻的琥珀中游动的实体，伸手帮助山鸡取出了头，却将自己的手冻在其中，无奈只得断其两指而挣脱回去。岂料山中只一日，世上已千年，他重回家园的行为成了寻觅过去的生活，无奈之中只好再去寺庙寄居。原来，命运注定他在缺少了两根指头后要做那个寺庙的住持，他的奇幻经历只不过是命运的一个小小把戏罢了。《昔人已乘鲤鱼去》可谓这一组志怪小说中的第三篇，写的是作为坐骑的鲤鱼和它主人的成仙故事。这些故事基本上都充满了玄幻的色彩，不切实际，天马行空，读来让人颇觉清爽——毕竟游戏文字，徜徉其间也有一种解放的松弛感。另外三篇可以算作志怪小说的别一种路子——《你的木匠活呵天下无双》一篇，杂取了明建文帝被叔叔朱棣推翻统治的遭遇，和明熹宗迷醉于木匠活的历史事实，糅合在一起，叙述了一个不愿意当皇帝的人如何在木匠活中另造了一个虚幻的空间，从而不知所终的故事。《匠人即墨》把历史时间推向秦朝统一六国后，赵国匠人即墨为寻找梦中幻象而去往河套地区的荒漠之地，经历了那里牧人们的生活，却依旧和梦中美人擦肩而过，空留黯然神伤。《凤凰炮》是这一组的第三篇，时间定位在南北朝时期的北齐，讲述的是皇后胡媚娘的性爱故事。她嫁给时为王爷的高湛，两个人沉迷在性爱之中。做了皇帝的高湛很快审美疲劳，移情别恋，胡媚娘便借助权势淫乱后宫。等到北周灭了北齐之后，胡媚娘被弃置于大众之中，无以谋生的她怂恿儿媳妇和她一起前往青楼卖淫，并感叹："我现在才明白，做皇后还不如做妓女。"两组志怪小说，一组诉诸玄幻和怪谈，一组诉诸历史和传说，相得益彰。逸出这两组的是《渔夫和酒鬼的故事》，写的是赵志明的故乡溧阳，渔夫和酒鬼猎人打赌，最终喝醉了酒的猎人淹死在水中——但关于死因的猜测则落实在了鲶鱼精的身上。虽然作为志怪小说略有牵强，然而赵志明写来却是浑然一种志怪小说的笔记手法。

倘若赵志明只是一味地迷醉于志怪小说的传奇性、玄幻性，那么他的小说极有可能会流落到一般读物的境地，作为阅读者茶余饭后的谈资。但赵志明高明就高明在，他总是在志怪小说的外表下，包裹着探索生命存在境遇的永恒命题——束缚与自由的问题。不管是哪一组志怪小说，其叙述文字的背后都纠缠着"人如何获得自由"的求索。《无影人》自不必说，影子千方百计要摆脱从属的地位而获得自由，拥有自由的人为了摆脱孤独而宁愿重新跳入被束缚的境地。《石中蜈蚣》则几乎是一个关于束缚和自由的寓言。困在石头中的蜈蚣要获得自由，从而欺骗山鸡解救自己，山鸡丧失了头颅之后用了另外一个自由者的手指，解放了自己。最终，蜈蚣仍难逃被束缚在石头中的命运。《昔人已乘鲤鱼去》中的鲤鱼，千方百计要从天庭逃脱而入人间，又想方设法试图挣脱主人琴高坐骑的身份，但最终命运仍旧捆绑着它驮着主人飞升上天成仙。历史故事演化而来的志怪小说，更是处处充满了这种反抗束缚、追求自由的意志。《你的木匠活呵天下无双》明证着生于帝王家的无奈，同时试图从木匠活中重造一个世界，让皇帝在那里享受充分的自由，最终竟然消失于一重又一重的虚假空间中而不知所终。戴允常到底是获得了绝对的自由，还是消失于自己对自由的幻象之中？这是一个值得深思的问题。《匠人即墨》困于梦境的幻象，终究走不出对美人的思念，但那虚假的存在究竟在哪一种程度上是对自由的隐喻，始终是一个不解的谜。《凤凰炮》换成了女性的角色，从性别的角度来思考与生俱来的身份对人的束缚。从为人妇的角色束缚中解放出来，作为一个妓女却成全了一个妇人的自由，然而却依旧困于她性别的束缚中——作为妇人，她怎么能摆脱得了性别加诸她身上的与男人的牵扯？自由不可得，生活于一个充满了束缚的世界中，生命本能的迸发或许只是一时的幻想，赵志明给这些志怪小说装入了思想的机关，只要轻微伸手触碰一下，便能开启一扇哲思的门窗，窥见生命存在的诸种奥秘。

二、乡土惦恋者的梦和他的日常生活叙事

如果说志怪小说的书写旨在承载思想探索的某些隐微命题的

话，那么对故乡人和事的关注则表现了赵志明对乡土的惦念和眷恋，更是久久无法平息的乡愁所凝结出的文字菁华。对于这一类故事的书写，赵志明的文字中充满了温情，一种难以诉说和莫名的感伤充盈其间，带着几分凭吊的气息，还有些许岁月不再的唏嘘。从空间和时间两个维度而言，乡村与城市的迁徙路线图，促发着农裔身份的城市居住者们的怀乡病，此地与彼地的两相对比显示的城乡差距，与进不去的城市和回不去的乡村的尴尬，正日日啄食着荒芜灵魂中生命的卑贱和低下；同样地，承载着家园记忆、成长经历和岁月流逝三重面相的故园，安放委顿颓唐的游子心的同时，也如荆棘般刺扎着年时不再的伤春悲秋之魂，此时与彼时的对照更加重了这种岁月流逝的感伤。家乡不在，故园不再，维系生命的情感依托和灵魂栖居之地，轰然倒塌于现代化转型之际，赵志明的文字到底还是残忍地剥离了覆盖于乡土之上的脉脉温情，呈现出赤裸裸的凋敝、坍圮和衰败景象，让人不禁发出感叹：此地唯从天上寻，人间难留故乡在。

以诗意的笔调叙述乡村往昔的景象，而在这笔调之下所摹写的，又不仅仅是景观、山水，还包括传统的道德观念、人情世故、婚丧嫁娶，以及本来便如此的乡村生活，是赵志明小说中点画乡愁的最典型的形式。在这种小说中，空间距离的拉开使得审美具有了眷恋的性质，而时间上往旧日的推移又增加了好景不长的惆怅，统一着空间和时间双重意义上的乡愁，读来更显浓情蜜意背后的苍凉与温情脉脉内流淌的悲恸。《晚稻禾歌》写的是从村庄搬出去租地的野猫头，因焦虑耽误农时而召集乡村的妇女老人们帮忙插秧的故事。但赵志明的用意显然不在插秧故事本身，而是在故事中流淌着的乡里乡亲的礼尚往来和理解体谅。野猫头找的都是上了年纪的村人，因担心他们累着而减少劳动量，拉长插秧的时间却不少一分钱的报酬。这种礼敬如宾的待遇反而加重那些试图挣钱的村人们的羞愧感，他们宁愿起早摸黑帮着干活，也不愿意道德上、心理上有所亏欠——“食君之禄，担君之忧”，正是这种礼尚往来的最好注脚。老人们插秧的时候希望听孝戏《五女拜寿》，野猫头宁愿牺牲儿子上学的时间也要让老人们得偿所愿。相敬如宾的乡里人情，与插秧的稻田诗意融合为一，映照出一幅《乡村古风图》，读来令人生出不少“世风日下、人心不古”的慨叹。与《晚稻禾歌》类似，《雪地白菜》也展现乡村温情的一面——王荣林和兄弟之间闹别捏，原因是侄子欺辱了自己的媳妇，但他却并不怀恨在心地报仇，而是取了宽容的态度，从道德上饶恕了犯错的侄子和兄长。赵志明却宕开一笔，从他下乡去婶娘家讨几棵白菜回家过年着笔，写婶娘与侄子之间的和谐、温馨又动人的关系，恰好映衬了王荣林妻子和侄子之间的龃龉龃龉，也同样是叹惋上辈人保持的脉脉乡土温情，到了下一代人则发生着天壤之别的变动。

如果说这种诗意的笔调将赵志明作为一个乡土的歌者的形象烘托无疑的话，那么当他的文字触及乡村日常生活的叙事之时，他就展现了“乡土别样的诗意”，亦即以一种“现象学式的写作方式”，将存在的万物意象化之后，重新把握现象之为现象、世界之为世界的哲学奥秘。或许称之为“现象学式的写作”太过深奥，称之为“日常生活叙事”大概更为恰当。《夜雨蛤蟆》是最为典型的——几乎是无故事的故事，也几乎是无形象的人物，就那么一个横断面截取在眼前，却写得隽永而值得琢磨。小说以一个孩子害怕蛤蟆为由，写父亲的朋友偏偏捉了蛤蟆后，一院子的蛤蟆给孩子带来的恐惧。《小德的假期》也是如此，写一个初中生暑假的生活——放钩钓团鱼。整个故事写来，便是小德如何学着钓团鱼，如何与人合伙走向更远的地方钓团鱼。但赵志明要在这种日常琐事中表达的，并非小德钓团鱼的经历，而是他在成长的过程中如何经历了青春的逐渐消逝。和他合作的虎扣即将步入婚姻殿堂，之后又与他合作的勇哥作为有妇之夫却在丈母娘家公然勾引小姨子——渐渐步入青春期的小德或许不能体会男女间的性爱欢愉，但身边充斥的男欢女爱的戏码，却把他拖入成长过程中必然遭遇的因性而来的哀怨情绪与略显感伤的茫然无措。小德的假期同样是小德的成长岁月里充满叹息和无奈的人生之途。《小镇兄弟》和《头上长角的人》更像是直书乡村生活的实录，其中没有震撼人心、曲折动人的故事，写来就是日常里的琐碎和乡村的道德生活。《头上长角的人》或许还牵涉思考乡民们的劣根性问题，但这种沉重的话题在赵志明轻巧的笔端下，被温柔地解构——与其说他是要谴责什么，不如说他是要表现什么，原汁原味地呈现日常，比怒目金刚的批判来得更加彻底而剔透。《乡关何处》分为三个部分，第一个部分所写也可以纳入到这种乡村日常的书写中，可以简单地称之为“乡下土豪遇害记”，且杀害他的是本家兄弟。但到了第二部分和第三部分，赵志明作为一个乡恋者的书写，就呈现出他乡土小说的第三个面相——如何留住乡村，如何寄寓乡愁？鸭司令被害之后，因担忧继续而来的对于下一代的迫害，他的妻子选择隐忍。若干年之后，当了警察的儿子却以一个局外人的身份，带领着“小说家”的“我”重回故乡。但故乡已经变得凌乱而充斥着垃圾，在拆迁的时代命运遭际之下，村庄的田地、河流、小桥等都将消失不见，寄寓乡愁的载体将永远淹没在历史的滚滚洪流之中，莫名而来的乡愁更为浓郁而无法疗治。赵志明也会在这样的时候追问，假如时光可以静止不动，或许一切都将照旧。于是有了《当万物停止生长时》这一篇颇令人意外又在情理之中的小说。老实厚道的毛倌和玉英，生下了一个先天性脑瘫的儿子喜庆，岁月流逝而喜庆不再生长，停留在婴儿的状态。他们又生了一个儿子喜欢，却如庄稼般茁壮成长——若干年之后，喜欢因闹事而坐牢，喜庆因被人拐走而沦落为乞讨者。当喜欢动用黑社会的力量找到了哥哥喜庆之时，喜庆仍旧一如婴儿。长不大的喜庆与其说是一个先天性脑瘫的婴孩，不如说是对充满了诗意的乡村的一个隐喻，而他停止的生长则是赵志明乡愁的抒发，是乡恋者做的白日美梦。但正如《乡关何处》中所喻指的一样，再美好的乡村也终将会成为拆迁的废墟，愈发无法遏止的乡恋者的愁绪，便泼墨一样地散洒在字里行间，是唏嘘感慨，也是无声祭奠。

三、“新伤痕时代”的男女

在我的感觉中，赵志明的小说作品里，书写“新伤痕时代的男女”的故事是他较为失败的笔墨。但好在他能用创作的多样性来弥补这种刻板的印象，反而从另一方面映衬了这类故事的不可或缺——能秉笔直书历史和乡愁的人，亦能做一个直面时代的实录者。一俟落入实录时代的写作漩涡之中，现代性的统一模式便会让小说写作者走上类同化的道路，我更愿意将这些故事称为是“新伤痕时代”的男女故事。青年批评家杨庆祥提出“新伤痕时代”之后，关于这个概念的阐发还有待深入，因为它背后所指向的并非仅仅是“伤痕”，更是这个“时代”，是这个时代的众生相和世纪病。不管这样的伤痕是可见的还是不可见的，也不管这样的伤痕是致命的还是无关痛痒的，总之，它所指认的是我们每一个人心灵中一抹一闪而过的无奈，也是我们日常生活中不经意间叹出的一口气所镌刻的悲凉。在赵志明的笔下，“新伤痕时代”的故事几乎都是围绕着男女和他们的性故事展开，是无处安放的青春肆意的挥洒，也是无聊岁月里借以安慰灵魂的身体密码。

《我们的懦弱我们的性》是这一类小说中的代表。一群毕业大学生，在即将离开校园的前夜诉说着各自的性经历，他们开口闭口是男女的性器官，日常生活的指向也对准了做爱、精液的排泄和床上缱绻的故事。但可悲的是，他们经历过性行为的次数屈指可数，居多的处男之身宣告着他们的懦弱。终于，毕业后的日子里，阿干以自己的处男身而自觉卑贱，多次尝试性爱而终告失败，甚至在做爱最简单的形式——嫖娼面前，都畏畏缩缩、委顿不前。这是一个懦弱的时代，必然会产生懦弱的性。而在懦弱的性面前，则只有猥琐而又肮脏的灵魂。这之外，《告别》写的仍旧是男人的无能，在女朋友嫁人的前夜在她和未婚夫家里吃了顿颇为窝火的晚餐作为告别；《楼上楼下的爱情》更是描写整日看黄色录像的男人们渴求租住地楼下的一群女性，却又无可奈何不敢伸手去触碰她们的身体的无能表现；《连襟》以可笑又荒诞的形式，嘲讽了和同一个女孩子谈恋爱却又都没有得到性爱的两个男人，重聚之后妄想通过嫖妓的形式来做一次“连襟”，最后却惨淡收场的故事。在这些“新伤痕时代的男女”身上，与其将他们的遭遇指认为是“性爱的惨淡”，不如界定为是人生中“永恒的伤痕”，这伤痕便是面对人生的无奈，也是对处境的无力，或许还隐隐地带着对生活的无能。

无能者的性爱故事，几乎都属于遭遇“性爱阉割”的男性。非独此，这些性爱无能的男人们还要争风吃醋，把他们的痴傻、愚笨和癫狂，一股脑地抛洒出来，成为十足可笑的玩偶。《两只鸭子，一公一母》中，女生爱上了语文老师，男生选择了默默陪伴，仿佛恋爱中的一对，殊不知女生只是借助他来表达对真正爱恋对象的一种求偶行为，男生只得以谋害两只无辜的小鸭子的方式来“腰斩”不存在的“性爱幻想”，发出“最毒妇人心”的诅咒。《午餐之后是晚餐》写的是与“朋友妻不可欺”相反的故事，老板朋友明知道“我”爱上了姜春天，却捷足先登抢走了她。为老板朋友打工的“我”午餐陪着心仪的女人吃饭，聆听她的恋爱圣经，晚餐则陪着朋友吃饭，编造了一个子虚乌有的堕胎故事，恶意中伤心仪的女人。《四件套》可谓是“新伤痕时代”的典型——穷小子爱上独生女，但异地恋的爱情只能在旅馆的床上，任性爱欲望翻滚冲撞身体，最终不得不寿终正寝。爱情对穷小子而言，无异于天方夜谭的神仙故事，期许中从不曾带有现实的许诺。他唯一能做的便是买了四件套，覆盖在滴上了别人精液的旅馆的床单上，以最后的性爱仪式，埋葬一段刻骨铭心的感情和无法承受的屈辱。痛及灵魂的伤痕，或许不会要命，但经年累月的痛彻心扉，则让一代人成为可笑的存在，荒谬地经营着自己的尊严、脸面和荣誉。

叙述至此，对于诠释赵志明小说的深层内涵来说，或许显得不够，但好在梳理了他小说创作的几个侧面，以此来窥见其创作的丰富性，未尝不是一条恰当的路径。以志怪的方式书写荒诞不经的故事，来传达独特的思考；用乡恋者的口吻，追忆往昔乡村的道德风尚，试图挽留住它的颓败，浓浓的乡愁绵延不绝；把无能作为伤痕的标尺，用性爱揭露时代的疤痕，虽然痛苦中还带着羞耻和难以启齿的懦弱，但用来警醒此时此地的人们，无异于一剂良药。这就是赵志明的小说，丰富而又独特。

2017.6.28 人图・问馀斋

叶炜小说诗论

寄叶炜兄

苏北鲁南嗅土香，
神迷心醉写麻庄。
多少人间红尘事，
生老病死不寻常。

丙申年庚子月辛巳日　人图圆桌·问馀斋

泥土中抠出的小说

——读叶炜的“乡土中国三部曲”《富矿》《后土》《福地》[1]

始终以乡恋的情怀，持续地关注乡土中国的历史变迁、命运兴衰、社会风习、人情世故等，且在历史、故事、传奇、人情等的刻画中，带着悲悯的精神去沉思乡土中国的未来，为逝去的乡土记忆而惦念不已，努力在想象中重叙一个带着乡愁情绪的文学世界，以便安放乡土中国的心魂，是叶炜的小说创作。把一支笔执着而略带忧郁地，去描绘苏北鲁南大地上一个叫作麻庄的地方的乡村风景画，在这幅画中展现生于兹长于兹的乡民们的生老病死、喜怒哀乐、悲欢离合、爱恨情仇，且在人事的变动中凸显命运、历史、乡土风情等的多样性及其复杂意义，取了乡愁的笔调，以满满的爱、深深的悲悯与淡淡的愁绪去叙述已经与即将逝去的乡土温情，这就是叶炜的小说“乡土中国三部曲”《富矿》《后土》和《福地》。

在城市化的浪潮中，乡土中国的命运几乎是以一种决绝而哀婉的方式清晰地展露在世人的面前，那不可复得且注定丢弃的来

---

[1] 本文发表于《常熟理工学院学报》2017 年第 1 期，收入本书时有重大修改。

自乡土的情感、记忆与体验，必将会随着一浪高过一浪的城市化进程而逐渐消失不见。以至于程光炜曾在一篇谈到作家与故乡关系的文章中，不无忧虑地说："随着 1990 年代以来启动而今天正在加速的'城镇化'进程，这些作家（引注：1950 年代生作家）毋庸置疑已经是当代文学史上的'最后一代乡土作家'。其子女不可能再重走他们的人生道路。这几乎是一代将要'绝种'的'乡土作家'。""尽管'家谱热'在今天的中国城乡悄然兴起，乡土小说家们还处在创作的巅峰阶段，却廉颇老矣，他们将会或者即会在习焉不察中淡出历史的舞台。在来势汹汹的城镇化的背景中，'乡土小说'这一稀有题材品种将如何保存和得以赓续？不能不使人略感忧心。"[1]这种担忧不但指认了乡土中国书写者匮乏的事实，及其所带来的将要造成当代文学对于乡土社会的书写程度的减弱甚至是绝迹，同时也揭露了乡土文学传统的难以为继及其所导致的当代文学创作实绩的匮乏，其实所揭示的恰恰是文学版图的变动以及在这种变动中文学阅读的尴尬处境。实际上，早在 1940 年代，费孝通在其著名的《乡土中国》中就指出："在我们社会的急速变迁中，从乡土社会进入现代社会的过程中，我们在乡土社会中所养成的生活方式处处产生了流弊。陌生人所组成的现代社会是无法用乡土社会的习俗来应付的。于是，'土气'成了骂人的词汇，'乡'也不再是衣锦荣归的去处了。"[2]社会的变动带来的整个时代的变迁，以及在时代中对于乡土的认知、应对方式等的巨

[1] 程光炜：《作家与故乡》，《小说评论》，2015 年第 1 期。

[2] 费孝通：《乡土中国》，上海人民出版社，2007 年版，第 11 页。

大改变，以至于让乡土文学的难以为继成为事实。于是，对于乡土的叙述成了“想象的乡愁”，故乡也成了回不去的故乡。然而种种担忧在叶炜的小说创作中获得了相应的解答，让我们重新看到了“乡土书写”的继续，以及高质量的延承与提升。叶炜的作品是深入到泥土中的小说书写，或者直接可以说，叶炜的“乡土中国三部曲”《富矿》《后土》《福地》是从泥土中抠出来的小说，带着泥土的温润、芳香与憨厚，并从中演绎出属于叶炜的“大地哲学”——深深植根于泥土中的信仰所造就的别一种宗教的情怀，或者乡土中国本身就是一种信仰，一种虔诚与敬畏。通由这种信仰，大地上的人们寻找到了属于自己的归宿，不管是对于命运的认同，还是对于人事与世运的体察，他们总在乡土中国的世界里，构建了带着乡土气味的独特人生哲学。

一、乡土中国三部曲:《富矿》《后土》《福地》

“‘乡土中国三部曲’《富矿》《后土》《福地》是青年作家叶炜历时 15 年创作完成的长篇新作。《富矿》主要写的是改革开放前后的煤矿以及农村，其着眼点是现代化煤矿对乡村生活的影响改变;《后土》关注的是改革开放直到新世纪以来的农村，其着眼点是乡村的政权建设和新农村建设;《福地》则回到了民国和解放前后的农村，一直延伸到改革开放，其着眼点在于农民对乡村的坚守，对土地的热爱以及农民对革命的理解和贡献。‘乡土中国三部曲’较为全面地书写了苏北百年乡村剧变，这也是乡土中国百年来的命运沧桑。”[1] 在一个乡土文学逐渐式微的年代，叶炜以其难以抑制的热情倾十五年的功力创作的“乡土中国三部曲”可谓是近年来乡土文学的重要收获。在叶炜的三部曲中，那种被刻意或自然而然地彰显出来的乡土的特色，使之成为区别于其他乡土小说扎根于泥土的作品，从而以貌相似而实迥异的书写风格奠定了自己的乡土文学创作的基调，也让自己的三部曲在当代文学作品中成为独树一帜的难得作品。

一般而言，阅读“三部曲”结构的长篇小说，都是沿着已经设定的顺序来进行的，然而这一次的阅读我却选择了逆流而上的方式，以与出版时间相反的顺序来阅读这三部作品，在大的逆反中遵循小的顺序阅读，突然发现这种阅读经历带来了全新的对“乡土中国三部曲”的观察、体悟与深思。出版于 2013 年的《后土》以一种让人体验到劈头盖脸的乡情气息的方式，抓住了阅读者的心灵，进而让人沉浸在故事之中，跟随着叶炜的叙述来体验乡土世界的人情世故、逸闻趣事及翻天覆地的变化。小说以曹东风和刘青松两个村干部为主线，讲述了苏北鲁南一个叫作麻庄的地方，在改革开放之后一直到新世纪的历史变迁。不同于其他类似乡土小说凸显历史感的书写方式，叶炜选择的是一条贴着泥土飞翔的道路。他不是用乡土世界的变迁来反映历史的发展及其所呈现的意义，而是将历史事件糅进乡土世界的人情、风物、习俗等的描绘之中，让历史成为展现乡土的一种方式，以便从内里体察乡土世界中不露痕迹的变迁，以大历史的视角含纳每一个历

[1] 田振华：《“乡土中国三部曲”〈富矿〉〈后土〉〈福地〉新书首发式暨媒体见面会成功举行》，《雨花·中国作家研究》，2015 年第 14 期。

史事件，希图从这种变化中寻找不变的执着，再以不变作为基础看出乡土世界所经历的种种不显眼却深刻的变化。整部小说都是乡村的小事情，男女的性事、野合与偷情、乡村政治学的权力角逐、对乡愁的毫无节制的展览、对乡村未来发展的淡淡哀愁与担忧等，所有的历史事件及其发生、发展与结果都在乡村的日常生活的柴米油盐、婚丧嫁娶中娓娓道来，不强求突出，也不强求隐藏，而是像乡民们所经历的日常生活中的生老病死一样地，来接受历史本身的变革。打工潮的炙热、农业税的取消、新农村建设的希望等，仿佛与麻庄有着扯不清的关系，然而麻庄就是麻庄，永远以强大的收编能力将外在的变迁悄然融入自己的日常生活的轨迹之中，就好像那些不是从外而来的历史事件，而是麻庄人自然而然经历的事情一般。在阅读中，一种浓郁的乡土气息扑面而来，让人不得不赞叹作为文学高手的叶炜对乡土温情的挖掘、对乡土世界的敏锐，以及对乡民们那种“土里土气”特质的展现。费孝通就曾经十分赞赏“土”对于乡土中国的意义：“我们说乡下人土气，虽则似乎带着几分蔑视的意味，但这个土字却用得很好。土字的基本意义是指泥土。乡下人离不了泥土，因为在乡下住，种地是最普通的谋生办法。”[1] 可谓是一语道破。如果从这一方面来看的话，“乡土中国三部曲”中，最具乡土味的，非《后土》莫属。这“后土”实际上应该是“厚土”的替代，因为那泥土里深埋着乡民们的憨厚、辛勤、坚韧、豁达与宽容。

《福地》的出版时间最晚，但是历史事件却延伸得最早。这一

[1] 费孝通：《乡土中国》，上海人民出版社，2007 年版，第 6 页。

部小说以书写历史的雄心，将笔触深入到时间的隧道中，去探索麻庄所经历的历史阵痛与现实欢欣、哀愁怨恨与愉悦超脱，举凡近现代历史上的大事件基本上都在麻庄上演了一番，举其要者就有国共的分裂与战争、抗日战争、新中国成立后的历次运动与改革开放。麻庄仿佛成了一个历史的演武场，历史的陈迹在麻庄的舞台再一次以栩栩如生的方式上演，给人以唏嘘不已的慨叹和往事如烟的迷茫，以及历史本身的厚重与凝滞，人事的扑朔迷离与百转千回。更不要说身处历史中的那些乡民们，他们只能默默忍受历史的暴虐与残酷，时间的杀戮与戕害，甚至手足相残、自啖其族。在麻庄世界中，面对着历史的浩劫与时间的诡秘，乡民们以自我为核心而逐渐形成的关系网络慢慢变质，他们的人伦观念及道德自律开始瓦解，直至在历史的春天到来之际重建一种乡村伦理的秩序。整个小说把麻庄置入一个历史拷问的境地之中，让乡民们在最残酷的经历中去选择他们各自的命运，再在命运的主宰下书写属于自己的人生故事。然而见证这一切的，就是那被称为“福地”的麻庄土地，在这土地上，他们生于斯、长于斯的角角落落都留有他们痛苦烦恼、喜悦欢快等经历，正是乡土中国最为典型的代表。而这部小说中的“福地”则是“大地哲学”的展示，以其独特的方式叙述了别一种属于乡土中国的大地哲学，那里有思想无尽的矿藏和智慧无穷的源泉。“地”的观念真正让叶炜成为一个思想者，当面临时间的拷问与历史的质问之时，给出了属于一代人的颇具深度的回答。

最后一部进入阅读视野的是《富矿》，它的出版时间最早，而书名又显示出了与“乡土中国”的差异性。但是细读之下会发现，

《富矿》写的并非“矿”，而仍旧是“土地”，因为“矿”在这里只不过是一个背景，借以陪衬、彰显、拷问麻庄世界及其乡民。或者说，叶炜选择了一个独特的提问方式，来对麻庄与麻庄人进行精神、心灵与智识进行一次测验，通过“矿”来检测麻庄世界及其乡民所能够达到的人生的高度、生命的厚度、思想的深度与风习的宽度，从而像一个勘探者一般，来勘察麻庄世界的奥秘，进而去勘察整个乡土中国的奥秘。因此在这一点上而言，《富矿》迥异于当代文学中类似的煤矿题材作品，不是为煤矿而煤矿的小说，而是为土地而煤矿的小说。实际上，这里的土地逐渐被“女性及其身体”所取代，土地更多地取的是其象征意义，将土地与女性融合为一，借着土地之名来书写女性，又同时借着女性之名来书写土地。所以在《富矿》中，麻庄世界在面临着矿藏的质问时所给出的回答是让人惊叹的——她以自己的贫瘠承载了富裕的梦想，她以自己的干枯标明了丰饶的希望，同时她还以自己的苦难与屈辱带来了尊严与崇高，以自己的卑微与低贱带来了端庄与神圣。那是土地的荣耀，也是女性的荣耀，她们承担着本不该属于她们的悲催的命运，却并不抱怨，也不愤怒，而是平坦地接受一切，就像平原容纳急湍奔流的大江大河使之归于平静一样，她们用自己的浑厚、深沉与容忍、谦和，原谅了人世间一切的丑恶与鄙陋、颓败与潦倒、奸佞与蛮横、虚妄与绝望，完全是凭借着一己之力滋养着希望与梦想之花的盛开，此花并非绚烂无比以至闪耀灼眼的光华，而是质朴无华甚而土得掉渣并最终流入平淡的日常。她们仿佛与这个丑陋的世界和解了，其实那不是和解，而是隐忍之后的宽容，是宽容之后的豁达，是豁达之后的了无牵挂，更是了无牵挂之后的从容与淡泊。所以在一本看似与土地无关的小说中，叶炜曲里拐弯地以最高昂的调子，书写了自己的大地哲学之精髓。

综观叶炜的“乡土中国三部曲”，我们可以从中窥探到乡土文学固有的特质，以及早已经被认定的诸种症候，但更重要的是，一种新鲜阅读体验的获得使得叶炜的文学书写给当下乡土文学的发展贡献了不可多得的探索实绩。带着这种全新的阅读观感，去深入到叶炜的文学世界中，在麻庄人的日常生活与命运故事中解读出属于乡土中国的独特品质，以便让这种探索能够带着其永不褪色的“魅惑”来感动一代又一代的阅读者，为乡土中国留下活灵活现的肖像画，是我们阐释叶炜“乡土中国三部曲”的重要动力。

二、乡愁：历史、人事及其他

“三部曲”的架构从常识上来讲，任何一部都是独立出来的小说，然而之所以称之为“三部曲”就是因为有着整体的结构。在分别透析了“乡土中国三部曲”之后，可以看到，《富矿》《后土》《福地》三部作品各自的特点之鲜明与个性之十足，已经是毋庸置疑的事实了。当然，叶炜用三部曲的形式来建构他的“乡土中国”，显然有着更为深刻的用心与别一样的深思，因为在他的文学世界中，三个故事虽然是独立自主的，但却能够在独立的故事中寻找出他一以贯之地牵扯着的恒久的思索——来自乡土的心声，及其所传达出来的乡愁。想象的乡愁，或者回不去的故乡，也因此越发地在这样一个现代化的时代被彰显了出来。历史注定了的命运不仅仅裹挟着麻庄进入滚滚的红尘潮流之中，也让类似麻庄人的一群人，认知到自我的处境及其当下的际遇，甚至还包括那些身处城市而想象乡土的人。在“乡土中国三部曲”中，叶炜以浓浓的乡愁凭吊着已经与即将失去的乡土的温情，那些残存在记忆中的故事、人情、风习，甚至是三部曲的章节标题都是特殊的标识：《福地》以天干地支的纪年方式来组织小说，《后土》则是用二十四节气作为结构小说的方式。《富矿》虽然是以故事的关键词作为标题的，但是仍旧和时间有着紧密的联系。更为重要的是，叶炜的乡愁总是与时间有着扯不断的关联，且在这时间的表达中，乡愁越发浓重地氤氲着，仿佛对于时间的言说只是对乡愁的镌刻，所以也可以说，叶炜的“想象的乡愁”可以称为是“时间的乡愁”。要知道，《后土》中正好用二十四节气对应着二十四章的内容，而《福地》则用六十年一甲子的方式来用六十章的内容与之相称。用常识性的思维就可以想到，“六十年一甲子”和“二十四节气”虽然只有“六十”与“二十四”，却永远以重复的方式延宕着自我的存在。这一个轮回之后，下一个轮回里该会有什么样的故事呢？一种浓重的“轮回”的思想渗透在小说之中，处处俯首皆是，虽并不令人瞠目结舌，也最少惊诧不已。日子就是“六十年一甲子”的周而复始，也是“二十四节气”的轮回，这正如生于斯、长于斯的乡民们的命运一般。这就是他们的宿命——事实上，叶炜总是在小说的书写中感叹命运的强大，及其对乡民生活与人生的影响。不必说《福地》中处处以命运作为推动故事发展的动力，也不必说《后土》中面对人世的纠葛与无奈所发出来对命运的无限感叹，单单是《富矿》中两个女人的人生遭遇就已经把命运的多面性与丰富性展露无遗。这命运又总是在时间的流逝中逐渐被稀释，以至于被遗忘，最终融入日常生活的稀松平常、见怪不怪的思维当中。然而这遗忘不是犬儒主义的自我安慰，而是以更为宽大的胸怀容纳了难以承载的忧伤、悲愤、怨恨与苦难。也正是因为这种种不堪遭遇的难以承受而最终还是坦然领受，更彰显出了一种麻庄世界的人生哲学。恰恰是这些默默无闻的乡民们用他们并不宽厚的肩膀承载了来自时间深处的啃噬、啮咬与撕扯，才更显示出他们的庄严、崇高与神圣。而这一点，也恰是乡愁的来源与郁结之地——深埋在时间之中的和解，无论如何都是一种让人忧伤的伟大与宽容。这或许正是叶炜“想象的乡愁”让位于“时间的乡愁”的最重要的原因。

鲁迅曾经对乡土文学论述道：“凡在北京用笔写出他的胸臆来的人们，无论他自称为用主观或客观，其实往往是乡土文学，从北京这方面说，则是侨寓文学的作者。”[1] 在这里，鲁迅强调了乡愁的空间性，亦即因为空间的阻隔而身在异地的游子，以自己的抒情或叙述的笔触来表达自我对于故乡的胸臆，这种胸臆便是乡愁了。且因为居于异地，这种乡愁便来源于想象，是在文学世界的想象中呈现出了别一番的关于故乡的情怀。然而在“乡土中国三部曲”中，叶炜却恰恰反其道而行之，将乡愁的空间性做了巨大的变化，成为乡愁的时间性。小说的叙述中，乡愁的产生已经不再是因空间的阻隔而产生的愁绪，而是通过时间的累积而达成的一种人生的和解与宽容，恰恰是这历久弥新的精神质素，让

[1] 鲁迅：《中国新文学大系·小说二集导言》，上海良友图书印刷公司，1935年版，第9页。

乡愁成为非一时一地的感触而是亘古如斯的惦念，这惦念就是忧郁，这忧郁便是乡愁。所以叶炜总是将自己的笔触深入到乡土之中，不仅仅表现早已经成为过去的历史事件，也不仅仅是预测未来乡土的巨大变迁，哪怕是现在此时正在经历的乡土故事，也因为终将逝去而变得令人惆怅不已，以至于难舍难分，进而成为乡愁的种种。这是乡愁世界中叶炜的重大贡献，他通过自己的小说探索了乡愁的丰富的内涵，将时间性与空间性的乡愁进行置换，在置换中映照出时代的身影来。

乡愁的时间性具体化到小说的叙事中，呈现为几个维度，其中之一便是历史向度的描述及其所积淀的情感质素。在叶炜的小说中，历史的含义已经超出了过去的范畴，而是将现在和未来一同纳入其中，形成一种混沌的历史时间，它因不特定地指向过去而获得了空前的宽广和理解上的通透。三部曲中，如果说《福地》是伸向过去的时间性乡愁的展示，那么《富矿》就是现在的时间性乡愁，而《后土》虽然描述的故事更倾向于现在的实际，却以一种无须辩驳的对未来的指向而具备了时间的前瞻性，成为未来的一种。于是，历史成为一扇被打开的时间之窗，从中我们看到了过去的种种，那些不堪的往事、苦难的岁月，以及杀戮的残忍、人性的丑陋、命运的酷烈，而这所有的一切又都被憨厚的乡民以难以置信的方式承受下来并且消化殆尽，仿佛那来自历史的种种是不真实的传说，只有在触景生情中才会被提及——生活总是向着未来延伸，不管过往的种种是悲情的还是欢欣的，是苦难的还是幸福的，它总会流向未来，在那里建制更为辉煌的生活。从这个意义上而言，《福地》所提供的深厚力量就被浓浓的乡愁所掩盖，因为那深埋在岁月里的苦难与承受苦难所彰显的伟岸，足以将叶炜一己的乡愁传表现得淋漓尽致，且把这种淡淡的又无处不在的情绪传达给小说的每个阅读者。实际上，倘若不是笔触对历史的深刻剖析，时间性的乡愁就不会来得那么汹涌澎湃，那种对土地的浓浓爱意也会因无来由而显示出一种空发感叹的矫揉造作。叶炜选择了从历史的深处抠出泥土的温度，又在泥土的温度中锤炼人世的哲学，以情感的温暖来感动人，而非以思想的深刻来教育人——但感动的温情带给阅读者的教益恰恰是最深刻的。且不说万仁义以满腔的热情，在经历了土匪袭击、国共混战、日本侵略、自然灾害和“文化大革命”之后仍旧怀揣着土地的梦想，维护麻庄的和平宁静与生息繁衍；也不用说万家的四个后代在历史的事件中充当着不大不小的角色而被裹挟进不堪的往事回忆之中，遭受着种种命运的打击与来自他人的非议的目光；更不用说被日本侵略者糟蹋却被乡土中国的憨厚所容纳、最终成为乡土中国组成的一分子的香子；单就是说那棵见证了麻庄辉煌与衰败、坍圮与陷落、杀戮与拯救、爱恨与情仇、相聚与别离的老槐树，作为叙述者的它承受着岁月流逝的摧残，满身沧桑与枯萎的衰败之相，它的那句“我就是那棵变秃的老槐树”[1]的宣言，就足以用历经沧桑后的从容与淡然来打动每个阅读者，从而让叶炜想象的乡愁成为时间的乡愁，在历史的深处打捞温馨的人间感动，让乡愁成为触手可及与身临其境的文学世界中牵动人心的时间沙漏，漏走的是沙子，留下的是难以抑制的眷恋之情。这眷恋之情，就

[1] 叶炜：《福地》，青岛出版社，2015 年版，第 10 页。

是时间的乡愁，是对一种不可避免地终将逝去的美好的哀愁。

时间的乡愁呈现为岁月深处的记忆之回顾与往事之叙说，便是历史的一部分，便是历史的重演。然而叶炜借历史来叙说乡愁的方式着实让人惊诧不已，并且这乡愁只能是属于时间的，是对流逝的悼念。与此同时，恰是流逝发生的不可阻挡性，让时间的乡愁无处不在、无时不有，因为时间的流逝所留下的心绪是淡淡的伤感、深深的眷恋与绵绵的情思，这恰是时间的乡愁以消散的方式流露于小说之中的表征。这尤其体现在叶炜在《后土》中的一段话上："想想那时候的日子，真实幸福。现在麻庄的孩子可玩的东西很多，已经不再关注这样的玩法了。不知道这是他们的幸运呢，还是不幸？"[1]因此，"三部曲"中书写现在的笔触，以终将逝去的宣称提醒了尚且存活的人们，美好的与丑陋的、温馨的与残忍的，一切的一切终将消失不见，这乡愁就成为无处安放的惦念，悬空在乡土中国的悠悠历史之中。于是，叶炜在小说中把历史还原为现在，因为所谓的现在只不过是"向死而生"的"终有一死者"[2]们的过去之重现而已，或者说过去的最当下状态。历史转变为人事，人事是现在的乡愁。在《福地》和《富矿》的结尾，叶炜都是以和解的方式来终结故事的讲述，也就是说，过往发生的事情无论如何不堪回首，无论如何不能忍受，终将成为过去，和解的人们在现在的生活中获得人事的和谐，这和谐必然是转瞬即逝的，却留下了无限的温情，作为乡愁最基本的底色。《福地》中，

---

[1] 叶炜：《后土》，青岛出版社，2013年版，第294页。

[2] 参见[德]马丁·海德格尔：《存在与时间（修订译本）》，陈嘉映、王庆节译，生活·读书·新知三联书店，2006年版。

老万与陆小虎的和解，便是最明显的例子之一。而陆小虎与万家兄妹的和解，人们对偷情与通奸者们的原谅，同样如此。《富矿》中经历了感情极端折磨又在身体上备受摧残的麻姑，以及先遭受强奸又迎来爱情之回归的笨妮，在人事发展的现在，都获得了和解后的平静。这和解不是“不得不如此”的无奈，而是“非如此不可”的选择，那就是宽容，就是悲悯，就是爱。从这宽容、悲悯与爱的情怀看过去，在历史的深处再翻检那些不堪的往事、痛苦的回忆，时间的乡愁就会以唏嘘不已的方式来凭吊历史，一股浓浓的来自泥土的气息，于焉自现。甚至是在《后土》中，故事的叙述总是以现在作为出发点与归结点，在仇恨中彰显谅解的重量，在偷情、野合与道德败坏中突出理解的意义，以及在不可原谅的事情上终究原谅的宽容情怀，都在一种必将失去的乡村现实中成为愁绪满坏的之所来与所归去。现代化以无穷的力量改造了乡土中国固有的面貌，留守儿童与老人、空心村、打工族，越来越多的年轻人的出走与乡村的日渐苍老与衰败，正意味着时间的流逝所带来的乡愁，正在啃噬着每个热爱乡土、对乡土魂牵梦绕的人。因此可以说，叶炜的乡愁是凭吊的乡愁，不是思念的乡愁，更不是远方的游子对乡村的想象的乡愁——这正是现代化的时代中，乡土命运的深沉惦念者应该抱有的情感质素。

自然，不管是历史还是人事在时间的流逝面前所体现出来的沧桑与悲凉，其实都是在叶炜取了一个未来的角度进行观看之后所传达出来的情感体验。在未来的向度上，叶炜总是以必然的趋势提请乡愁的存在，那来自时间流逝所带来的刻骨铭心的恐慌与焦虑，这恐慌与焦虑恰是乡愁的源头。因此，为乡村的未来设计美好的蓝图也成为叶炜“乡土中国三部曲”必须承担起来的责任与义务，也是叶炜念兹在兹的心头病。如何让乡土在现代化的进程中不失其特色地保留下来又能够适应且加入现代化的进程，这是留住乡愁的最重要的问题。留住乡愁，或者说让乡愁继续在时间的流逝中酝酿、发酵，最终蓬勃而出，让我们在面对乡土的时候还能够激起我们的愁绪，叶炜心知肚明，所以他在《后土》中以现在的方式来书写未来的想象。《后土》中两个年轻人，以年富力强的形象改造着麻庄的命运——保护土地、留住乡土、记住乡愁。在时间的摧残之下必将老去的曹东风和刘青松，又被新一代的年轻人所取代，他们更有现代化的视野与经验，也正是在他们的手中，麻庄必将会呈现出乡土中国的新气息。刘非平以大学生村官的形式存在，而王东周则以资本和财富的方式存在，两者联手对传统的乡土中国进行改造，发展属于现代化视野的乡村，农家游、度假村、采摘园、文化展等等一系列的举措，正表明了麻庄世界未来的一片光明，也以城市的后花园的方式在与时俱进中保留了乡土中国的底色。实际上，这是又一次的和解，是时间的和解，是乡土与现代性的和解。只是这一次的和解，充满了未来的维度和乌托邦的想象。不管现实中乡土如何在不可遏止中衰落了，然而叶炜的想象给乡愁找到了合适的安居地，那来自时间流逝的焦虑虽然存在，却已经更为淡然。

实际上，在叶炜的小说中，历史的滞重及其沧桑凝结为土地的浑厚与广袤，人事的变迁与轮回则彰显这土地的深沉与豁达。无论是历史还是人事，抑或者对未来乡土乌托邦的想象，叶炜都将之融入对土地的沉思之中，或者可以说，在小说中那些让人唏嘘不已又觉察到体温触感的历史与那些让人憎恨又心疼、愤怒又怜悯的乡民及其人事纠葛，以及那些似乎可望而不可即又让然想入非非、缠缠绵绵的乡土乌托邦，都只不过是为着思考土地的庄严与神圣来服务罢了。历史越是显示出一种让人不堪容忍的破败、坍圮与荒谬，就越是能够表达土地的坚韧、容忍与宽宥；生于斯长于斯的乡民们越是荒淫、愚昧或蛮横，就越是能够让土地的世事洞明而爱之在心的情怀展露无遗；未来越是以乌托邦想象的遥不可及，就越是彰显了土地无限可能性的存在。所以与其说叶炜在“乡土中国三部曲”中精心雕刻着历史的变迁与人事的复杂以及未来的想象，不如说他是在借助历史与人事传达他的思想——一种关于土地的哲学思索。

三、大地哲学：思想的隐喻与象征

考校“乡土中国三部曲”的开首，可以发现一个十分有意义的设计：《富矿》的开头是关于一场黑雪的传说，《后土》的开首则是一个关于麻庄土地爷的神话，而在《福地》中的开首则是有一棵几百年的老槐树。不管这些细节是刻意为之还是信手拈来，都无一例外地展示了叶炜的“命运哲学”。所谓今世之种种，都是前世的再现，都是命定的结果，恰好表达了这种乡土中国的信仰。因此，与其说这些传奇、神话、故事是小说家言，不如说这是叶炜借用过来以彰显乡土中国的民间信仰的——含混着佛教和道教的思想，又夹杂着古中国的哲学理解，且形成一种完整而行之有效的系统的中国乡土哲学。费孝通认为，在乡土中国的观念中，“神对每个个人是公道的，是一视同仁的，是爱的”[1]，正因为如此，报应观念就有了合理的解释——黑雪的传说只不过是对现实的隐喻罢了，土地爷的神话也只不过是善恶报应的再一次展现而已，老槐树与其说是一棵树，不如说是一个见证者、经历者与批判者。不管这些故事多么荒诞不经、可笑至极，但都无一例外地指向了叶炜的乡土思想。如果要简单地对之进行归纳和解释的话，这种乡土信仰及其所展现的思想含量，就是叶炜的“大地哲学”。

大地哲学的核心要素，自然是土地。且不说土地神的存在是一种神话故事的虚构，是实存的神话角色，就是针对土地本身，在“乡土中国三部曲”中，土地都明显地确立自己为一种“神”。土地本身就是信仰，就是乡民们以最虔诚的态度与敬畏的心态来顶礼膜拜的对象。作为信仰的土地，本身就包含着生老病死的深沉、悲欢离合的思索、爱恨情仇的复杂与酸甜苦辣的体验，更不要说土地的存在承载、容纳、见证又抚慰着这种种的人世事件，足以构成了它的浑厚、深沉与豁达。这种信仰深深地植根在乡民的心中，且经过时代的层层累积而成为一种传承，所以叶炜说：“麻庄人崇拜土地，视土地为娘亲。”[2]娘亲的意象在这里可以界定为亲切的对象，也可以解读为更为宽泛的意义。费孝通也在论述乡土中国的时候说：“城里人可以用土气来藐视乡下人，但是乡下，‘土’是他们的命根。在数量上占着最高地位的神，无疑的是

[1] 费孝通：《乡土中国》，上海人民出版社，2007年版，第32页。

[2] 叶炜：《后土》，青岛出版社，2013年版，第1页。

‘土地’。‘土地’这位最近于人性的神，老夫老妻白首偕老的一对，管着乡间的一切闲事。”[1] 土地就是神，土地就是信仰，那么对于麻庄世界的人们来说，维护土地便是维护他们自身的存活、生命与承续。与其说他们敬仰的是土地，不如说他们通过对土地的维护来达到对自己生存的经营，因为土地不仅仅出产他们赖以生存的食量，还是一种精神上的抚慰与宽宥。因此，我们再一次地确认，在“乡土中国三部曲”中，叶炜不管是写历史还是写现实、矿藏，实际上所写的都是土地。《福地》中，老万用自己的一生守护着麻庄的一方土地，尽自己的能力保护着麻庄的乡民，在面对土匪抢劫的时候组织村民抵抗暴力，在面临日本侵略者的进攻时调动自己的子女以和解的方式让他们合作抗日，在饥馑来临的时候出于私心而藏下的粮食最终拯救了一个村庄。我们或者可以径直地说，老万在《福地》中就是土地本身，他是非神的土地神，因为正是他的爱护、经营与守候，让他身上土地的质素迸发出来——那仿佛来自地底的深沉的爱，那可以宽容一切的宽广的胸怀，以及那承受屈辱、仇恨与愤怒的坚韧的心，都无疑是对土地的一次绝妙的象征与隐喻。从此也可以看出，《福地》所要书写的乃是在历史中对土地的守护，让土地免遭灭顶之灾。而《后土》和《富矿》都是在描摹土地存在状况的时候，以一种不可遏止的乡愁倾泻的方式来表达对土地的关怀与忧虑。《富矿》中，因为煤炭的存在而导致了土地所遭受的灭顶之灾，土地毁灭的过程其实也是麻庄走向衰败的过程。不管是女人们遭到的奸污还是麻庄土

[1] 费孝通：《乡土中国》，上海人民出版社，2007 年版，第 7 页。

地的被毁坏，都是麻庄人必然经历“黑雪”的命运之呈现，这无疑是在说，守护不住土地的乡民是终将要走向灭亡的。那么也就可以理解，麻庄的命运随着煤矿而改变，因为煤矿并非直接地以改变麻庄人的命运的方式来改变麻庄世界的，而是通过改变麻庄的土地状况来深刻地影响着麻庄的命运。所以矿藏只不过是一种拷问的途径而已，或者说只是一个借口，内里所含纳的问题则是：当土地遭受危害的时候，乡土中国该向何处去？《后土》紧接着给出了独特的回答，虽然有乌托邦空想的嫌疑，但却是行之有效的乡村发展的蓝图。《后土》同样关涉着土地被破坏的事实，那就是为了追逐现代性的货币哲学，追求经济利益的最大化，砖厂不停地吞噬着麻庄的土地。然而解决之途就是，停止这种对土地信仰的破坏，在已经破坏的地方建造属于土地的别样形态——鱼塘，从而让土地再一次重建和谐。更不要说，旧土地的故事在新时代里可以有自己的新面貌了。总而言之，叶炜的大地哲学中，土地占据着核心与关键的位置，是乡土中国的最重要的表征。

大地哲学的第二个重要面相则是女性。在“三部曲”中，对女性苦难的永不厌烦的描绘几乎达到了让人不解的程度，任何一次的书写都是叶炜对着女性而进行的一次实验，尤其是女性身体上的备受伤害、凌辱与摧残。《福地》是展示这种身体戕害的最为集中的小说。在小说中，麻庄女人的历史就是一部被强奸的历史，她们以各种各样的方式被剥夺了身体的自由，在身体遭受的苦难中忍辱负重，就像大地一样承载着种种不堪与痛苦。因此，女性的身体与其说是强奸与摧残的对象，不如说是大地的象征与隐喻。女性往往被用来比喻大地的特性，宽广的胸怀、忍辱负重的品性、生产与养育的特征及承受苦难的坚韧，都是女性与大地关联的关节点。万家的女人就像大地一样承受着来自暴力的野蛮侵袭，尤其是日本侵略者所带来的伤害，滴翠、冬菊、嫣红、万春被日本兵轮奸，万喜先是被刘老黑强娶然后又被日本兵轮奸……几乎与万家有关联的女人的身体都被不同程度地摧残过。实际上，不只是万家的女人，包括日本女人香子和麻庄的其他女人，都经历着同样的苦难。从这里我们也可以看出，女人们的苦难有多么深重，她们的形象就有多么伟大——崇高、庄严、神圣或者说伟大，并不是能够给别人带去怎么样的伤害，而是在伤害面前能够如何承受伤害。她们承受了这些伤害，且默默地容忍了伤害，最终用难以想象的宽容与野蛮、暴力、残酷和解了，这正是叶炜大地哲学的最深沉的内容。更不要说山上的尼姑庵，那里的尼姑不管是先前的还是后来的，包括万喜在内，都用她们的身体承受了暴力、野蛮和侮辱，尤其是面对日本兵的强奸而坦然忍受了命运悲痛的时候，尼姑们身上所展现出来的女性的伟大，更是震撼着每一个阅读者。同样，《富矿》也是一部“女性受难史”，不管是麻姑的受难还是笨妮的受难，抑或者麻庄其他女人的受难，都让人看到麻庄的女人一如麻庄的土地，承受了太多的苦难、凌辱与残害，然而她们依旧活着，在春风里如一朵映山红一样恣意地开着，如此灿烂，也如此辉煌、庄重。相对而言，《后土》中的女性受难的历史，显然是三部曲中最轻的，然而仍旧镌刻着女性的苦难，且不说王书记对村子中女性的霸占，单就是如意的被强暴、孟疯子的发疯等，其实都是女性苦难历史的一部分。更为有意思的是，在《富矿》和《后土》中，都出现了“疯子”的形象，一个是花鼓，一个是孟疯子，她们的发疯又都无一例外地和女性身体的受难联系在了一起。然而发了疯的女人们，赤裸着身体在村子里走来走去，却并没有因为她们的赤裸而被麻庄人唾弃，反而成为神圣的象征——孟疯子就被称为“圣母”。这就是叶炜的大地哲学，用女性来象征与隐喻大地，书写女性的苦难就是书写大地的苦难，书写女性对苦难的承受正是见证大地的厚重。因此，女性越是写得活灵活现，大地哲学也就越是表现得惟妙惟肖。在叶炜的文学世界中，大地和女性是二而一、一而二的存在。

当然，叶炜的大地哲学还包含着宽容，以及从宽容而来的最终的和解。在叶炜的三部曲中，充满了苦难、暴力与野蛮，但是无一例外地在宽容之中达成了和解，不是和敌人达成了和解，而是和生活达成了和解。无论如何，总是要活下去的，对于生存的坚守，恰恰是和解的基础，也是宽容的源泉。自然，这种宽容里充满了一种大地的浑厚情怀，正如大地面临人类无限制的攫取时所表现出来的慷慨与大度。在人事的世界中所有的仇恨敌对、愤懑诋毁，都最终让位于宽容及其所带来的效果——和解。这其中，与生活达成和解的前提就是以宽容来对待人事的纠葛，采取了一种以德报怨的方式化解怨仇的戾气，从而在暴力、野蛮和戕害面前保持着麻庄人最饱满的状态。也有报复，然而所有的报复看上去只不过是一次荒诞不经的对于尊严的捍卫，比如《富矿》中六小得知女儿被矿工诱奸之后的发泄式疯狂报复，《福地》中老万将陆小虎关在地窖中的小小警告与惩罚，以及《后土》里王忠厚对强奸者的杀生报复。然而所有的报复最终都被一一化解：六小坐牢，王忠厚被判死刑，老万更是动了恻隐之心救了陆小虎。

但是恰恰是这种处理方式的存在，彰显了一种宽容的精神，这宽容里有着对等原则的作用，也更有着包容心的呈现。这里，宽容并非只是来自作品中人物的行为及其效用，更来自叶炜关照人事的方式及其所采取的态度。《后土》中一直存在着一条主线——报复书记王远。曹东风联合刘青松，收集证据、寻找证人、编写资料、暗中互动等等，却终究在最后服从了乡土中国的伦理原则，以宽容饶恕王书记的种种罪恶，包括奸淫麻庄妇女、贪污腐败等。宽容的起因是王远救了刘青松的女儿——这个女儿也是宽容的结果，超生的孩子在乡村的处事逻辑中变成了合法的。这仿佛是说，宽容中有着情大于法的基础，虽然也存在着法不容情的判决。乡村的处事原则占据着绝对的地位，恰是这一点让叶炜的作品中充满了浓浓的乡愁，因为伴随着现代性而来的不仅仅是物质的转变，还有法律的理性精神等。事实上，在处理法律的权威过程中，叶炜也采取了妥协的方式，让情感接受理性的管制，但是最终的结局却是与生活的和解。在《富矿》的结尾处，叶炜这样处理了麻姑、六小和笨妮的故事："她听出来了，那一声吆喝不是别人，是六小！这声音她太熟悉了！六小出狱了！……豆子长到一岁的时候，笨妮也出狱了。麻姑和老来让豆子认六小和笨妮做了干爹干娘，两家来往逐渐又稠密了起来。"[1] 这种生活的和解让人看到了乡土中国的大地哲学之精神，那就是承纳一切，有美也有丑，有善也有恶。在这一点上，许道军认为叶炜的作品"没有脱离政治，但这个政治是农民与土地结合的政治，是乡村自己

---

[1] 叶炜：《富矿》，西安交通大学出版社，2010 年版，第 265—266 页。

的政治”[1]。这种属于“乡村自己的政治”就是乡土中国的处事原则——建立在宽容之上的和解。这就是叶炜在“乡土中国三部曲”中一再强调的大地哲学。

四、一些余思

在1950年代生的作家们之后，甚至是在1960年代生的作家们之后，书写乡土中国的爱恨情仇、酸甜苦辣、悲欢离合与生离死别，一般而言是比较吃亏的。乡土中国犹如一座矿藏，在经过一代代作家的开采与挖掘之后，可资利用的东西已经变得越来越少，无论是题材的选择还是主题的开掘，无论是思想的传达还是现实的描摹，甚至是人物形象的塑造与故事情节的编排，都已经显示出它的贫瘠与荒凉来。后代的作家们再要来这座矿藏中试图寻觅金银财宝，似乎只剩下两条路可以走：其一，拾人牙慧，将陈旧的故事再一次用别样的语言讲述一次；其二，另辟蹊径，将有限的矿藏作无限的沉思，且将沉思作为矿藏别样的丰富展示出来。然而无论哪一种，在当下的时代中几乎都难以取得理想的效果，这不仅仅是考验作家的写作能力与沉思的深度，其实也是对当下阅读境况的拷问。已经在乡土中国矿藏的哺育下成长起来的人们，对自己早已烂熟于心的故事产生了厌倦的情绪，在他们触手可及的地方再增加一两部类似的小说只能让他们烦上加烦，而很难调动他们别样的感知味蕾，在一日三餐的重复中吃出别样的

[1] 许道军：《乡村生活的自我呈现——评长篇小说〈后土〉》，《百家评论》，2015年第4期。

滋味来。这正是叶炜这一代作家所处的尴尬境地，也是他们必须面临的挑战——前有虎狼，后有小鬼，不是围追堵截，而是无路可走。如何劈开前进的光明大道，成为他们思考的核心问题。要么架起彩虹，在天上再造人间的桥梁，安全倒是安全却又失之于不接地气，乡土中国的泥土气息便消失殆尽；要么掘地三尺，营建地下通道，虽能够避开豺狼的追逐，却不一定能够抵挡小鬼的侵扰。而叶炜选择的则是第三条道路：依靠土地，拓展属于大地的精彩世界，在同中求异，在异中求新，在新中求奇。

认为在前代作家的写作阴影中再难开掘出新的矿藏，实际上是建立在对阅读感知的判断基础之上的。只要是对当代中国文学稍有了解与阅读经验的人，都会在阅读叶炜的“乡土中国三部曲”中感受到似曾相识的感觉。《福地》总是牵连着阅读者关于《白鹿原》的阅读经验，肯定不能说《福地》是对《白鹿原》的模仿，但是那种类似的题材、故事却让阅读者不得不将两者联系起来。《富矿》又和刘庆邦的许多小说如《神木》等自然地关联了起来，虽然所书写的故事不尽相同，所传达的意图也迥然有别。《后土》和寒川子的《四棵杨》几乎又是同一类的故事，连叙述架构都有些相似，同样是两个男人作为主角为着乡村而努力奔波，同样是男女间的性事作为叙述的重要构成，且都有一个男主人公出轨的故事。实际上我不知道叶炜有没有读过这些小说，是否受到了这些作品的影响。但是一个显见的事实是，并非模仿或者说影响导致了叶炜书写上的类同，而是乡土中国可待开采的故事实在有限，叶炜一代作家再写同类的作品，吃亏自然是显而易见的了。其实，他们吃亏的同时，也造就了他们的独特。

要说叶炜的“乡土中国三部曲”与上面所提到的作品有着类似的地方，确实是不可否认的事实——毕竟是乡村，且都是中国的乡村，类似的地方肯定不在少数。然而需要从中看到的是，它们之间的差异实在是巨大，甚至是根本性的反转与颠覆。1950年代作家（包括1960年代作家）虽然写作的多是属于乡土文学概念范畴的作品，然而在他们那里，对乡土的态度是“征用”，而非回归。在《白鹿原》中，那一片土地的存在只是为了上演中国历史上的重要事件，是为了书写历史而寻找的一块表演的场地而已。扉页上“民族秘史”的宣称，将这一点展露无遗。路遥、贾平凹、莫言甚至余华、苏童等，他们的“乡土”基本上都是被征用的，只是被临时借用来作为故事发生的场地，却很少顾及乡土本身所具有的意义。或者说，他们的目的不在乡土，而在乡土之外的“思想”。不同于此，叶炜是反其道而行之的，是借用这些外在的东西来表达乡土本身。叶炜是在这些故事中，让乡土本身的意义呈现出来，借助外在的事件作为观看的角度层层累积着乡土的独特性。在《福地》中，晚清历史、辛亥革命、土匪杀戮、国共争斗、抗日战争、建国运动等，都是为了彰显麻庄这一片土地的伟大与神圣而被叶炜征用来的。他的着眼点在乡土，而不是这些历史事件，历史事件的征用只为了反衬乡土的伟大——对苦难的承担、对生命的守护、对信仰的不离不弃的坚守等。实际上，就像前面所分析的一样，《富矿》中的煤矿只不过是乡土的反衬，或者说叶炜借用煤矿来给乡土提出拷问；《后土》中的乡村政治学只不过是展现乡土浑厚的品格的。这种反转与颠覆不管是刻意为之还是无意为之，总之都把叶炜的乡土写作以别具一格的方式与此前作家们的创作区分了开来。叶炜的小说是真正的“乡土哲学”的小说，其中深埋着他对土地的眷恋，对大地的敬畏与虔诚。可以说，叶炜的“乡土中国三部曲”是从乡土到乡土的小说，而前辈作家的小说则大多是从乡土生发出的小说。前者是乡土的忠实捍卫者，后者则是借用乡土的过路人。也正是在这样一种情况下，我们不禁要略带感伤地追问，在当下乡土中国逐渐消逝的时代里，我们该如何书写乡土的故事与传说？叶炜的书写肯定不是发端，但也绝不是探索的终点。

2015.12.4 人大图书馆圆桌

2015.12.7 再改

《陌上》诗论

阅《陌上》

妇人荫下说芳村，
挑眉覆目羞愧人。
三春桃红泛腮上，
是非说破语频频。

丁酉年己酉月丁未日　人图·恭己轩

新乡土的妆容术
——读付秀莹《陌上》[1]

套用付秀莹的一句话，作为开场：《陌上》这部小说，怎么说呢，娟秀清丽，淡雅素净，若青花瓷器，不待日照，自有光泽，读之觉熠熠生辉，别是一幅笔墨。可这么一部工整的小说，同样存在不少溢出文本之外的杂音，说是也是，说非也非。甚而，可以将之界定为一部“碎语录”，鸡零狗碎，泼洒一地，拎不起也抹不掉，絮絮叨叨、啰哩啰唆——可这，不正是芳村人的日子么？

一、说文体和结构

现代文学以来，废名用唐人绝句的方式来经营小说书写，继而有沈从文的“别一种话语”续之，汪曾祺又接过老师的衣钵，把这种清新隽永、典雅素朴的文体风格挪移到了当代文学，成一时之风。孙犁虽与废名、沈从文等并无师承关系，却以同样的话

[1] 本文发表于《文学报》2017 年 2 月 23 日“新批评”栏目，名为《〈陌上〉：新乡土的妆容术》，收入本书时有较大修改。

语列身当代文坛，迥异于宏大叙事的文体风格，合流于汪曾祺的一脉。然而这条文脉，自孙犁逝世以后，鲜有人能继承之，别说创新，就是模仿也几近于绝迹。大有武功秘籍毁于一旦的忧虞，不禁让人为之捏一把汗。付秀莹的《陌上》一出，让人眼前为之一亮，种种担忧瞬间烟消云散，失传已久的武功绝学，并未散佚江湖。

阅读《陌上》最大的感触，便是扑面而来的文体风格——语言细腻简洁，叙述不急不慢，张弛有度，人是一般样的人，事是一般样的事，泼泼洒洒地就染出了乡村的人情世态，极简又极深刻，其中婉转曲折处，竟有说不完的委屈和怨恨、情思和风神，一一点缀其间，如田野的野花，随意撒在青草中，不争不抢，却天然成趣。翻开小说，随意就能捡拾到这样一片真贝树叶：

> 晚春初夏，乡下的黄昏来得渐渐晚了些。夕阳把西天染成深深浅浅的颜色，粉紫，金红，浅妃，淡金——麦田里腾起一片淡淡的雾霭，有蜻蜓在草棵子里高高下下地飞，振动着淡绿的透明的翅膀，嘤嘤嗡嗡，也不知在唱什么。香罗把车开得很慢，心里琢磨着娘家那一箩筐破事儿。

整个小说叙述的语调是淡定的、从容的，不慌不忙，徐徐道来。而恰是在那些“破事儿”上，付秀莹把笔墨点染，以乡村的“是非”作为切入口，来窥探乡土的现状及其历史变化，以及乡民们的人心与本性。在这种独特的叙述方式中，长句子与短句子交叉，形容词与实体词互动，工笔描写有之，写意挥洒有之，乡人土语亦有之，呈现出错落有致，杂而不乱的文体特征。读来顿觉清风徐来，水波不兴，淡而有味，轻而惬意，反倒生出一种舒徐自在来，比起那些滞重峻急、当头棒喝的文字来，效果百倍。

一个有意思的文学史现象是，操这一套文学笔墨的大师们，好像都没有写出如此规模的长篇小说来。废名的《桥》堪称巨制，却也只是一个中篇的规模；沈从文的《边城》亦是中篇规模，《长河》虽说是长篇但终究没有完成；汪曾祺就不用说了，中篇都很少；孙犁呢，也是如此，几十万字的长篇竟绝迹于其笔下。我想说的一个事实是，这些文学大师们之所以没有写长篇，原因就在于——唐人绝句有写上千行的么？顶多七言绝句，也就二十八个字而已。这种文体更强调一种意境的达成，重在造意象而抒写意境，其长处却不在叙事，尤其是泼洒一地的“是非”与“破事儿”。付秀莹的优势在于用了这样一套笔墨，写出如此精妙的文字。但同样地，其缺憾恰在于，把这一套笔墨挥舞得太久太长，反生出一种审美疲劳，冗长、填充过满，拉拉杂杂。付秀莹大胆地尝试了一番，精神可贵，但确也误入歧途，把自己给带进了无底洞中。所谓“水能载舟，亦能覆舟”，大概就是这个意思。

好在付秀莹有自觉，用了十分巧妙的结构，把这种劣势巧妙地弥补了回来，便形成了细水长流的阅读效果，那文体的新鲜与精妙，也才能得以保存。《陌上》的结构十分独特，新颖又不失规矩，规矩中也有独创。我尝试着将这种结构命名为“村庄列传体”或“乡土列传体”——倘若一个读者要进入芳村，进去的道路是十分多样的，选择任何一条进去，都能够到达芳村，且路途之上也撒散着芳村人，他们的脾性、民风、故事，也都能得以彰显。

小说中，每一章都是芳村一个或几个人物的列传，各个列传之间又在时间和空间的同一性中，有了交叉和相互的牵连，从而形成一个整体，构成了一部芳村的当代史。如此，便有了《史记》的笔法和韵致，自成一体，十分难得。

但我个人觉得，在这些“村庄列传体”的结构方式中，付秀莹处理起来有些繁杂。这些单独的列传独立出来，都可谓是绝妙的中短篇，以芳村的名义聚集在一起构成长篇的规模，就显出它的重复、繁沓来。从分割的眼光来看，写得最好的章节，基本上都是“中年妇女列传”，比如《翠台打了个寒噤》《小鸾是个巧人儿》《臭菊成了儿媳妇迷》《月亮走，喜针也走》等。这些章节中，不协调的杂音时常出现，比如《大全大全》和《银栓把短信发错了》两章，放入整个小说中略显扎眼，写得峻急凌厉，显出浮躁不安来，与整个文本的从容淡定的叙述风格，很不匹配。这两章的加入，是要给芳村的男人们写一个“须眉列传”，用意极好，但处理得有点儿过于毛糙。且这“须眉列传”中只写了得势的男人，以及他们对女人和金钱的占有，却不写“去势”的男人卑微而略显猥琐的一面，显出一种缺憾来。

二、说故事和人物

《陌上》所处理的，正是城镇化时代的乡村故事，以及穿行于乡村的各色人物所经历的城镇化生活。但是付秀莹写来，却并不看重“故事”，而是把乡村进行还原，以是非写人物，以人物显乡村，以乡村绘生活。所以整个《陌上》没有一个完整的故事线索，但是牵牵扯扯，纠纠缠缠，似乎也能够理出一个完整的故事来。但付秀莹的意思显然并不在此，她更喜欢芳村妇女们的日常——碎嘴的婆子们东家长西家短地不停唠叨着，走门串户地迎来送往取代了惊心动魄的大事件，男男女女的偷情、苟且与床笫之事也稀松平常如喝稀粥。与其说付秀莹在《陌上》中讲述故事，不如说她更愿意在小说中“重新活过一回”，拉开架势，备好茶水，坐在板凳上，“搬弄一场又一场芳村的是非”。写“是非”而非写“故事”，正是《陌上》的绝妙之处，所以整个小说写得散乱，话头芜杂丛出，东拉一句，西扯一出，泼洒一地。这正如一群妇女，麻雀一样叽叽喳喳，说个不停，没头没尾。恰用了这种方式，付秀莹最为逼真地还原了乡村生活的真实一面，妯娌之间的不对付、夫妻间的床帏夜话、鸡毛蒜皮、女人间的争风吃醋、老人间的你攀我比……写来竟不知付秀莹是在叙述什么故事，但那是非的感觉里，却处处刻骨铭心地传达了乡村生活的鸡零狗碎——没有一个完整的故事，却处处又都是故事。女人水性杨花专门偷汉子啦，丈夫属猫外出偷腥而一番吵闹啦，谁家闺女早恋一不小心未婚先孕啦，半老徐娘风韵犹存出去勾搭汉子啦，爹娘操心着孩子们的婚事借钱盖房买车啦……按照陈旧的小说观念，这似乎绝不是小说的叙述套路，但付秀莹却将之装入芳村，一一道来——真真一部“妇女碎语录”。

碎而不散，又是《陌上》的另一绝妙处，深究付秀莹的法宝，不是其他，正是书中俱有音容笑貌的人物。付秀莹善于写女性，尤其善于写中年妇女们的心态、灵魂。这里有翠台那样当了婆婆却颇能忍耐又心高气傲的女人，也有香罗那样恨男人不争气而开发廊傍大款的女人，更有心灵手巧却倍觉委屈地服侍他人的小鸾。我总以为，塑造得最好的既不是翠台，也不是香罗等一干芳村女人，而是臭菊。《臭菊成了儿媳妇迷》应该是《陌上》一书中写得最到位又最深刻的一部分。在这一章中，付秀莹要言不烦，直指人心，把一个乡村中年妇女的本性全盘托出，又那么自然而然。表面上和对门的银花客客气气，心里面又是吃醋，又是羡慕，又是恨，这种种情绪里还有一点点巴结的意思。想要去找银花算命，又碍于面子，打心眼儿里不想去。不去却又操心儿子的婚事不得不去，在一种扭拧、爱恨交织的矛盾心理中，小说把一个乡村妇女写得活灵活现。自己的种种心中愤恨，无法抒怀，只得一股脑地全部抛洒在男人身上，埋怨男人的无能，哭叹自己的命苦，为儿子们的婚事操碎心，还得承担一日三餐照顾家里男人们嘴巴的任务……她的可怜可悲在于她的生活处境所造就的内心痛苦，她的可爱可恨却在于她不能自知而无法走出。在芳村这么大的地方，她除了在内心里愤恨一番，又能如何呢？心里对银花吐着唾沫，面子上还得说笑着，心里又想着银花能送给她的吃食、衣物等——付秀莹全然不动声色，把一个命运悲苦的女人写得如此丰满，果然笔力不凡，直透纸背。

《陌上》对男性的塑造多少有些显得单一而沉闷。这些男人统共就两种角色，一种是根生这样的男人，没有本事，窝在芳村，也挣不下钱，让女人们操持着生活甚至出去卖身，她们在村子里偷汉子他们也装作看不见，几近于龌龊了。一种是大全、建信这样的男人，有权有势，敢闯敢干，又无一例外都喜欢偷腥。读来便觉这过于脸谱化的描写，实在是有些和整个小说不够协调。就是女人们，也同样很难见出她们的不同来——清一色对这个不满、对那个又不情不愿的，成天价争风吃醋、搬弄是非，且无一例外脾气暴躁、怨恨满满、心烦意乱，她们中的大多数都是吵嘴的能手，都是“是非”的主角、旁观者和传播者。虽然搬弄是非就是她们的日常生活，但千人一面的搬弄是非，读来也颇觉乏味无聊——此一是非，彼一是非，毕竟是不同的，进入的路径也应该是迥异的，但脸谱化的她们却“就是非而是非”了。某种程度上，脸谱化的倾向，妨碍了小说在写人物上取得更高成就。

三、说意境与气韵

在说过文体和结构、故事和人物之后，还需从意境和气韵的角度，来剖析一下《陌上》。这就需要考虑一个古老的文学写作问题——内容与形式的谐和问题。在废名、沈从文、汪曾祺及孙犁等的作品中，之所以出现那种独特的文体风貌，清丽婉约、典雅精致又不失乡村风格，是因为他们的作品都在努力将残忍取了悲悯的态度来看，将现实取了诗意的笔调来写，将破败与坍圮做了浪漫化的处理，因此整个小说就显示出一种空灵飘逸的意境来——温婉且带着宽容，淡泊里见出智慧，平凡中透出机智，大有一种历经风雨之后的从容和淡定，虽不至于超然物外，也绝对是顿悟之后的明静。沈从文非用这种文体，不能表现翠翠的豆蔻年华及其羞涩又带着感伤的爱情；汪曾祺不用这种文体就无法展现明海与小英子的恋情，也无法用淡然与超迈的笔调去写十一子的悲剧故事；孙犁不用这一套笔墨，庄子里女人的特征就无法彰显，水生嫂的温柔与女性之美以及白洋淀的女人们的独特性就难以凸出。对于他们而言，非用这种文体不能把整个小说的意境体现出来，非如此小说的内容与文体特征就无法完美配合，进而形成相得益彰的效果，也无法呈现出一种淡雅素朴、空灵飘逸的气韵来，独树一帜，出语不凡。但付秀莹所选取的则是当下乡村的现实，尤其是女人们口中的“是非”，那么这种清丽婉约、典雅精致的文体风貌，适不适合这种鸡零狗碎的现实乡村生活呢？这颇是一个问题。就整个叙事的格调上而言，付秀莹无疑玩了一回“新乡土的妆容术”。她精心地为乡土那泼洒一地的是非生活进行了梳妆打扮，先是捯饬化妆水、乳液、精华，接着再折腾防晒霜、隔离、粉底，然后再画眉、描眼线、刷眼影、打腮红，最后涂口红、挽发髻、搭配穿衣……然而在文体上无论如何打扮，那底子上不美的容貌，也还是难以彰显出美人气质来，反而让人觉得有些不伦不类。该是本分的，偏走了时尚流行的路线；该时尚流行的，偏又要起本分来。于此，小说的整个意境就无法体现出来，那气韵也就被淹没在是是非非的无端争吵中。绝妙的言辞、清丽的文风，就被鸡零狗碎、泼洒一地的生活，搅和成了难以分辨的样貌，大有一种妆容遭遇了泪流如泉涌之后的凌乱与破败。

本来，按照写作的追求而言，把这些鸡零狗碎的生活往诗意里去写，看透之后的从容与悲悯全部放入爱的眼光之中，这一套文体风貌的特征足可以写出它独有的意境和气韵。但付秀莹偏要用一套诗意的言说方式，把鸡零狗碎的生活往现实里写，揭示当下乡村生活的本质化存在，就有些背离了这种文体风貌的追求方向，自然也就消解了它的意境和气韵，成了我们看到的妆容被哭花了之后的狼狈。在小说中，这种背离很明显地表现在风习景物描写的诗意化和日常生活描写的现实化之间所形成的难以调和的矛盾张力上。正在说院子里种的菜，语言全是诗意的，一转镜头就出现了骂街、争吵或夫妻间的碎嘴，就显得这一套话语要往西走，付秀莹偏牵着套绳把它往东拽。有些别扭，不适应。当然，《陌上》无疑是一次大胆的探索，虽很难说取得了巨大的成功，但绝不是一部水平之下的小说。

《棘》诗论

阅《棘》后寄左小词

地贫山秀镌碧女，
泼墨洒脱传新曲。
俗世常窥红颜老，
面湿泪浓琢美玉。

戊戌年庚申月丙申日　京城·拭镜居

今天我们如何写女性
——左小词《棘》阅读随笔[1]

鲁迅在一篇名为《我们现在怎样做父亲》的杂文中，提出身为父亲应该给下一代更宽广的道路，去除父权加在孩子身上的种种桎梏，革命应该从父亲着手才有希望等观念。借用这种说法，在当下的文坛中，我们同样可以追问：今天，我们如何写女性？在出版了《下一个天亮》《我的名字叫蓝》等青春文学作品，随即转战电影拍摄了短片《会飞的父亲》后，左小词时隔多年又重操文学，创作了《棘》这部小说，带着全新的文学气息，丰富了当下女性写作的格局，也给“今天我们如何写女性”这一问题带来了尝试性的回答：女性写作倘若是一场革命，革命当从女性本身开始！

一、文学、女性经验及其他

新时期文学以来，女性写作特别强调自我经验的加入，限于

[1] 本文发表于《新文学评论》2019 年第 2 期。

狭小的一隅。较为典型的如张洁、戴厚英等，基本上是写自己的生活，用等同于实录性质的自叙传方式，经营文学故事。张洁的《爱，是不能忘记的》《方舟》《祖母绿》乃至于后来的《无字》，倘若做一篇文学源流考的文章，能把张洁的个人历史与文本做相当程度的勾连；戴厚英的《诗人之死》自不必说，几乎等于自传，把她与闻捷相识、相恋到最后闻捷自杀的整个过程，连场景都惊人地搬到了小说中。她的《人啊，人！》也同样如此，大学圈子里的清算历史、赵振环的忏悔、何荆夫的长城脚下等，都是她周身的遭际与生活的另一种转化。对作家而言，私人经验是写作的源泉自然没有争议，但一味地把自我经验移植入小说文本中，虽也无妨，但总显得格局较小，多少不出梦呓或自语，把握重大题材的能力显得十分有限。能较为宏观地处理私人经验的，新时期以来的作家中，一个是铁凝，另一个是王安忆。铁凝的阔大格局得益于她对历史的书写，《笨花》可谓是这种写作的代表；王安忆则气象比较大，对女性的关注所取的角度比较高远，《长恨歌》自不必说，就是后来的《叔叔的故事》《纪实与虚构》和《天香》等，有些尽管仍限于女性题材的范围，但反思的深度、哲思的深邃等，都使得这些作品别具一格。当然，她们的女性特质都很明显，一般是细腻、小儿女的情怀在修辞的表达，以及在女性命运关注上对自身的倾斜。到了“70后”与“80后”的女性写作，女性私人经验的凸显则更为明显，一般彰显为对成长的关注、青春感伤气息的渲染以及性爱故事的留恋。现代、都市、情爱等成为理解女性写作的关键词与不二法门，也标志着女性书写的呆板与僵硬化。

左小词的《棘》初看上去，颇有令人耳目一新的感觉。小说仍旧处理女性经验，而且带有很浓的切身性——女性成长过程中的羁绊、危机四伏的生活周遭、女性婚恋的种种悲苦、来自男性的猥琐目光与暴力倾向……可以说，女性写作的要素左小词几乎一个不落地带进了《棘》中。但作为女性写作的新尝试，《棘》还是散发着别样的清新，为女性写作开辟出了新的路径。仔细分析文本，这主要得益于在对女性经验进行书写的过程中，在两方面的所进行的苦心经营。

对女性自我经验的陌生化处理，是左小词找到女性书写新途径的法宝之一。《棘》这部小说中，围绕着映山组织起了几个女性人物形象，她们可以分为三代人：画四娘、于喜楼等是老一代的女性，她们谨慎、警惕还充满了防范意识，实践证明她们的这种心理和行为，的确成功地保护了脆弱的女性；宋结衣、于秋茧等是第二代的女性，她们新潮而大胆，对外在世界充满了好奇心而意欲冲出旧生活的封锁，但基本上都遭遇了失败，这失败便指向了女性悲苦的命运之一种；映山、姜玉玉等是新一代的女性，她们的成长和生活充满了复杂纠葛的力量，萦绕在她们周围挥之不去，使之显示出女性生活的挣扎、摆脱的一面。但在小说中，核心线索则是雾云村的几个年龄较大的女性如画四娘、于喜楼，甚至是葵哑巴等，保护被认为是傻子的映山，陪伴着映山成长的故事。在这一过程中，她们对映山所付出的关切与爱，始终带有一种母性和反思性，在看上去摒弃了男女欢爱之后，左小词选择了“女性的自爱”。母性自不必说，已经是女性写作中常写常新的话题，关键在于左小词对这一爱的反思性的表达，及对其来源的探究。画四娘、于喜楼们对女性命运的感同身受，或者说切肤之痛，构成了她们爱映山、让这个痴傻的女孩子不受到外界伤害的重要缘由，这实际上是对女性悲苦、不幸的命运进行了一次提请。在她们的理解中，女性是弱势群体，易受伤害，尤其是像映山这样的女性，在她身上，女性的悲苦不幸被放大，进而被凸显。文学史上不乏写傻女不明就里的怀孕故事，便是女性悲苦命运的明证之一。“反思性的爱”，就带着警惕、敏感和防卫，让左小词的叙述洒满悲剧的色彩，让她在处理女性经验的同时，用映山、画四娘、于喜楼、葵哑巴等将私人经验陌生化，从而摆脱了一己的慨叹与愤懑、幽怨与暴戾。

与此同时，左小词让自己的私人经验成功地汇合到了现实和历史之中，也是保证《棘》在女性写作上保持别开生面的重要方式。小说所处理的既是乡土的现实经验，即乡土的凋敝与荒芜，也带着历史的影子，即作为历史沉渣的巫术的魅影重现。但不管是乡土写作还是历史的沉渣巫术，实际上都是左小词拿来为我所用的障眼法，她的本意既不是要处理乡土的现实命运关怀，也不是要在历史的沉渣中重弹魔幻现实主义的老调，让文学召唤出通灵的神奇与巫术的鬼魅，而是借此来书写女性及其命运，书写她们的悲苦与不幸生活。恰如此，女性的自我经验便在对现实的反思上，显示出一种对女性命运的深沉关切，与痛及灵魂的揭示，如葵哑巴的独身和她的被绕绕羞辱和强奸未遂，比如社会对宋结衣风流韵事的流言蜚语，再比如于喜楼的单身守寡的事实等。画四娘无奈，只能用通灵、巫术来武装映山，把女性放置在一个比较历史的位置上，即女性千古以来要么作为第二性，成为女人意味着成为男人的附庸，成为受害者。要么就成为第三种人——阴阳人，只有在通灵、巫术的幌子下，她们才会获得神圣的地位，是受尊重的群体，因此才会有安全的生活。现实镜像中女性的悲苦命运历历在目，在乡土题材的书写上，左小词显得得心应手，悄无声息地把女性置于这一故事的背景下来展览她们的生活遭际，自不待言地把女性伤痕展露出来。于是，这种既成的事实迫使对女性带着反思性的爱的老一辈女性们，不得不选择“装神弄鬼”的“历史把戏”，召唤回“历史的沉渣”，以“封建迷信”的愚昧、落后与无知，从而获得作为人的尊严，想来都是令人唏嘘感慨的。但获得尊重的同时，她们可悲地发现，这一历史的把戏恰好让她们也被定性为反文明的、背离启蒙的现代性追求方向的“疯女人”形象。

于此，左小词找到了女性写作的两个“障眼法”，也就给女性的悲苦命运披上了乡土与历史的双重外衣，看上去偏离了主题，却恰好在这两件外衣的内里，包裹着伤痕未愈的身体和它痛苦的灵魂。因此，从历史到当下，乡土和巫术所摆置的女性形象，都无疑指向了一个事实：女性不幸、悲苦的命运。

二、成为女人意味着什么？

正是奠基于乡土和巫术两个障眼法所揭示的女性不幸、悲苦的命运，左小词的《棘》实际上是在追问一个深沉而带有自噬其身意味的命题，即：成为一个女人到底意味着什么？在整个小说中，左小词以章节的形式分别书写了映山、葵哑巴、于秋茧、画四娘、姜玉玉、徐徐、柳叶黄、张黍等八位女性，全书则写了十几位经历不同的女性，她们或者独守闺房成为老姑娘，却要面对公猪配种的尴尬场面、强奸、家人的指责（葵哑巴）；或者在男人间流连忘返，委身于几个不同的男人而导致男人间的争夺与凶杀，产下父亲不知为谁的婴儿后，只生不养，消失无踪（宋结衣）；或者丈夫一去不返，年轻守寡直至终老，守着岁月熬白了头，坚贞壮烈而悲苦一生（于喜楼）；或者追求梦想，闯荡江湖而后跳崖自尽，梦的破灭宣告了她们命运的必然（姜玉玉）；又或者费尽心力为子孙操劳，为着生为女人的苦痛而绞尽脑汁，欲挣脱女性悲苦泥潭的生活而不得，以至于装神弄鬼糊弄世人终究难逃被指责的命运（画四娘）；或者试图从男人手中夺取家庭的权力，渴求生育却不得，想尽方法最终又落入自己所设计的圈套中，从而痛苦绝望（张黍）……《棘》就像用女性命运编织的一张生活之网，网的中心则是一个反成长、反女性身份认同的映山。

对于映山而言，生为女人意味着必须回答“成为女人意味着什么”这一问题。很显然，成为女人意味着不仅从生理上即身体的角度成为一个女人，也意味着从心理上即社会化和身份认同的角度成为一个女人。对于前一个方面来说，身体是成为女人的关键，这也是一般女性写作所关注的核心。成长发育、胸部的明显性征、月经初潮和大姨妈的烦心事儿、男女身体的激情碰撞、恋爱与失恋的伤心往事……这些女性写作所津津乐道的话题无一不被拿来作为文学文本的取材。在女性写作的大多数范例中，尤其是“80后”的女性写作，成为女人具有仪式感的画面往往被定格为乳房的胀大和月经初潮的到来，如顾拜妮《请你掀我的裙摆》中对阳具的崇拜和对月经初潮的大篇幅渲染。但在《棘》中，映山的成长恰恰是反性别的，或者说是反成长的，亦即意味着这是“反生理性的”女性故事。因为是一个呆傻的女孩，画四娘出于对十分容易受到侵害的外孙女映山的保护，强行地规训她“成为一个女男人”——让她站着撒尿忍受尿湿裤子的痛苦，给她裹上紧箍的绷带阻止她胸部的发育，要她出门在外表现男性的行为和言语方式……强硬的阻碍成长发育的手段实际上是深谙了“成为一个女人意味着什么”这一问题的答案后所做出的无奈选择，但映山终究是一个女人，画四娘的规训中不得不加上一条：不能在公众面前大小便，不能裸露身体，不能随意与他人身体接触……生理上反性别的规训最终仍旧屈服于生理性的成长，映山毕竟仍旧被装置在一个女人的身体躯壳中，她终究要“成为一个女人”。

这种生理上的逆女性化的规训行为，也同时阻断着映山成为一个女人的社会化历程，规训她建立男性的身份认同。为了更好地掩护反性别的种种规训行为，使之不受伤害、不被识破，画四娘找来了通灵的巫术作为幌子，从而把映山塑造为一个“天地万物之子”的形象，外界便不敢轻易地触犯神灵在人间的化身，看上去是极为成功的一招。但映山的社会化和女性身份认同的建立却并未由此停止——她钟情于葵哑巴鲜艳的衣服以及衣服上各色的花朵；她对鲜花、鸟鸣有着天然的喜爱……尽管她留长发、扎辫子、穿裙子等一般性的社会化身份认同被阻断，她天性中成为一个女人的社会化行为却不曾缺失。她和葵哑巴之间的感情在外人看来是男欢女爱的一种，实则是姐妹情深的典范，她贪婪地吸吮着葵哑巴丰盈而饱满的乳房，却不是男人对女人的猥亵与淫邪的动作，而是通过葵哑巴建立自我的身份认同。“成为一个女人”不管意味着什么，哪怕是刀山火海、豺狼虎豹，“女人终将还是女人”的魔咒是任何一个女性都无法回避的命运，不管是从生理上阻碍身体的成长发育，还是从心理上杜绝性别身份认同，最终都不得不接受成为女人的命运。

颇为吊诡的是，映山成为一个女人的仪式感画面，既不是胸部的逐渐膨大，也不是月经初潮的到来，而是一个近乎荒诞而悖谬的关于成为一个女人意味着什么的不可避免的回答——张黍为了给女人争得一个强势的地位，想方设法在生育无能的丈夫之外获得生育的可能。她听从了“半仙”的建议，试图与“阴阳人”媾和来获得历代正史中皇帝出生的神奇经历，不管是感天光而生还是与龙交合而诞，张黍的天地里她只能依赖“阴阳人”映山。这个被看成是在男性和女性之外“第三性”的带着巫术魔力的孩子，被张黍下了安眠药后失去意识，在一件件脱去了披在身上“逆女性化”的规训和巫术外衣后，露出了真实的女性身体特征，她光滑而富有弹性的胸部和她两腿之间的隐秘之处暴露了画四娘全部的谎言与诡计，映山不得不接受成为一个女人的事实。一个女人在渴望成为女人的过程中，揭穿了另一个女人抗拒成为女人的秘密后，迫使这个女人不得不成为一个女人，这种残酷的事实摆置出女性悲苦与不幸的命运的同时，也宣告了成为一个女人的无奈。左小词的笔力到底老道又毒辣，让左闪右躲、心存幻想的女人彻底绝望，而关于“成为一个女人意味着什么”的追问，再一次迫近她们，女人始终是女人的命运几乎截断了女性全部的退路，前途则只有悲苦与不幸的生活，舍此无他。女性几乎掉进了一个绝望的深井，永世不得超生。这是女性的绝望，也恰好是左小词的绝望。《棘》的荆棘意象，再一次昭示了左小词的用心：向外伸展的刺，张牙舞爪地努力保护着柔弱的身体。这无异于给女性一个最绝妙的比喻和象征。

三、在结构与语言之间

以映山为中心编织的这张布满了荆棘的“女性之网”，就意味着左小词必须找到一个适恰的结构来承载这种叙事意图。她最终找到了呈现于《棘》中的各个凸显的结构，类似于“第一人称交替叙事”的模式。小说的第一章以映山作为这张小说网络的核心，像拎渔网一样渐次把网捞上的“女性之鱼”提出水面，于是各个章节之间的关系就类似于挣扎于网上的鱼一样，挣扎的方式不同，但最终的命运都一样：女为鱼肉，男为刀俎，女性任由捕杀宰割，煎炸炖炒蒸煮！或许这种理解过于片面，但在充满荆棘的成长之路上，化身为荆棘的女性能在多大程度上来保护自我，是一个存疑的问题。因此，小说的结构就显得颇为紧凑合理——“成为一个女人意味着什么”是拷问映山的中心议题，也是画四娘早就了然于胸的不是问题的问题，同样是所有女性不得不细思量的问题。在小说中，仿佛是为了警示映山，被塑造的种种围绕着她而出现的女性形象，就成为向她提供这一问题的各种答案版本的注脚，仿佛在告诉映山，成为一个女人就意味着像她们一样经历着种种苦痛的人生。作为老姑娘的葵哑巴、身为风流女的淫荡宋结衣、守寡终老的于喜楼、追梦不得而后死的姜玉玉、设法自保而终未能自保的姥姥画四娘、因生育而害人终究害己的张黍、戕害女性而又被害的酱羊……在成为一个女人的道路上，这么多活色生香的前车之鉴无异于在警告映山，生为女人的不幸与悲苦，构成她逆性别化的反成长之路的各种缘由。如此，小说各章的结构虽然略显松散，但从映山这一角度而言，则像是水车一样，一个毂统领着众多的竹筒引流到沟渠之中，也有一种万川归海的意思：所有的女人都是万川，最终归入成为女人之海。

但比较令人费思量的是，小说的十个章节中，八个以女性人物为中心命名了其中八章的名称，还有两章竟然是以河流为名称的，这无疑让人产生“不统一”的疑惑来。然而，仔细阅读文本，即能体味左小词的良苦用心，很明显，这两个章节中的河流，无疑喻指着映山要重新规划的自己的“生命之河”。在小说中，映山的泥塑是一个亮点，名叫韩醒岩的老师多次试图给她在城市举办艺术展，可见其心灵手巧。办展览、泥塑其他事物，都似乎是她随性所致的偶然事件，而她最想用泥塑的方式来达成的，是捏出一条河流来——她试图把自己也捏成一条河流，尤其是在她的女儿身最终恢复之后。“重塑女性的生命之河”既然是小说的一个核心意象与追求，左小词却放弃了对这条线索的利用，以至于让整个小说看上去散乱无章，虽然有映山作为叙事的核心，但也总让人产生不解的困惑。如果“女性的生命之河”在这个“水车结构”中能够起到水流浸透水车各处的作用，滋润小说的整个结构，那么会不会有更好的效果呢？这值得左小词去细作思量。女性的生命之河既是映山的泥塑梦想，也是寄托探索女性生活方式的象征，同样作为小说结构的缩紧线，正如水车连接各处的榫卯，整个小说结构会显得更为圆融，也未为可知。

作为一个常操诗技的“80后”作家，左小词在《棘》中经常点染的诗意语言，常能起到画龙点睛的妙用，尤其是用来描写映山的感觉和心思之时，更显得贴切而到位。“又一日，映山跟着那蓝色走，越走越深，竟不知到了哪里。”“这个矮小的老女人，身体轻盈到让于秋苴惊讶，就像是突然从门缝里飘出来的一缕没有声息的烟雾。”“映山吵嚷着要吃她衣服上的花瓣。”“那一瞬间，葵哑巴的身体散发出一种乳汁的光泽和气味，神秘，高不可攀。”“在这层烟雾里，她站起身。她觉得身体轻盈起来。她顶着烟雾，披着它给予的纱衣，缩小至进入它内部。她走出了屋子，走到院子里。她继续顶着烟雾，打开了院门，走出去，走到街头。”无须引用更多，在言辞中流淌的诗意，就这么萦绕在整个小说中。像这样的诗一般的语句，插入文本的平时叙述语调中，顿时使文本逸兴遄飞、飘逸而富有灵性。这些诗句的植入，十分切合成为女人还意味着水一样的温柔、月一样的空灵、风一样的曼妙的女性特征，既是一种象征手法，也是一种山水画中皴染的手法，一笔荡漾开整个画面，单调而丰富，淡然却深沉。但略令人不满的是，诗意的语言与平实的叙事格调并未形成错落有致的搭配，反倒有一种强行进入的感觉，协调较好的地方倒是能相映成趣，但诗意的语言往往会阻断平实的叙事调子的前行，而平实的叙述风格又总是淹没了诗意语言的灵性，造成了一种混乱的感觉。第一章《映山》中充沛的诗意布局，未能在此后的各章中很好地坚守，颇为遗憾。倘若让诗意的语言如同音乐的“重奏”和

“复调”一样，萦绕在平实的叙述语调之上，或者渗透于其下，作为像雾云村的雾气弥漫在山林间一样，或者如滋润万物的地下水流一般，或许会有更佳的效果。如此，整个小说的叙述也就显得更为舒缓纡徐、充沛从容又不会乏味枯燥、绵长难忍。不知小词意下如何？

2018.3.25 人图·问馀斋

“新乡土小说”诗论

读《上庄记》后

塬上黄土贫漫天，
踽踽坡上逢老汉。
为师一年兼半载，
徒留惦念馀空叹。

丁酉年己酉月丁未日　人图·恭己轩

读《大风》后

一身为财累万贯，
迷醉红尘觅孽欢。
从来世事常难料，
还积祸福惦祖缘。

丁酉年己酉月丁未日　归次途中

读《声音史》后

鸟尽人迹绝，
日落村月缺。
空室闻无声，
坐寻听沉雪。

丁酉年己酉月丁未日　归次途中

“新乡土”论文作后抒怀

暑热蝉鸣茶烟冷，
水乡稻田身独行。
遍见阡陌寒村外，
墨流纸上五更灯。

丁酉年己酉月丁未日辛亥时　人图 · 恭己轩

新乡土写作，或“收拾残瓦时碰出的碎响”

——从六部近几年的乡土小说谈开去[1]

在罗伟章的小说《声音史》一开头，主人公杨浪带着他独特的耳朵，走进了一座千河口的空院子里，所见的景象乃是凋敝的乡村，废墟般的人家。他惆怅万千，落寞而寂寥，只能在回忆声音的聆听里，来重温昔日村庄的容貌——“房倒屋塌，瓦砾成堆，见缝插针的铁线草，盘盘绕绕地将瓦砾缠住；……酸味儿，霉味儿，铁锈味儿，朽木味儿，各逞其能又交互渗透。……先前，这里住着十余户人家，房屋倒塌后，瓦块混乱，他能从收拾残瓦时碰出的碎响，识别它们各自的主人，主人生活过的气息，已浸入它们的骨骼。”[2] 村庄容颜尽毁，声音断绝，任何生活在村庄或者重回村庄的人，都只能带着各自的记忆，还原逝去的旧日时光。这不仅仅是小说中的一幕，同时也在全国各地的乡村，争相被展览。引用这一段小说的原文，不是要评价它的好坏，而是要学着

---

[1] 本文发表于《文艺评论》2018 年第 2 期，收入本书时有改动。

[2] 罗伟章：《声音史》，北京十月文艺出版社，2016 年版，第 1 页。下引只注明页数，不再一一列出。

从小说“收拾残瓦时碰出的碎响”中，听出这个时代文学的心声。毕竟，他们所描述的东西，浸透着一个个即将逝去的乡村魂灵，书写下一段段历史流逝中残存的踪迹和印痕。

近些年来，一个值得关注的文学现象是，大约从2010年左右开始，年轻一代的作家，主要是“70后”作家，纷纷拿起笔来，仍旧作为侨寓城市的一员，凭借着故土生活的短暂乡村经验，以“重回故乡”的方式，书写当下中国的新农村。这一股潮流中，叶炜的《后土》、《富矿》，季栋梁的《上庄记》，罗伟章的《声音史》，付秀莹的《陌上》，以及叶凤群的《大风》等，是较为成功的作品，也因此常被谈论。在讨论他们的创作之时，评论家常常冠之以“新乡土写作”的名头，来概括他们写作的特征，以区别于“旧”的乡土文学。但“旧”在哪里？时间节点为何？又“新”在哪里？从何时开始“新”的？却都语焉未详，不曾触碰。为此，进入文本内部，寻觅“新乡土写作”的婉转心曲，披览其中被时代和历史湮灭又复现于文字中的乡土性灵，是现下研究者应该努力的方向。

一、乡土“新常态”

2006年3月14日，第十届全国人大四次会议上，表决通过了《中华人民共和国国民经济和社会发展第十一个五年规划纲要》。在这个中央文件的第二篇，用了较大篇幅规划“社会主义新农村”的建设，从此，关于“新农村”的各种讨论便层出不穷。但其时，作家们已经先知先觉地关注到了农村的“新常态”。贾平凹的《秦腔》等作品，就首开先河，书写了当下乡村的种种新变。此后，为了贯彻规划纲要，新农村建设在文学上也得到了回应，一些期刊开始推出“新乡土文学”的作品联展、征文大赛[1]等，一时间，“新乡土文学”的写作实践开始升温，一批作品不断涌现。大概是出于“提倡”的名目，随后的研究依旧未能“领会”到新乡土文学概念所包含的更复杂多元的意义，居多则是就作品讨论作品，“新”的一面远未彰显出来。即便是“新”乡土写作本身，也在“新”的理解上有着别样的追求。直到 2016 年，更多的“新乡土”作品问世，他们所关注的“新”才逐渐展现出独有的面貌来。

“新农村建设”是中央政策，也是大势所趋。快速城镇化随着现代工业的发展，已经在全国各地热火朝天地铺展开来，新一轮城镇化进程对乡村的“蚕食”也迅速展开。作为乡村新常态之一，这一历史潮流也成了新乡土写作所处理的重要主题。在《陌上》中，付秀莹描述了一个全新的“权力阶层”——企业老板大全及其周围附着的官员、商人。于是，乡土文学中一贯的士绅、队长等角色，摇身变成了“老板”，资本和商业成为支配乡村的新权力，文化和政治的角色逐渐被经济的力量所取代，新乡土写作之新，也就于焉呼之欲出。整个芳村，因为有了大全的企业，许多人不再选择外出打工，而是就近入厂，从寄身于土地的农民，变成了土地抛荒的工厂工人，乡村的衰落便从土地开始，庄稼成荒原，书写的便是新乡土写作所寄托的哀愁。但身为大老板的大

[1] 就在 2006 年，《佛山文艺》杂志便联合《人民文学》《莽原》等杂志媒体，开展了一场全国性的“新乡土文学征文大赛”。参见赵婷婷：《从“乡土”到“新乡土”——浅议乡土文学的称谓流变》，《钦州学院学报》，2014 年第 12 期。

全，行事风格却依旧留下了“旧”的一面——村中的女人成了他性欲泛滥的牺牲品，有离婚而投其怀抱的，有被奸污的，有上床谋取利益的。大全究竟还身处乡村，“旧”乡土文学中队长们干的事情[1]，逐渐被转移到了他的身上，成就其为一个“新却旧着”的人物形象。但同时，乡村逐渐转变为城镇，工业生产取代了农业劳作，新乡土的面容发生着急遽的变化。类似地，叶炜的《富矿》中，城市对乡村的淹没，虽然并非商业活动、工业生产的覆盖，但掏空了乡村内里的生产者，不但改变着乡村，还败坏了淳朴的民风。麻庄因为富含矿藏，开采队以公司的形式进入，导致麻庄土地塌陷，农业生产无法继续。村里人也都进入煤矿公司谋职业，村庄几乎一夜之间变成了“工业附属物”。更有甚者，煤矿公司的员工们，以城市的奢华炫耀着身份的显赫和金钱的光芒，吸引着一批批乡村少妇少女委身于他们，以至于麻姑最终转变为妓女兼老鸨，笨妮以各种方式被强奸，甚至发生了幼女被矿工强奸致死的事情，对乡村的各种损害层出不穷。然而麻庄人却一日日生活于其中，须臾不可离之。“麻庄人一个最大的变化就是对钱的看法，他们越来越认识到钱的重要性，于是，他们也开始对钱有了依赖，他们也因此渐渐改变了对麻庄矿以及那些矿工的敌意，他们拼命想尽快加入有钱人的队伍中来。”[2]于此，也可以看出，在迅速城镇化过程中，乡村不但改变了容颜、身体，甚至连心理和灵魂也都随之而改变，昔日其乐融融的乡亲邻里，和睦古

[1] 这样的戏码，在叶炜的《后土》中就有表达。麻庄队长刘青松和村庄里的女人翠香，不但相好，还有私生子。李锐的《无风之树》等，也有类似的情节。

[2] 叶炜：《富矿》，西安交通大学出版社，2010年版，第49页。

风的衣食住行，经历了巨大的时代断裂而入于作家笔下，“新乡土写作”之“新”，不可谓不触目惊心。如果再加上《声音史》中秋玲等人远赴东莞等地卖淫，用卖身的钱财投资乡村酒店，无形中把乡村小镇拉入到城市化的行列之中的书写，这种乡村的“新变”就显示出它更为复杂多样的一面来。

城镇化进程的另一面，则导致了乡村的凋敝和逐渐空心化。在《上庄记》和《声音史》中，这一“新乡土”变化的表现尤其醒目。《上庄记》以一个下乡驻村的扶贫干部所见所闻为线索，记录了一年里上庄这个村子的贫穷、衰败和逐渐空壳化的现状。一进村庄，已经七十多岁的老村长便介绍着：“孩子年龄大点，年轻力壮的就携家带口进城去了，边打工边供养娃娃读书，不农不工不乡不城的，打工挣下点钱，只有户口还在咱上庄。刚从村里走过你也看到了，许多人家都空壳了，村子里学生娃越来越少。”[1]驻村扶贫干部便被请来当教师，把剩下的孩子们并在一起上课。在一年的时间里，扶贫干部既观察到了村子的贫困、生存环境的恶劣，也走进了留守老人和孩子们的家中，看到了他们的悲惨境况，但最令其动容的，仍旧是村庄的逐渐凋零以至于即将消失的命运[2]。整个村子“就剩些女人、老汉、娃娃、痴傻、残障，没人操心，连要个救济都摸不着门”（《上庄记》，49页）。然而，纵

[1] 季栋梁：《上庄记》，北京十月文艺出版社，2014年版，第9页。下引只注明页数，不再一一列出。

[2] 季栋梁还在书中以非虚构的方式，用了注释来列举数据。“根据民政部的统计数字，我国自然村落十年前有三百六十万个，现在只剩下二百七十万个，过去十年总共消失了九十万个自然村，每天都有八十至一百个村落消失。”《上庄记》，第48页。

然如此，留下来的人除了等死一途，还盼望着有“进城”的一日。老村长以列数据的方式说：“上庄一共六百八十多户，有人的也就六七十户，十分之一，上庄一共八个自然村，但庄点有二十几个，有的庄点就剩一两户人了，有的一户占一个山头，还是寡妇站在大门口，有走心无守心的。”（《上庄记》，10 页）驻村干部进村所见，只有和《声音史》中杨浪所见一模一样的景致了。“有些院落箍窑塌了，由于长年累月烟熏火燎，在昏黄的阳光里黑乌乌的像山洞。有些院落院墙倒了几堵，就像一个风烛残年的老人脱落了牙齿，从豁口看进去，院里长满了干枯的荒草，在风中瑟缩，发出呜咽声。有几扇铁大门，风蚀雨淀的，脱落了铆钉，铁皮在风中发出巨大的哐哐声，锤头大的铁锁锈成了褐红色，被风曳动咣当有声。”（《上庄记》，4 页）以至于老马死后，竟然无人抬棺，只得把驻村干部叫去帮忙。等待村庄的命运，便是这些老人一死，村庄立马荒废，了无人烟，不复存在。用《后土》中的话来说，就是：“麻庄空了。麻庄是一点一点空起来的。最先走的是年轻男人，没娶媳妇的出去了，娶了媳妇的也出去了；接着是没说婆家的小姑娘，也去了城里。现在村里剩下的大都是老人和孩子，还有年轻的小媳妇。”[1]《声音史》同样如此，讲述了老年杨浪，见证着千河口的衰败和最终的消亡——年轻的一代打工出

[1] 叶炜：《后土》，青岛出版社，2013 年版，第 271 页。同样的话语，也出现在《声音史》中，“空院子。空无一人的院子。”和《上庄记》中的描写，如出一辙。更有甚者，《大风》中写着，“七旬老太，死了半个月，儿孙都不知道，尸首都烂了，也没人回来帮她火化。”因为，整个江心洲，“一公里长的大坝，只遇见一户人家亮起了昏黄的灯光，一只小猫窜到坝下的乱草丛中，一条狗窝在一户上了锁的门口打盹。”见叶凤群：《大风》，北京十月文艺出版社，2016 年版，第 6—7 页。

走，挣钱后都搬迁到镇子上，他们从事着五花八门的职业，把小镇变成了城市，除了从千河口村掠夺野味，再也无人愿意重回村庄。“而今，除去夏青的儿子小栓和那些还没上幼儿班的小孩子，已经五十四岁的杨浪，是千河口最年轻的男人。同为光棍的九弟和贵生，一个比杨浪大四岁，一个比杨浪大七岁。……他们三个，成了千河口光棍汉的绝唱”。(《声音史》，93 页）不久，九第和贵生相继死去，村中其他的人也都搬迁到了镇上，整个村庄只剩下了光棍杨浪和离婚的夏青，“一个在田土上劳作，一个在山野间转悠”。当夏青从悬崖跌落，背她的只有杨浪，她也只有在杨浪模仿的众多声音中，回味千河口村的往昔存在。村庄从此消失，成为孤魂野鬼寄托魂灵的所在。“新”的乡土犹如一曲挽歌，唱给逝去的村庄和出走与死去的乡民。

由此也可以看出，村庄凋敝和衰败的重要表征之一，便是人口的流失——他们一窝蜂地奔向城市，试图安享那里的荣华富贵。但对出走乡村的人们而言，是“永远进不去的城市”，遭遇失败后，也只剩下“无法回去的乡村”。《声音史》中，张胖子的小儿子东升便是这样的代表。看着村里人出外打工，个个发家致富，镇上买房子，摆脱了土地的束缚，年纪轻轻的他放弃学业，奔赴城市。但他文化程度不高，只能干一些粗活、累活、脏活、重活，同时，不能吃苦的他被农民工的身份日夜煎熬着。他明白：“等到某一天，城市很可能就不需要农民工了，他们只能回去。但老家的房子垮了，土地要么抛荒，要么被征用，已经回不去了。”(《声音史》，169 页）这大概是村庄最痛苦的记忆和最卑贱的命运混合而成的疼痛。无独有偶，《上庄记》中，为了孩子上学不得不进城的盼香也成了打工一族，他们在城市中却受尽了城市人的歧视、谩骂和污蔑——“死也不找个地方”，是公交司机骂一个横穿马路的农民工；“妈的，老子都进城十几年了，还把老子不当城里人”（《上庄记》，197—198 页），是一个和城里人在公交车上对骂了之后的农民工咕哝的抱怨。盼香费尽心力把儿子带到城市就读，然而农民工子弟的“群体显得孤独，胆怯，敏感，自卑，忧郁，有些小心翼翼，弱不禁风”。他们都知道，等待他们的命运已经注定。“读到大学毕业，不但不能终结他们的苦难，反而延伸了他们的苦难，让他们不堪重负。”（《上庄记》，210 页）父母期盼孩子考上大学来改变命运，但阶层固化、利益分配完成等结构性的社会矛盾，使得他们看不到出路。大学毕业就等于失业只是其一，留在城市里，天价的房子、生活的尊严等，没有一个是有保障的。对这一群人而言，注定是“进不了城，回不去村”的孤魂野鬼，漂泊在城市的各个角落里，待到城市榨干了他们的劳动力，回乡的只能是病体残躯，等待死亡。

前行无路，后退无门，“新乡土写作”仍旧努力地给它们提供着别样的出路——新农村建设的规划所造就的新景象，在叶炜的《后土》中得到了展现，虽然昙花一现，略带海市蜃楼的感觉，但那毕竟是念想的存留。麻庄老一代的村庄领袖刘青松和曹东风，见证的是村庄的苦难和逐渐凋敝衰败，以至于消失，但年轻一代的乡民，则带着从城市学来的知识、观念和新视野，让乡村看到了光明的前景。刘青松的私生子刘非平在其资助下顺利读完了大学，但他却并未留在城市寻觅活路，而是带着女朋友黄莉莉重回了麻庄，立志干一番大事业，从此改变乡村的老旧面貌——

“我想在咱们麻庄开发农家乐，发展旅游业，争取利用上头的资金，大力开发小龙河，把村里的苇塘、果园、马鞍山和鱼塘连成一片，集观光、旅游、垂钓、娱乐等旅游开发于一体。具体说，就是建设小龙河观光带、苇塘观鸟园、果园采摘园、马鞍山野味馆、麻庄鱼塘垂钓中心等，以观光旅游带动麻庄的经济发展，带动麻庄乡亲共同致富！”（《后土》，328 页）这是一幅想象的未来乡村蓝图，充满了乌托邦的气息，美好到令人浮想联翩。但它终究需要实践的证明，而其所依仗的仍旧是城市的猎奇眼光和别样体验，更何况它的发展模式可复制性虽强，却不能全面铺开。等待乡村命运的开发前景虽美，但任重道远。不过在《后土》中，麻庄的“弃儿”王东周，在城市闯荡出大事业，带着雄厚的资金重回故乡，在资金和理念的双重驱动下，麻庄确实通过乡村旅游的方式获得了焕然一新的发展。但愿这不是文学家虚构的伎俩，欺骗了众多渴求的乡民的眼神。

在这一批新乡土作品中，以乡村“新常态”作为主心骨，把城镇化的影响、乡村的凋敝和衰落、乡村在城市面前的卑微，以及乡村未来发展的蓝图，统统作为一种“新”的面貌呈现出来，从而区别于“旧”乡土文学——鲁迅等人的残忍和阴冷，沈从文等人的浪漫和温情，“十七年”作品的阶级斗争和政治色彩。这便让它们拥有了“新”的质地和风骨。时代的转变，历史发展的当下，不管是问题的呈现，还是蓝图的描绘，命运转变中乡村的故事实际上开始逐渐变了本质，城乡差别、田园牧歌、落后先进等也逐渐消灭了裂隙。新乡土写作，在这一方面，实际上代表着当下生活的历史化的新方向。

二、“新乡愁”：从空间到时间

1935 年，鲁迅在给《中国新文学大系》的“小说二集”写导言的时候，敏锐地捕捉到乡土写作的气息，并率先给乡土文学一个界定：“凡在北京用笔写出他的胸臆来的人们，无论他自称为用主观或客观，其实往往是乡土文学，……侨寓的只是作者自己，却不是这作者所写的文章，因此也只见隐现着乡愁，很难有异域情调来开拓读者的心胸，或者炫耀他的眼界”[1]。在鲁迅的界定中，人“在北京”，“侨寓”的身份以及“隐现着乡愁”大概是“乡土文学”的“标配”了，至于还需要再加上地方的风俗、人性的美丑、命运的离奇，则都是“豪华版”的配制。但有一点值得注意的是，这几点都指向了“远离”而后带来的“乡愁”，虽没了“异域情调”的展示，也非“炫耀他的眼界”。因此，一代代乡土文学的写作者，拾起笔来所写的，都是远离故乡的愁绪，不管是用了批判的笔调，还是赞美的文字。这种乡愁的由来，和背井离乡，远居他地，有着密切的联系。于此，就可以看出，空间的阻隔与交通的不便，使得这种乡愁成了异乡人惦念的永恒情思，但重回故里后，这种情思愁绪便能得到慰藉，只是情感上的缺憾实在难以弥补。实际上，鲁迅的界定直到今天，不管对于“旧”乡土文学，还是“新”乡土文学，也都是适用的，因为新一代的知识分子仍旧远离故乡，站在外面重看故乡时，写下了饱含乡愁的文字。察看罗伟章、付秀莹、叶炜、叶风群、季栋梁等人的生活

[1] 鲁迅：《中国新文学大系导言集（1917—1927）》，天津人民出版社，2009 年版，第 85—86 页。

轨迹，都可以看出这种从乡村到城市的转变。叶凤群更是从乡土脱离出来，远赴国外，空间阻隔的乡愁在在是他们不可避免的一环。但是让人颇为惊诧的是，一俟落实在他们的新乡土写作中，这种乡愁又实实在在变换了愁绪的来源、感情的别样，以及寄托的位移。

“重回故乡”被置换为“重回昔日的故乡”。往昔之不再，岁月不重来，带着浓重的感伤情绪，出现在这一批乡土作品之中。乡村不再，需要借助某种形式才能重新唤回逝去的那个乡村，是《声音史》的一大命题，也是其着重表达的内容。杨浪天生异才，能够分辨出诸种声音的细微差别，最特殊的是他还能够模仿各种声音。倘若只能够模仿自然的诸种声音，那也只是口技的一种，但杨浪可以把千河口众人的声音都模仿得惟妙惟肖，如同死去的人再世、离去的人站在眼前一般。五十多年过去了，杨浪成了老光棍，而千河口也在经历着空心化，死亡和离去是抽空这个山中村庄的两种最主要形式。在岁月的历史中，村庄的东院、西院和中院居住的村民，以各种方式远离了千河口，还剩下的三个光棍，九弟瘫痪在床，贵生照顾他的饮食起居，杨浪加入之后，便用他的嘴巴开始复活整个村庄。“他喝了一口酒，从东院开始，一个一个学。每学一个人时，与之相关的声音也随之响起。……当然那都是好多年前的声音了。那时候走亲戚是件相当慎重的事情……除了人声，还有年节烧爆竹的声音，打铁棍的声音，耍车车灯的声音，更有平日里的鸡鸣牛哞声，猪撞圈栏声，羊唤乳羔声，猫扑老鼠声，以及风声、雨声、鸟叫声……村庄在声音里复苏了。”（《声音史》，154—155 页）只是，随着村庄一日日凋敝，人都消失不见，村庄也一去不复还，这些声音自然也都消失殆尽了。小说的末尾，夏青在骨折卧床之际恳求杨浪做的事情，也仍旧是“学学志刚说话”，彼时，夏青的丈夫已经出轨，另外组建了家庭，两人已经离婚。她对杨浪说：“我只求你学这一回，随便学几句，我听听就好，听了这一回，我就把他丢开了……”（《声音史》，241 页）还仍旧惦念着前夫的夏青，希望通过对声音的唤回来重温往昔的美好时光，正如罗伟章试图通过文字的书写，来重续与村庄的昔日姻缘一样。但声音中所透露的，则多少显示出一种凭吊和祭奠来，毕竟，“有些东西，一旦失去就无法挽回。”（《声音史》，192 页）在声音中被重构的过往，只是虚幻的一种，聊以自慰罢了。浓重的乡愁意绪，在杨浪的声音中被重新唤醒的记忆所烘托出，在消逝的村庄和性灵面前，惆怅的不仅仅是杨浪、九弟、贵生和夏青，还有罗伟章，以及这一代远离了正在消逝的乡村的人。

回忆只是虚妄，记住也不切实际，于是寻宗问祖就成了“另类还乡”的精神寄托。这在《大风》中是最为明显的。家族第一代是显赫的地主出身，但在新中国成立初期的土地革命中，不惜抛弃家财，逃命到了贫穷的乌源沟，装穷卖傻地终于熬过了被批斗的命运。家族的第二代，在表舅的撮合下，到了江心洲，娶了当地的一个女子。但这个从小“被迫”充当傻子的男人张广深，在艰苦的岁月中养成了“醉心于一件事而不能自拔”的习惯，他力大无穷又带着痴傻的干劲，在迷恋上妻子的身体后日夜折腾，于是就有了家族第三代张文亮的诞生。然而妻子产后即去世，留下鳏夫孤儿贫穷地过着日子。但随着爷爷的到来，张文亮在爷爷的讲述中培养起了贵族的气质——“乖孙，老实跟你讲，你祖上是方圆百里最富庶的大户人家。我家有上百亩良田。……乖孙，你祖上，一共有七七四十九间房屋。猪有猪屋，马有马屋，驴有驴屋，柴有柴房，还有一间专门放锄、犁、锹、镐头等干活的工具，一间房光存酒，一间房储粮食，堂屋里摆着八仙桌，睡房里有木箱衣橱……”以至于让那个被饥饿折磨得两眼放光、因居住狭窄而沮丧不已的少年，渴求万千，在一次邻居端来了一碗肉的时候，祖上“曾经”的辉煌再一次给了他自豪感——“这点猪肉算什么，我小的时候，一顿都吃一碗大肉，一点不掺黄豆，也不掺咸菜。”[1]祖父如是说，给孙子虚构了一个“曾经”的村庄故事。若干年后，张文亮在和媳妇孙梅打工、拼搏之后，拥有了自己的企业，但这个“曾经”的村庄故事，根深蒂固，使他无法安于城市的富庶生活，患上了夜游症，没日没夜地要寻找那个虚无缥缈、仅存在于祖父口中的“颍上村”。以至于妻子抱怨道：“他所有开心的事情里都有他的老家，对老家的回忆，他回忆起过去那些辉煌，就会两眼放光。”“听他的意思，就好像那个地方是世外桃源，千年不变，他只要找对地方，往那里一站，一切疑问烟消云散，一切问题迎刃而解，一切贫穷结束，一切幸福来临。那简直就是天堂。”(《大风》，286—287页)这个虚构的、想象的故乡，犹如人类的原乡，让张文亮日牵夜挂，想方设法要重回到过去。“重回往昔”和“寻找祖宗”挂钩，让逝去的村庄所勾引起的乡愁，显然多了另一份忧伤、惆怅的体验。这个不存在的“原乡”，就好像在时代变

[1] 叶凤群：《大风》，北京十月文艺出版社，2016年版，第137—140页。

迁中被彻底变换了容颜的现实乡村一样，连年轻人梅子杰也如是惦念——“草垛是结实的，那时不烧煤气灶；庄稼是结实的，那时没有拖拉机，一寸寸土都是锄头在翻；房屋也是结实的，一到有个什么砖瓦碎了，有人补有人修；那时衣裳是结实的，你走几户就能看到女人们围坐在一起织毛衣、纳鞋底。可是现在，这些东西一样也没有了，地里还有庄稼。可是麦秆棉叶都不像是土里长出来的，而且没有味道，飘得也那么漫不经心、无精打采。房屋在那里，大门紧锁，无人居住。鸡呢，没有几只，鸭呢，没有几只，牛呢，没有几头，猪呢，没有几头。”（《大风》，271 页）而这一切的原因，竟是“光阴像一把大剪子已经把江心洲剪成一个秃子了”。这不是远离故土而来的愁绪，因为梅子杰身在其中；也不是身在异地而心在故家的惆怅，这是岁月流逝中时代转变带走的村庄历史所勾引起的回忆。往上，则是意味着逝去的村庄如同“祖宗”一样，需要人们去寻回。但张文亮终究也未能找到那个“原乡”颍上村，属于时代的乡村只能以消逝的命运，营造着无限的乡愁，环绕在“现代人”的心头，让一代人永久地成为“无根”的存在，飘荡在城市的上空。

也还有残存的往昔和传统的习俗，但那残存的苍凉里，是必然被岁月湮灭的惆怅无法存留的告别的哀伤。坟墓也可以见证过去，但死者无法重生，坟头的纸钱只能作为现代的乡愁，告慰过去的亡灵。在《上庄记》中，驻村扶贫干部在学校里教书遇到的第一个传统节日，便是当地正月二十三的“燎疳节”。“燎疳表达着人们驱邪除魔、保佑平安、庄稼丰收的祈愿。”只是，虽然传统节日还有，但已经大变了模样，“以前燎疳家家户户门上点堆柴火燎，真是万家灯火哩，现在没人了，过年连人七日都不过，初四五就都动身了，一家一户连个瘠都燎不起，凑合到一起燎燎，就是应个节气事。”（21页）似乎这传统节日的存在，比起不存在来，更让人心生悲凉，因为在一个“连狗都进城”（256页）的时代，乡村残存的节日和剩下的生气，明证的乃是往昔不再的黯淡和今古对比的悲哀。无力维持的人们，只能“敷衍了事”，那存留下的风俗和传统，就更显得千疮百孔，卑微而可怜。类似的传统还包括驱鬼除魔的仪式、丧礼的考究等，但都被上庄人敷衍了事地进行着——既要保证规矩的存留，又不得不在匮乏的存在里偷工减料，由此而带出的惆怅让这份乡愁在时光的穿梭中，有了更多的别样滋味。当然，同样存在的还有过去那种人与人之间的“温情脉脉”，映照着如今冷冰冰的“货币关系”。季栋梁成功地塑造了老村长这一角色，他为了维护村庄的存在，不惜一次次拖着残躯，以扶贫的名义来维持乡村小学的存在，不顾年迈为守护着村庄的存在，操心着留下来人的生老病死和日常起居。他充分理解了所有生活的不易，为村人争取哪怕一点点的好处，真正做到了“鞠躬尽瘁，死而后已”。在子女都已经在城市安家落户，也召唤他进城生活的时候，他依然选择了拒绝，宁愿留在败落的上庄，守着贫瘠的土地、荒凉的人生和将死的命运。但随着老马的死去，宣布着老村长的时日无多，也同样象征着上庄的大限将至，无法抗衡的时光流逝和消亡的预言，让乡愁变成了永恒的存在，因为“再也回不去的村庄”将让所有村民必然领命如斯，被当作珍藏的一部分，被长久地惦念而无法释怀。扶老携幼、互帮互助的村庄精神，湮灭在现代交易的规则中，人间温情被冷冰冰的现代条款所吞噬，在这乡愁中被放大、提升。

探寻这种乡愁的存在本质，可以看出的是，相比较于“旧”乡土文学，新乡土的书写缓缓流淌着的乡愁，乃是一种被抽去了心根的乡愁，使得一种归返的情感无所寄托，从而让生命处于一种“无根的飘浮状态”。一己的生命无法安放，自然也就成了揪心的所在。《大风》中那个永远也到来不了的“祖先”，也无法寻觅得到他的踪迹，这种“阙如”的状态，恰好是新乡土写作所要表达的新乡愁的本意。当村庄消失，单凭记忆所构筑的乡土，显然是脆弱且不切实际的，它永远处在一种被描述、被构建的状态，随着记忆者的死去而宣告永久消亡。但已经“进城”了的人们，却时时被刺激着这种“关于乡村的记忆”，因为对于他们而言，新的生活的建立是艰难的，无法融入城市，也无法重建自我生活的秩序，导致这种新乡愁必然愈演愈浓烈——“喊工派活就像吆牛喝驴，可那些工头骂起人来语言难听的，日妈喝爹翻先人道亡人的，啥话都能骂你，啥人都能骂你，受不了那口气，受不了那眼神。工地上丢了东西，第一个怀疑的就是你。”（《上庄记》，267页）活着的尊严，让乡愁的存在成为必然，记住乡村似乎是要铭记和重塑自我的尊严的前提，乡愁里所涵盖的内容就别是一般模样。所以上庄小学剩下的学生们，开学一点不马虎，升国旗、开学典礼、颁奖和发言……某种程度上可以说，“形式大于内容”是在乡村中得到最佳体现的规则。尊严得到保存的最卑微的形式，其所唤起的乡愁也更加充满了悲悯的气息。但随着剩下的孩子也同样离开了上庄转学到城市之后，那微薄又可怜的一点点尊严，该寄托在哪里呢？这不正是“新乡土写作”的“新乡愁”的全部要义吗？旧乡愁可谓是远离的乡愁，地理和空间的乡愁，而新乡愁则是消逝的乡愁，是历史和时间的乡愁，这种从空间到时间转换了的乡愁，恰好开启了新乡土书写的一个面相。

三、“收拾残瓦时碰出的碎响”，或新乡土写作的“文学命运”

在浓重的伤感和惆怅情绪中流淌着的“新乡愁”，似乎在时刻提请着阅读者明了，乡村的凋敝与衰落既是现实的呈露，也是历史的必然。但短短几年时间内，大量新乡土写作的涌现，大概不会让人产生这种“历史的必然”背后隐藏着的决绝与离弃。村庄虽然不在，但文字还在；村庄正在消亡，却在小说中复活。只是，稍微用心的读者一定会发现，这一波“新乡土书写”更像是乡村衰亡的前兆，是回光返照的刹那绚烂。一个不争的事实是，这一波“新乡土写作”的主力军是“70后”作家，只有少数“60后”和“80后”参与进来。如果再加上非虚构代表作家作品，如梁鸿和她的《出梁庄记》《梁庄在中国》与黄灯的《大地上的亲人》等，那么这一作家谱系就更会向“70后”作家群倾斜。何以“70后”会对乡村有着如此之深的眷念？而只有他们到了40岁左右才集中爆发了出来？这是一个需要处理的问题。从年龄构成上来看，这一代人经历了1980年代中国农村的包产到户历史，以及1990年代乡土在市场经济冲击下逐步式微的过程，更对2000年代农业税取消、城镇化快速推进、乡村凋敝等触目惊心的新现象有着刻骨铭心的体验。“50后”作家和大部分“60后”作家，还沉浸在他们漫长的乡村生活而不能自拔，所以基本上以此为核心书写乡村的现状和历史、演义；“80后”和“90后”所经历的历史进程毕竟有限，即便历史时段已经够长，他们浸淫于城市的时间也远超居留于乡村的岁月，对城与乡的差别有着更为醒目的认知，却又因拔根过早而认同城市文明。在这个历史的间歇段，便是“70后”说长不短，说短又不长的乡村经历，足以构成他们书写的资源，源源不断涌入到他们笔下。恰是如此，他们的书写显得紧凑、豪华，短时间内集中亮相，但仿佛只是这一群人“收拾残瓦时碰出的碎响”，是短时段的历史线条的当下延伸。

城镇化的发展，是“新乡土写作”在题材上，最为致命的一个历史局点，它预示着乡村的“新常态”会在一个历史时段内，彻头彻尾地转换了它存在的容颜。毕竟，乡土写作并非简单的小麦加收割播种、菜园加老谢老马，以及些许方言的装点、故事的地域背景等，因为在高度城市化的上海，这些同样存在，却已经被转换为是城市文学的一部分了。借用费孝通在《乡土中国》里的论述，这个“乡土”首先应该是“土”，在乎它的“土里土气”；也是“私”，在乎它的“自私自利”；更是“礼”，在乎它的“礼尚往来”，这其中包含着礼俗道德、宗族礼制、主宾礼让等。但在“新乡土”的世界中，抛弃土地变成无产者的那群人是乡村凋敝衰落的第一原因。那种“‘土’是他们的命根”[1]的历史样貌，已然被连根拔起，不复存在。传统的乡村礼俗礼制逐渐被新风气、新风尚所冲击。旧有的已遭破坏，而新来却远未建立，处在转型时

[1] 费孝通：《乡土中国》，上海人民出版社，2013年版，第6页。

期的“新乡土”，正是许多资本、商业等为非作歹、恣意猖狂的真空地带。正如麻庄的老领导刘青松所感慨的那样——“麻庄的风气真是越来越坏了！以前的淳朴越来越难觅踪影了！人和人之间的距离越来越大了！……人心已经乱了，已经散了。”（《后土》，302页）这在《陌上》中，有着更为集中的表现——现代法制制度的亏缺，导致了商人大全四处勾结，官商一体，裙带关系，以此来谋取利益。大全的行为破坏了乡村作为基本存在的礼俗道德，以工业的方式，在合情合理的存世法则下，褫夺了依靠土地来生活的农业生存规矩，却又未能及时建立一整套现代商业行为规则，因此整个芳村呈现出权力真空，他也就成了芳村的“真神”。乡村的城镇化进程，同样是褫夺着传统乡土存在的模式、生活的方式，从而使得乡村不再成其为乡村，对它的书写，也多少以荒腔走板的格调，存在于文学的园地。但这或许是大势所趋，非但是一两个作家所不能扭转，就算是整个群体奔走争取，他们也无法阻止历史的车轮、扭转时代发展的格局。因此，将“新乡土写作”看作“乡土文学”的“最后的挽歌”，不是要凭吊乡土的不再，也不是要祭奠文学的寿夭，而是指认这种书写方式所指引的乡土写作，在短暂爆发后，将会遇到低谷或者瓶颈，顺带着，整个乡土的书写将会出现下滑。

不啻此，新乡土写作所面临的困境，还来自既往的乡土文学书写经验的重压，和这种书写所自带的“自我重复性”的特性导致的审美疲劳。如果说新乡土写作在旧乡土写作的挤压下，实则匮乏创造和新意，那至少是掩耳盗铃的视而不见，但要说新乡土写作区别于旧乡土写作的重要症候，是超越和别开新面，也多少有些违心和不符事实。在新乡土写作中，许多作品试图以泼洒的方式，描绘鸡零狗碎的日常生活，试图从这种生活中找出新乡土的特质，但他们似乎忘记了，早在2005年发表出版，创作于2003年的《秦腔》虽不至于将这种书写方式耗空殆尽，但至少让后来的写作者实在难以超越。所以看上去，《声音史》中的乡里乡亲、日常俗事显示出了乡村凋敝的一面，但会慢慢和《秦腔》被混为一谈。虽然《上庄记》采用了“类非虚构”的方式，以外来人的眼光透析村庄的衰败，且写法结构上是“每日一记”的层层推进，但“上到塬上看贫穷、见到老汉问声好”的书写风格，也会让阅读者难以提起精神，从而产生审美疲劳。或许是得益于女性作家的独特感受，《陌上》某种程度上看似跳开了这种种写作的模式，但实则是女版的“故事重述”，是女人眼中“乡村生活的泼烦与拉杂”。总之，在上一代人对乡土进行勤勤恳恳的开掘之后，下一代人想要别开一途，实在是困难重重，一不小心就落入了前人的圈套之中。而所谓的“自我重复性”，也在在让人感到惋惜——就算《声音史》《上庄记》《陌上》与《秦腔》有着巨大的差异而不能混为一谈，但它们的写作风格实则难分你我。不能说是相互抄袭，但最起码在时代的共同性主题驱使下，他们未能在同中看到异，更未能塑造出这种异质性存在。同样是写“村庄空了”，麻庄是空的，上庄也是空的，千河口的院落街道同样是空的，连空的过程和途径，又几乎是毫无例外的“城市输出”，且城市以各种方式反过头来重塑着乡村。虽然《大风》用“痛说家史”的方式来追溯今日之所来，但其中夹杂的家族第四代，以目之所见而勾连起的乡村现状，也殊途同归了；虽然《后土》以展望未来的方式，给麻庄指引了一条大道，但也只不过是破砖烂瓦砾上堆起的乌托邦。这里或许存在着一个新乡土写作的“命运的在地性”。浸淫于乡土越久的作家，把控乡土、认知乡土、感受乡土都会深入骨髓，因为乡土就是他们的命运，他只能在乡土中安放了自我的生命存在。但“70后”作家的一群，居多都是暂时性生活与逗留于乡村，所获得的居多是走马观花的印象，写起来容易浮于表面，难以深入到乡土的内心，所以不能够感受到乡土内在的心跳、乡村灵魂的悸动与震颤，更无法思考“乡土的命定性”与乡村的出路和希望。粗略地看上去，当下乡村千篇一律地千疮百孔，无一例外地被城市化进程所打乱从而凋败乃至于消失。倘若民政部的调查数据是真实的，“每天都有八十至一百个村落消失”，那么，就如同“每天都有八十至一百个新乡土作品诞生”一样，新而未新，旧却早已陈旧。如此，让人不得不相信，这一批“新乡土书写”的浪潮，几乎可以看作作家们各自在乡村居住或者短暂停留时，“收拾残瓦时碰出的碎响”。

还需要提及的一点是，长篇小说的书写模式，几乎构成了这一波新乡土书写潮流的固定格式。在无意于评价他们个人创作成就的高低情况下，哪怕是以群体的存在方式来看，这些作品都存在着一个不大不小的问题：重复啰唆、冗长烦琐。作品中铺排开来的文字，虽然经过精心的装点和修饰，但节奏拖拉，故事琐碎，人物形象淹没在没完没了的叙述中，着实让作品本身的成色大打折扣。这些作品归入到“好作品”“一流作品”的序列中，自然没什么问题，但要成为“经典作品”或“著名作品”，恐怕还有着不小的差距。更不要说在具体的叙述中故事推进的浅层次化——反反复复，说着同一件事情，却总也说不清楚，还得继续说下去；思想的缺席和浅薄化——叙说现象大于冷静沉思，沉思所得又难以用形象化的文学方式表达出来；甚至于，文本内部的自我复写和重现，虽然也能将乡村的“新常态”和盘托出，但总让人觉得被拉长的篇幅浓缩为精华会更好。当然，不管是“最后的挽歌”，还是“收拾残瓦时碰出的碎响”，新乡土书写的命运，不会就此终结，它仍需要探讨最为适恰的推进方式，不但反映当下乡土的“新常态”，刻摹情绪的“新乡愁”，还能以“命运的在地性”或“乡土的命运性”为依归，感受乡土的脉搏、聆听村庄的心声，不但把自我置于乡土之中，还要以乡土为命，如此，新乡土书写的“其命惟新”和“天降大任”才能得到出色的体现和完成。

2017.9.17 人大图书馆圆桌

2017.9.26 改毕

孙频小说诗论

赠孙频

三晋才女仗剑行，
汉家巾帼开蹊径。
怨女痴男常无义，
苦生好死总关情。
沾墨始知青史重，
绘心不忍文字轻。
最是人间刀笔吏，
魑魅魍魉难遁形。

戊戌年己未月丙辰日　问馀斋 / 拭镜居

书孙频文阅后

乖戾诡谲为哪般，
吞血噬骨不忍看。
红尘男女平淡处，
写尽痴狂见奇缘。

丙申年庚子月庚辰日　京城·鬱陶台

偏执者的精神列传
——孙频小说论[1]

孙频的小说创作带有独特而瑰丽的特征。其独特在于她对偏执者的精神世界进行不懈的开掘，从而把人性中的丑陋、下贱与卑微的一面，淋漓尽致地表现出来。同时，这些偏执者的遭遇与生活，总是在旷世奇缘的牵扯下，彰显出瑰丽的一面，在他们自在的内心，为自己营造出某种高人一等的不屑、高贵与尊严的感觉。因此上，警策、冷峻、惕戒，还带着怨气、仇恨与忧郁，却又无往而不萦绕着伤感、凄楚与救赎的希望，就构成了她小说的气质。这是孙频小说迥异于其他“80 后”写作者的优点所在。但是，几乎她小说所有的优点又同时是其缺点——充满女性幽怨的戾气，怪诞而不近人情的固执，偏取一隅作为绝对真理的不容分说，就让读者很难进入其小说的内部，体味其中深藏着的人性忧思与命运追问。但偏偏巧妙的是，所有的缺点又都构成了她小说的特点。整体上而言，这些优点、缺点和特点又是如此精彩绝伦地融为一体，彰显了孙频小说独特而瑰丽的特征。

[1] 本文发表于《南方文坛》2018 年第 1 期，收入本书时有较多补充。

一、偏执者的精神与现实生活

几乎孙频所有的小说中，执着地书写旷世男女的红尘奇缘，在男男女女的纠缠、撕扯与咒骂里，刻意凸显一种与众不同的生命存在样式，从而揭露这与众不同背后的不堪和卑微，试图引起悲悯的同情，以寻求救赎的可能，成为孙频所追求的主要方向之一。因此，阅读孙频的小说，不期而遇的都是一些旷世奇崛的人物，倾尽一生美妙的年华去演绎一场绝对惊世骇俗的红尘传奇。他们的爱情故事都是“奇不惊人死不休”的奇葩，却都源于他们的性格——执拗、任性且爱钻牛角尖。在《凌波渡》中，刘立林十八岁辍学后坚持打工考大学，终于在二十九岁的高龄如愿以偿，其传奇经历让其他男同学羞愧难当。巧妙的是，在他三十岁的时候，学校里来了另外一个偏执的坚持者陈芬园，辞掉工作插班高三参加高考。两个人诉说着相同的人生经历，竟至于彼此可以互换位置，“你简直就是男刘立林，我简直就是女陈芬园。”他们很快成为大学校园的一景——刘立林执拗地坚持着自己的生活习惯：每天五点钟起床读英语，吃馒头喝水，衣服破破烂烂从不当回事，生活极其简单；陈芬园自觉浪费了美好年华，在大学期间拼命找补：不管走到哪里，做什么事情，总是用自己亲手裁缝的盛装妆扮着身体，不管别人的侧目，坚持不变。两个奇葩的男女本该走到一起，却又因为彼此太过于了解而都有点儿蔑视和看轻对方。陈芬园不停地找优秀的男友而总是失败，刘立林坚持着雷打不动的生活习惯始终如一。旷世奇崛的红尘男女，带着自己难以抑制的卑微，穿行于热闹的校园，朦胧的爱情故事又近乎互虐。

这些旷世奇崛的红尘男女一不小心，就被自身所携带的偏执气质所淹没，成为彻头彻尾的偏执者——一根筋又死不悔改，坐穿牢底不为革命信仰，终生不悔亦非宗教圣徒，只是执拗地固守着自己一点点可怜的自尊，遮掩着因卑微而带来的羞耻。《不速之客》讲述了社会最底层的一对男女的故事。纪米萍是个陪酒女，和客人上床而从不收费，因为她认为不收费她就不是一个妓女。她坚持做爱是身体的事，爱则诉诸嘴唇和接吻。苏小军是黑社会的打手，专业帮人讨债。两人完成皮肉交易后，偏执的纪米萍认定了苏小军，不远千里坐火车风尘仆仆地坚持去找苏小军，仅仅为和他上床，聊以抚慰悲怆的人生境遇。无论苏小军如何宣称他再也爱不起来了，纪米萍也依然如故，且每一次上床必须先接吻，否则那性爱也就索然无味甚至根本进行不下去。最终，苏小军恶有恶报被人打断了腿，纪米萍则以圣母般的怜悯和爱走进苏小军的生活中，收获了从下半身到嘴唇再到精神和灵魂的爱。一望而知，纪米萍的执拗是偏执的一种，不管是吻和爱的逻辑，还是坚持长途跋涉找苏小军，抑或者是做爱前先接吻，近乎仪式化的程序里透露的是她的奇崛。无独有偶，《一万种黎明》的故事几乎和《不速之客》一模一样。作家桑立明去葡峰山庄预备写长篇小说，和女老板张银枝来了一次一夜情。之后张银枝诉说了自己的遭遇——被继父强奸十年未敢言声，只为能获得读书的学费，直至大学毕业。因此对张银枝而言，和不同的男人做爱就成了"又一次被强暴"，也唯独在强暴中"才能换来我瞬间的平静"。桑立明却理解这种奇特的感觉——"一个内心受过暴力的人会用什么来补偿自己，那就是加倍的暴力。”得益于这种理解，张银枝竟然爱上了桑立明，难舍难分后，约定每个季节去看望他一次。于是，火车硬座、一夜的时间，就为了见上一面和待上几个小时，坚持了三年。本质上而言，张银枝和纪米萍是同一个人，用了同一种方式做着同一件事情。她们的结局也几乎一样——迎接曙光的到来。纪米萍的曙光是苏小军的残废，张银枝的曙光是桑立明杀了患精神病的妻子而坐牢，在有期徒刑的希望里，坚持从一个季节变为了一个月的旅程。偏执的女人，另类存在的男人，构成了孙频笔下旷世男女的典型。

细细琢磨这些偏执者的精神特征，会发现他们总是在偏执中夹杂着些许的自恋，自恋中还混合着自暴自弃的残忍与血腥。这自恋绝非姿容的艳丽和身材的蛊惑，而是丑陋和出身的卑微。对偏执者而言，越是丑陋卑微，就越是成为自恋的借口，那是压抑后的反弹，更是自卑后的无所顾忌。因此，与其说这种自恋是自我欣赏，不如说是对自己的憎恨所形成的偏执态度。《自由故》中，女博士吕明月“身材五短，满脸雀斑”，“三十年里她平庸、顺从、卑微”，却突然做出惊人之举——博士还差一年就能毕业，却非要退学而去追求自由。震惊了其他女博士后，她坐火车远赴德令哈，巧遇丑陋无比的男子王发财，两人租住在同一屋檐下。吕明月对自己的丑陋痛恨不已，以至于用和比自己更丑陋的王发财上床来羞辱整个世界，而她最终所羞辱的只不过是她自己而已。这带有自虐性质的偏执，憎恨、自暴自弃的残忍与血腥以及混含着的“反自恋的自恋”——以自我为中心，在狭小的内心想象一个巨大的世界，然后把自己推到这个巨大世界的中心，不可一世，盛气凌人。然而却愈发自卑地发现，那想象中的世界有多大，自己就有多渺小、卑微。从本质上而言，《瞳中人》里的余亚静是吕明月精神上的姐妹，甚至是两面一体的存在。作为一个失败的画家，文艺女青年余亚静展开了一次“时光逆行之旅”，离家出走，逐一私会所有前男友，来一次重温故旧的一夜情。这类似惩罚丈夫的行为，只不过是变相地将自己贬低，最终惩罚的是她自己。余亚静的自恋被消解得无影无踪，看不到她渴求的尊严，却挤出了一地的可悲、可怜。这种出于自卑的加倍自恋，使其陷入更深的卑贱之中。

在创作自述中，孙频不止一次说过，“仔细想来，若从写作的动机出发，还是我觉得当下女性的困境太多了，这种困境更多的是精神上的无路可逃。”“每一次抗争她都以为她是在救赎自己，而事实上每一次挣扎都是把她推向了更深的绝望。”[1] 旷世男女的偏执来源于他们的卑贱处境，然而，卑贱仿佛沼泽，越挣扎就越是陷得更深。但孙频从不管这些，她说：“我写作只是为了让我自己在小说里多活几次多爱几次，哪怕痛彻心扉，哪怕我觉得文字的残酷让我死了一次又一次。”[2] 不可否认，有什么样的作家就有什么样的小说，有什么样的小说，就有什么样的小说中的人物。因此，偏执者的精神列传，说回来，只不过是孙频的灵魂操练罢了。

---

[1] 孙频：《女性的突围与救赎》，《名作欣赏》，2014 年第 25 期。

[2] 孙频：《女人与女人，女作家与女作家》，《文艺争鸣》，2016 年第 4 期。

二、心性和身体：施虐与受虐的双重变奏

在接受郑小驴采访的时候，孙频曾经说：“我是那种内心深处带着绝望色彩的人，底色就是苍冷的，很早就了悟了人生中种种琐碎的齿啮与痛苦，所以我写东西的时候也是一直在关注人性中那些最冷最暗的地方。”[1] 这也就是为什么，孙频小说中那些偏执者，总会以各种方式不自觉地向前滑行，直至不但将偏执带进自己的灵魂深处，而且还要将之扩展到周围的人群，从而形成虐待的种种奇观化表演。偏执之于自我，深入骨髓后便形成了自虐的倾向，且从身体和心灵两个方面蚕食着偏执者；偏执之于他人，是非如此不可的不容商量，从而形成对他人的折磨、扭曲和压抑，便是施虐的可憎面孔。但是与此同时，孙频总能将自虐和施虐糅合在一起，用了偏执者的角色，以旷世男女的脚本，上演离奇诡谲的红尘故事。对作品中的男女而言，这是虐心而诡异地爽快着的；对于孙频来说，是一意孤行的我行我素，也是她营造小说独特气质的不二法宝。但对阅读者而言，则可能是备受折磨的观看，隐秘、私情而又切身地存在。这类书写，在小说中俯拾即是。

> 你快骂我吧，快把我好好骂一顿，把我骂得狗血淋头才好，你就骂我是个贱货，骂我真是贱，再没有比我更下贱的女人了，求你了，你快把我狠狠骂一顿吧。(《丑闻》)

[1] 孙频、郑小驴：《内心的旅程》，《大家》，2010 年第 5 期。

你是不是觉得我很下贱很可怕？这样吧，你摸完我之后你再骂我，你就对我说，你真贱，你很下贱，你真的很下贱，你就是个婊子，你说，其实你就是个婊子。你快对我说啊，你其实就是个婊子。(《骨节》)

她渴望男主人虐待她，骂她是贱货是婊子是妓女，抽打她往她身上吐唾沫。(《假面》)

他命令她，你是不是个贱货？说，说你自己就是个贱货。你就是个没人操的贱货，快说。她在他身体下面像鹦鹉一样重复，我是贱货，我就是个贱货，我确实很下贱，很下贱。他越来越疼痛越来越痛快，说，你就是个欠操的贱货，是不是？她说，是，我就是个欠操的贱货。他狠狠插进去再进去得更狠一些……(《抚摸》)

这是自虐与施虐在孙频小说中展露得最凸出鲜明也是最暴戾跋扈的几处，其他星星点点，也不在少数。孙频终于还是忍受不住，把自己的狠劲儿排列在小说文本之中，警觉而心横，带有一种决绝与凛然。于是，旷世男女在性爱的世界里，相互折磨虐待犹如战场厮杀，自然也就见怪不怪了。

从孙频的小说中，细心的读者不难觉察隐现于其中的虐待的萌芽、发展与成熟的痕迹。《丑闻》在滑向自虐与施虐的过程中，展示了一个知识女性是如何一步步把自己培养成虐待狂的。作为一个女博士和大学教师，张月如先是倾倒于死去妻子的院长的魅力，在办公室里有了一次性爱经历。紧接着，在被抛弃而渴望不得之后，和一个高中毕业当过厨子的酒吧老板保持着性关系。然而她不知道的是，周小华对她多半是猎奇与占便宜的心态。从优越而高高在上的知识分子掉落到贱妇的过程中，张月如不停地反省自己，总结出“女人天生地具有婊子性”，进而自虐。最终，当一个入室抢劫者进入她的卧室之后，她脱光自己，来测试到底是自己的身体具有吸引力，还是银行卡更具有魅力。知识分子的光环不再，只剩下一具婊子味十足的身体，以卑微的姿态供奉灵魂的嗜血与残忍，从心性到身体，完成了一次从偏执到虐待的精神蜕变。在这一方面，更为决绝的应该是《万兽之夜》。李成静被分居两地的男友劈腿之后，执拗地带着一件昂贵的衣服去北方小城试图挽回爱情，偏执的性格展露无遗。巧合地，遇到小秦之后，走进了小秦的生活世界。小秦的生活轨迹是被父亲书写的。父亲一再失败后，又以高利贷之名非法集资，将村人们的养老金、娶妻钱等等席卷一空，却最终颗粒无收。为躲债而不停搬家，还召回女儿守家。李成静在小秦家住了一晚，却经历了上门讨债的惊魂事件。然而两个憨厚老实的讨债人，只不过是千千万万在“讨债”中存了念想的农民而已。他们没有想到绑架，然而李成静因为失败的爱情，宁愿“作假成真”，骗取男友的同情，却被男友当成“胡闹”，最终不惜挥刀砍伤自己的胳膊，以自戕的方式来宣誓“非假乃真”的事实。这实在是一个自虐与施虐的典型女人。不得不感叹，孙频的笔调确实够狠，且这狠劲儿是一种歇斯底里的发泄和不顾一切的喷薄，因此虐待里就带有了一丝快意的感受。孙频直言：“写作这件事就是说得再怎么高尚，本质上也不过是一个作家的快感，说得再俗点，和意淫差不多。既然是这样，那在写作的时候，有没有快感是很重要的，这也会使我在写作中会逐渐选择一种让我自己感觉舒服的写作方式，比如暴烈的充满力量的写作。”[1] 如此，孙频便径直让她笔下的人物由偏执而施虐并自虐，最终成为彻头彻尾的虐待狂——为虐待而上瘾，而快感须臾不可离之。

展示以自虐与施虐为天职的虐待狂，典型的文本是《假面》和《抚摸》两篇。《假面》中，李正仪是一个生活的失败者，作为一个大学生，试图谈恋爱却屡屡碰壁，被哂一文不值，却被学校门口卖包子的王姝吸引。王姝则是一个被包养又在包养期间被“转让”的女子。一来二往，两个人就开始了同居——一对男女赤身裸体地互相冲撞着，试图撕裂对方，以达到快意的性爱目的。竟至于李正仪同意让宿舍的其他三个人围观他和王姝的做爱过程。李正仪在这种“像个小丑一样给众人表演做爱”的过程中，获得了异常的兴奋感。王姝也似乎察觉到了别人的围观，同样兴奋异常。于是，往前走就是“虐待狂的无底洞”。李正仪毕业后两人结婚，在性爱的过程中互相虐待以获得快感——“为了达到性爱的高潮他们都戴上奇怪的面具……有时候她变成了盛气凌人的女皇，而他是仆人，乞求着她的原谅，渴望着她的惩罚。忽而又是她变成了奴隶，她渴望男主人虐待她，骂她是贱货是婊子是妓女，抽打她往她身上吐唾沫。一次做爱过程中她突然说她渴望被人围观着做爱，那样她一定会很有快感，因为那样她才会觉得她

[1] 孙频、走走：《写作的时候，有没有快感很重要》，《野草》，2015 年第 5 期。

被惩罚得够彻底，她才觉得她真是下贱。”[1] 他们便在性爱的虐待中，日日互相折磨，直到大学同学王建的到来。这让李正仪备受羞辱，因为王建围观过他们俩做爱。最终李正仪杀死了王建，或许等待他的才是最终的解脱。《抚摸》一篇，前缘类似《一万种黎明》，后续则是《假面》的孪生兄弟。张子屏小时候父母双亡，寄居姑姑家篱下，被姑父强奸后，她反而有了快感。在一家街道图书馆当管理员的时候碰到了李觉，两个人便开始了在性爱中互相虐待的日子。“她原本是不爱他的，可是现在，他越是侮辱她践踏她，她却真的开始对他有爱的感觉了。是的，她确实爱他现在的这种表情，这个样子，爱他对她的侮辱。或者也可以反过来说，她爱他，就是为了让他侮辱她。”[2] 大概虐待的最高境界就是不屑于再去虐待了，李觉终于离开了张子屏。张子屏反而展开了另外一种自虐——她跑到色眯眯的馆长的办公室，二话不说，脱光了衣服，让馆长在办公室里把她玷污了。作为集中展示虐待狂的精神与现实生活的小说，《假面》和《抚摸》读后让人倍感震惊，不意想来，太阳照不到的黑暗处，竟然长满了脓包，爬满了蝇蛆。

于此，孙频小说的“优点即是缺点”的特征也展露无遗。似乎停留在偏执者的角色里，还不能够满足孙频对奇观的展示，她必须将之继续推下去，直至到达黑暗的底部——那里不是死亡，也不是地狱，而是从身体到灵魂的互相虐待，且至死不罢休。小

---

[1] 孙频：《假面》，《假面》，作家出版社，2016 年版，第 43—44 页。

[2] 孙频：《抚摸》，《疼》，北京联合出版公司，2016 年版，第 157 页。小说中类似的描写随处可见，言语上略有重复，不知道孙频有没有注意到。

说成了孙频的实验室，她任性又蛮横地随意调配着各种情节与故事，非要配制成充满残忍与血腥的暴力文本不可。她曾说："我在现实中会去做那种最按部就班的女性，看起来过于普通，甚至没有一点作家的气场，但我会在小说中选择一种与自己互补的方式，真的，有些作家的作品和他本人可能就是互相补偿类型的。我会写一些暴烈的、生冷的，与性有关的，与虐待有关的东西，这样写的时候我自身就有一种被释放的感觉。"[1] 也正如此，在写作过程中，由于"意念过强"，小说往往会出现作家强行推动着故事情节朝着她所设定的方向前进，这样，就压抑了小说中的人物和故事，显示出一种牵强的浮夸与虚构的扭拧来。《自由故》中王发财出口成章的人生大论、《瞳中人》里星巴克巧遇的不符事实，以及其他小说中随意可见的大段命运剖析和生与死的哲学阐发，都可谓是这种强力所致的结果。如此，小说就不免表现出一种"用力过猛"的症候。虽然可以挑破脓包，但也同时伤着了肌体，结果就是：旧病未愈，新病陡增。这正如她作品中所说的那样："她已经做好全副武装准备好对付他的反攻了，没想到却一招扑空，因为防卫过当用力过猛，还差点摔倒在地。"[2] 这种种迹象流露在小说中，就可以拼贴出一个同样是偏执者的写作者形象来——偏执到往往会"抓住一点，不及其余"，狠命地就一个地方用力，待到伤口终于爆裂流血，还要在上面撒一把盐，然后静悄悄地享受痛彻心扉的感觉；"偏执一词，不由分说"，非虐待不

[1] 孙频、走走：《写作的时候，有没有快感很重要》，《野草》，2015 年第 5 期。

[2] 孙频：《自由故》，《假面》，作家出版社，2016 年版，第 78 页。

能看到灵魂的疼痛，非疼痛不能表达卑贱的体认，非卑贱不能衬托人生的悲剧，非悲剧不能渴求救赎的希望。而如若救赎是建立在由虐待而来的痛苦所彰显的卑微和罪孽的基础之上，那么这救赎也未免太过隆重而神圣，似乎救赎只属于天国和上帝，从来都不曾到达过人间和红尘，竟至于终了，也还是绝望与苍凉。这正如孙频所说："我必须承认，我写小说是因为我内心的缺失感太多了，还有就是我对人生的苦难太敏感了。"[1] 知乎此，孙频也在小说中对自己的绝望和苍凉进行了挽救，而这恰构成了她小说的"缺点而特点"的症状。

三、以救赎之名：怨恨、屈辱与卑贱和爱及其他

之所以说孙频的小说"几乎所有的缺点又都是其特点"，是因为我们都知道，在中国当代文学的图谱中，毕竟需要这样的作品去丰富时代的文学格局，总不至于因为无法忍受而拒之门外，因偏执而抹杀其存在的价值。在一般作家不注意的地方，着意点上几笔；在温文尔雅的书写之外，执意补上凌厉暴烈的文字。更何况，在孙频的小说中，旷世男女以偏执进而虐待的方式陷入肉体和灵魂的撕扯中不能自拔时，那掉落一地的，毕竟是他们人性的卑贱与可怜，也是他们命运的凄凉与悲惨，更是他们内心里的罪感与绝望。因此，孙频的书写越是过分，就越是烘托出一种生存的悲怆，而越是悲怆就越能彰显出一种悲悯。从这悲悯出发，才

[1] 孙频：《用文字和世界对话》，《山西文学》，2010 年第 6 期。

可以看到救赎的希望，也才能体味爱的温情与暖的真实。只是孙频在小说中将救赎埋藏得太深，从虐待的悲剧中摸索前行，还需要借助怨恨、孤独和痛苦，经过卑贱、耻辱与尊严，高举命运、人性及灵魂的巨灯，才能发现爱的阶梯。顺着爱的阶梯，才能最终到达救赎的所在地。

如果说自虐与施虐是黑暗最深处的底部那永不见天日的与蝇蛆相伴的脓包，那么离开这黑暗的洞穴走向救赎的光明，第一级台阶便是在自虐与施虐的过程中所彰显出来的怨恨、孤独、痛苦与残忍——“谁都不想如此，但我也没有办法”。《三人成宴》便是搭建这第一级台阶的木板。小说以一个从群体退出来的女画家找合住者为线索，铺陈了一段旷世男女的红尘奇缘。从人群中退出来，“要面对的第一件事自然就是孤单，可是，她早就明白，在人群中的孤单才是最大的孤单，就是被一个人抱在怀里也照样孤单得刻骨铭心。还是向自己的内心寻找一些东西吧。”那从内心里寻找到的，也仍旧是孤单。李塘的到来算是对邓亚西的拯救，两个同样是孤独的人，而且同样是对性有着畏惧感的人，走到了一起，预备来一场柏拉图式的精神恋爱。但是邓亚西对李塘“性无能”的发现过程，就是彼此怨恨生成的过程，“她知道，如果一个人朝着一个地方不停地软弱下去，羞愧下去，那这软弱和羞愧就会慢慢变成怨恨和癫狂。”这说的是李塘的怨恨。至于邓亚西，同样如此——相恋多年的男人最终甩了她跟一个中学女教师好上了，她疯狂地去侧面观察、了解那个女人，于是不需要模特就可以把这个女人画得惟妙惟肖，还在画中营造了一种场景——她和男友、女教师坐在一起用餐。这怨恨爆发出来，就成了“和每一个刚认识的男朋友飞快地上床，再飞快地分手，然后再下一个。……我并不是热爱做爱这件事情，其实我很厌恶这件事情，可是我必须得和一个又一个的男人上床才能减少一点我的疼痛”[1]。但精神恋爱没过多久，还是被身体的性欲所击垮——李塘试图和邓亚西做爱，她旧病复发，呕吐不止。她痛苦地发现，李塘是把自己当作救治他性无能的药物。这痛苦最终演化为李塘在外面找一个女孩子，公然带到邓亚西的房子里同居。这种折磨与虐待，让邓亚西的精神分裂症加重。三个人终于坐在一起吃了一顿晚饭后，李塘离开了，邓亚西也无可救药地被送进了精神病院。作为一个女性，邓亚西所有的孤独、怨恨和痛苦，都让她和李塘在性爱中所表现出来的虐待扭曲变形，朝着另一个方向迅猛发展。自然，这个过程对邓亚西而言是残忍，对倪慧和她的母亲而言同样如此。《柳僧》一篇，叙写母女两人回老家的故事，而实在是在表现那永远也回不去的过去的无奈，不管过去多么美好。倪慧带着母亲回山西老家，说是为了看望阔别几十年的家人，也略带着炫耀自己装出来的好日子。孙频似乎觉得这残忍还不够，终于在最后，母亲去探望了当年的相好之后，发觉相见不如怀念准备动身离开的时候，被当年的相好和两个光棍儿子抢劫，母女俩被残忍地杀害了。倪慧临死前想对母亲说一声对不起，都来不及，她将为自己对母亲的责怪而遗憾终生。残忍既在于回不去的美好，更在于那身首异处的悲凉竟然出于相好之手。于此，第一级台阶的木板，就被残忍的钉子打造成了牢固的救赎通道。

[1] 以上引用，均见于孙频：《三人成宴》，《三人成宴》，作家出版社，2016 年版。

沿着这第一级台阶向上，就越发能看到最黑暗处的虐待是多么卑微，那脓包和蝇蛆，只不过是卑微灵魂无奈的去处，试图坚守而不能的凄惨与可怜。这一方面体现在孙频所提供的“偏执者与虐待狂养成记”，另一方面则在于小说文本中无处不在的对耻辱和尊严的思考。《恍如来世》中丑陋无比又天生异才的韩唐生，因丑陋在高中就被瞧不起，到了大学同样因为缺乏才艺加入不到群体之中。凭借努力学习得来的，又只是证明自己并非天才。因为受到歧视，深夜照镜子自审的时候被人撞见，从而被当作自恋狂。谈恋爱受挫后，沉迷于游戏，因考试不及格而退学。这个偏执的男人不服输，再一次参加高考，考上同一所大学。然而却在一次看黄片自慰的时候，又被同学撞见，成为羞愧和耻辱的一面。他反而放开了，肆意地看黄片，大胆地自慰。关注最多、意淫最多的是早已在二十四岁就跳楼自杀的日本女优泽井奈。韩唐生在泽井奈的人生经历中看到了自己，卑微、屈辱、低贱。后来，在读博的岁月里，碰到暗娼丁霞，韩唐生就把丁霞朝着泽井奈的方向塑造，拍摄下两人做爱的视频。两人结婚后，丁霞在二十四岁的年纪，被逼从博士楼跳下身亡。孙频用了一个男人，敷衍出一段女人中的另类的故事。这一出“女优养成记”，也就成了彻头彻尾的“偏执者与虐待狂养成记”。《十八相送》可谓是这一“养成记”的第二季，铺陈了朱家明在大学里的经历。因为“娘娘腔”严重，朱家明的兰花指、照镜子、熏香，加上成天挂在嘴边的母亲张茉莉及时不时哭泣的毛病，没有人愿意和他同住，一次次被集体排挤出来，从而成为一个因偏执而离群、因离群而孤独的灵魂。他积极地去上文艺美学课，因为老师赵斌就是母亲张茉莉的初恋情人，她对他永生难忘。然而朱家明却发现这个道貌岸然的系主任只不过是一个睡女学生的人渣，他愤而替母亲打抱不平，在课堂上各种出洋相——打嗝、放屁外加摸女生的胸部。被逮捕之后读者才发现，朱家明十岁的时候母亲张茉莉就去世了，他成了张茉莉存在于这个世界的影子，他身上所有的"娘娘腔"都来自这个婚姻不幸的可悲女人。再一次地，我们看到，孙频故技重施——以男人写女人。这男人有多么卑贱、偏执，进而成为虐待狂的一员，那女人就有多么下贱、偏执与不幸。

与此同时，在"偏执者与虐待狂养成记"中，耻辱与尊严也成为孙频用力的抓手。她曾说："我在用文字创造一个世界的同时愈加明显地感觉到了自己内心里、身体里的种种卑劣、种种奴性、种种丑陋，甚至有时候我都会对自己心生恐惧。"[1] 她还说："其实羞耻和尊严是一回事。"[2] 因此，她越是写尽旷世男女的耻辱，就越是彰显出他们身上的尊严来。《骨节》中，夏肖丹出生于一个贫贱家庭，母亲孔梅勉力维持生活，却坚持把她培养为充满贵族气质的公主，因此省吃俭用买电子琴、钢琴，让她的身上充满艺术的修养。夏肖丹进入大学，这修养自然是备受男生青睐，也在一次弹琴挣钱的时候，遇到了包养她的男人，在被男人摸胸之后，愤怒逃走。这经历让母亲孔梅气愤异常，不惜剁掉自己的一个手指来让她铭记那耻辱的经历。孔梅保存着自己剁掉的一截手指，谎称那是她和丈夫的爱情盟誓。被讲述的那个远赴美国、

[1] 孙频：《写作的意义》，《文艺报》，2013 年 3 月 25 日，第 2 版。

[2] 孙频、走走：《写作的时候，有没有快感很重要》，《野草》，2015 年第 5 期。

有着高贵出身的父亲根本不存在，而是一个欺骗孔梅怀孕后逃之夭夭的流氓。她剁掉自己的手指，用来警示自己耻辱的过去。夏肖丹果然铭记了耻辱，以一截手指的名义，修炼成正果——当上了中学教师，嫁给了公务员丈夫，当了处长夫人。然而她出身里携带的卑贱，还是让她渴望一次婚外情，不禁在失败之后自虐，让出租车司机摸她的胸部来抵消车费。那自虐的背后，分明站着耻辱的人生经历和抹不去的残忍记忆，那缺失的骨节正是尊严。无独有偶，《色身》讲的也是一个类似的故事。一个群众演员杨红蓉，通过露屁股获得的报酬被母亲的癌症吞噬干净，定居城市的房子梦泡汤。为了能够尽快安定下来，她选择嫁给一个丑陋、低贱的小老板。或许是因为小老板知道了她露屁股的耻辱人生经历而夜不归宿，在外面乱搞女人。在一次发现自己被杨红蓉跟踪之后，丈夫超速行车，出车祸后成了植物人。杨红蓉偏执地跟踪丈夫，把裸体露屁股的耻辱一次次拿出来羞辱自己，成为一个可怜的女人。

孙频小说继续提供救赎的希望的台阶，《色身》可谓是第二级台阶到第三级台阶的顺利过渡。杨红蓉难以忍受照料成为植物人的丈夫，找了一个内心充满罪恶感的保姆刘亚丽。她以虔诚的态度服侍植物人，还在伺候的过程中显示出一种满足的喜悦。她把照顾植物人，当成了救赎自己罪孽的一种途径，来弥补未能照顾母亲的遗憾。忏悔、赎罪、拯救等，一一集合在刘亚丽的身上，她如同圣母，给了掉进黑暗最深处的旷世男女救赎的一线希望之光。因爱而虐，大概是读《圣婴》的第一印象。但无论那因爱而虐的表象如何，爱的温情却是其底色。这通往洞穴之外的台阶，最高处便赫然写着“爱”字，这爱字里满含着的又是悲悯，如同对婴儿的疼爱。格格是一个三十多岁的智障老姑娘，因药物副作用而异常肥胖。母亲宋怀秀时刻关爱这个智障的女儿如同关爱一个婴儿，也以此为底线，用了免费住宿、金钱和房产等作为诱惑的物质条件，积极地撮合格格和一个卖保险的小伙许峰在一起。这爱对许峰而言，自然是另一重的虐待，然而他贫贱的出身以及想在城市扎根的愿望，又促使他不得不接受金钱和房产的优裕条件，从而娶了智障老姑娘。但他的痛苦不仅仅是要面对格格，还要面对岳母宋怀秀——一个以悲悯之心看待智障闺女的母亲。宋怀秀所要的是许峰真心地爱智障女儿，从而给女儿的后半生找一个依靠。在看到爱已不可能后，欠和罚就成了宋怀秀绑架许峰的绳索，为此她跳楼自杀，用道德的罪恶来捆住许峰。救赎终于发生，却是由新的罪恶生成。旧债未还，新债又来，宋怀秀的悲悯之爱成了许峰堕入黑暗底部的起点，这一圆环的道德困境，无异于孙频提给世人的一个难以破解的生存与道德难题。在回答郑小驴的提问“维持你的小说一直向前的精神气质有哪些？”的时候，孙频说是“绝望，清醒，渴望，悲悯和爱”[1]。必须借由黑暗底部的映衬，通过攀爬救赎的台阶，再经历过卑贱、耻辱、痛苦等的洗礼，那洞穴外的太阳的明亮和温暖，才会越发显得珍贵而不可或缺。由此看来，孙频的小说就如同一个二次函数的抛物线，且开口是向上的抛物线——从光明处一次性跌落进黑暗的底部，在观看了那里的肮脏、自虐与施虐及由此而带来的种种不堪后，再

[1] 孙频、郑小驴：《内心的旅程》，《大家》，2010 年第 5 期。

接着逐渐攀爬救赎之光的卑贱、痛苦、屈辱等台阶，最终走进悲悯和爱的暖阳下。正如孙频所言：“我真正感兴趣的是，怎样在这‘顽固’的生存困境下找到精神的救赎与出口。这个过程是一个充满罪与罚、爱与绝望，纠缠着哲学与宗教意味的过程。”[1] 如此，孙频的任性和蛮横，不近情理与肆意妄为，也就有了一个可以闪躲腾挪的平台。那闪躲腾挪的过程，不正是孙频借用笔墨而跳出的略显苍凉而悲戚的华丽舞步么！

总而言之，还是应该再回到孙频的创作观念上，借以来理解她用二次函数抛物线所构筑的小说世界。她曾说：“我想，一个女性之所以会去写作，多半因为她的悲观和不安全感，所以写作也是一种精神归宿，是终其一生去热爱一种信念与表达方式。”[2] 这便是孙频小说中被认为是优点的地方。但用力过猛，所导致的优点成为缺点，也触目惊心。这大概是因为，在孙频的创作观念中，“我经常想，之所以有一天我坐下来开始写作终究是因为我内心的软弱。年龄愈长，我愈是强烈感觉到自己的弱小，就像身体深处一处永远填不满的洞，我用感情、用幻想都填不满它，于是，我开始向文字投奔。”[3] 因此，她便在文字世界中，肆意妄为起来。她的小说虽然也淋漓酣畅，却寒气逼人，令人望而却步。虽不至于自毁长城，但那终究是不稳固的奠基。看来，孙频需要找到更适恰的书写方式，来表达她那伤口上撒一把盐的疼痛、疼痛中的领悟、痛到死始方休的悲悯与爱的体验，以及奠基于此的

[1] 孙频：《永恒的生存困境》，《北京文学·中篇小说月报》，2014 年第 8 期。

[2] 孙频：《用文字和世界对话》，《山西文学》，2010 年第 6 期。

[3] 孙频：《写作的意义》，《文艺报》，2013 年 3 月 25 日，第 2 版。

救赎和希望之到来。孙频最近发表的《东山宴》，无疑就代表着一个全新的开始。叙述没有那么急促、紧张了，故事也没有那么凌厉、蛮横了，用力虽然依旧猛，却用对了地方，力道也逐渐地拿得准了，不至于造成新的伤害。同时，又能够揭示出她心心念念的、近似于宗教的信仰和哲学的沉思的东西。至于她到底能够在这条路上走多远，境界将提升到多高，还是拭目以待吧！

2016.12.16—24 人大图书馆圆桌·问馀斋

2017.3.18 改毕

自戕与施害并受害的现代人
——读孙频的《万兽之夜》[1]

《万兽之夜》中并没有兽，而只有人，以及由他们所组成的“世界”，所构建的“生活”。然而这人，却是“人而兽，兽而人”的人；这“世界”和“生活”，却是真实地当下着的，也是当下地真实着的，其所彰显的乃是“非兽而人”的种种，同样也是“非人而兽”的种种。读罢整个小说，依稀所看到的，是孙频在《万兽之夜》中试图努力描摹的，那样一个“既是人，也是兽；既非人，亦非兽”的“亦人亦兽”的生活。用“异化”命名之，略显学究气；用“变形”概括之，又略显言不符实。我更想用“自戕与施害的受害者”来称呼他们，并以此来观察他们的生活和精神——那正是孙频想要讲述的故事，并且希望从中抽丝剥茧般地，发见人性的隐秘、探究时代的奥妙。

整个小说的故事很简单，结构是典型的“双线型”，孙频用了一个怪诞而略令人惊愕的相遇将两条故事线捏合在一起，互相映

[1] 本文是为《中篇小说选粹》2016 年卷（杨庆祥主编）所写的短评，见杨庆祥：《中篇小说选粹》，北岳文艺出版社，2017 年版。

衬、说明，也互相纠缠、催发。李成静因分居两地遭到男友的劈腿，为了挽救这一场已经被宣告寿终正寝的爱情，远赴北方寒冷的城市，却恰好遇到了偷衣服的小秦。小秦的生活轨迹是被父亲书写的，为了赚钱，批发袜子、办养鸡场、贩卖西瓜木柴，最后贷款办了一个铸铁厂。一再失败后，仍旧不认命，又以高利贷之名非法集资，将村人的养老金、娶妻钱等席卷一空，却最终颗粒无收。为躲债而不停搬家，还召回女儿守家。李成静和小秦萍水相逢，却跟着去其家住了一晚，经历了人生的大“事件”——讨债人上门讨债。然而两个憨厚老实的讨债人，只不过是千千万万在“讨债”中存了念想的农民而已。他们没有想到绑架，然而李成静因为失败的爱情，宁愿“作假成真”，却被男友当成“胡闹”，不惜挥刀砍伤自己的胳膊，以自戕的方式来宣誓“非假乃真”的事实。然而“被绑架”，到底是真的，还是假的？是假着的真，还是真着的假？真真假假，别说男友，就是李成静自己，也难以分清楚吧？故事的结局，讨债人看催债无望，只得离去。小秦冲上阁楼，床上睡着的母亲已经死去，那本基督教福音小册子滑落在地；留下本来希望带领村人挣钱，反而害了村人的残疾父亲——讨债人弄瞎了他的眼睛，砍伤了他的身体。

李成静的自戕，无疑宣誓了现代人“富足而奢靡的痛苦和不幸”，他们因爱情而多少显得有些“无故寻仇觅恨”的痴傻；同样地，李成静的自戕，也彰显了现代人现实虚无感和无可救药的孤独，他们越是摆脱虚无和孤独，越是落入虚无和孤独的深渊之中，难以自拔。小秦的父亲是施害者，然而也同样是受害者。让小秦的父亲综合了施害者和受害者的角色，孙频显然再一次把她的“狠劲儿”给展现了出来——到底谁是受害者，谁是施害者？那施害者加之于受害者的种种，不正是施害者本身所承受的种种吗？而这施害与受害的两面一体的逻辑，不恰好正是李成静的“自戕行为”吗？于是，自戕以施害者和受害者的双重角色，阐释了现代人的荒诞、悖谬与可怜可悲。因此，两条线索是“一而二、二而一”的存在，是现代人生活的硬币之两面。就这一点而言，孙频是在用文学把当代永远地历史化了。

2016.10.12 人大图书馆圆桌

《关关雎鸠》诗论

新作读后示林森

军坡已绝失古音，
谁为仁义弹瑶琴。
五十弦外听夜哭，
竟翻旧谱还觅新。

丙申年庚子月庚辰日　北京 · 岁晚堂

新乡土、现代性与记忆术

——《关关雎鸠》阅读札记[1]

新乡土写作经由概念的提出、发酵，到现在似乎已然已经形成了一股不小的势头。在当下的情势中，如何去书写一个处于转型中的乡村社会和乡民们的世态日常以及他们的悲欢离合，成为新乡土写作的出发点与落脚点，顺带着的，在这种转变中去出去人性深处最为隐秘的部分，探求人心的种种，追问生活与命运之间可改变与不可改变的种种。因此，新乡土写作必然跳离开乡土写作的鲁迅传统和沈从文传统——乡土书写中“启蒙—批判”的模式与“浪漫—想象”的模式，逐渐呈现为新的书写传统。要么把笔触对准当下的乡村凋敝、衰落与日常变迁，将乡村作为展示人性的演武场，演绎各种人生故事；要么将书写引向一种未来的命运探索，试图给乡村现代化进程寻找一个更为美好与光明的未来。林森的小说《关关雎鸠》在我的理解中，应该属于第一种书写系统。在这部小说中，古典诗意的传承被拦腰截断，现代性的新面孔则凌乱、混杂且荒芜，以纸醉金迷、空虚茫然的人生

[1] 本文系“联合文学课堂”讨论会发言。

对古典诗意进行了无情的嘲讽，将之抛弃在一边不顾不问，沉沦于商品、货币与欲望消耗的狂欢之中，展示了一幅现代乡村新图景——那绝不是可资怀念的乡镇生活，而只是缩微了的城市的另一面。

一、乡愁，或小镇记忆术

1971年，诗人余光中用极简单的话语写下了《乡愁》，被收入各种语文教材，成为乡土抒情的典范。诗中铺排的随着时间流逝而逐渐清晰的乡愁情结，打动了每一个远离或曾经远离故乡的游子的心，一遍遍吟哦逝去的岁月和远离的村庄。实际上，从现代文学发轫期以来，但凡书写乡村的作家，无不怀着浓烈的乡愁情绪，或鞭挞批判故乡的种种落后、愚昧与无知，或想象浪漫故乡的种种甜蜜、温情与暖意。然而奇怪的是，经过了新中国成立后“十七年”中所谓的农村题材小说的发展，到了新时期文学中，乡土书写在乡愁的情绪上是从未改变的，却在书写的方式上及乡愁生发的缘由上，发生了天翻地覆的变化。现代文学时期的书写者们，在鲁迅的论述中，他们的乡愁居多是因为远离了故土，再回过头来作一种“异乡人的回叙”（李德南语）。鲁迅在《中国新文学大系·小说二集·序言》中说：“凡在北京用笔写出他的胸臆来的人们，无论他自称为用主观或客观，其实往往是乡土文学，从北京这方面说，则是侨寓文学的作者。”然而到了新时期，尤其是新世纪以来，乡土书写的浓浓乡愁悄然之间成了因着时间的流逝而倍感往昔不再的恋恋不舍之情。典型如贾平凹的《秦腔》，乡愁就带着某种凭吊的意味，出现在对乡村的哀叹、悲悼甚至是祭奠的情感，那注定将一去不复返的乡村所带来的乡愁，已经不与空间发生纠缠，而变成了和时间进行对垒的情感宣泄。因此，乡愁的达成正在由之前空间距离的改变而导致的情感生成，逐渐变成了以时间流逝的存在而造就的情绪体验。虽然现代文学时期的乡土书写也往往是充满回忆的，但那回忆的根本原因仍旧和远离故土有关。但现在的乡土书写，因了交通的极度发达而不再存在远距离的遥望，身在其中的书写者们，看到了凋敝、荒芜与凌乱，让乡村尽都在历史的阴影中变成消逝的一部分，而生发出无限的故乡情。林森的《关关雎鸠》我以为正是一部这样的作品。

小说的第一章，集中展现的便是这种“时间流逝”所造成的“历史的乡愁”。这乡愁的达成，最终却并非一味地哀叹或者说留恋，而是通过被文字装饰的小镇记忆术来实现的。对整个瑞溪镇的乡民们来说，深藏在他们心中的“小镇记忆术”便是一直延续的风俗——军坡节。作为风俗习惯的军坡节，是经由层层历史累积而形成的小镇习惯，这习惯无疑是小镇百姓所守护着的集体记忆，他们用了仪式化的表演、热烈的庆祝与装扮的方式将记忆彰显出来，使之成为小镇生活中不可或缺的一部分。通过每年一次对这种集体记忆的翻晒，来达到对记忆的复习、巩固，以便让这记忆不会变淡而逐渐隐匿、消失在历史的隧道中。于是，任何一次军坡节与其说是一个节日，不如说是瑞溪小镇百姓们集体进行了一次关于过往的回忆。尤其是军坡节被宣布为最后一次的时候，这种记忆的可贵就越发彰显了出来。由此而生发的浓浓乡愁，就弥漫在小镇的角角落落，不管是欢喜地参与其中的人，还是对这个节日有着抱怨或隔膜的黑手义，对他们而言，风俗习惯的改变，无疑意味着，时代的发展将要掏空他们记忆深处关于乡土的最温情的念想。一俟这种念想消失，小镇便不再是小镇——处在历史转折处的小镇将会是什么样？在小说中，林森的笔触老道地穿行于各色人物之间，勾勒出他们的形象，呈现出一幅触目惊心的将死未死的乡村图景。在小说的结尾处，军坡节本来在十几年后要再举行的，那名义不再是封建迷信，而是乡村文化传统，却又一次横遭拦腰斩断，本来可以恢复的小镇记忆术，再一次像老潘的记忆一般，变得飘忽而不真实，时时处在遗忘的境况。

作为小镇记忆术中的集体记忆，军坡节的衰落意味着乡村的衰落，乡村现代化的命运将是不可阻拦的，在势如破竹的滔滔历史洪流中，它们只得跟随着时间的发展而一步步走向自己的坟墓。从小镇的集体记忆术延伸出来，逐渐走向个人的记忆之中，就有了老潘对于过往的种种回忆，尤其是已经死去了的老伴儿；也有黑手义对往日的种种回忆，温情的与不堪的。小镇记忆术从小镇的集体记忆中散发开来，悄然之间进入了私人记忆领域，通过迥然不同的个人记忆来勾勒出整个小镇的往昔面貌，就可以拼贴出一幅古风依然、其乐融融的乡土本真图景来。在这样的图景中，人们自给自足，日出而作，日落而息，帝力于我何有哉。在闲暇的时候，还不忘记来两句——关关雎鸠，在河之洲；窈窕淑女，君子好逑。然而逝去的往昔不再，那通由记忆术所构建起来的浓烈乡愁，也会因为记忆的被掏空而终将消失在历史的隧道之中，变成历史的尘埃。古老的曲子悠扬，也最终只能剩下硬生生的歌词，那调子中所饱含着的情绪再也难以追回。林森就用了这种巧妙的记忆术的分散，由集体而个人，再由个人而全体，读之，虽然“关关雎鸠”的调子依旧存在，却总觉得那将是一去不复返的永恒的迷失了。浓烈的乡愁情绪弥漫开来，笼罩着整个小说的叙述，我以为，也构成了小说叙述的主要情绪，把控着阅读者的心理往前推进。

综合所有的这些，就可以梳理出《关关雎鸠》中乡愁的形态来——从时间而来的浓浓的乡愁，既包含着历史的乡愁，又包含着风物的乡愁，更包含着集体和私人记忆的乡愁。种种乡愁叠合在一起，就成了小说中浓得化不开的一种情绪、一种意趣。小镇记忆术虽处在被掏空的边缘，却带来了奇妙的体验。

二、乡村现代性：日常生活的常与变，或命运的时与势

通过小镇记忆术构筑起来的乡愁体验，注定在历史的变迁中成为凭吊、哀悼与祭奠的对象。所谓的“乡村历史命运”正是中国大地上任何一个乡镇已经经历和正在经历、即将经历的现代化命运。处在这样一个历史转折点上，乡镇逐渐展示出一种不伦不类、城乡混杂且难辨其往日容颜的常态。然而这常态绝非常态，而只不过是变化链条上的一种无奈和容忍。也是在这样一个意义上，我将“乡村现代性”归结为两个方面的表现，一个是“日常生活的常与变”，一个是“乡村命运的时与势”。在这样一个乡村现代化的过程中，“乡村命运的时与势”可以看作滔滔的历史洪流，是裹挟着乡村前行的力量，也是一步步掏空小镇记忆术所保留

的种种温馨画面的力量。正是因着“乡村命运的时与势”的存在，才会有小镇“日常生活的常与变”。

从“乡村命运的时与势”来看，在《关关雎鸠》中，就表现为瑞溪镇从1994年到今天所经历的种种现代命运。不管是积极参与到现代化的进程之中，还是努力抵抗这一历史过程，小镇上的居民都被这种“乡村命运的时与势”裹挟着前进。时势的改变，是造成他们现代命运的根源。在中国古代哲学中，“时势”可以被看作“天道”的转变，也同时意味着“人道”的流转。在瑞溪镇这个海南小镇，虽然偏居边陲，但却仍旧经受着大的时代变迁，也就是天道和人道的时势变化。正是这种时势变化，人心开始出现了污浊，人性中恶的一面被彰显了出来。黑手义和老潘经营的那种颇具古典意味的高山流水式的知音友谊让位给孙子一辈的无所事事、吸毒与赌博。林森巧妙地设置了三代人，第一代人的老一辈，在时势转变了的小镇，仍旧试图坚守古道热肠的信义，却被无情地抛在历史洪流的贪图，那么无力而又可怜地被暴晒以至于自我消灭；第二代人恰好处在时势转变的当口，他们有许召才这样勇闯天涯的寻觅者，也有许召文这样出而复返的回归者，更有潘江这样唯唯诺诺、手无缚鸡之力的无力者。他们在时代的变迁中，只不过是各安了一份自己的性命罢了，至于命运给予他们的到底是什么，他们从不过问，也懒得过问，随着时代走成了他们的使命；第三代人则不然，他们恰好是转变乱象中成长的一代，必然和小镇的现代命运维系在一起，于是就有了吸毒、辍学、未婚先孕、打架斗殴、赌博等——现代化所允诺给他们的种种享受与幸福还未带来，却首先降下了重重灾难，以各种方式剥夺了他们的生活，剥夺了他们的性命。在“乡村命运的时与势”之中，不管哪一代人，基本上都只不过是苟延残喘地维持着一份自己的生命。而这，恰是即将消失的乡愁最令人痛心的一部分。林森用颇为无奈的语气叙述道：

> 或许，只是觉得小镇正一日一日变得陌生，人和事，都渐渐超出意料和见识，连歪嘴昆这样内心澎湃的人，都有寻死的心了，还有什么不能发生的？赌场、毒品……像风一样，正在瑞溪镇各个角落弥漫，正在日渐渗透宁静的日子，正在把一栋建好的房子的地基抽调，今后还会有什么呢？一切都会崩塌，一切都在沦陷——连让歪嘴昆提振精神的法子都是让其去嫖妓了，还有什么是坚贞不变的？（140—141 页）

这种无奈中所透露出来的，是对“乡村命运的时与势”的无奈，也是浓浓的乡愁泼洒之处。正是这种哀叹里，一种“时不我与”的感慨于焉可见。面对着时势的变化，面对着天道和人道的改换，小镇也只能在哀叹中，留恋往日的旧时光，高歌“关关雎鸠”的古雅旧梦。

与“乡村命运的时与势”相映衬着，则是“日常生活的常与变”。对瑞溪镇上的生活而言，黑手义、老潘等就是日常生活中乡村的常的一面。但他们的孙子一辈，却都因为时和势的变化，成了乡村日常生活中变的一部分。正是这“变的一部分”，造成了乡村现代性的种种，也写就了乡村现代命运中凋敝、残破与终将被粉碎的一面。实际上，对他们而言，瑞溪镇的生活已经远远不能满足他们的欲望，那种来自身体深处，被“乡村现代性”所召唤出来的原始欲望，激励着他们总有破茧成蝶的冲动，最终无一不是破茧了，却难以成为靓丽的蝴蝶，顶多变成一只折断了翅膀的“丑虫”。因此，称他们为“满怀着革命激情的英雄幻梦者”，一点也不为过。他们在封闭的瑞溪镇牢笼中造梦，时刻准备着突围。然而在他们还没有突围的时候，经受了时势变迁的小镇，已经把他们给降伏了，让他们拜倒在现代性的石榴裙下。在书写了小镇“日常生活的常与变”的一代人中，张小峰算是一个异数。我总觉得这里面包含着写作者林森的影子——他最后算是“功成名就”地回到瑞溪镇，“站在十字路口的电线杆下”，审视着整个瑞溪镇，无异于是林森站在想象的高地，用了现实作为颜料，描绘出一幅现代意味十足的乡镇风景画。最为有意思的是，这个小镇的“十字路口”和这个“十字路口的电线杆”颇具有象征的意味——小镇的十字路口，不正象征着经历着现代转换的小镇的命运吗？而那根竖立着的电线杆，不正是亘古如斯的小镇的“常的一面”吗？而且在这根路口，这个电线杆下，卖粽子的王科运，因为政治事件而一生尽毁，渴望着“科举考试所带来的运气”，最终却变成了小镇人的讽刺对象，以及家人们痛苦不堪的生活之根源。第一个考上大学的“进士”，最后疯疯癫癫——这难道不是小镇“日常生活的常与变”的一个隐喻式书写吗？人虽在，世已变；命虽活，魂已散。王科运不就是瑞溪镇的化身吗？小镇还在，却面目全非；生活依旧，却千差万别。那留在小镇“日常生活的常与变”之中的，不就是各种各样的王科运吗？面对着“小镇命运的时与势”，注定了的“日常生活的常与变”，再也带不来任何“运气”，通由“科举”而上位的梦想，也只不过是空想而已，王科运因为政治事件变得如此疯癫，张小峰也并不见得好到哪里去。实际上，一俟落实到生活的现实层面，“日常生活的常与变”又何尝只是瑞溪小镇的现代命运，它无孔不入到任何一个人的生活中，拷问着他们的灵魂，质问着他们的选择。这一点，也恰是林森这部小说的成功之处——一滴墨水，却染透了整个人生。

三、庸俗的日常生活与时代的英雄幻梦：活着之为活着

对一个作家而言，可能如何剖析我们当下的生活、如何重现过往的历史，都不是核心任务。在文学的黄金年代，当下生活与历史过往的书写曾经担负起指引人们走出黑暗的使命，在一个贫乏的年代提供可资借鉴的思想。然而期待作家成为哲学家，或者让作家成为思想家，都大有一种奢望的味道，也极度地不具有现实性。但是从另一方面而言，文学所能提供的启发，是大可以期待的。这种感觉在阅读《关关雎鸠》的过程中，愈发强烈起来。林森显然已经不再满足于去描摹一个小镇的衰落，去追忆小镇往日的古雅风度，他对着人生的宏大命题进行追问，至于这追问到底有没有给予答案，那就另当别论了。我以为，这种追问本身，就是一种大关怀，是对生命存在的一种呵护与照料。也由此，展现出林森的大情怀和大悲悯来。

在整个小说的书写中，一再出现的一个画面就是：年轻一代对瑞溪镇的抱怨。“退学后的很长一段时间内，潘宏万处于无所事事的状态——这也是镇上大多数青年的状态，精神萎靡，方向

不清，想豁出去了大干一票比如说把镇上的农业银行给抢了比如说偷点钱去妓院遍地开的永发镇嫖得两腿弯曲之类的，又胆子不够，只得把幻想放在心里自慰，做一些打群架、勒索小学生零花钱等小坏事打发时间。”（131—132 页）要么就是：“小镇生活过于无聊和平淡”（191 页），“瑞溪那么小，有什么好走的？”（215 页），“依然是这个熟悉的小镇，从记事开始，一直是这墨阳，好像从三百多年前建墟开始就这样，好像往后三百年，还是会这样，节奏缓慢，每个人好像都有事，每个人又好像都无所事事。”（216 页）对小镇的居民们而言，“镇上的生活简单乏味，不过是一个大一点的铁笼而已，关在笼里的人，却不自知，在自得其乐，在枯燥中寻滋味。”（228 页）以至于在小说结束的地方，还要再加上一笔：“他再次回头，除了慌乱的人群、飘飞的垃圾、扬起的黄尘，他没看到什么”（342 页）。小镇乏味如斯，枯燥如斯，每一个“有志青年”都试图要冲出这样的“牢笼”，去“外面的世界”闯荡一番。然而对他们而言，出去了却依旧得回来，且不说“入族谱”的大事儿，就是每年的过年和清明，扫墓、烧纸钱、祭奠、上坟等等，都是他们摆脱不掉的“古旧尾巴”。他们终将要回来，在他们身上蠢蠢欲动的时代的英雄幻梦，最终都被岁月消磨殆尽。对他们而言，或许竟不至于去思考“生命存在的意义与死亡问题”，或者也不会思考“人应该如何生活”这样高深且枯燥的问题，但一俟他们要在日常生活中坚持庸俗，要在庸俗的人生中寻找能够被发现的意义，他们就觉得问题实在是太多，他们的人生就如同一张网，如何挣脱最终都将会成为网中之物。他们被注定的命运就是如此——就算他们真的走出去了，也顶多只不过是从村子里搬到小镇上，用瑞溪镇上做着“英雄幻梦”的年轻人的话来说，用老潘的调子来说，就是“从一个小笼子里，搬到另外一个大一点儿的笼子里”而已，笼子仍旧是笼子，再大的笼子，也只不过是笼子罢了。对于活在小镇上的人物而言，他们只得感叹：“唉，活着，没味啊。”（177 页）这一声哀叹，无异于把“活着之为活着，到底为何”这样一个问题和盘托出，捧到每个人的面前，逼迫每一个人都思索着同样的问题。文学的确无法承担思想启蒙的任务，但是在启发思考与醒悟方面，我以为林森的《关关雎鸠》是做得最为完善的一部小说。

掩卷深思，关于乡愁的种种，关于时势与命运的种种，关于日常生活与活着的意义之种种，一一浮现于眼前。这都得益于小说的赐予，但也同时来自生活本身。或许这就是一个作家的伟大之处吧，他的书写总是在将当代生活历史化——以最为真诚真挚的态度，来书写这个时代的事无巨细的变化。

但是也同时需要指出，在把控和驾驭长篇小说的时候，“80后”的写作呈现出一种慌乱来：重复性书写比比皆是——比如一再出现的关于小镇的抱怨，粗略统计至少出现有八次之多；在对黑手义和老潘的关系进行书写的时候，亘古如斯地停留于对往昔的古典怀旧上；在对孙子辈的描写中，欲望的喷发总带着危机出现，对塑造小镇的庸常不但没有帮助，反而是削弱。因为整个小说就是对小镇庸常生活的展示，只需要进行点睛之笔地那么一提也就够了，太多的抱怨就显得会成为一种说教。篇幅的拉长，让小说阅读缺乏一种流畅感——前三章中，第一章写得最为饱满，第二章接着书写，到了第三章就有些泄气了；往后的内容，基本上是前三章的敷衍和延续，故事的铺排反而有一种杂乱；最后一章作为结尾，重新让军坡节出现，却又硬生生地将之截断，而那理由是如此不够充分，就失去了对第一章的照应，试图展现出来的丰富变成了一种气势不足。私下里以为，后两章的故事完全可以融入前三章之中，造成一种紧凑的感觉。所谓“一鼓作气，再而衰，三而竭”，放在这里，就可以看出长篇写作的艰难来。

2016.11.6 北京・风絮阁

《蚁王》诗论

示郑小驴书后

从世有年已三十，
常将书墨洗砚池。
香樟树下听雨落，
阛阓门里说旧事。

丙申年庚子月辛巳日　人图圆桌·问徐斋

“80后”的脸谱
——由郑小驴的《蚁王》想到的[1]

随着创作的深入与丰富，“80后”的写作越发呈现出一种莫名难辨的局面。迈过而立之年门槛者，逐渐在思想上有了自我的提高与升华，在追求文学技巧圆熟成功之后，开始越来越注重作品内涵的深厚圆融、浑然天成与发人深省，奉献出更多的属于时代的作品；站在而立之年门槛上的另一批，则似乎处在了一个转折的停顿当中，或者说进入了创作的瓶颈期，正蓄势待发，渴望破茧成蝶；慢慢地靠近而立之年门槛的后来者，许多也仍旧沉浸在成长的故事里面，试图在前辈们开掘过的成长领域之外，开拓更为现代、当下且具体的成长经验领域，继续书写青春故事与成长记忆。在这些创作者中，郑小驴应该属于第二类别。在出版了数部小说作品之后，近来的创作却并不“丰饶”，略显“滞缓”而似乎逐渐淡出“繁华热闹的圈子”，进入了一个相对安静而又平和的时期。但可以期待的是，这个时期肯定不长。以我的猜测，他大概在一种厚积薄发的状态中，正跃跃欲试，朝着更新、更高的文学境界发起新的冲击。这

[1] 本文发表于《湖南文学》2017年第6期。

一凤凰涅槃的过程虽然痛苦，却足以值得他赴汤蹈火、在所不惜。进入这样一种文学的创作时期，我私下以为恰恰是他迈向成熟的标志，是可以期待的信号。也因此，我将借助郑小驴最新出版的小说集《蚁王》，来做一次回顾性的总结与大胆的预测，探讨“80后”写作未来的走向和可提升的空间与路径。

一、“80后”，还是1990年代：我们的成长谁负责？

时至今日，对“80后”的描述仍旧停留于1980年代，那个他们出生的岁月。似乎出身决定论依然在延续。然而如果要进入“80后”写作的内部，去解读其作品，则必须明了的一个事实是，出生于1980年代的人，基本上都成长于1990年代。他们的记忆形成、世界观塑造、人生观打磨最为关键的时期同样是1990年代。因此，他们的文学观念、认知世界的方式、获得与世界进行对话与交流的本领的年代，至少应该推迟到1990年代。这种相隔了十年的代际传承，恰好塑造了1980年代生人的精神内核与趣味指向。倘若认识仍旧停留于1980那个文化热、美学热、道义担当、浪漫与幻想并重、先锋与探索等风起云涌的年代，显然他们必将是落寞的一群，根本无法找到他们应有的位置。他们甚至都未能及时感受到那个时代的影响，人生就已经被拖进了1990年代。他们生不逢时，成长却恰当其时。在一个转折的年代，搭上终结1980年代的时代列车，昂首阔步走向大转变的1990年代。某种程度上而言，与其说他们是1980年代人，不如说他们是1990年代人——1990年代在他们身上打上了深深的烙印，足以造就刻骨铭心的记忆与永世难忘的人生。他们作品中出现的种种现象，初看上去仿佛紧贴着当下的生活，却早已经肇始于 1990 年代，仿佛诉说着一个遥远而切近的“成长之梦”。这一批作家，一睁开懵懂蒙昧的双眼，看到的已经是那个市场经济逐渐走向繁荣昌盛、物质生活逐渐极度丰富，也同时造成了极度不平等的时代。在这样一个时代，个人奋斗的热潮过后，英雄神话慢慢变成了冷冰冰的关系网中挣扎的弱者事实，阶层分化、底层命运、器物世界、精神空虚有之，白领生活、中产阶级、灯红酒绿、醉生梦死亦有之，甚而大觉大悟者走向了田野和山林，执迷不悟者流连于红尘和俗事，幡然悔悟者梦醒后痛不欲生并行年一百而知九十九年非。市场的繁荣与精神的堕落，成为最突出的时代镜像。在“80 后”作家的作品中，让生活细节迷失于身体的性事之中，度日如消费身体；在观念的领域里一无所有却无所不有，虚无又高蹈地嬉笑怒骂、指点江山；在故事的呈现中一曲三折、一唱三叹，迷醉于春花秋月的凋残与暑热酷寒的两极交替。这是典型的 1990 年代风格，在 2000 年代及以后逐渐臻于完美并被经典化，成为世俗生活的圣经。再加上“中产阶级梦”，几乎可以说构成了他们作品中的核心要素。因此，“80 后”的诸种写作与其说发生于 2000 年代与当下，不如说早在 1990 年代就埋下了伏笔，种下了“祸根”，在成长时期奠定了基础，在他们进入创作的时候，达于巅峰。

在《蚁王》这部小说集中，约略百分之七十的篇幅，都能在当下的图景中找寻到 1990 年代的影子。《可悲的第一人称》所处理的正是一个现代社会的逃亡故事，也彰显了“80 后”作家的挣扎与茫然。“我”在现代社会的挤压下，终于难以忍受生活中的种种不堪，千里迢迢跑到了与越南接壤的地方，一头扎进类似原始森林的蛮荒之地，试图靠着侍弄中药材发家致富，以便对自己逃离的那个社会“杀个回马枪”，给它以致命的狠狠一击。然而最终的结果却是在遭受了难以想象的失败之后，从梦想之地大逃亡，重新进入那个他痛恨的“社会的怀抱”之中。这在1990年代不乏其人，那一批对市场痛恨有加而又最终不可须臾离之的“老前辈”，不正是如此的神态么？郑小驴无意中用年轻的身躯，刻画了这一类“时代的落伍者们的精神面孔”。《枪毙》与其说是一个堕落的青年逐渐走向生命终结的故事，不如说是一个孩子如何从顽童的状态走向了暴力之途的成长故事。十九岁的少年，迷恋上了赌博并输掉了能输和不能输的一切之后，伙同他人去抢劫一个留守老人，无意中塞了一块最终要了老人命的毛巾，背负杀人的罪名走向生命的终结。留守老人的孙子在公开枪决十九岁少年的大会上，用玩具枪象征性地“枪毙”了他，留下了一个戏谑的暴力场景。很难想象，在这个孩子成长到十九岁的时候，他会做出什么样的极端举动。

在诉说成长故事方面，最为成功的是《入秋》，也典型地彰显了1980年代人的“1990年代本质”。秋红的父母因为畏惧超生而丢掉工作，让瘸子和瞎子夫妻抱养了她。秋红在成长岁月里，经历着他人鄙夷的眼光、数学老师的性骚扰、同学夏军的爱情追求等等。在姐姐患病之后，父母重又找到了秋红，目的十分明显——一是要让秋红给姐姐做骨髓配型从而治愈她的白血病，二是在姐姐无法医治之后将她作为“备胎”。在得知养女即将被带走之后，瘸子居然试图强奸秋红，未得逞之后投河自杀。此后，为了拉拢秋红，父母不停地在物质上进行着各种各样的引诱与笼络。为了报复父母当年的丢弃，秋红自甘堕落，抽烟、喝酒、早恋，在父母报以最大希望的高考上故意惨败，最终和另一个小混混过上了同居生活。对秋红而言，她的人生实在是过于迅速地进入了秋天，凋萎便从堕落开始。然而掩卷深思却发现，秋红的"入秋"到底谁应该为之负责呢？1980年代生人的青春谁来呵护？谁来为这一整代人的成长负责？被一个大时代裹挟着，在一个市场主导而人伦式微的年代，那些亲情的、爱情的、师生情、祖国情的种种神话，竟然破碎一地，硬生生地将一个花季少女过早推进了肃杀的深秋，这不正是1980年代人的悲剧么？他们成功，因为他们捷足先登；他们失败，因为他们一无是处。物质的极大丰富，很无奈地试图掩盖精神和情感的匮乏，最终却纸里包不住火，星星之火以燎原之势烧毁了一代人的青春。甚至可以说，他们的青春始于1990年代，他们的人生也终结于1990年代。他们之所以还活着，只不过是为了证明1990年代还在苟延残喘地死而不僵罢了，甚至借尸还魂，达到巅峰。

《蚁王》写的是一个混混，他的世界充满了死亡、砍杀、谋害，同时他也以蛮横、欺凌和残忍去混日子。最终却死在了他的接班人手上——一个十四岁的孩子，在混混准备放了他的时候，孩子反而拿起石块将混混杀死。十四岁孩子的青春里，和"枪毙"敌人的孩子一样，充满了暴力与暴力的合理性。《没伞的孩子跑得快》则写一个小女孩的出游期待。为了能够出去旅游，故意和人贩子走了，最终在父母寻来的时候完成了一次人生的旅行。1980

年代终结了，对她而言，1990 年代却远未开始，在她自己独自前往的时候，才会迎面遭遇极度繁荣、混乱和喧嚣的 1990 年代。

二、市场与文学的纠葛：失重的当代文学史

实际上，必须承认的一个事实是，1990 年代的当代史，成了 1980 年生人的成长史。他们对成长的每一处书写，无不闪烁着 1990 年代的影子，甚至他们的文学观念都和 1990 年代有着扯不清的关系。这一点尤其体现在不拘泥于且试图超越现实的写作者那里，郑小驴就是其中一例。

1993 年前后，由王晓明等发起，众多人文知识分子参与，轰轰烈烈的“人文精神大讨论”掀起。面对着市场化的全面铺开，他们忧虑于人文精神的衰落，纷纷起而奋争。这一场声势浩大的“讨论”颇似 1980 年代初的“潘晓来信”所引起的争论，然而时过境迁，“潘晓的问题”虽然引起共鸣却未能在 1990 年代持续，他们更迫切需要解决的，是自己面临的、身处其中的生活的种种问题。或多或少地，1980 年代生人的身上都存在着类似的焦虑：一方面，享受着现代物质生活极大丰富所带来的便利；一方面，却不甘心于做一个物质的奴隶，变成“灵魂的行尸走肉”。在这部文集中，我以为写得颇具象征意义和寓言性质的《天鹅绒监狱》也代表了这种时代的纠结。

《天鹅绒监狱》以荒诞且颇带象征的意味，写了一个名叫孔厘的画家，莫名其妙被带到天鹅绒岛并最终被驯化的故事。天鹅绒岛给艺术家提供了优厚的创作条件，有别墅，吃喝不愁，但有一

点，艺术家需要按照天鹅绒岛规定的创作方向、创作方法来完成几乎可谓是定制的艺术品。许多著名的艺术家纷纷放弃了自己的创作原则，按照天鹅绒岛的规定，创作了被称为“伟大”的作品。他们乐享其成，住着别墅，喝着红酒，衣食无忧地活着，按照“天鹅绒现实主义”的方法，表现天鹅绒岛的历史，歌颂其伟大领袖“老板”。其中有一个编号为93的雕塑家，不屈服于这种权威，最后被发配到劳改场修筑防波堤坝。他想方设法要逃离这座天鹅绒岛，却最终命丧暴风雨之中。最终，被驯化的89号开始驯化新来的99号。故事离奇却寓意颇深——市场以艺术家们梦寐以求的物质条件笼络他们，让他们按照市场的规则来进行创作，完成那些完全是模式化、机械化的作品。市场自有一整套自己运行的规则，以物质诱惑为手段来驯化充满个性的艺术家。自然，这个小说还可以从政治的角度来解读，从中看到意识形态对艺术创作的干预。也可以从文学规则的角度来分析，看出创新与规则之间的冲突。总之，它有着丰富的可解读性。然而联系着1980年代生人的“1990年代本质”，市场与精神之间的纠葛，仍然是不可或缺的一环。

三、向东走，向西走：如何拯救我们的灵魂?

在“80后”的写作中，始终纠缠着一个问题，他们或许自己不知，却始终必须重视——为什么要写作？写作的意义到底何在？初看上去或许是一些毫无意义的追问，带着严重的本质主义倾向，但绕不开。实际上，这一批作家已经在不断的创作中，掌握了相当成熟的创作技巧。然而这么多年过去了，回头清理自己的写作之路，却发现难以找到那人人称赞的“代表作”。十分有必要清理一下“80后”创作的思想资源和文学资源。在他们的创作谈中，大批量地重复着马尔克斯、博尔赫斯、卡夫卡等人的名字，以及四大名著、鲁迅、老舍等，现代主义、后现代主义，以至于现实主义，萦绕于口，不绝如缕。他们也醉心于基督教的种种，醉心于佛教的义理和禅宗的顿悟，唯独缺乏穷究的精神。对他们而言，甚至对所有写作者而言，写作技术或许可以通过文学资源来学习，而且是学习得到的，还可以学习得很好。所以在写作技术到达炉火纯青之后，他们立马就面临着创作上的瓶颈。他们发现自己无法远行，因为他们储备的是自认为的“金子和银子”，是“干粮和水壶”，却没有给自己准备辨认可食用植物的本领，没能让自己具备采摘和狩猎的能力，更没有学会寻找水源的方法。所以一旦他们把随身携带的金钱用完、干粮吃完，他们就会对自己的创作干瞪眼，而不能随时在路途上寻找风景，寻找食物的素材，然后烹饪出只属于自己的食物，以便让自己走得更远。也就是说，独立思考的能力、领悟生活的方法可能是最重要的，唯凭借此，一个作家才能够创造出属于自己的“思想和智慧”，而不只是在别人的套路中打转。对任何一个作家而言，不仅要会走那已经存在的路，更要会披荆斩棘，开辟属于自己的道路。

左冲右突，试图找到属于自己的道路，那种挣扎、痛苦与抓到一根救命稻草的欣慰甚至狂喜，突出表现在《路上的祖宗》和《赞美诗》两篇小说中。虽然故事都是如此沉重、悲悯，且略带着失望和无奈。《路上的祖宗》所写是鬼节这天“我”和姑姑一起经历的事情。鬼节和以灵魂回家的姑父，成为这篇小说的关键，因为它手中赫然拿着一本书——《长生不老术》。这让人不由自主地想起中国的道教及其传统。如果再加上那个试图通过中草药来拯救自我的“第一人称”，在郑小驴的世界中，向传统张望虽然不甚明显，却也历历可数。东方的传统思想，虽然并没有在这种借用中焕发出更大的光辉，但作为一种尝试，值得探究。与“向东走”完全不同的是，《赞美诗》选择的是“向西走”，以赞美诗的形式宣告福音的存在，带入基督教的某种氛围。独眼男子与一个女子合租，将她奉为女神，为窥视而不惜动用安眠药。一次偶然的机会，撞破了“纯真女神”的种种谎言，那淫荡的挑逗与不负责任的爱恋，精赤条条的裸体与肉欲的勾引，最重要的是对独眼男子的各种蔑视与厌恶的表达，终致男子歹意顿起，强奸并杀害了“梦中女神”。赞美诗时不时地出现在他的耳畔，最终发现那来源竟是富人区的一个老太婆。终究，赞美诗的纯美声音并没有拯救这个来自赤贫家庭的苦孩子，他将自己的痛苦以痛苦的方式，转移给了那个“梦中女神”。

向东走，外甥并没有从道教那里找到“长生不老术”，让青春永驻，只能在鬼节与姑父相遇；向西走，赞美诗也并没有能够拯救贫苦的年轻人，他最终走向了杀人犯罪的结局。在向东走和向西走都不通的时候，我们不禁要追问：“80后”，拿什么来拯救我们多灾多难、瘦骨嶙峋的干瘪灵魂呵！

2016.9.19 人大图书馆圆桌

2016.9.22 修改

丁东亚小说诗论

文末赠东亚兄

梦醒人难醒，
孤绝凌人行。
开窗闻旧事，
落雨打浮萍。

戊戌年庚申月甲戌日　长安·逸远斋

弃绝者的自言自语
——丁东亚小说一瞥[1]

初读丁东亚的小说，一种来自俗世生活中不为人知的陌生感油然而生，那些被压抑的声音如同在午夜发出的呜咽悲鸣，带着阅读者投入似真似幻的梦境之中，疲于奔命地寻找自我的真实存在及其意义和价值。陌生感的获得并非仅仅只是梦的不真实与突兀，更来自它对当下生活的强行介入，更是一方“内在的外来者”的角色争相展示自我的舞台，从而上演了一幕幕“假作真时真亦假”的好戏。也恰恰是这种阅读上陌生感的获得，丁东亚的小说书写以迥异的风格区别于其他“80后”作家的创作——当一批批“80后”作家醉心于现实生活中无奈、压抑与恣意放纵、自我哀怜等的描写的时候，丁东亚已经将他的笔触伸向了心灵深处最幽暗的场所，试图揭示被埋在海水之中的冰山的真面目，让稀松平常的生活变得五彩斑斓，且给予其毋庸置疑的意义。从某种程度上而言，丁东亚的小说可以称为是“弃绝者的自言自语”：一个由疯癫者、痴傻者、自闭症患者、忧郁症患者、妄想症患者组成的

[1] 本文发表于《创作与评论》2016年第3期。

世界，他们靠着梦、谎言、欺骗来维持着彼此的生活。然后在各自的相遇中，撕扯着他们的肉体和灵魂，一同坠入虚无之中。丁东亚的弃绝者形象很明显和现代文学的传统是接续的，比如鲁迅的《狂人日记》《祝福》，郁达夫的《沉沦》等。在中国现当代文学史上，这类弃绝者构成了一个完整而丰富的谱系，深究他们弃绝背后的历史，或许能够得出一部中国人的“精神生活史”。但是对丁东亚小说中的弃绝者而言，他们没有拯救的希望，因为他们根本不知道何为拯救，拯救之所从来。而实际上，他们根本无需外在的拯救之力量的到来，因为他们自己就是他们的拯救之希望，他们所构成的世界就是他们的完美天堂。

一、梦的书写者

翻开丁东亚的小说，一个最为基本的核心要素便呈现在了读者的眼前：梦。无处不在的梦几乎构成了他小说的全部，从而在阅读的感官中，很难弄清楚丁东亚所写的到底是现实的生活，还是他自己的一个糊里糊涂的梦。在这些小说中，任何一个随时出现的人物都是伟大的造梦师，他们借由自己丰富的想象构造出亦真亦幻的梦的世界，不但要自己沉醉于其中，还要将之昭示为整个世界的存在。他们俨然一群现实世界的思想者，沉思着人世间不为人知的、最为隐秘的存在，哪怕是一片落叶之于他们也是伟大的奇异世界。所以，充斥于小说之中的，就是一种孤绝而独立的感觉，一种被弃绝之后无奈又感伤的境地，且在这种感觉中夹杂着恐惧、欢欣与疯狂的热爱。“我感到自己被困在了一个诡异虚渺的梦境。”“或许是天气的诱使，这些日子，我开始在梦中迷失。”[1] 他们宁愿沉浸在梦中也不愿意醒来，哪怕那梦是空虚无边的深渊，他们也愿意堕落在那深渊中。由此出发，他们可以想象出一个比现实世界更为斑斓的所在，“我在梦里总是看到一顶火红的轿子在空中飘来荡去。”[2]“我在梦里看见你妻子夜晚时候站在我们床前，看着赤裸裸的我们。”[3] 于是对他们而言，梦直接就是现实生活，或者说现实生活只不过是梦境的重现而已。所以在他们看来，生活往往在梦中已经被提前预演了，所谓的活着只不过是证明梦真的存在过。“其实每个人都像是活在一个梦里，只是自己不知道而已。”“我在梦中竟看到了她死去的样子。”“其实我知道他不过也是一场梦，而在梦醒之前，我还是想要在他构筑的这场无终的梦里活着，直到有天他感到厌倦，先于我醒来后离开。”[4] 现实生活与梦境一而二、二而一的交融状态，最终让我们看到了丁东亚写作的高明之处——在那些已经被写滥了、写俗了的生活之中，发现那些从不曾被触碰的东西，因为它们早已经被一种名为“正常”的东西给掩盖住了。丁东亚借助梦的形式，给我们揭示了日常生活中被“话语的权力”[5] 所压抑的存在，并以此来纠正俗世的偏见与执念。或许丁东亚并没有“纠偏”的野心，

[1] 丁东亚：《请你将梦带出黑夜》，《长江文艺》，2014 年第 7 期。

[2] 丁东亚：《隐秘盛开》，《野草》，2014 年第 4 期。

[3] 丁东亚：《南方》，《广州文艺》，2013 年第 12 期。

[4] 丁东亚：《风行无址》，《上海文学》，2014 年第 11 期。

[5] 福柯对于这种话语、文本、权力之间的纠葛有着透彻的分析，他的著作《古典时期疯狂史》《疯癫与文明》《性史》等都是这方面的代表。

但是他的小说的的确确让我们看到了生活的平静水面之下有着多少激流和险滩，对我们进一步地认识我们的生活有着多么重要的意义，虽然有些反讽，却也是一种透心凉的觉醒。

与梦相关，丁东亚的小说注重对生活中的谎言、欺骗等进行揭示，仿佛任何一个人都只是故事的一种讲述方式而已。并且在这种讲述中，掺杂着大量的虚构、任性和不负责任的添油加醋，以至于我们越是看到了某一个人丰富多彩的生活有多么热烈刺激，就越是能够体会到这种生活的表面之下拥有着多么复杂而又幼稚的自我想象与欺骗。他们不但将自身的真实通过讲述故事的方式来进行架空，并且还试图将这种被架空了的想象当作一种真实来强加给别人。而实际上，这或许只不过是他们看待世界的一种方式而已，因为非如此不可，否则难以窥探到生活世界的真实存在。在《隐秘盛开》中，那个心理咨询医生韦多林，正是被精神病患者萧童拉进她的世界中的一个"正常人"的代表。或许他们都是生活的"冷静的旁观者"，只是一个被贴上了病人的标签，一个被贴上了疗救者的标签。这两个看似对立的存在，只不过是生活的一体两面罢了，是不可分离的那一而二、二而一的存在而已。实际上，在丁东亚的小说中，确认生活是梦境，不仅仅是通过做梦，还通过记忆、编故事等方式来试图证明生活就是梦的真理。在《风行无址》中，第一人称的交替叙事方式，呈现了一个狭小的格局中双线结构的精致存在形态，当"我"向"她"诉说"她"就是"我"多年前失散的妹妹时，"她"其实早就明白："其实我知道你根本就没有一个被理发师带走的妹妹，那不过是你编造的一个故事而已。"最终连"我"自己也承认："我出生、长大的那个坐落西北之地的偏远小镇尽管流传着许多离奇诡异的故事，却根本不存在一条叫‘九道’的街道和那个将孩子送人的习俗，更没有过一个挑着火炉走街串巷的剃头匠。”当然同时，为了刺激“我”，“她”同样在虚构着故事，一个和男人邂逅的故事。“其实我根本就不认识那个叫 A 的男人，他不过是向我索要电话号码的其中一人而已。”[1] 丁东亚只是用了一种较为荒诞的形式，给我们揭示了庸庸碌碌生活之中隐藏着的那些人尽皆知又谁都不知的秘密——我们不正是在许多时候，靠着谎言来过日子的吗？在我们随口说出的话中，有多少是真实的呢？这也正是那些弃绝者之所以成为弃绝者的原因，因为对谎言来说，他们是真正的真实，他们代表了震撼人心的真诚。所以他们不可能容于谎言的世界之中，终将成为弃绝者。

使用怪诞的形式来揭示生活谎言的本质，是丁东亚常用的手段之一，这在他的小说中比比皆是。另外一个牵涉着梦的便是黑夜，因为丁东亚很少让白日梦窜进他的小说中，所以黑夜就占据着绝对的位置。梦多半发生于黑夜之中，唯其在黑夜中发生，才让弃绝者真正地看清生活的可弃绝之处。梦同时又是温暖明亮的，以其独特的存在映照了黑夜的不堪，那么弃绝者完全可以以一个更为清晰且明确的理由，将黑夜置于自己的身后，轻飘飘地翩跹飞翔，一直飞到他们渴望已久的神圣天国——那里，阳光明媚、繁花似锦，草长莺飞、纸鸢乱空，那里同样有森林的幽深却寂静的属性，也有田野的广袤与安闲之相。然而梦毕竟是与黑夜

[1] 丁东亚：《风行无址》，《上海文学》，2014 年第 11 期。

相连的，因此本应该明亮温暖的梦总带着黑暗的阴影，幽灵一般徘徊在做梦者的周围，所以他们作为弃绝者，又不免落入到黑夜之中，唯独通过做梦，来安慰一已的灵魂。“我确信是我把自己放逐在了黑夜。”[1] 只有放逐在黑暗中的人，才能够独享梦的美妙时刻，才能够在梦的残忍或温馨中窥探到生活的实质。尤其是在小说《请你将梦带出黑夜》中，对黑夜、梦，以及对记忆的刻骨铭心的体验，提请任何一个阅读者，黑夜之漫长恰是美梦之延续的最佳时刻，而那些美梦或许只不过是过往的记忆累积而成的一段故事，只是以梦的方式被讲述出来罢了。所以可以说，弃绝者是一群喜欢暗夜的人，他们奔跑在黑夜中，那么轻盈又那么实在——他们轻盈，是因为他们总是在梦中生活着；他们实在，是因为他们的梦又总是实实在在的生活。

二、以虚无之名：弃绝者和他的肉体与灵魂

丁东亚在对梦的强调中，牵连着谎言、欺骗、黑夜、记忆等，在在宣告了一个真实可触的世界的虚无本质。我们所熟悉的可能只是我们记忆中所保留下来的东西，而记忆又是那么不牢靠，正如梦的不真实一般。在一个如此难分真假的世界中，以虚无之名，丁东亚让一群弃绝者讲述着他们弃绝和弃绝他们的故事，以一种突兀生硬的感觉将自我与世界拉开一段距离，唯此，才能冷眼旁观热闹的凡俗人世。所以这一群弃绝者都是迥异于常人的

[1] 丁东亚：《南方》，《广州文艺》，2013 年第 12 期。

人，他们都有着自己的“弃绝的故事”。

在这个群体中，病人是最常见的。然而他们的疾病并非来自他们的身体，而是来自他们的灵魂。这一点使丁东亚的创作接续了鲁迅的《狂人日记》的传统。在丁东亚的小说中，这一群弃绝者所患疾病都是各种各样的心理疾病，自闭症、忧郁症、妄想症等是他们病历中常出现的字眼，他们也必定会被俗常的人世所弃绝，被关在了远离都市文明的乡下——被称为“精神疗养院”的地方。于是他们得以用自己独特的身份，甩开现代城市的文明病，他们不用再以虚伪、谎言、欺骗在都市的角角落落大行其道，他们终于可以赤裸裸地将自己的灵魂展露出来，大步流星地行走于天地间，正直而狂傲，真诚而狷介。因此，在读丁东亚的小说之时，我始终有一种期待已久的感觉，因为太多“80后”的小说因其取材的单一性导致了大规模的雷同，所以当有一部小说径直关注生活中那些“不正常”的领域的时候，我以为丁东亚的小说其价值和意义是超乎了同时代人的，给予我们以深刻又独到的观看生活的智慧。那些患病者不异于福柯书中所分析的那些被权力压抑的人，他们很难掌握话语的权力，只能被驱赶上“愚人船”，贴上病人的标签。

同样地，在这一群弃绝者中，还包括精神障碍者，疯子、傻子、癫狂者等，甚至包括私生子、杀人不眨眼的“魔头”、沉溺酒缸中的“酒鬼”和能够通神的“巫婆”。与正常的生活相对立，这是一群被以各种理由赶出正常生活的弃绝者——他们之称为“弃绝者”，就是正常的生活世界将他们永远地遗弃，而他们也自觉地弃绝了那个宣称自己是正常的“生活世界”。《风行无址》中互相以编造故事和瞎话的方式来折磨自己进而折磨他人的一群人；《如是我闻》中杀人者长柱以死亡来宣告自我的存在和弃绝，酒鬼长胜以酒精的麻醉来获得飞升的感觉，吴能迷醉于乳房而不能自拔并最终死在对乳房的痴迷上，没有名字的人更是以自己的存在宣告了自己的不存在，那个做着发财美梦的空心人和他的疯子媳妇与儿子们，直到最后，一把火将所有的弃绝者全部烧毁，连那个可怜的从火堆中幸存下来的傻子也最终被处以火刑——这不禁让人想到因为宣扬真理而被判处火刑的先知布鲁诺，以及因为天体运行学说而被鞭尸的哥白尼等人。丁东亚在小说中，几乎都是以弃绝者作为核心人物，来编排他们的生活和故事，从而传达了不为人知却实实在在存在的真理。或者丁东亚就是要用一种让人感觉到不适的方式，来提醒那些沉醉于谎言和欺骗中的人们，他们所过的不过是一种自欺欺人的生活罢了，所谓的正常生活，就是隐藏起自己真实的面目和初心，而以虚假和伪装示人，并径直将虚假和伪装作为存在的真实。

当一个世界不以真实为真实，而是以虚假为真实的时候，他们就跳入了生存的水深火热之中，倾轧、杀戮、战争，以至于日常生活中的争风吃醋、煽风点火，等等，上演了一幕幕人间悲剧。他们是一群“正常的”身体和智慧的消耗者，以他们的聪明才智消耗着他们的智慧，干出毫无价值却自认为充满价值的事情来，宣称自我的成就。这一切都在弃绝者的世界里轰然倒塌，他们以他们的疯癫、痴傻、病体一语中的地直指现代生活的文明病。从他们的视角看去，现代生活只不过是“皇帝的新装”而已，那一整套自欺欺人的把戏只不过是可笑的自我掩饰罢了。所以那些精神病患者必然要走到遥远的乡下，他们疗养的地方都是远离城市的净土。这也是弃绝者拯救自我的地方，既是从身体上远离现代文明的污染，也是在精神上、灵魂上给自己找寻一块诗意的栖居之地。

但仅仅拥有这么一块远离现代文明的野地还远远不够，以虚无之名，弃绝者还要找寻心灵上的解脱。如何在污浊的人世用痴傻、疯癫和患病者的形象来戳破普遍的谎言之后，安慰一己的灵魂不至于在孤绝中陨落了自己的生命，仍是他们要努力解答的问题。因为他们是弃绝者，就注定了是孤独者。孤独者前行的路上伴随他们的拯救之所来，正是丁东亚给现代生活开出的一剂救命良方。在弃绝者的追问中，拯救之所来有四个方向。其一，是佛陀的世界，包括瑜伽的静思与佛经的启迪。在小说的书写中，来自佛陀世界的梵音袅袅代表了一种庄严清净地的神圣和崇高，奔着这样一个清洁的世界，弃绝者寻找到了安放一己灵魂的神龛，并将之虔诚地供奉在那里，作为顶礼膜拜的日常功课。丁东亚不但要让弃绝者沉醉在瑜伽世界中，借以修身养性，更是在小说中多处直接引用佛经经典，《金刚经》是其中引用最多的一部。弃绝者正是用了这样的方式，来点化迷途中的现代人，一语惊醒或者循循善诱。只有看破红尘的种种虚妄与不真实处，才能领悟大智慧，才能得到大解脱。其二，是古中国的诗意世界，那来自遥远时代里的喃喃细语。这几乎是另外一种意义上的远离，正如荒野是对现代都市的空间上的远离一样，久远的古中国的形象正是现代中国的时间上的对立面，是那个沉迷于声色犬马、灯红酒绿，日日纸醉金迷的现代生活的古典对应，更是缺乏诗意和诗情的现代世界的绝佳的讽刺者和挖苦者。所以古中国的诗意经典《诗经》，成为弃绝者的拯救之来源，也是弃绝者借以敲醒现代人的最好的锤子。正如小说中的叙述那样，“可是那晚她熟睡之后，我还是用绳子将她绑在了床上，生气地用木棍敲破了她的头。”[1] 但弃绝者是不会敲破谁的头颅的，他们只能在虚无中敲破智慧的大门，让永恒而光辉的世界敞开。其三，是古代的医学典籍，它们仿佛成为医治现代文明病的最佳药方，径直成为丁东亚书写的一个核心焦点。我私下里猜测，丁东亚应该掌握了不少医学知识，尤其是中医药学的相关知识。他如此着迷于对疾病的描写，又如此着迷于对疾病的治疗，我想应该是他丰富的医学知识促使他不得不如此。在小说中，弃绝者径直成为书斋里的饱学之士，看不到他谙熟于现代都市的货币哲学，反而总是看到他在自己父亲死后留下的书房里拼命阅读的情形（《请你将梦带出黑夜》）。《本草纲目》也时不时地站出来，对现代疾病指手画脚。可以想象，来自古老时代的中医药智慧，最终能否在弃绝者的使用中拯救现代文明不可避免的衰败，是完全有理由值得期待的。其四，是古典音乐，尤其是带着宁静、悠长有明亮色调的莫扎特、李斯特等名家的曲子。以音乐拯救灵魂，是弃绝者开出的最符合现代生活的药方，因为它完全符合了现代人虚伪的一面——以艺术之名附庸风雅。倘若他们的虚伪中真的能够带给他们一丝古典音乐的教养，拯救之可能便会最终发生。哪怕是虚伪的，这种用音乐来疗救现代文明病痛的方式，也是值得一用的，纵然作为尝

[1] 丁东亚：《风行无址》，《上海文学》2014 年第 11 期。

试。从这里，可以看出丁东亚的别有用心，也可以看出他的款款深情，以及他焦虑的内心。毕竟，他就是这“正常的”生活世界的一员，那些弃绝者与其说是在努力地重塑自我从而来拯救他人，不如说他们首先要拯救的就是丁东亚本人，通过丁东亚来实现最初的拯救目的。其实，我们完全可以想象，作为弃绝者的书写者，丁东亚早已经被这些拯救过了，是经过佛陀世界、古中国的诗意世界、中医智慧和音乐精神清洁过的灵魂，所以他才大胆地尝试用弃绝者的形象，来以虚无之名拯救他人于现代生活世界的深渊之中。

无论如何，丁东亚笔下的弃绝者仿佛永远是虚无的存在，他们不真实，他们也不相信真实，他们宁愿在自己虚构的故事中存活，也不愿意在青天白日下庸常的现代生活世界里存活。然而虚无或许恰恰只是他们的假借之名，实际上他们以虚无的名头，直指现代生活的病入膏肓，以自戕的形式来唤醒沉睡的人们——他们在做梦，也在歌唱，却唯独看不见最真实的存在。

三、惆怅的诗意

丁东亚的小说，使用的是一种略显生涩又别扭而实则韵味悠长的欧化长句子式的语言，这和他的弃绝者形象一起，给阅读者带来了极其怪异的陌生化效果，也从而将自己与其他“80后”写作者区别了开来。这种欧化长句子的形式看似是一种幼稚的模仿和套用，背地里却显示出了丁东亚的别有用心。用这种略显别扭又稚嫩的方式，丁东亚在小说中营造了一种惆怅的诗意，独特的属于南方小城的生存意境。在一个缺乏诗意的年代里，丁东亚执着地用异域的语言方式来塑造属于自我生活的诗意氛围。如果用海德格尔的言说方式，我们可以追问，“在贫困时代里诗人何为？”[1]丁东亚用弃绝者的形象和欧化的句式给出的回答是：贫瘠时代里，更应该营造诗意，哪怕这诗意中充满了惆怅的思绪。说来也奇怪，丁东亚非要用一种东西杂糅的方式来呈现自己的诗意语言：明显的来自古中国的那些言语要素，被强行地塞进了欧化的句式之中，在不伦不类里显示出一种语言的张力，让人迷醉在这样的诗意世界中。语言构成要素的中国性与句式构成的欧化特点，让人在别扭的阅读体验中，觉察出一丝丝魅惑的气息。

此时，萧童已回到先前抱膝沉思的坐姿。那顶飞旋空中的红轿子的暗影犹似一束火焰闪过韦多林的脑海时，萧童突然大笑起来，秋日的浮躁在她干净而怅惘的笑声中瞬即膨胀起来。他转过身惶恐地看着她。(《隐秘盛开》)

夜风裹挟微弱的声音穿过梦境从遥远的无名之地吹来叩响那扇紧闭的房门，造梦师从黑暗中醒来。之后他将你唤醒，告诉你你又一次在夹竹桃盛开的季节于他缔造的世界死去。多年以来，这个你梦中眉目疏朗、性情温和且寡言的情人，冷峻面孔下深藏着他者无法猜测的哀伤。甚至一次次在他温暖的怀抱醒来之际，你渴望他成为你真实且永不背弃的丈夫。

[1] ［德］马丁·海德格尔：《诗人何为？》，《海德格尔选集》，孙周兴等译，上海三联书店，1996年版，第407页。

我知道他早已成为你生命幻象空间不可缺失的一员。你说你曾在一个飘渺浑沌的午后睡梦里问他为何如此凄伤，他只是看着你，问你是否听到了那吵人的花开声。（《请你将梦带出黑夜》）

这样的例子在丁东亚的小说中比比皆是。一方面是古典的忧愁意象，一方面则是别扭的欧化长句子，在阅读体验中，那些鲜明又略带忧愁的意象仿佛是要撑破整个句子的容量，从而满溢出来，流淌一地——那不是语言的饱满之爆炸，而是诗意的自然之流露。丁东亚近乎偏执地想要在现代俗语的世界中寻找到古典的诗意之端庄，又偏偏不使用明清小说里的那种白话，而是借用来欧化的句式装载古典的文化意象，确实奇哉怪也。也恰是这奇哉怪也，带来的审美体验是经久不息的。

在阅读丁东亚的小说之时，你会感觉到他的小说中，意境的营造往往大于人物形象的刻画。与其说是他是在讲述一个优美绝伦的故事，不如说他是在书写一种难以忘怀的人间处境——那来自生活深处常常被忽略的一部分，以及那深埋在我们内心之中的奇异感觉与不知不觉中构筑起来的奇思妙想，甚至是虚无缥缈的梦境一样的悠远遐想。这种遐想连接着古中国的风习，在古代诗词的世界里早已存在了百年千年，竟然以幽灵的方式重又出现在现代的世界中。秋风、秋叶、雨水、树林、菊花、夹竹桃、蓖麻等是常见的意象，一种素净、典雅又略带忧愁的感觉自然而然地流淌出来，作为熨帖的灵魂，萦绕在阅读者的心间，久久不能忘怀。其中，菊花意象的一再出现，不得不让人想起古中国的诗歌世界中，由那些风流雅士们所赋予它的种种附加的意义。尤为重要的一点便是，菊花作为四君子之一所具有的气节，恰好符合了在一个现代社会中弃绝者的形象之设定与假想——奔忙于现代性的器物世界中逐渐迷失了自我，又在迷失之中努力寻找拯救，便犹如一朵菊花一般，虽然遭遇繁霜的打击而凋零，却宁愿抱着枝头老死空中，也不愿意坠落红尘成为粗鄙的人世间的一种俗常的代表与象征。而在弃绝者的口中，菊花又带着满满的忧愁和伤感："你知道我最是偏爱菊花的。若是我死了，你一定要照顾好那片菊花，像照顾我一样，每年清明时节，采那最美的一束放到我坟前，告诉我你没有将我忘却。"[1] 一种死的暮色气息，加上菊花的典雅芬芳，构成了丁东亚小说中独特的诗意境界，我们可以称之为"惆怅的诗意"。所以丁东亚在诗意贫瘠的年代里，努力地践行着他"惆怅的诗学"的观念，书写着弃绝者的故事，淡淡哀愁里寄托着浓浓的相思和惦念。

但是另一方面，丁东亚的成绩恰恰和对他的担忧是成正比例的。在这一类关于弃绝者的小说中，《如是我闻》算是一个小小的高峰了——完全可以说，其他的小说几乎都是为了《如是我闻》所做的铺垫与准备，那些要素在这篇小说中以较为集中的方式呈现了出来。我们不禁要问，这之后呢？丁东亚该怎么办？在小小的书写世界中，已经有了自我重复的迹象，那么他漫长的创作生涯难道就要在重复之中耗费殆尽吗？我以为，丁东亚的书写可以朝着两个方向前进：其一，宽广的一面——以弃绝者为核心，扩

[1] 丁东亚：《南方》，《广州文艺》，2013 年第 12 期。

展到生活中的其他方面，以清醒和冷静的笔调观察我们的时代和社会、生活，在宽阔的领域中继续书写他“惆怅的诗意”。其二，深刻的一面——抛开对弃绝者表面的展示，而是深入到他们的内在世界，挖掘它们灵魂深处的隐秘，不是把他们作为匆忙的赶路人，而是长居于此的扎根者，他或许可能挖掘到更为丰富的矿藏。题材的有限性是任何一个写作者都会面临的问题，关键是看他如何调整自己，甚至是他的语言方式。之所以如此说，是因为对丁东亚的创作有着更为久远的期待，我深信在未来的时代里，丁东亚会创作出更多特异而实在的作品，给“80后”写作带来更扎实的作品。

2015.12.20 人大图书馆圆桌

2015.12.21 修改

想象历史的途径
——读丁东亚的《云落凡尘》[1]

近几年，“80 后”写作常被指认为欠缺历史感。随着批评声音的日渐浓烈，有感于此，他们纷纷开启了写作的转向，提供“80 后”一代人的历史观。这种“转向的洪流”，也包括丁东亚。他早先迷醉于“弃绝者”的题材，如今则开始贴着历史的地面，走向时间隧道的纵深，在历史的时空背景中，重提对生命存在的种种理解和见识。《云落凡尘》便是这样一部较为典型的作品。

一、我们该如何对待历史

我们应该如何对待历史？我们所能拥有、阐释的历史到底是什么？在“80 后”一代写作者纷纷转向历史题材的时候，这个尖锐的问题是他们所不能避免的。因为在他们的理解中，所谓历史似乎就意味着重返过去的时光。但重回历史是否就意味着简单的

[1] 本文发表于《文学报》2017 年 5 月 25 日“新批评”栏目，发表时题为《想象历史的途径——以丁东亚小说〈云落凡尘〉为例》。

题材皈依呢？在克罗齐看来，“一切历史都是当代史”。那么不管在时间时段上，走到多么遥远的过去，如果写作者历史的观念仍旧停留在当下，或者停留在一个较为浅薄的层次，从而无法让阅读者从作品中获得历史感，至少可以宣布这样的历史写作是不成功的。梳理文学史可以看出，至少存在着两种历史书写的方法：其一，以当下写历史，把历史的厚重感和盘托出；其二，以往昔为题材，将事件作古，以时间追述的方式来提供当下对历史的理解。现实主义的写作采用的往往是前一种，而目前“80后”写作中常见的，则是后一种。于是，历史便成了想象的历史，带着浓重的想象的历史的乡愁味道——书写过往的种种，带着当下人的感伤和年华易逝的苍凉，试图在历史的矿藏中挖掘属于时代的财宝，以提升作品的历史感、厚重感，强调史诗性的获得。那么，不禁要问，有没有第三种历史书写的方法存在？把历史作为一个对象，借助书写历史来反观当下，用了古老的历史态度——前事不忘，后事之师，重述现代人对历史的祭奠式的虔诚，以资对当下发言，从而从而获得改善未来生活的指南？并且以诗意写心中执念？这在丁东亚的《云落凡尘》中被证实是可行的，且更具历史感。

这部发表于《钟山》2017年第1期的小说，其故事显得庞杂而略具后现代的意味——它甚至没有一个统一的故事，是“反故事的故事”，是对故事的拆解和挪移。第一章写的是一个因被强奸而发疯了的女人度琼；接下来的四章，围绕着美丽的梅、从略带戾气转变为洞明世事而安于生活的代珊，以及夹在两个女人之间的开锁匠芃，编织了一个相对完整的历史故事；最后一章写的则是度琼的闺蜜素，年轻时离家出走，多年后，在省城卖淫的她用重金拉拢了一群故乡的女人加入卖淫的大军。整个故事呈现为一个散乱松弛的网络，互相勾连又关系不大。度琼和素是闺蜜，两人一头一尾，一个被强奸，一个卖淫，历史种种的荒淫无度与悲惨凄恻于焉可见。中间部分的历史故事则是民国时期的日常生活与土匪传奇。

梅的父亲喜欢喝酒，而困于经济拮据。梅怀着对父亲的爱和怜悯，发现自己的身体竟然能够换来不菲的收入，便在街道上“卖肉”——向男人展示自己的肉体以换取钱财，从而被称为“臭婊子”，这让街道上开锁匠的儿子芃欲念焚烧。梅无法承受自己的痛苦投河自杀，被芃救起，并野合而怀孕。代珊是芃的表妹，为了拯救芃的名声，站出来证明自己当时和芃在一起，无法“强奸”梅。二人后来结婚，可代珊总是怀疑芃偷偷幽会梅，愤恨不已。芃凭借着自己非凡的开锁的本领，干起了偷窃的行当，最终去山上加入土匪的团伙。山上的土匪竟是一帮仁义的土匪，他们下山烧杀抢劫，“原来被杀掉的那些财主，不是霸占了人家的田地，就是奸污别人妻女的坏人。”芃加入他们，因胆怯而无法真正融入，终于因为向官府告密而被土匪处决。拿起枪打死芃的，恰恰是他和梅的私生子蛮娃。最终，一幕历史大戏，在儿子枪杀老子的一瞬间，显示出了它的荒诞与残忍。

然而丁东亚不凡的地方便在于，整个中间部分的历史故事，却全然没有刻意书写历史的斧凿之痕，反倒把那旧日落满了灰尘的时间痕迹擦得锃亮，仿如当下的时代熠熠生辉。一俟不把历史当历史，而当作一种情怀与寄托，那么历史便会显示出强大的感召力量，将时间的过去、现在和将来缝合在一起，形成一股推动力，主宰着作品的思想高度朝着更为宽广的方向发展。丁东亚不刻意经营故事，反倒是在散漫的书写中，糅入了浓厚的历史情怀——那并非惦念、怀恋与向往的想象的乡愁，更像是借历史之名而指向一个未来的处所。因此，《云落凡尘》中的历史观念更像是期待与盼望，是发端于当下的不满而来的对未来的希冀。然而淹没在日常生活中的历史，却如此琐碎而又带着南方的诗意：古屋里落下的雨滴，池塘边感伤的少女，采茶的山歌和男女间的对歌——实际上，毋宁说这种诗意恰好又是一种别样的乡愁，仍旧归于历史的一途，却淡化了历史本身的时间性质，而径直指向人的内心，与生命存在的本质状态：自然而然，各安了一份自我的生命存在样式。为了通达这样一种历史，丁东亚另辟蹊径，以女性作为抓手，用了诗意的话语，描摹着"看似历史而实则未来"的生命存在图景。

二、女人的历史，历史的诗意

如果带着别有用心的另类眼光来追问"文学的历史镜像"，那么完全可以引出这样一个问题：历史的性别是什么？历史是阳刚勇猛的男人，还是阴柔温存的女人？或者再表层化一些，历史是男性的，还是女性的？披阅相关历史著作和著名的传记、历史小说，阅读者不难看出，其中充满着历史的性别歧视。就历史书写的常规现象而言，无疑历史是充满了阳刚之气的，是男人们争权夺势、马革裹尸、爱恨情仇的演武场，女人们只能够拥挤在"后妃传”“贞烈传”等一类的简短文字中。偶有文学书写涉及历史中的女性，也只是轻飘而过，作为唐明皇的杨贵妃，或者作为钱谦益的柳如是出现。要么就是以野史、逸闻趣事的形式给历史增加一些佐料，成为人们饭后谈资。然而丁东亚的《云落凡尘》反其道而行之，给历史以明确的性别标识——历史是女性的，是女人们琐碎的日常和姐妹的情感，也是她们肉体的苦难和愉悦。

在对历史进行想象的过程中，丁东亚牢牢抓住的是几个女性以及她们的命运。度琼第一个出场，结局却是最惨淡——开首处那个充满了诗意想象的女人，竟然是一个被人强奸并怀孕、最终发疯而死掉的不幸者。于是，度琼悲惨的结局与对她进行的诗意描绘，形成了强烈的反差，一种“天地不仁，以万物为刍狗”的悲哀于焉流露殆尽。度琼的闺蜜素也不会好到哪里去。她勇于反抗女性作为男性附庸的亘古如斯的命运，在母亲守寡的岁月里，手持大刀吓走了一批批闻着情色气味预备前来进攻的男人们。然而她反抗得越是激烈且无所畏惧，就越是堕落得足够彻底与干净。和度琼形成强烈的反差的是，素的命运与其说是迫不得已的，不如说是自我选择的——历史强大的规训力量，恰恰体现在自愿的行为上，它几乎是在无声息的岁月流逝中，磨平了任何一个反抗者的反抗意志，从而让她们跟随了历史的潮流过安稳的日子。最终，被历史驯服的反抗者素，竟然带着重金返回家乡，带了更多女人走上同样的卖淫道路。结尾处的诗意化语言，再一次显示了丁东亚的文学匠心：“多年后，当人们再次回想起那片被一只金盆托起的光彩四射的银花，那群与素一起离开的姑娘就成了一个谜。仿佛她们不是去了何地，而是银花绽放时节在云中没了消息。”在历史的深处勘察女性的命运，那谜一样的困惑是历史对女性的漠视与认知的匮乏所造成的。她们本应是从天上而来的仙女，跌落凡尘之后只能匍匐在历史沉重的阴影下，不管她们以如何的诗意装点着日常和历史，她们终归要在人生中遭受侮辱、欺凌与糟蹋。那一群阔别了家乡的女人，无疑象征着历史上众多和时间分手了的女人的命运，她们不会被记住，从跌落凡尘的那一刻起，就注定了她们无存在的存在感。她们死去，也终将成为“在云中没了消息”的一群。历史的悲哀与苍凉，也便在这一群女人身上显现。丁东亚不愧是缝合历史与女人的高手，不经意间用了诗意的话语，点染了一幅惨淡却带着凄美的“女性历史命运图”。

跌落凡尘的女性，她们的存在方式丰富复杂。度琼和素，大概是历史中最为极端的例子。介于两者之间的，是美到让人窒息的梅，以及她美丽的身体和堕落的灵魂。自从第一次和一个屠夫有了展览绝美的胴体经历后，梅就用她的美丽来获得父亲的酒钱，最终也让父亲在酒与醉中葬送了他的性命。丁东亚在梅的身上可谓用力太深，展现了一个女人在生活中的作用与位置，且始终是充满了矛盾的角色功能。风流浪荡如此，梅却活在自己纯美的世界中——哪怕这纯美只是想象。她纯洁无瑕的身体，不是拒绝人间的诱惑，而是渴求男性的到来。梅最终爱上了开锁匠芃，并且与之野合，生下蛮娃之后开始了另类堕落——吸食鸦片。她不仅在身体上恋着鸦片烟，也同时在精神上被鸦片烟腐蚀，在岁月的流逝中消耗自我的生命。看上去，历史成功地用鸦片驯服了梅的美丽和命运。

代珊在小说中所处的位置极为独特，她几乎成了串联故事的一个核心点，其他人与事都从她这里发散开去。代珊从少女时期的“性别洁癖”开始——她厌恶梅是一个“卖肉的”，诅咒这样的“臭婊子”。在与表哥芃结婚后，发现男人并不是她所想象的那样——芃的懦弱与风流，显示了一个男人的卑微与龌龊；芃的偷窃与出卖匪帮，则标识着一个男人的无耻与背叛。代珊最终对男人失望而绝望，反而与她曾经憎恨的“臭婊子”梅成了沉默的好姐妹——一个没有共同追求目标的“姐妹共同体”构建成功，但这也只是在命运的撮合下，以怜悯与凄凉为纽带而建立起来的姐妹关系。代珊还是与生活和解了，末了，也与历史和解了。她不急不躁，镇定自如，哪怕丈夫芃偷走了家里的财产，哪怕她培养的后代蛮娃兴冲冲地加入了匪帮，她似乎都淡漠如一枚落叶，任眼前云卷云舒，她只守着自己的一份孤独和淡漠，却不是耗费生命，而是保有生命并在历史的一隅过活。丁东亚用了这样一个人物，似乎是在宣示他的生命哲学：自然而然，大化流行，把历史、时代、性别等全部抛弃，还原生命为生命，从而在命运的安排中取了存在的和谐与淡然，从容地活下去。

《云落凡尘》的整个文本是由浓浓的诗意语言所环绕的编织物，打破了的故事散落在诗意的片段间，阅读者从中捡起一粒粒诗意的珍珠，串联起来便构成了精美的项链。只不过这精美的项链上写满的并非富贵与雍容，而是苍凉的时日与凄美的历史。温柔如女性者，是诗意最高处的明亮钻石，飘逸而充满诗情的语言文字从她们的发梢滴落，散碎了一地。丁东亚俯首捡拾起这些破碎的红尘往事，用了小说的样式编织成《云落凡尘》的文本，不意间历史的涂抹中，哀叹了美人的悲歌，历史的凄楚——红颜薄命的唱词不绝，历史无情的故事不断，活在时代中的人必将在时代的洪流中如她们一样，成为多少年之后其他书写者笔下的往事，等待阅读者的凭吊与惦念。历史的本质只在你我平淡而凡俗的生命中，从云端跌落，再归于虚无。这苍凉的诗意，与其说是营造生命存在的氛围，不如说是状摹从云端跌落的命运。

2017.3.8 人图四层 · 竹语轩

2017.3.13 北京 · 容与阁

刘宇昆小说诗论

文末寄刘宇昆

说灾道难罄邪佞，
杀伐屠戮现真情。
而今尔后数千载，
始得逍遥寓奇庭。

戊戌年庚申月乙亥日　长安·逸远斋

想象的未来学
——刘宇昆科幻小说的“算法”[1]

1918年11月7日，已经决定自杀的梁济出门前问了他的儿子梁漱溟一个问题，即“这个世界会好吗？”梁漱溟给出的答案已经无关紧要，但梁济抛出的这个问题，却一直把人类命运置于拷问的中心，它迫使所有人为自己的“未来”进行筹划，甚至还形成了一门学问：“未来学”。据说，“未来学利用历史事实和科学知识，加上人的价值和想象力来创造‘未来可能发生什么’的图像。未来学是翘首以待的科学；是寻求向前看，而不是向后看的历史。”[2]通过这种实践，人类渴求创造新的文明，这种存在于未来的“新的文明带来了新的家庭风格，改变了工作、爱情和生活

[1] 本文发表于《当代文坛》2018年第3期。

[2] ［英］E. 柯尼施：《未来学入门》，孟广均、黄明鲁译，知识出版社，1983年版，第43页。这本出版于1980年代的“未来学”图书，和其时出版的大量类似的图书一起，构成了1980年代一种独特的文化景观。也侧面地反应了那个时代对人类未来关心的迫切性。但其时中国文学中，缺乏科幻文学的全新书写，这些“未来学著作”实际上充当了科幻文学的角色。随着时间的推移，科幻文学书写者越来越多，这类著作的翻译和书写也越来越少。这是一个不得不注意的有趣的文化现象。

方式，新的文明还带来了新的经济、新的政治冲突，尤其是带来了全新的思想意识。”[1]在这种情况下，“在未来的年月里，世界仍会发生暴力、战争、疾病、饥饿、极权主义、野蛮行为、环境破坏和大量其他灾祸。但这些都不是新问题。新的问题是，我们有理由希望普通人的不幸命运将得到重大的改善。”[2] 如果把科幻文学也纳入这种未来学的理解谱系中，那么它所考校的就必然是在科学知识的基础上，运用人类的想象力，来解决这一全新的人类命运问题，从而在某种侧面上尝试着给出“这个世界会好吗”的答案。因此，把科幻文学称为“想象的未来学”，并非言过其实，而是尽量地把它放在一个恰当的位置，给予它一种理解上的说明和阐释。也是在这样的理解中，刘宇昆的科幻小说就显示出它独特的魅力和所面临的窘境来。

一、在可能与不可能之间

从一定程度上来说，所有的科幻小说都是对一种可能性的想象。这种可能性不但包括它存在的理由，也包括文本叙述的诉求

---

[1] ［美］阿尔温·托夫勒、海蒂·托夫勒：《创造一个新的文明——第三次浪潮的政治》，陈锋译，上海三联书店，1996 年版，第 3 页。他们的《第三次浪潮》曾经风靡一时，这本书却少有人关注，但也在这一个系列中，占据着一定的位置。

[2] ［英］E. 柯尼施：《未来学入门》，孟广均、黄明鲁译，知识出版社，1983 年版，第 32 页。正是在这本小册子中，作者论述了凡尔赛及其所创作的大量的科幻小说，而且认为这种科幻小说“实实在在地以科学的最新进展为基础”。参见［英］E. 柯尼施：《未来学入门》，孟广均、黄明鲁译，知识出版社，1983 年版，第 51 页。这些说法为我们今天认识科幻文学，提供了一种观察的视角。

与期望——就前者而言，地球上的种种困境与危险无一例外地促成了科幻想象的诞生，但关于这些困境与危险的描述又基本上都是可能性推测；就后者而言，未来走向何方的种种未来学式的想象与猜测，也都是奠定在现有科学基础上的可能性推演，或者说是挖掘与提升。当然，对科幻小说而言，对可能性的痴迷所呈现的文本张力中，也始终存在着不可能性的魅影。正如刘宇昆对科幻小说的定义："如果这并非平日可见，我会说，这就是科幻小说。"[1] 只是这种不可能性并不阻断可能性推演的继续前进，恰恰相反，是对可能性的促成。换种说法，在科幻小说的文本中，正因为不可能性的存在，才激发出了可能性的存在；种种可能性，同时又充满了不可能性的危险。可能性与不可能性是一对孪生兄弟，相辅相成又相克相对地聚集在科幻小说的文本中。可能性作为科学性的质素，不可能性作为想象性的质素，融合而构筑了科幻小说的有机体，从而使其别具一格又趣味盎然。可能性与不可能性、科学性与想象性，在文学性的调和下，呈现出审美性十足的文学文本，正是刘宇昆的科幻小说最典型的写作征候，也是解读这些文本的基础。

在处理可能性与不可能性时，刘宇昆总是把它们置于想象的基础上，朝着未来的终结或起始而敞开，从而把它们各自带着的讯息释放出来，作为小说自然而迷人的一部分。对刘宇昆而言，独特地属于他的"想象的方式"，是"感同身受的推测"与"换位

[1] 刘宇昆：《后记》，陈楸帆译，刘宇昆：《爱的算法》，陶若华等译，四川科学技术出版社，2012 年版，第 229 页。这句话之前的内容是："在小说写作中浸淫越久，这项事业便显得越发奇异。它将我头脑中的激活因子模式转化为页面上的字符串，再在他人头脑中重建相似的激活因子模式，宛如奇迹。"

思考的演绎”。科幻小说逐渐地等同于“换一种方式观看生命存在”，切入的角度不同，结果却总神奇地相似。《星球钻探》短小精悍，可以称之为“科幻小品”，别有一番趣味。一个地球人在外太空的星球上，试图用钻探把星球内部的岩浆激发出来，通过火山喷发等一系列的地壳运动，让这个星球形成大气层，适合人类居住。在他钻探过程中不停出现的天使，使他终于顿悟到，星球也是有生命的，他用钻探刺穿了它的心脏，里面喷出的岩浆如同它的血液。所谓“星球钻探”的意思，原来是杀死一颗星球。“感同身受的推测”与“换位思考的演绎”把这个“科幻小品”的人情味放大，而降低了它本应有的科幻气息。但恰是人情味对科幻味的冲淡，使得这样一个科幻小品同时拥有了“人性与物性”的协调、融合，以至于在物性中彰显人性，用人性来照亮物性，它们的“违和感”被祛除，增加了互相之间的吸引力与凝聚力。同样的情况也存在于“未来三部曲”[1]中——《迦太基玫瑰》并非典型的科幻小说，而是让传统文学借助科幻的由头，塑造了一个性格鲜明的女性形象。莉斯从小不关注生活的细节，总是丢三落四，

[1] 在笔者手头搜集到的刘宇昆的四部科幻小说集中译本中，《爱的算法》一书里，收录这三部小说的时候，并未标注“未来三部曲”，而是单篇连续排列。但在《奇点遗民》这部小说集中，则明确地标注了“未来三部曲”的字样。《爱的算法》出版于 2012 年，《奇点遗民》出版于 2017 年，可以看作刘宇昆的适当修改。同样的情况也出现在相关标题的改动上——三部曲的第三部，在《爱的算法》中被称为《全都在别处，大群的驯鹿》，但在《奇点遗民》中，题目被更改为《世外桃源》。这当然是翻译的差别，但考虑到更贴切于原文，以及出版的先后，文章中涉及这些文章的时候，都使用更为原始的前者，如需要则参照后者。类似情况不再说明。这一情况也存在于《杀敌算法》和《思维的形状：刘宇昆作品集》中。因论述的需要，根据翻译情况的考量，本文涉及或援引的主要是《杀敌算法》和《爱的算法》两部中的相关内容，对《奇点遗民》和《思维的形状》较少触及。

且喜欢出门旅行、冒险。在旅行过程中被人强奸后，从此对身体产生了极端的厌恶、憎恨，觉得自己的灵魂和意识被困在了身体之中。新的科学技术为她提供了可能，使用人工智能把她的意识复制出来，从而让意识摆脱身体的束缚，永存于电子硬件的世界中，过着自由的生活。但复制意识的人工智能探索却被定位为非法，以至于她的亲人都不知道该如何去祭奠她——身体和意识的分离，既是一种可能性的推测，也是一种不可能性桎梏的极端假设。《奇点遗民》中，永生与死亡、意识和身体、真实与虚拟等所代表的可能性与不可能性的冲突，作为叙述的主线贯穿始终，刘宇昆仿佛并非推演一出科学技术的光明未来，而是将自身置于可能性的拷问中心，辨析可能性所带来的诸种可能性与不可能性的事实。小说叙述者的父亲把他的母亲送到了“永生公司”——他们把人的意识、头脑和灵魂，全部传输到电脑上，以此来让人类获得永生。但叙述者却认为，那是虚拟的而非真实的存在，它违反了自然生死的规律，只不过是一个幻影罢了。为了防止自己的女儿也这样做，他时刻关注女儿的动向，不让永生的观念渗透进她的思想。可是就在女儿毕业之际，她却选择了跟随爷爷奶奶姑姑们一起，去往奇点时代过虚拟人的永生生活。叙述者终究还是未选择虚拟的永生，而是孤独地留在世界上，体验从生到死的自然过程，成了奇点时代的遗民。三部曲的故事发展至此，刘宇昆已经把他所要表达的可能性与不可能性之间的冲突，基于“感同身受的推测”与“换位思考的演绎”的原则，将之推演到了极端境地，但“遗民”的出现却意味着一个新时代的到来。这才有了第三部《全都在别处，大群的驯鹿》，让可能性真正地成为可能性，然后再追问这种可能性的不可能性。奇点时代的世界，居民们可以按照数学与物理的方式，任意设计多维空间，克莱因瓶、函数曲线、三维女人、四维空间、二十维男人、十六个父母等，都是奇点世界可能性；他们用思维和意识进行交流，因此常出现超频或者降频，从而让时间变快或者变慢。正当这个可能的世界逐渐变得可能的时候，它的不可能性也越发凸显——虚拟世界的巨大数据中心仍旧坐落在地球上的一个小岛，随着地球即将毁灭，这个数据中心也将面临毁坏，本来意味着永生的虚拟人再也无法永生地存在，必须前往别的星球寻找存放数据中心的安全地带。但前途渺茫，永生的虚拟人半路夭亡之后，意识悬浮在星际世界，介于存在与消亡之间，意味着奇点世界生命的死亡，永生只是谎言。设身处地地把可能性推演到可能的状态，在可能性即将达成或已经达成的节点，看出可能性的不可能性，既需要科幻书写者的勇气与智慧，也需要内心的真诚与热望。刘宇昆对任何一种可能性的思考，都带着他自己的沉思与追问，使得他的科幻小说带有一种切身性而非外在性的反省属性。恰是书写者切身性的可能性之书写，才让他的小说在进入阅读者的世界之时，也同时拥有了共鸣的阅读体验，和切身性的继续沉思与追问。它们是“我们自己的故事”，而非“别人的科幻故事”，“感同身受的推测”与“换位思考的演绎”就成了可能性与不可能性融为一体的书写途径，也把同样的原则带入到了阅读之中。

对大多数科幻小说而言，建立一种文字中的可能性，假如只是凭空想象，多少会显示出一些不切实际来。科幻小说“想象的未来学”，须经得起科学实践的逐步验证，这也是为什么许多科幻小说被称为“科学小说”的原因——它不是科普读物，却如同科普读物一样提供科学知识。刘宇昆在他的科幻小说中推演可能性之时，尽管是把“感同身受的推测”与“换位思考的演绎”作为行文的原则，但科学的可能性仍旧是其最为本质的基础。《幻影》一篇仍旧关注个人的自私与占有欲，但它更侧重于未来科学的发展对记忆的改变。小说以“幻影”作为扣子，事实上它只是摄影、全息摄影等现有科技成果的更高端形式。通过科学手段，幻影能够记录人的梦想、过往的生活，同时使幻影的存在以虚拟的形式参与到当下的生活。那个习惯出轨的男人通过幻影，把许多他钟情的女人制作为虚拟存在，是记忆也是现实生活。这篇小说并不是大胆的科幻猜测，它只是在现有的科学技术的基础之上提供了一种更高级的可能性存在，从而把旧有的科学技术形式的功能给提升，烛照的是当下生活的诸种不可思议处。《单比特错误》也是一篇以人类记忆为主题的科幻小说，或者说它追问的是，能否通过记忆来重组过去。泰勒对奶奶的记忆便是如此，他用单比特错误的形式，来虚构了记忆，加深过往生活中某一个情节的存在。单比特错误给了他这些记忆和经历，那只不过是人类大脑如同计算机一样诸多“算法”中的一次小小的错误罢了。把科学技术的可能性，嫁接到人类身上，从而把可能性由猜测推向实际生活，刘宇昆实现了科幻的非科幻性与非科幻的科幻性的二重奏演出。这种可能性推测，还包括《宇宙智慧生物制作书籍掠影》《贝利星人》。前者依据“想象的未来学”法则，即以科学研究作为基础，大胆想象星际间存在的诸多可能性，把用鼻子书写和阅读的阿拉逊人、本身就是一本书的柯咗利人、冻结死人思维的赫斯珀罗人、阅读自然之书的塔尔－托克人和重建赠送书籍的卡鲁伊人汇聚一堂，以类似笔记的书写方法，把可能性推向极端的同时，也尝试把可能性降落在生活层面。后者把人类推向贝利星，通过观察这颗星球上存在的滚动的晶体，发现了贝利星人的存在正是晶体的样式。它们不但有着自己的独特生存方式，而且能够记忆，可以把长达数百万年的生命周期集置于记忆中累积起来。地球上的混乱恰好映衬了贝利星的自由与安详，移民而来的地球人情不自禁地宣称："嗨，我们是贝利星人。"那不是意味着人类的终结，恰恰相反，是人类另一种存在方式的起点，真正自由的、独立的全新王国诞生了。可能性被灌注于每个人的细胞，他们探索未来可能性的同时，就是他们抛弃往日可能性的过程。

在可能性与不可能性之间，始终纠缠着虚拟与真实、想象与科学、极端与保守、未来与现在等多重要素，它们充满了矛盾与张力的势能，被刘宇昆用"感同身受的推测"与"换位思考的演绎"的方式悄然化解，呈现于小说中的便是种种对人类命运的忧思与关切。这种忧思与关切绝不是无关痛痒的说教或品评，因为它们的切身性而显得急迫而焦虑，切切地使刘宇昆的"想象的未来学"变成了"我们的生存算法"。也因此，刘宇昆的科幻小说就呈现出了它的另一面极其独特的相状：以科幻之名，写生命存在之实。

二、以科幻之名

不管是外太空的星球还是外星人的存在，也不管星际穿越与时空膨胀如何使时空扭曲，甚至是机器人的智能化和长生不老术的发明，科幻小说说到底仍旧是关于人的文学，仍旧是牵扯着人类命运的想象方式之一。知乎此，大量科幻文学中存在的人性之思也就不难理解了。当然，它们同样存在于刘宇昆的文字中，只是更加明显罢了。“以科幻之名，写人性之实”，从而在科幻的境况中，展现生命存在本身的质地，乃至于它的自噬其身、撕扯缠斗与纠葛困窘，可以看作是刘宇昆“用科学的方式做灵魂大问题的追索”[1]。在这种追求中，刘宇昆总是把可能性作为一种极端的生存处境，从而拷问出生命存在的自然、善良和它的丑陋与卑微。“极端处境”的达成，也同样总是奠基于人类自身的“自作自受”——极端处境是它给自己设置的牢笼，从而让自己在这个牢笼中作无穷无尽的困兽之斗。至于那结局如何，刘宇昆多半是带着怜悯与爱的目光，以极其虔诚的态度来宣谕神圣之光的到来，这神圣之光并非光明的康庄大道和值得信赖的前途，而是充满着慈悲的关怀与带着眷恋的牵挂。与此同时，局中人多半是写作者自己，局外人也多是书写者自己，某一种时刻，刘宇昆的科幻小说拥有这样一种气质：他把自己作为试验品，用科幻的形式来展现人类命运的多舛、不幸或悲哀，人性的善良、丑恶与冷峻，携带着寻找救赎之路的意图，终点不是问题的解决，而是自然而然

[1] 郝景芳：《爱的写作》，刘宇昆：《奇点遗民》，耿辉译，中信出版社，2017年版，第7页。郝景芳与刘慈欣都给刘宇昆科幻小说集写过序言，从各自的理解侧面给他的科幻小说以定位。不能忘记的一个事实是，作为中文科幻小说最忠诚的翻译者，刘宇昆自觉努力地把中国的科幻小说翻译介绍到国外，是他科幻写作的另一种存在方式。鉴于本文主要透析刘宇昆科幻小说的创作，他的翻译笔者只能按下不表。

的命运降临与自我省思。

让科幻小说拥有“切身性”，一方面说的是刘宇昆的科幻带着自剖的性质，是自我追问和辩驳的过程；另一方面说的则是，把科幻的可能性作为拷问的背景置于小说的内部，从而让人类将这种可能性作为一面镜子，来照出自身的丑陋与卑微、罪恶与狡诈。《访客》便是这一类作品的极致表现。小说中把从外太空来的众多探测器作为想象的可能性，再用这些探测器作为探照的镜子。从这些探测器到达的那天起，人们就始终无法解读它们的意图。但久而久之，人类已经开始习以为常起来，竟相把它们当作来客，照常生活。罗拉和马特夫妇仿佛意识到了这些探测器应该是了解这个地球的，每到一处人们展现给它们的都是最好的一面，他们觉得应该带着它们去看一下地球的阴暗面。探测器镜子的功能便逐渐开始显现，它们在泰国的红灯区看到了不堪入目的对人的戕害，在童工区和难民营见证了人类的残忍与贪婪……只有在这些探测器烛照的时候，政府才紧张起来，应对这些苦难的人们和被遗忘的苦难。从某一侧面来说，这些突然降临地球的探测器，看上去更像是提供了一个上帝的视角，一个审判的舞台，暴露了地球上生活着的人们的罪恶一面。想象的可能性已经降级为一个借口、由头，刘宇昆显然是要以科幻之名，做批判现实主义的工作。《先知》同样是把科幻要素作为一种想象的可能性，然后将之推到人们的面前，去观察每个人的反应与选择。一台能够展现某个人的未来画面的机器作为科幻的核心，让主人公佩恩在十六岁的时候知道了自己未来会成为一个杀人犯。于是他的生活发生了改变，身边的人都开始害怕他，连他青梅竹马的女朋友也离他而去。经历了种种世俗的眼光，遭受了一次次被群体剔除出去的心灵创伤，无奈之下，他选择提前进入类似监狱的地方。作为一个“未来罪犯”，他倒十分喜欢这种离群索居的生活，直到有一天，莫妮卡作为这些未来罪犯的辩护人进入了他的生活。莫妮卡的姐姐苔丝通过先知机器，知道自己将会十分无聊地生活，于是就开始在生活中不停地冒险，追求刺激的生活。莫妮卡也用先知机器，看到了未来的自己将被心爱的男人杀死。从遇到佩恩开始，莫妮卡和他就慢慢地恋爱了。两人都知道，在先知机器的预测中，未来佩恩将会杀死莫妮卡。但他们彼此深爱，他们也知道，哪怕佩恩最终会杀了莫妮卡，但从恋爱到莫妮卡被杀之间，还有漫长的生活，那或许就是他们所追求的活着和爱情的意义。在小说中，刘宇昆给出了一个极端的处境，让人类在其中去展演他们的道德、人格、品性等，不管是恶的还是善的，污浊的还是淳朴的。如果说《访客》和《先知》还沉迷于对人性的多侧面的展示的话，那么《mMod》则是对这个消费社会的形象化塑造。劳拉作为雷蒙德的女友从事电子阅览器的设计，在她远离男友的时候用电子阅览器替代自己来抚慰男友的情感。该阅览器能模仿劳拉，而且能够识别使用者的趣味、修养、爱好等，适时推荐相关书籍，还能陪人聊天解闷，读懂人的婉转心曲。它通过刺激人体大脑的不同部位，来实现对人欲望的刺激和某些需求的达成。雷蒙德逐渐喜欢上了这台机器，甚至和它调情起来。但这台机器不停地给他推荐杏桃公司的产品，不断引诱着雷蒙德消费。当劳拉出差终于归来，她道出了事实：公司以理解人心理的方式，来诱导消费者购买更多公司的产品，它是“一台融合了工业设计和销售心理学的实验品”。停止使用这台智能机器人一样的阅览器后，雷蒙德仿佛失恋了一般，在网上加入了一个有类似经历的人组成的互助小组。他了解到，每个月缴纳的会费，收款方依旧是杏桃公司。雷蒙德终究还是落入了生产者的消费圈套中难以自拔——产品的销售已经不是冷冰冰、硬邦邦的交易，而是带着情感倾诉、心灵慰藉的勾引。如此，《结绳记事》中现代人对古代人的剥夺与欺压、资本对人性的榨取等，也就能够理解了。刘宇昆的科幻小说用想象的可能性，一下子打开了一扇理解人性和社会的大门，从这个大门里涌出了用传统写作手法所不能够展现的极端境界。恰是这极端境界的出现，许多人性隐秘的不可告人处、社会的极度黑暗面、世界的失序与惊慌彷徨的茫然，就一览无余地呈现在阅读者的面前。深思，或者只是匆促的浏览，都不妨碍这种带着哲理性反思的巧妙效果之达成。

在刘宇昆的众多科幻小说中，“以科幻之名”所彰显的还有更多日常生活的侧面，拷问的结果不再是人性的恶与社会的罪，而是逼迫出他们人性中善良的质地。《物哀》说到底也并非“物之哀”，因为它所揭示的乃是“人之幸”：面临困境之时，人的牺牲、团结与理解，一种大爱精神的流淌淹没了所有人世间的苦难、悲哀与不幸，把大地上笼罩的自私、罪恶和暴力涤荡而净，不管极端境况是否来临，他们都会以“人”的面目出现。小说讲述的是，地球末日来临，日本政府委托企业所建造的宇宙飞船却并未完工，许多人被迫滞留在即将毁灭的地球上。大翔的母亲利用私人关系，把大翔安排在了“希望号”宇宙飞船上，它将航行三百年到达另外一个恒星，重新开辟新的居住地。宇宙飞船起飞的时候，太阳板就有了漏洞，倘若不及时修复，将会偏离航线而无法到达目的地。大翔主动请缨前去修复，但在艰难的行进过程中，因为染料瓶掉落碰撞，使得修复的燃料不够。大翔最终使用让自己能够回到母舱的燃料，成功修复了太阳帆板，自己却因燃料不足再也无法返回，掉落在深深的宇宙中。大翔的父亲一直在教育他，人类只有团结、牺牲，才能成为英雄，才能共同抵抗灾难。如此品质在日常生活中即便并不匮乏，倘若没有极端境况的考验，人也不会迸发出如此大的能量。与此类似，《爱的算法》和《杀敌算法》两篇同样在最痛苦的质问中，考验人类对爱和良心的守护与敬畏。前者讲述的是一对夫妻在丧女之后失去了生育的功能，他们试图用人工智能来代替永逝的女儿。只不过他们都知道，哪怕机器人的算法再精准，语言、行动等都是完美的，它们也永远无法像人一样，能理解别人，能感受痛苦。后者的主人公凯拉，其父亲是一个操纵无人机杀敌的英雄，但他无法走出自己杀死的那些无辜的人所留下的阴影而最终自杀。凯拉长大后，冥冥中受到父亲死亡的影响而从事机器人"良心"再造的工作，给机器人采用最新的算法，把人都赋予数值来区别敌我，区别恐怖分子和平民。但在所有人看来都是一场"干净"的战争中，由她设计的机器人判断失误，杀死了一个精神不正常的男孩，这个男孩的兄弟姐妹为了救他而同样遭到了杀害。最精确的杀敌算法，也阻挡不住战争带来的给予平民的创伤，也无法给机器人赋予"良心"。同样是探求"爱"，《信息》则借用"外星考古学"的科幻要素，来重新阐释父女之爱——女儿对父亲的种种不理解在一次外星考古行动中获得了冰释前嫌的效果，但为了这种爱所付出的代价，是长时间暴露在核废料的污染中而遭受的生命危险，父亲为女儿的牺牲便是世间最伟大的父爱。爱，成了一出科幻的悲剧，必须在它降临之时，选择牺牲一方而成全另一方。虽然故事的手法略显老套，但科幻的魅影不可或缺，因为没有这一魅影，爱的理解便不能完成，爱也不会降临。以科幻之名去理解，去爱，去牺牲，去守护良心，不啻刘宇昆用科幻小说给人类播下的希望种子。

人性的丑陋、社会的罪孽与乱象、陨落的地球……算法的精确、人性之爱、牺牲与团结、理解与良心……以科幻之名，刘宇昆所关注的始终是人性的救赎。想象的可能性并非悬浮在太空，它深深地根植于地球，根植于人类社会的角角落落。与其说刘宇昆关注的是未来的希望和拯救的方向，不如说他更关心人类的过去与当下，“切身性”的问题之解决比起浮夸的幻想之虚无来，对他来说更为重要。这正如《人之涛》的故事内容一样，用科幻重组人类的创世神话，既是开头即结尾，结尾即开头的圆环式人类命运的推演，也是对未来的一种最恰切的想象与界定。想象的未来学，摇身一变而为历史的追问和现实的人性学，这正如刘慈欣在谈到刘宇昆的科幻小说时所说的：“把现实的人放入超现实的世界设定中展开故事，人性在科幻世界中的表现也是科幻诗意的另一个重要来源。”[1]

---

[1] 刘慈欣：《诗意的科幻》，刘宇昆：《杀敌算法：刘宇昆科幻佳作选》，萧傲然等译，四川科学技术出版社，2015 年版，第 2 页。这些评价或许言过其实，但作为同操科幻文字的人看同行的创作，刘慈欣对刘宇昆的科幻小说的界定，还是十分准确的。

三、“科幻”文学、科幻“文学”与“科幻文学”

通过对可能性与不可能性的无穷探究，在想象的未来学版图中，刘宇昆上可遨游太空，书写人类对外太空世界的理解；下则落在人类社会，看人性丑恶、社会乱象，写爱的温情、牺牲与成全。在“想象的可能性”支撑下，科幻既是刘宇昆的借口和由头，也是他小说写作的起点与核心——它既是一种极端境况的存在，提供拷问的强大力量，同时是整个小说的架构，只有它的存在，才会产生种种沉思之所得。不明就里的人们或许会追问，这样的“科幻小说”，还是“科幻”小说吗？这实际上一直是科幻文学所面临的难题：如何在科幻与文学之间，搭建一条融合的大道，让科幻文学不仅是科幻的，而且是文学的。刘宇昆的创作，同样提供了努力回答的结果，成功或失败都无关紧要，重要的是这种尝试本身所带来的“窥一斑而知全豹”。

作为一个对科幻文学钟情的人，刘宇昆自然是一个“科学迷”——他对数学的沉迷时不时地在小说中跳出来，直接诉说着科学技术所带来的感性享受。“攻克一个特别难的论证后看到的一气呵成，每个逻辑步骤环环相扣，共同构成一个和谐整体的那种美”[1]，让他沉迷不已，径直在小说中宣称：“我喜欢那种豁然开朗时无比幸福的宁静，论证环环相扣，直到最后整合在一起，就

[1] 刘宇昆：《天籁之音》，苏宁宁译，刘宇昆：《爱的算法》，陶若华等译，四川科学技术出版社，2012 年版，第 152 页。类似的话语还有：“虽然我不再梦想揭示数学上的惊人发现，但我还是努力向这些孩子展示数学的美，好让他们和我一样听到宇宙的声音。”第 153 页。

像一列多米诺骨牌，最开始一个逻辑性的推动，然后一发不可收，漂亮地倒向最后的结论。这是柏拉图式的天籁之音，正因如此我才深爱着数学……”[1] 在这篇名为《天籁之音》的科幻小说中，刘宇昆不但十分激动地展示着他由独特的数学推理所产生的愉悦与享受，还直接把如何证明“等腰三角形的两底角相等”的方法，灵光乍现一样地倾倒在小说中——这对于不善数学，或者有些厌恶数学的阅读者而言，一定是最痛苦不堪的折磨和精神的摧残。如果说《天籁之音》还是小试牛刀的话，在《可数集》这篇小说中，刘宇昆丢掉文学的一面而倾向于科学的一面，就更加暴露无遗了。只须稍微引用几段刘宇昆的文字，就能明白他对数学的热爱一定是“数学盲”们所不能理解的——“一个正有理数可表示为 p/q，p 与 q 皆为自然数。根据图表里的箭头所示，我们可以确信，每一个正有理数最终都会出现在图中的折线上（忽略掉重复的）：第一个，1/1；第二个，2/1；第三个，1/2；第四个，3/1；第五个，1/3；第六个，4/1；第七个，3/2；第八个，2/3……以此类推。通过计算，我们能把每一个自然数映射向每一个正有理数。尽管表面看来，有理数的集合比自然数的集合要大得多，但其实两者同样大。”“阿列夫零混淆了我们的直觉。通过上图你们可以看到，0 与 1 之间的有理数占据了半个平面，另一半是其他的有理数，然而一半并不比另一半或是整个平面要大，将无限切成两半，得到的仍是无限。将数轴转换成平面，将无限乘以无限，得到的仍是

[1] 刘宇昆：《天籁之音》，苏宁宁译，刘宇昆：《爱的算法》，陶若华等译，四川科学技术出版社，2012 年版，第 152 页。刘宇昆对数学的热爱，可见一斑。

同样大小的无限。”[1] 无须引用更多，“数学迷”刘宇昆的“科幻”梦借助小说的样式，被宣谕了出来，他对数学的那种发自内心的爱绝对是真实的，只是让一般的读者通篇阅读如此密集的数学知识，实在是一种最痛苦的煎熬。为了说明他要表达的数学知识，小说中出现了大量的图表和数字的排列，看上去更像是从数学教材中截取的页面，而非一篇文学作品所能含纳的内容。为了作一种“科学技术”的说明，刘宇昆还会把科技产品作为科幻小说的题材——《艺术大师》讲述了一个颇有艺术才能的小女孩，从小对一家电影公司倾慕有加，长大后终于成功加入了这家电影公司。但她所迷恋的“艺术大师”竟然是一台名叫萨米的机器，它成功地根据观众的表情、反应等算出情感曲线，不用现实的演员、编剧等，而是根据算法和观众的反应来调整电影的故事情节、人物设置和表演等，生产出最符合观众期待的影片来。整个小说便是一步步走进机器的世界，并且窥探它如何工作的，尽管小说的末尾提供了这个女孩子发现真相后的失望乃至于绝望。科幻压倒文学，科学技术并未通过形象化的方式转化为文学审美的要素，从而让小说变得索然无味，充满了科学知识的说教。刘宇昆在创作中也会偶尔失手，让自己对科学知识的热爱战胜了作为一个小说书写者的身份，提供了一个个折磨读者的文本。

与此相反的情况也时常出现，文学战胜了科幻，把科幻的要素压到最低程度从而使之失去了成为“科幻文学”的想象的可能

[1] 刘宇昆：《可数集》，萧傲然译，刘宇昆：《杀敌算法：刘宇昆科幻佳作选》，萧傲然等译，四川科学技术出版社，2015 年版，第 114、115 页。这样的“科学话语”贯穿小说始终，虽然是出自一位数学教师之口。

性，文学味十足而科幻味消失。这尤其体现在刘宇昆的获奖作品《手中纸，心头爱》中。小说主人公是一个孩子，母亲是父亲从香港买回来的女人，不能说英文。当主人公在学校里受到欺辱的时候，他开始把责任推到母亲的头上，因为正是母亲的存在让他难以融入美国的文化。但是从小到大，母亲用擅长的折纸艺术，为他叠出了栩栩如生的小动物，它们全都活灵活现，给他的童年带去无限的乐趣。从他怨恨母亲的时候开始，母亲便逐渐变得沉默而极少和他交流，在她即将去世的时候于床头告诉他，每年清明节的时候，把那些被他藏起来的折纸小动物打开，就能够看到母亲了。若干年之后，当主人公重新找出这些折纸，动物们从破烂、肮脏的状态苏醒，又开始活灵活现。主人公却发现纸上原来是母亲生前写给他的信件。其中有一句是："对中国人来说，最痛苦的是什么？就是当孩子想要孝顺父母的时候，父母已经不在人世了。"[1] 刘宇昆再一次把他科幻小说中"感同身受的推测"与"换位思考的演绎"的原则体现出来，那话语中所包含的感情不啻刘宇昆的自我忏悔式的心里话。而其中所谓的科幻因素，也只是折纸被赋予了生命一样的活动。所谓的科幻文学实际上一点都不科幻，被温情、来自母亲的爱和愧疚的内心所解构。无独有偶，《人生百味》作为刘宇昆小说集中篇幅较长的一篇，以"穿越"之名讲述了一个华人在美国的故事。老关携带着中国的历史神话，在艾奥瓦州向一个美国女孩宣传了一个穿越时空的中国人的故事。略微不

[1] 刘宇昆：《手中纸，心头爱》，范何丰译，刘宇昆：《爱的算法》，陶若华等译，四川科学技术出版社，2012 年版，第 226 页。这篇小说获得了 2012 年度"星云奖"。

同的是《机器人护工》，因为它拥有一个科幻的外形，但其内里却仍旧是一个文学故事：一位中风而偏瘫的老人，孩子们远走高飞没有时间来照顾他，于是只得给他添置了一个名叫桑迪的机器人护工。她能够沟通、能理解，善解人意又热心周到，几乎等同于人类。随着故事的发展，老人逐渐发现，她的背后竟然有一个远程操控的人类，是一位来自墨西哥的姑娘。她非法移民到美国后又被赶回墨西哥，为了给贫穷的家庭带来收入、给母亲治病，她在一个暗室中远程操作机器人护工。老人被她的身世所感，给她汇去一笔笔款项。读上去这更像是一个现实的温情故事，而非科幻的小说叙述。

詹姆逊在论及科幻文学的时候，提出了“体裁性期待”[1]这一概念。在这种“体裁性期待”中，首先强调的是科幻性的获取，是对未来的可能性的巨大想象。同时也必须强调它文学的属性，具有鲜明的审美性和形象化。科幻文学既不是科学技术的知识和理论宣讲，也不是一般的科普读物，它更是一种想象的未来学，是“科幻文学”，而非“科幻”文学，抑或科幻“文学”。“这些作家为自己赋予的任务不是突出已被感知的物体，也不是突出作品的内容，而恰恰是美学接受和理解的行为本身”，“科幻小说的价值就在于在情节结构的层面上将这种矛盾戏剧化，因为对于未来历史的幻想是不可能知道任何这种精确的结局的，而同时其

---

[1] ［美］弗里德里希·詹姆逊：《未来考古学：乌托邦欲望和其他科幻小说》，吴静译，译林出版社，2014 年版，第 339 页。詹姆逊是在论述《星河战队》的时候使用这一概念的，但它仍然适合“科幻文学”。

小说的表达又需要某种这样的结局。”[1]因此，“体裁性期待”对科幻文学提出了较高的要求，是把“科幻”与“文学”融二为一，从而形成自我的鲜明色彩。“科幻”既不是题材选择的规约，也不是体裁类型的限制，而是说它本身作为一种“文学的形式”而存在；“文学”既不是言语上的修辞性装饰，也不是史诗性与宏大叙事的廉价贩卖，而是鲜明的人物形象、精巧而浑厚的架构、引人入胜的故事和超越一般文学作品的哲学见识。因此，对“科幻文学”的“体裁性期待”，既是对“科幻”的本质性理解，也是对“文学”的审美性渴求。作为“体裁性期待”的典型性作品，《弧》[2]是目前为止刘宇昆科幻小说集中最好的一篇。它既没有无穷无尽的关

---

[1] ［美］弗里德里希·詹姆逊：《未来考古学：乌托邦欲望和其他科幻小说》，吴静译，译林出版社，2014年版，第345、339页。詹姆逊都是在讨论具体的科幻作品时提出这些观念的，但作为一种通约性的存在，它们同样适合于拿来讨论其他科幻作品。

[2] 整个小说以一位女性主人公的自述开始。在许多年之后，永生的她准备接受自然的安排，勇敢地去赴死。于是她讲述了自己一生的故事：先是和查得在十六岁时恋爱生下孩子，父母不管，她在遇到詹姆斯之后，把孩子扔在父母家门口，俩人一起浪迹天涯；后来詹姆斯无声离开，她只得找工作，去了永生公司，把人的尸体塑化，摆出造型，也就是让死去的人保持活着的状态；公司老板继承了父亲的永生公司，开始研究真正的永生，通过科技治疗让细胞永远焕发生机，从而让人保持不衰老。女主人公就接受了这样的治疗，她永远活在三十岁的身体中，光彩照人。但她的现任丈夫，创造永生的乔恩却最终死去。她接过了丈夫的事业，实现了真正的让人们永生的目标。这时候她碰到了自己的第一个儿子，看上去儿子比她衰老许多。她和乔恩的孩子出生，却和大儿子相差将近七十岁。儿子拒绝接受永生治疗，愿意接受死亡的到来。再后来，她又遇到了第四任丈夫大卫，他同样拒绝接受永生治疗，认为生和死是圆满的。终于她领悟到，人生就是一个圆弧，从生开始，到死结束。她开始放弃了永生治疗，慢慢等待死亡的到来。但或许以后的孩子们将难以理解，在生和死之间被圈起来的生命的形式。参见刘宇昆：《弧》，萧傲然译，刘宇昆：《杀敌算法：刘宇昆科幻佳作选》，萧傲然等译，四川科学技术出版社，2015年版。

于算法和科技的枯燥介绍，大段大段的关于人类行为的议论和说教，也没有关于爱、真实、虚拟、救赎、牺牲等的铺天盖地的渲染，而是把这一切融入了简单的故事中，交付给一个经历了生命沧桑却依然拥有三十岁身体的老人。在她一百多岁还能生育孩子的时候，在她的第一个孩子先于她死去之后，在儿子、丈夫都不愿意永生之时，她终于告诉所有的人：长生不老意味着什么？死亡意味着什么？生与死所构成的圆弧，便是她给出的最终答案！这正如选择死亡的大卫所言："死亡是生命的最美妙之处。每一天、每一秒我都提醒自己终会死亡，所以我才会去做令自己害怕、心跳加速、呼吸急促的事。"长生不老对这位老人而言，是痛苦的反思："我总以为自己有着无尽的时间，结果却整日碌碌无为。因为害怕放弃选择的机会，所以我虚度了自己的人生。我就像一只被囚禁在茧中的蚕，塑化了自己的生命。"[1] 死亡是对生的肯定与意义的完成，只有在这个生死的弧度中，活着才是有意义的。整个小说构思精妙、沉思到位、叙述节制而欢畅，深刻的寓意在言语的修辞中得到净化、拓展和丰富，是一篇真正"科幻"的、"文学"的"科幻文学"。

2017.12.27—29 人图圆桌 · 问馀斋

2018.1.18 改毕

---

[1] 刘宇昆：《弧》，萧傲然译，刘宇昆：《杀敌算法：刘宇昆科幻佳作选》，萧傲然等译，四川科学技术出版社，2015 年版，第 75 页。

《南园村故事》诗论

书《南园村故事》刻印后

温文文余温，
字字在目存。
而今一变侧，
千古赠王孙。

丁酉年壬子月壬午日　人大教四

重读《先生》

院落冷清雀鸟鸣，
晚花寂寞闻风静。
人在无影隐逸后，
琴声漫漾飘香轻。

丁酉年壬子月癸未日冬至　人图圆桌·恭己轩

书《哭丧》后

旧事经年入严冬，
故人殷勤待春风。
舍得夜半秉烛客，
且喜悲欢文字中。

丁酉年壬寅月癸未日丁巳时　人图圆桌·至水斋

《南园村故事》后记[1]

我曾在各种场合，不止一次地对身边的亲朋好友说过，我这一辈子，不管干什么，批评，写作，或学术，都只思考一个问题，那就是：**生命存在的意义与死亡问题，或人应该如何生活**。这种看上去虚无缥缈、大到空洞无物的问题，在这样一个强调小切口、精耕细作的年代，以这种方式提出来，多少显得有些幼稚可笑，且容易引来别人的侧目。以小民之力，随汪洋之寥廓与峻岭之崇高，不自量力乎？确实有些不自量力，还天真得紧。然而又总是固执己见，秉性难改，就怪不得人家听了之后，摇头晃脑，叹息连连了。某一个瞬间，骑士连我自己，都产生了巨大的怀疑。如此问题，这样口气，除了庄子、孔子，以及柏拉图，后来的黑格尔，外加中国的朱熹和王阳明，也包括海德格尔在内，敢于触碰一番之外，大概也就耶稣基督、佛陀和真主们，去殚精竭虑地考校这个事情了。但回头一想，古往今来的学问也好，思想也罢，其所谓的诉求，大约不超过这样一个命题的范围。那么

[1] 《南园村故事》2017 年 12 月由北京十月文艺出版社出版。

以这个问题作为指导方向，当作高山，又有什么问题呢？奔着这个问题去，并不是说要彻底解决这个问题。何况，对这样的问题，又有谁敢说自己窥探到了其中的奥妙呢？更别说彻底解决这样一个问题了。任何人，恐怕都只能够从自己的视角出发，来管窥其存在的一二罢了。这样给自己树立了一面大旗，也只是作为目标和追求，至于到底能够做到什么程度，那还是十分难说的事情嘞！毕竟，一个人倘若要去爬山，而且立志要爬出别样的风采来，他选择万米高山，就无可厚非，还应该鼓励一番——说难听一点儿，那就是不自量力；说好听一点儿，那可是志存高远。但不管如何，我还是想尝试一番，提供一点我自己对于这个问题的些许理解。

我一直以为，任何人都可以提出他自己的“观点”，这就是思想史得以丰富多彩的缘由。但任何“观点”也基本上都是奠定在自我生活的基础之上的，或者是对自我生活的一种升华与总结，或者是在自我的生活与智力范围之内所理解的对宏观问题的一种把控。那么就可以这样设定：倘若我的这种观点合适了，你便拿去用吧；倘若我的观点大而无当，甚至一钱不值，你大可弃之不顾。对我而言，写作某种程度上是一种“试探性交流”。能够交流下去，那就深入理解，再读一遍，甚至多次阅读。倘若发现不对胃口，当下打住，也不至于伤害甚深。这么着，对自己的蚍蜉撼大树，也就稍微地有了点儿原谅之心。算是自我宽宥吧——我饶恕你了！其实，《南园村故事》的整个写作，都自觉或不自觉地追求了这样一个方向。写作之前，不会给任何一篇小说设置什么样的“主题”，也不想找一个什么样的“思想”，诸如人性、善恶、救赎、性别、命运等之类的，都不在我的考虑范围之内。那就不禁自问，到底是要写什么呢？末了，写来写去，小说就成了一种对这个宏大问题的回答。

我一直以为，生之所以有意义，是因为有死的存在。倘若死哪一天不存在了，我们每个人都成了“老不死”的，那活着还有什么意思呢？一个人完全可以肆意妄为，随心所欲——反正又不会死！末日的审判已经不存在，作恶也好，行善也罢，总之，都会活着的。如此看来，死几乎是生的全部意义。只有在死的拷问下，生才会显示出它的意义，才会拥有意义。那么死就定然不是可怕的去处，反而是生的成全。只有在死那里，生才能获得最终的完成。貌似这个问题就这么解决了。但其实不然，因为从死里看出了生，还应该从生里，看出死的种种来。这恰是千百年来，多少古圣先贤，志士仁人所念兹在兹的永恒命题。于是只能回过头来，重新思考生命存在的意义。

依然记得，在西安医学院工作的五年时间里，给学生上的每一节课。我常说，那五年是自己最为庸庸碌碌的五年，几乎一无所获。现在看来，大概是太过偏激了。五年里，我所主张的讲台就是思考的平台，一直在实践着。对我而言，教学与其说是给学生讲课，不如说是自我的沉思。那时候常常借助《西方名著导读》和《美学导论》的课堂，沉思并宣讲自己对这一问题的理解。生命存在的意义是什么呢？其实是没有任何意义的。生命存在本身不具有先天性给予的意义，活着本身只是活着。但人为何还要活着呢？活着其实就是为了给自己的生命存在创造出属于自己的意义。如此一来，这意义就根本没有崇高、渺小、价值大小的区分，因为任何一个人在自己的生活世界中，总能够创造属于自己的价值，或大或小，或善或恶，那都是属于他的意义。《牧羊》一篇中的安意儿，便是这样一种存在。他出生，患病，然后死去，仿佛是不存在的。但对他而言，生命存在的意义就是牧羊，最起码他在南园村的西埂上，牧羊的那一刻，他是在创造自己生命存在的意义。另外，《秋夜》一篇，说白了是一个借种的故事。对于三巧儿来说，生孩子，在孩子的身上延续自己的存在，就是她给予自己生命存在的一种意义，更是给丈夫的生命存在一种意义的行为，而不管这个孩子到底是不是丈夫的亲生骨血。对他们而言，活着本身就是意义，此外还别求什么呢？英雄救世，帝王将相，才子佳人……虽然充满了故事性，但是我却喜欢在几乎没有故事的地方，书写属于这些最为普通、平凡的人们的故事。他们基本上不被人知，存在于这个世界上的一隅，犹如一只蚂蚁，倘若哪天死去了，就像我们不知道蚂蚁的世界里死了一只蚂蚁一样。甚至我们有时候还会一不小心走路的时候踩死一只蚂蚁。那么对他们而言，生命存在的意义到底是什么？我们如何去理解他们的活着？

这样，我在课堂上给学生们宣讲的自己的沉思结果，也便成了我创作的动力。生命存在本来没有意义，之所以要活着，就是创造属于自己的意义，这便是生命存在的意义了。说来有些拗口，且有点儿不知所云，但确实是一直萦绕心头的沉思，也是课堂上宣讲的“圣经”。这样一来，“人应该如何生活”的问题，也就迎刃而解了。人应该如何生活，哪里有一定的程式呢？人生如戏，说得好听，可唱戏有唱戏的套路和规矩，人生哪里去找那故事的脚本和唱腔的调性呢？任何一个人，只不过各安了一份自己的生命样式罢了。乞丐有乞丐的存在样式，那就是乞讨；书生有书生的存在样式，那就是读和写——如此，所要强调的是，千万不要以为一个书生的生活方式，就天然地比乞丐和妓女高明。在领受个人的一份生活方式的过程中，所有人都是一样的，只是各安了自己的性命罢了。

从这个角度而言，《南园村故事》所写的基本都是无名小卒，各安了自己性命的一种生活方式。或长或短，或悲或喜，或生或死……无论如何，也都是他们安顿自我生命的活法。如此，《一八九二》中那个好色而淫荡的中学教师和那个四处偷情浪荡的女人，又有什么好谴责的呢？《父奔》、《离婚》与《光棍》中高频率出现的性器官和性行为的字眼，又有什么好扎人的呢？那只不过是他们的一种生活样式而已！这么说，意思就是，倘若取了悲悯的角度来看，我们并不比他们高明到哪里去，并不比他们文明、高尚到哪里去！所以，写这些人物的生活，初衷里的目标，只不过是展示一种生命存在的方式罢了，且都带着悲悯的感觉去的。正如《哭丧》中，巧英对哭丧的理解，对死的想法。人都有一死，是欢歌舞蹈、鼓盆作锣如庄子一样，还是摧肝裂胆、思之如狂像韩愈、归有光一样，其实也都是没有什么分别的。那么哭丧，到底是唱，还是哭，到底是哭死人，还是哭自个儿，在巧英那里，已经不那么重要了。重要的是，要从生里看到死，再从死里看着生。以这样一种方式，那么多的沉思又返回到问题的起点上了——只有在死的拷问中，生才会显示出它的全部意义来。

这些小说陆续写于 2009 年到 2017 年之间，跨越的时间不可谓不长。但修改却相对集中，也就这两年的事情。故乡之萦绕于心头，绝不是一时半会儿的事情，那是一辈子的期许和依托。所以无论身在哪里，处于何种境况，故乡都会随时跳出来，显出它存在的丰富性和人物的鲜活性。想起故乡，除了对外在的田野、河流、庄稼等有一个轮廓性的概念，便是时时跳到眼前的故乡的人物。三教九流，男女老少，他们的喜怒哀乐、嬉笑怒骂、悲欢离合、爱恨情仇、酸甜苦辣、生老病死，就不断地跳跃在眼前。某一种时刻，恍惚中，总觉得那写的并非我的小说，而是他们跳将出来，或自言自语，或有一搭没一搭的叙话。既然是叙话，肯定是男人之间会神神秘秘、色眯眯地说起女人；女人也会嘻嘻哈哈，把身子的那点事儿当作笑话说了。无伤大雅，或者大俗大雅，其实形容他们都不太合适，因为对他们而言，那还不都是“自然而然的事情”？何须大惊小怪？连光棍都知道男女之事，何况那些经了男女之事的人呢！这些小说写起来，往往有时候会格外大胆而显得低俗不堪，令人诧异。但我总想，请他们出来说话，除了说这些话之外，他们还能说什么呢？聊哲学？侃人生？开口闭口都是苏格拉底、柏拉图？还是政党、体制或暴力？都不会。他们的日子里，有的都是柴米油盐酱醋茶，吃饭睡觉去种地，时不时地热心着男女之事。所以内有一篇，名曰《土缘》，对于乡民们而言，土里土气，才是生活的本色。

但《南园村故事》又基本上都不是实有其事。大多是取了一个影子，添油加醋，铺排抻拉，成如今的小说模样。往往也会有一些对号入座的嫌疑，那都是他们的影子罢了。《杀猪》实有其人，谢法钱我该叫叔，代金富是村子西南头的邻居，也能说是亲戚。他们杀猪我是亲眼见了的，从记事起到2014年左右，我就亲历了不少杀猪场面。大概2000年以后，家里常杀年猪，都是他们的杰作。小说里的华山，便是用了我自己的小名。《光棍》的原型，是家族的一个我该叫三叔的人。胆怯，怕事，还喜欢小偷小摸，一辈子娶不上老婆，可怜巴巴的。我叫作奶奶的人，就相伴了他过一辈子。2017年过年回家，听母亲说，光棍三叔死了，死得也蹊跷。说是去河底下涤衣裳，弯腰下蹲，不意屁股抵住了土堆，后坐力一推，一头扎进了河里，淹死的。老奶奶倒还活着，一百多岁了，时常还是对我们说，不大，才九十九岁。这个光棍三叔偷看庄子里妇女胸部的事情，听人家说的，也算实有其事。拐弯抹角地提醒过人家妇女，她的回答让我吃惊，但也理解。人家说，一个光棍，看就看了。奶子还不是和脸一样，脸能天天看，奶子咋就不管看了？还是穿敞口的上衣。那要是结婚了的男人看，肯定又少不了一顿臭骂，不是开玩笑的骂，是吵架的骂。《年死》里的来运，也是我该叫三叔的光棍，兄弟吵架，其实比小说中来得还要惨烈。那一架吵得，整个南园村没有人不知道。可没有一个劝架的，打得头破血流才算散了。那时候，来运已经死了，吵架是两个哥哥的事情。南园村里，打架最厉害最凶猛的，闹别扭扯龌龊最多的，差不多都是亲兄弟。不是一家人反倒客客气气，礼尚往来。这很奇怪，但也不奇怪。《一八九二》的原型，是初中的一个班主任，就不点名道姓了。他小有才气，吸引了不少女生的好感。一个女生在初三毕业前怀了他的孩子，为此女生的父母在校园里大闹了一夜。女生的父亲拿着铁锹就去砍那好色的班主任。后来大概是赔钱了吧，事情就算过去了。至于那个女生以后是怎么过的，也没有打听过。他们一家因了这个丑事，出外打工多年不回家，到现在也基本上是音信全无。《父奔》写好后，第一时间给一个朋友阅读，她说了一个担忧的理由——别人家到时候告你！颇使我有些顾虑。里面的叙述者，是我的小学同学，也舞文弄墨。为这个小说，特意告诉他，将会用他的名字和故事。人有其人，事有其事，但捕风捉影，道听途说——怕就怕我的虚构反而会变成另外一种以讹传讹。无奈，只得将姓名隐去，做了较大的修改，勉强算是实现了小说与纪实的区别，才放下心来，收入其中。《离婚》纯属虚构，但那个酒店实有妓女。大概是2000年的冬天，起了房子，装修了酒店。那一年过年，南园村特别热闹。不知道怎么传出去的，出外打工的男人们差不多都回去了，尤其是十几条光棍，有事没事就一头扎进了大酒店找小姐，还龇牙咧嘴到处宣传，绘声绘色处不下于春宫图、黄色电影。说到高兴处，唾沫星子四处喷溅，青筋暴出，脸红通通，还添油加醋，直到把人都说得目瞪口呆，他才满意地停了。女人们听了，嘻嘻一笑——那不是光棍么！还取笑那些光棍们，说兜里的钱都叫小姐掏光了吧？男人们听了，哈哈一笑，偷着摸着都想去体验一番。《先生》虽曰小说，实则是一种心念。人无其人，事无其事，却是心中的执念，久久不能挥去，取了老辈人中的两个性命，铺排关于他们的故事，却早已经成了渴求、期盼。但院落却是南园村的院落，花草也是南园村的花草，以至于麦田、竹林、河流，无不印刻着南园村的影子。

小说基本上都是截取了南园村的人们生活的某一个横断面，不刻意强调故事的吸引人，而是对一种生活状态的展示。所以褒贬是没有的，谴责与愤恨也是匮乏的，要说有什么情感的话，也顶多是——说好听了是悲悯之心，连着自己也被悲悯了一把；说得难听点，也不过是兔死狐悲罢了。人和人都是一丘之貉，也就必须铭记兔子不吃窝边草的训诫。小说也就不可能站在一个道德的制高点，以怒目圆睁和哀其不幸的方式，批判谴责他们的腌臜肮脏、龌龊猥琐，再高高在上地给芸芸众生指点迷津，从而走上康庄大道。还是那么一个意思，每个人活着，只不过是取了一种各安自己生命的方式罢了，充当圣人去指责、教化愚顽，本就是可疑的态度，自己所主张的种种也未必就在智识上高人一等。最终还是坐下来，搬个凳子，和他们平起平坐地叙话，听他们的故事，看他们的表情，说他们的心思。整个《南园村故事》就是用了一个“内在的外来人”的视角，去观察他们的生活，然后写下来，以他们的悲喜为悲喜，以他们的爱恨为爱恨，以他们的生死为生死。

这其实也是我自己的写作态度。我不是那种善于打腹稿的人，不可能把一篇小说在肚子里已经摸得滚瓜烂熟了，再动笔一气呵成地写下来。我习惯于“以意贯之”，先有了那么点儿意思存在心里，然后想他们的故事，给他们推到独特的情境中，让他们来表演，至于细节到底如何发展，还要看他们在故事中自己的表演如何。所以每一次，我只有进入到小说的写作状态中，他们的故事、行为、言语和音容笑貌，才会那么逼真地展露出来。也就是说，也只有在写作中，我才知道该怎么写，才知道该写什么。那是他们自己的表演，也是我自己的投注其中。《父奔》是这么写出来的，《杀猪》也是这么写出来的，几乎所有的《南园村故事》

都是这么写出来的。最典型的就是《哭丧》。2016年的冬天，萌生了写故乡哭丧的想法。原因是好几年前的冬天回家过年，有一夜，南园村的北边，大约是段庄，或者后段庄，也许是谢庄，大梁营，传来了悲戚的哭丧声，且经久不息。大概唱到凌晨三点钟左右。听来字字悲伤，句句传情，其中情感的婉转曲折，凄惨哀怨，声音的高低长短，轻重抑扬，甚是动人心魄。念念不忘，竟至于在冬天里，忽然觉得，应该将它写出来，把故乡的那一群哭丧的人的生活给写出来。于是就展开想象，思考如何去经营。2017年过年回家，很悲哀的是，又听到了故乡那些老人们的丧事，却并没有了哭丧人的身影。不免心中失落。这些年，哭丧确实比以前要盛行得多，但因为火葬的政令非常严苛，而人们又想要全身下葬，不愿意死了还要再遭受火烧的痛苦，居多都是偷偷地埋掉拉倒的，谁还会那么大张旗鼓地哭丧呢？过年后，立春节气带来了暖意，想着该是写的时候了，但立意却不明确，想着纯粹现象的描述又过于单调，就在聊天中，和家人说起过这个小说。至于到底如何去写，心中多半是想得差不多了的，却还是觉得朦朦胧胧，细节并不清楚。于是，迟迟不能动笔。《杀猪》一篇写完后，是要开始写作《哭丧》了。走在路上，头脑里一直转着，却始终不知道如何开头。倒是先想到了另一篇小说《先生》的开头，于是就先写下来。结果，《先生》的开头还没有写完呢，《哭丧》的开头就唰地一下从天而降。不敢怠慢，赶快写下来。其实是极其简单的一句。后来逐渐地，自己融入小说之中，根本觉得那写的不是别人的故事，以至于究竟要怎么哭，自己先实验上一回，出声，拉腔，前推，后压，扬出去，再收回来。一次次地，模拟着哭——还得是持久战的哭，夹杂着唱的哭。尤其是想到悲切处，不自觉地，竟也眼泪涟涟。于是，自己在写作中，融入进去之后，也时时地像巧英一样，哭啊，想啊，揣摩啊。那声儿，那强调，那曲折婉转，一样也不曾少过。因此，整个小说写来才更加顺利。不管是悲欢，还是生死，只有把自己放进去，在文字中过活一回，小说才能写得圆满，才会写得感人，才会有一种爱充盈于文字间。

曾经在一个创作谈中言及，我总喜欢修改自己的东西，因为觉得它们总是处在“未完成的状态”。也因此就极端地不自信，总以为写得不怎么好，需要修改，再修改。到底是不是修改后的比以前更好，我自己都拿捏不准了。但写作就是工作，认真的工作态度是对任何一位读者的负责。往往，花费在修改上的功夫，比写作还要多出几倍。写好后，妻子往往是第一读者，她从自己的角度提出的一些建议，也丰富并提升了小说的纹理和质感。可以说，她算是这本小说的第二作者哩！

常常莫名其妙地想：文学到底何谓？写作到底为何？逐渐地，心中也多少得了些启发和顿悟。写作是难的，是永无止境的跋涉和不知疲惫的精神拷问，甚至有时候带着自噬其身的残忍和决绝。但真诚的写作者，应该是勇往直前的尝试者，也是执着如一的冒险家，更是躬身自省的生活人，不会因为伤痕累累而退缩，也不会因为清汤寡水而放弃——写作更像是指向自身的沉思，是返身观照自我的一种方式。它总是要求扪心自问，忏悔救赎，以便自渡渡人。生命存在的永恒命题便是认识你自己，而最智慧的人拥有的知识，也只不过仅仅是自知自己无知罢了。我也是一个无知的人，只不过是知道了自己的无知，且试图去探求更多的未知世界的摸索者而已。

我得继续前行。我还是继续前行的好吧！

2017.2.25 人大图书馆圆桌

乡土之根，心灵之魂

——《南园村故事》创作谈[1]

对一个人来说，无论如何强调故乡对他的意义，都不为过。人的一生中要行走很多地方，在文化的认同、友情的建立、地方性知识的习得以及自身的融入慢慢实现之后，人们可能会寻找到自己的第二故乡、第三故乡。其实，每一个生活过的地方，都是一处美妙的人生回忆。只要有回忆，就意味着有故乡，有故乡就说明自己的人生故事延伸至大地的这一方角落。《南园村故事》的写作，某种程度上意味着对记忆的再一次重组，也意味着在大地上重拾自我人生故事的经历，是一次回忆式的精神返乡之旅。这并非要在言辞的虚假里，表达一种多么暧昧的态度，而是这个地方既有自己的故事，也有自己的沉思和所得，不管这种所得的多少与意义的大小。

---

[1] 本文系在西安医学院的讲座，发表于《青春·中国作家研究》2018 年第 2 期。同期刊发陈若谷对《南园村故事》的评论。

一、方言写作与“读”小说

初读《南园村故事》，大家第一感觉可能是它的语言“有些怪”。故意被打乱的叙事节奏，在顺畅需求中楔入滞涩的言辞，或者有时候短句子过于短而把阅读的气势给打断，偶尔冒出来的一些生僻字，或一些比较独特的方言，肆意地阻断了阅读的持续进行。一些看上去可有可无的语气词，以及有意无意的对乡人口气的模仿，都构成了阅读的某种挑战。可以把这种写作方式称为是“方言写作”，也可以视而不见地跟随着叙事本身的节奏，真正地“读”小说，而非仅仅只是看。读，更强调声音的重要性，看则偏重文字构成的视觉性，从视觉向听觉的转移虽然有些困难，但对《南园村故事》来说却是最恰当的。

之所以会出现这种情况，是出于特定的叙述方式的考量。整个《南园村故事》中的十二则故事，它们的叙述者都不是写作者本人，而是一个“内在的外来人”，带着一副熟悉而陌生的眼光，讲述陌生又熟悉的故乡人事。由于这种叙述方式的独特性，在文本中就呈现出了一种“叙话、闲谈或瞎聊”的症候，用陕西话来说就是“谝闲传”。既然是叙话、闲谝，就会显得随意、凌乱，甚至有时候是上气不接下气的，不可能考究话语本身的准确性、适恰性，更没有审美性修辞的考虑，而是就是说事儿，偶尔加上去一些添油加醋的东西，也都是无关紧要的词汇。语气词的大量使用，既是对口气的一种模仿，也是通过这种口气的传达，表达一种叙述者的态度。或者惊叹，或者强调，或者就是无意义的随口一带，把叙话的氛围给彰显出来。所以整个《南园村故事》就是一则则坐在凳子上的乡民们，晒着太阳，端着饭碗，随口那么东扯一句，西扯一句的东家长西家短的乡村故事。尽管他们可能会对性事进行夸张的编排，但整体上而言，他们的叙述平静而带着怜悯，尤其是物是人非事事休的家长里短，在语气中就会有沧桑感，就会带着寂寥与落寞的情绪。乡人乡语，土里土气，就是南园村，是南园村的人物和故事，也是南园村作为南园村的精髓。

方言写作一般的考虑是地方性知识的呈现，它是一整套关涉着地方历史地理、风俗习惯、邻里相亲的认知体系。所谓的乡音未改，所说的便是这种一方水土养育一方人的本质性规定。也正是因为此，方言就成了故事中人物的身份属性，他们是什么样的人，只要他们一开口说话，就把身份给亮明了。身份又反过来决定着他们的言谈方式和内容，它们是相辅相成的关系。如此才能够把小说中看上去并不高尚、雅观的内容找到一个合理的表达借口，使之合理存在。毕竟，对乡民们来说，谈论哲学、历史、政治等，并非他们所擅长的，比起这些来，他们更愿意就身边的事情，不管是坐实了的还是捕风捉影的，尤其是他们熟悉的身边的事情。其实在讲述中，他们连带着把自己的经历也都糅进去了。看上去是叙述，而实际上是一种虚构和事实的结合，更像是一种“非虚构”的闲聊。如此来说，他们才是他们，南园村的故事才是南园村的故事。另外一方面，在小说中，方言使用最多的，或者最令人诧异的一些方言词汇，几乎都是动词。尤其是在《杀猪》中，方言动词运用最多，也最丰富。这是因为方言中的动词，更为准确地把不同的动作给表达出来，往往同一个动作因为力度的不同，方言词汇就会采用另外一个此来把差别给表达出来。比如

“塞”和“掖”，都是把衣服塞进去，但塞较为随意，掖不但强调塞进去，还强调用手把衣服捋顺。再比如“拉”“拽”和“拷”，拉的意思力度表现不强烈，拽力量性有了，但方向性并不明显。拷则不一样，既强调力量大，而且一定是方向性极其明显，是朝向说话者的动作，带着担当、自私等含义在其中。再比如“搔”和“擓 / 扤”，搔痒很普遍，很随意。但擓更强调痒得受不了，必须大力解恨一样地搔痒。“呕吐”和“哕”也一样，呕吐是对生理现象的描述性词汇，虽然也带着难受的体验在其中，但哕更强调身体的不舒服，那种难受的劲儿。所以小说中，许多地方的动词，使用的都是方言，皆出于对更准确地表达对动作的极端准确性的效果的追求。

对大多数读者而言，“读小说”永远意味着“看小说”。看和读的差距，是许多人不适应方言写作的一个重要原因。还好，南园村的方言属于北方方言区，和普通话十分接近。为了改变大家对“读小说”和“看小说”的混淆习惯，我用方言给大家读一段：

> 哭丧这手艺活，天天操心着传给谁，要是传不下去，可就要绝在巧英手里啦。那样，可就咋着都对不住师父哩。等到自个老死那天，就没人给她巧英哭丧哩！心里不免灰灰的。可如今看来，传，还是不传，都没啥两样。哭来哭去，唱来唱去，哭的也好，唱的也罢，都是一个死字。哭成精，唱成佛，死还是个死，多没意思！只要瞧着了活，这哭丧，有还是没有，也就没啥所谓啦！明白了这个，巧英就知道，那哭丧，哭的不是人家呀，那哭的是自己个儿哩！不管哭谁，咋

哭，可怜也好，心疼也罢，哭丧末了，就是哭个人哩！就搁心里自个问自个，像虚岁九岁那年，跟师父睡瞌，迷迷糊糊地，乱七八糟地，俩人之间有一搭没一搭的一问一答——

哭丧，哭啥嘞？哭死哩！哭死，哭谁嘞？哭人家，更是哭自个儿哩！那哭死，还是哭死？不是呀！哭死，就不是哭死啦！那哭死，哭啥嘞？哭死，就是哭活哩呀！(《哭丧》)

二、追问：人应该如何生活

如果说方言是小说的外表，穿着上是土里土气的，那么真正小说内部试图要追问的东西，则是略显深沉而带着反省的。《后记》的开头说的话，就是这部小说集要试图探索的东西，而这也将是一个长久的追寻——“生命存在的意义与死亡问题，或人应该如何生活”。这个问题也是在西安医学院的课堂上，涉及最多的问题，提供的答案也花样繁多，从海德格尔的操心、操劳和操持，以及在世界之中存在等；到柏拉图所说的哲学与哲人的生活方式，以至于中国古人的隐逸文化所涵盖的自在生活、儒家强调的“仁者乐山，智者乐水”的生活，以及王维和苏轼那种能舍得能追求的生活。但这个和追问越是深入，越让人看不到解决的方式，不管是儒释道，还是宗教的、哲学的解答，都只不过是一种侧面罢了。大约是在2015年的春天上课的时候，算是有所明白了，也把之前课堂上的沉思总结了一下，才有了这部小说《后记》中所说的种种。大意其实就是任性而为、任心生活，听上去颇有庄子“逍遥游”的味道。

但我知道，真正对庄子的逍遥游式的生活方式有着最为本真的理解，并且将之体会在日常生活中的，是翻过六十岁的乡下老人以及翻过五十岁的乡下妇女，尤其是那些前途已经不再光明，开始安于生活的那些人。他们可以地里有活就去干活，没事儿了吃饱饭后就去谁家的墙根边晒太阳，一整个冬天都如此。有人来了，闲扯一回，没人来就一个人孤孤单单地搬两块砖头，十分枯寂地坐着。外人看上去，会用怜悯的心情对待之，岂不知对他自己来说，是一种多么自足自在的状态和生命体验啊。儿女不用操心，庄稼都已经操心好了——剩下漫长的岁月，就是“等死”的生命历程。但死亡却终究还是没有来，他们就享受一天是一天。这享受又不是吃喝玩乐，是对身体的满足，而是散淡如烟，随意东西，没风时就扶摇直上，有风吹就不辨方向，去往哪里都行。男人可能操心较多，乡下妇女过了五十岁后，操心就更少了，除了田里的活计，她们就处在“逍遥游”的状态，哪怕是一日三餐，在她都不是考虑，不是任务，走在人家门口能一整个上午东拉西扯，随意散淡地瞎胡聊。物质基础虽然仍旧制约生活，但他们的饮食已经十分简单，需求也不多。《南园村故事》中居多是这些人的聊天记录，尤其是《先生》这篇小说。其实“先生”可以是教师、医生，但更是乡村里那些已经进入古稀之年的老头老太太，散淡而任性，是生命存在的本性，本性自然的状态。这当然也是一种理想的生活状态。

其实，整个《南园村故事》都是尝试着去理解乡村的生命存在的样式，或者说乡村只是一个地域性的存在，属于生命存在本身的样式具有了一种普泛性。《哭丧》是对生死的领悟，从死而来的对生的强调，其实也就是乡下人常说的“好死不如赖活着”；《杀猪》说的是乡村的公共生活，本来是私人事情的杀猪，往往就变成了村子里的聚会；《父奔》则是最可怜的希望，传宗接代被更具自我传承的想法所取代；《玉玉》看上去是一个乡下“扒灰”的故事，但更侧重于对这种不得不组成的另外生活的理解；《牧羊》则是在瞬间中，去理解一个乡下孩子的“存在的无意义的意义”的生命存在状态；《年死》更是一个乡下光棍的有滋味作为无滋味和无滋味作为全部滋味的生活的表达……

说到底，任何小说，都是作者的某种自传，他把自己的所见所闻，所感所想，以另一种方式表达出来，时而带着卑微，时而带着自尊。在整个《南园村故事》的写作过程中，我都是把自己放在最谦卑的位置，之所以采用旁观者的叙述视角，也是为了不惊动、不打扰乡人们的叙话，而是听了之后记录下来而已。如此，才能把对生命存在的样式按照自己的方式给展示出来——在这个世界上，作为一个人，一个纯粹的人，本质上而言，谁都不会比别人更高贵，活得比别人更具价值或意义。那些高高在上的感觉，只不过是自封的赞赏；那些对别人不屑一顾的藐视，是不过是缺乏自知之明的盲见。所以不管如何来回答“生命存在的意义与死亡问题，或人应该如何生活”，都是一种从生命到生命的低音徘徊，极其微弱却清晰可辨。在《南园村故事》中，我所想要追求恰恰是对这种“低音”的捕捉，把它飘荡的痕迹描摹下来，以便作为交流或顿悟的资料。所以小说没有批判，不会像鲁迅那样时刻提点“国民性”，因为我知道，我只不过是他们中的一员罢了，并不比他们更高尚，更智慧，更能领悟生之为生、死之为死的精髓。如果这本小说集也有所谓的阅读的法门的话，那就是：自然而然。自然而然地去读，自然而然地去思，自然而然地可有可无。只要碰上哪怕一点点关于“生命存在的意义与死亡问题，或人应该如何生活”的触动，那它的目的就达到了。

三、小说的写法与道德

正是出于“一丘之貉”或“泯然众人”的心理，所以在整个小说的写作过程中，心态就极其安静，十分放达，有些随意点墨，却牵扯着一己之思，凡有所得，皆赋予其以生灵。如此的写法，或许可以称之为是“小说的道德”，也可以算作是“自我的投入”。但究竟“如何写小说”、“小说写作的目的何在”等问题，也并非要为一个村庄的人物写出他们的列传，或者重构一个乡村的日常生活，乃至于要探究生命存在的样式与各种生活方式的自足性，说白了，小说写作，它的道德和写法，都只不过是重新认识自我的过程。在重述他人故事的书写中，清理自我的内心与思想，照出自我灵魂中卑微的一面，以及可悲悯的一面，从而真正地进入到小说内部，进入到小说人物的内心，以生命之名去体验生命本质，是《南园村故事》之于我的最大的收获。我们是否也曾经如此无奈过？是否也曾经如此荒唐以至于悲哀过？故事可能是不同的版本，或者与生活是完全无关的，只不过在故事的折射中，人的遭遇、情感经历、内心挣扎等，都是一致的。这既是追求，也是小说集中每一篇所要达成的效果。

整个小说集的写作，都没有任何预先的结构、人物、故事等的完整设计，许多都是临时起意的“随意笔墨”，但写起来，只要落笔有了第一句，此后的故事就会自动展开，虚构或许是一种才能，某些时候却会变成固执挣扎的自我主体。它本身的主体性构成，促使捉笔书写的我，只不过是它的工具或仆人，是被小说本身征用的力量，我听从了所有小说内部元素的安排，在适当的时候把适当的部分写出来，该省略的省略，该补充的补充。这也可以说是我懒惰所导致的，但也能说小说的自由发展程度是比较高的。之所以会如此，最重要的原因还是作为写作者的我自己的投入问题。有些小说仿佛带着它自身的经历性，灌注于我自己的视野之中。《玉玉》一篇，写作最早，2007 年的时候，刚去上海读硕士没多久就写好了。小说后记中的交代时间有误差。到现在已经有 10 年的时间了。但当时写这个小说的场景还很清楚——故事是南园村捕风捉影的故事，人物的名字也是如此的，但她小小的内心，不啻当下许多类似家庭变故中孩子们的脆弱而单纯的情感依托。在遭遇失去父母任何一方的时候，孩子们年幼无知的懵懂里，到底存在了什么样的心绪？当时写的时候，尽量地还原她的这种内心世界，她极力要弄明白发生的事情，但总模模糊糊拎不清。在后来的修改中，增加了这一部分的内容，也是把自己放在小说中，贴着玉玉的内心去感知，把一己的悲伤、忧愁与带着自我悲悼的哀怜，都融入其中了。这也是为什么我总是说，小说中的故事或人物，说难听了，我与他们只不过是“一丘之貉”罢了，尽管他们可能并不这样看。《牧羊》的故事并不发生在南园村，而是旁边的水店村，把两个故事结合在一起了。一个是听说来的，放牛的人被雷劈了；一个则是小学三年级的语文老师，她的孩子得了小儿麻痹症，行走不便。把安意儿推到那样一个极端境地，也并不是要展现他的悲惨人生，他能有什么悲惨的东西呢？在他还没有感觉到自己人生的悲惨的时候，他就已经死去了。对于他来说，死去是最好的归宿，而不是千方百计地结婚了，说不定又祸害了人家一个好姑娘。这便是把自我放在一个极端境地，然后去感受绝境中的人到底会如何选择的问题。只是真正苦的，是安意儿的奶奶，她知晓人间的冷暖，遭逢人生的大变故，老而不死才是一种最大的折磨，或悲惨的人生。

在写作的过程中，我常想："小说的道德"到底是什么？说深刻点儿，是为我们自己的人生提供一些纯净的教诲；说浅一点儿，无非一个动人的故事骗取两滴眼泪；说难听一点儿，读或者不读，并不是一个问题，小说的存在只是作为一种存在，拿起来是面镜子，能照出我们自己，搁置在那儿不动，不过是废铜烂铁玻璃片。因此"小说的道德"，更像是一种"贴心的对话"，一种"照镜子的方式"。这也是对"文学到底能干什么"，或者"我们为什么要读小说"的一个回答。读小说，是审美的过程，也是愉悦的过程，但它同时也是一个照镜子的过程，是带着"看对面的自己"的反省与沉思而进行的"自我认知"。因此，"小说的道德"，实际上是说，"小说作为镜子"，不管是写作还是阅读，都是在某种程度上进行自我反省和警惕。

通过小说这面镜子，我所找出来的自己，便是那个怀揣着"乡土之根、心灵之魂"的乡土之子。这并不仅仅是说他来自乡土，而且说的是他连同自己的情感、思想和灵魂，一并都是乡土的。带着乡下的泥土味，土里土气又有一些狡黠，谦卑谨慎又不免骄傲自大——乡土之根所给予的心灵之魂，既保持着它质朴与淳厚的一面，也保持着它卑微与可怜的一面。介于知与无知之间的，是对生命存在的被动接受后转化而来的主动承担，这承担既不是历史化的英雄主义叙事，也不是史诗化的宏大现实叙事，而是默默跟随自然的节奏，度过有生有死的完整历程。那么深藏在“乡土之根，心灵之魂”背后的，就是一个任性自然的个我，安排一己生命的流程，只不过他幸运地捡起了文字的有效性，将之传达出来罢了。

“乡土之根，心灵之魂”，就是小说这面镜子所映照出来的《南园村故事》的道德与全部写法的秘密。浸淫于这样的文字世界，不免会带着些许悲哀，但悲哀也是欢喜的悲哀，在这一重欢喜的悲哀中，领受生命存在的意义，理解死亡与生存的奥妙，从而安排妥帖适恰的生活方式，一如风吹日晒的土地、自然生长的庄稼和春耕秋收的播种。

再一次感谢大家听我唠叨这么多。谢谢！

2017.12.29—30 人图圆桌 · 恭己轩 / 京城 · 拭镜居

2018.2.5 改毕于长安 · 莼鲈馆

后记

自 2003 年修习汉语言文学专业以来，与文学打交道已逾十五载。十五年里，从最初的文学知识的启蒙，到对后现代主义理论的狂热，再到对海德格尔的手不释卷的阅读，乃至于对文艺学专业的领悟。直到三年前的 2015 年，对我而言，才算是真正地进入文学场域，进入它的第一线，也成功地实现了从“文艺学”向“中国现当代文学”的转变。与作家直接交往的增加、对最新作品第一时间的阅读、座谈会和新书分享会的举办等，乃至于自己第一部小说集《南园村故事》的出版，都是这种“入场券”获得的形式。随着阅读的增多，念头也愈发多起来，而一向抱着“笨鸟先飞早入林”想法的我，也不停地将这些念头写出来，发表于各处的报刊，为报各位作者的信任，更为与他们形成一种交流。堂而皇之的论文是较为正式的答卷，而私下的交流除了饭桌上喝酒聊天的偶尔涉及，便是把读过之后写下的“打油诗”发送给他们，形成了另一种秘而不宣的文学交流，则是这几年颇为愉悦的事情。

所有这些诗的写作，都是兴之所至，有感而发，当时除了和作者们交流之外，就别无他意了。从 2015 年的暑假开始，在学生的帮助下申请开通了微信公众号“逸远学园”，推送一些我自己的创作和其他国学经典，以便和学生们交流，也让喜欢舞文弄墨的我有个展示的平台。自然地，这些诗作也零星地出现在了这个平台之上，从而有了被别人了解的经历。但公众号影响力很小，也就是狭小的圈子里几十个人的交流而已。机缘巧合，正好被同在人大读书的赵天成兄看见。其时，他们正在杨庆祥兄的支持和鼓励下，办了“同代人”公众号，每个周四有一个栏目是“读立批评”。有一日天成兄问我可否给一篇文章，我仔细想了一下，似乎并没有什么可以应手的文章。他接着建议说，就可以把写的这些诗集中起来，也算是一个小小的“文学批评形式的创新”。想了一下，倒颇合了我的心意，因为这些诗的写作都有大量的阅读和专题的批评文章作为铺垫，何不从这些文章中抽出一些段落来，作为注释或附录，来说明这些诗呢？于是着手“编订”选择起来，于 2016 年 12 月 29 日推出了《当代小说诗论（五则）》一文，我还饶有兴趣地写下了一个“半文言”的“前按”，来说明自己的意图。不妨抄在下面：

> “以诗论诗”，古已有之。杜甫之《戏为六绝句》，元稹之《酬孝甫见赠十首》，戴复古之《论诗十绝》，元好问之《论诗三十首》，王士祯之《戏仿元遗山论诗绝句》，赵翼之《论诗五绝》，皆为诗论之高文。今余不揣鄙陋，附庸风雅，以诗论文，凡五首。所论皆当世之稗官野史，或人或文，附以评论，以晓见其意。端的适恰何如，听君等议。

当时本来起名为《当代文学诗论（五则）》，但天成兄觉得都是纵论小说的，所以不妨把“口气”改小一些。当时收入的五首分别是写给陈河、叶炜、孙频、郑小驴和林森的，择取了文章中的一些段落，构成了诗的“说明”，还写下了一些说明性的文字。若论这本书的缘起，大约“同代人”公众号的推送是它的第一个版本了。

一年多之后的2018年，随着阅读的深入，陆陆续续又写下了一些关于所读小说的打油诗，而且越发显得丰富起来，所论对象从“80后”的同代人，扩展到了贾平凹、张翎、刘震云、梁鸿等人。“逸远学园”公众号上，也经常推出其他的“附庸风雅”的诗，这些诗中就散乱地包括“诗论”之诗。八月份，暑假已至，但忙于博士论文的写作，我还尚未回家。一日赵志明兄发来信息，询问古诗词的事情，约请能否给他们一些稿子，新开的古诗词栏目正需要青年作家。遂答应下来，决心从自己蹩脚的打油诗中选择一些作为投稿。但其时正忙于“《红楼梦》阅读营”的教学活动，带着七个孩子细读作品，参观大观园、颐和园、曹雪芹纪念馆和恭王府，其间为了让学生们体验到小说中作诗填词的氛围，也开始让他们学着写古诗词，我自己自然是不能免掉的。结束后，赶紧搜集整理，发现与其泛泛地挑选一些无关痛痒、无病呻吟的打油诗，写得不够精练，还不如发挥自己的特长，做一些和专业有关的事情。头脑中倏忽就飘来了“同代人”公众号推送的《当代小说诗论（五则）》来，想着这个形式大约是最适合的了。回头来搜集、整理，发现这一年多来，竟然又写了不少，加上之前的五首，总共有十八首之多。分别作了注释后，即发送给志明兄。过了整整一个月后，9 月 1 日他来信告知，《当代小说诗论（十八首）》将刊于《青年文学》第 10 期。不胜欣喜！《青年文学》能容纳这些不讲究押韵、平仄和规矩的打油诗，颇令人感动和欣赏。

八月份回家，闲来无事便开始整理这部书稿，想着机会总是给有准备的人，倘若出版机会来了，一时半会儿无法统好稿子，可能机会就失去了，不如趁着闲时间整理一下，以备不时之需。于是便编辑了目录、整理了文本，以《当代小说诗论》称呼之。当然，本来所写的打油诗都不限于小说，还有关于诗歌的评论，但觉得主题应该统一，便只好作罢。为了能够编成一部书稿，把写于 2009 年和 2013 年的两篇文章也收录了进来，并补写了相应的诗歌。编辑到最后，有一点点私心，把写作、出版和生活中关于《南园村故事》的相关诗歌，也一并收录进来，并把阐述创作的后记和一个创作谈也并入其中。共得二十二份，以“前辈们”和“同代人”的标题加以区分。

需要说明的是，“诗论”格式不一样，大多数为一诗一论，但也有多诗一论，如关于新乡土写作的那一章，或一诗多论，如关于丁东亚的一章，或多诗多论，如关于孙频的一章。形式多样，不拘一格，也算是对“自由与创造”的一种说明吧。在这些文章写好之后，曾刊发于《文学报》《文艺报》《中华读书报》《常熟理工学院学报》《文艺评论》《创作与评论》《新文学评论》《当代文坛》等报刊。感谢这些报刊能够给予机会，发表这些不成熟的批评文字。当然，要感谢赵天成和赵志明二位“赵家兄弟”的约稿，使得这些原本凌乱的诗、论，有一个集中的机会，促发、刺激了这本书的诞生。

古诗词发展到今天，既是“古代”的也应该是“当代”的，单就创作而言，是否要亦步亦趋、墨守成规地严格按照近体诗的方式来“作诗”，是一个应该得到思考的问题。诗之韵，既在于它所遵循的近体诗的规律，也在能够别开一面，自由地抒发心绪情感，为求某个字的“工整”而导致整体的破碎，到底值不值得提倡，也还是一个问题。所以这里所有的诗都是打油诗，“工整”一说于它，是急需要纠正的，之所有它还有存在的理由，大概在于“诗论”的互相说明和阐发吧。本意是要做文学批评的文章，而实质则是要“批评文学化”，也就不讲究那么多的束缚和规矩、要求和绳墨了。

我深知任何一种尝试都带着风险，且文学批评的道路漫漫修远兮，还须夙兴夜寐、殚思竭虑，为之倾注时间、生命乃至心灵。所谓文学批评，其实并非评判，更像是一种挖掘，一种对话和交谈，一种自我清理与启悟。借助他人的文字，来呈现一己的沉思。完美也罢，瑕疵也好，总都是一个人文学观念的外化，借助这些批评文字，也恰好能够彰显一己的文学主张，舍此，还能有什么更高的奢求呢？

2018.9.4 京城 · 拭镜居

再补后记

如今提笔再续前缘，复杂而沉重的情绪塞满心间，无数唏嘘、喟叹与感慨接踵而至，恍若大梦一场，又似梦醒后的身在何处之迷惑，颇觉虚无与沉重：一来，从本书中最早的文字算起，至今已经过去二十四载，彼时风华正茂、挥斥方遒，充满无限可能与浪漫的诗意情怀，而今听雨客舟，唯有江阔云低、断雁西风，人生已近不惑之年，行将"万事休"，虽不至于"天凉好个秋"，也确乎没了"为赋新词强说愁"的冲动与无畏；二来，即便从编选好本书，以为它将不久便能宣告出世算起，也已经过去六年的时光，彼时葆有着懵懂无知的兴致勃勃与不知天高地厚的胜券在握，洋洋洒洒、皇皇巨著，天真而幼稚，是正处于兴头上的如何不可，而如今却充满保守的犹疑与半真半假的自我怀疑，颇以为文字的不尽如人意造就了它一再被延宕的命运，乃至于深刻地怀疑起自己来，那一份薄弱的才华还不足以挽留读者的驻足与停歇，遂苦笑而终于无奈，无奈而竟至解脱，解脱却并未潇洒，到头来仍旧裹足于敝帚自珍、遗簪安用。如此言述，自不免被归入"小人物的敏感"，或"知识人的感伤"，都是"无故寻愁觅恨"的自讨苦吃，或自艾自怜。吃饱了撑的也罢，闲出来的毛病也好，都是自家体会，并不推及众人，一己之叹而已，恰如本书中文章的“一孔之见”，粗鄙处在所难免。

曾无限地感慨，为何“他们”出书是何等容易，一本接一本，仿佛催生婆嘴巴里的魔咒给予了无限力量，而至于自己则备尝艰辛，仓廪囤货也不少，却仍旧门庭冷落，寂可罗雀？这也是自我怀疑的重要根源。人在红尘中，不免攀东比西；自家凡人，亦不能超然物外，于此便会生出自寻烦恼的世故；看破红尘，解脱自我，佛语所云，取身不远，却业障重重。后来终于还是熄灭念头，脚踏实地，一步一个脚印，保持“在路上”的姿态，将自己置入“下狗（downdog）”的境地，恰如周星驰电影中“死跑龙套的”“我是一个杀猪的”等，慢条斯理，做好自己的本职工作，于圈外“灰心”做事，于文内“热意”探究。

于此，过去的数年，虽不说笔耕不辍，也瞩目文坛。随着新作品的问世，相关文章也已积攒经年，“囤货”日益丰厚。本想趁此书出版之际，更新篇目，也不必收罗毕至，或可以内容更广。但心中自我提醒，向来一本书有一本书的命运，那么这本书就接受它的命运多舛，颠沛流离，完成它的使命即可，至于后续会否再有此等机会，那则是另一本书的故事，另一本书的遭际，自不必理会。因此整体上，本书仍保留2018年编选时的模样，不做大调整，它幼稚自有它的幼稚，它笨拙也让它自行笨拙着——装扮未必就好，原生也不必就差。

文学批评不易，尤其是在处理对象为切身性的时代中的文学作品时。越发体会到，批评的热情正在削减，退却，全不是当初的那种投入与执着，它或许和文坛自身发展有关，很多作品变得一眼扫过即可，也和自己的批评观念变化有关。本书的写作，本身就是一种尝试，希望能够实现“作为文学创作的批评”之效果，把文学批评作为一项文学创造的事业，而不是附属，也不是旁观。目下，“创意批评”的说法，或许更能够表达自己的这种观念与追求——既然后现代主义的许多作品可以让主人公在文学作品中创作他自身所处的文学作品，那么为何文学批评不可以是一种文学创作呢？真真假假，虚虚实实，只要觑见人生真谛即可，至于外表、形式，它变成一件隐身斗篷，又何妨呢？真谛唯一，而路径千万，此其内中必有之义。当然，叵测本书多大程度上完成了这一探索的使命，对于我而言自然是多余的，唯有在接下来的研究中百尺竿头，才算不负曾经梦想的伟业。

深怀感激之心，将本书的出版归功于黄德海兄，若不是他的促成，此事恐怕还要耽搁更多年岁，甚至成为谷仓里的陈芝麻、烂谷子。感谢张永禄兄的推荐，让本书能得到认可。感谢本书的责编陈欢欢以及其他世纪文景的编审们，他们的付出都在纸背，但文字却带着他们的温度与期待。文学之路漫长而曲折，须从荆棘处踏出坦途，崎岖处开出康庄大道，亦须从浮躁与焦急里寻觅到沉稳、镇定与淡泊来，方不负文学之热望，也才不会愧对于自我之深许。

所谓下狗，已至谷底，也并没有什么好再丢弃的、好再失去的，且热心以赴，自成风景为要！

2024.10.8 上大钱图·知汎斋

文
景

Horizon

社科新知　文艺新潮

当代小说诗论
谢尚发 著

出 品 人：姚映然
责任编辑：陈欢欢
营销编辑：杨　朗
装帧设计：安克晨

出　　品：北京世纪文景文化传播有限责任公司
（北京朝阳区东土城路8号林达大厦A座4A 100013）
出版发行：上海人民出版社
印　　刷：山东临沂新华印刷物流集团有限责任公司
制　　版：北京百朗文化传播有限公司

开 本：850mm×1168mm　1/32
印 张：12.875　　字 数：273,000
2025年3月第1版　　2025年3月第1次印刷
定 价：98.00元
ISBN：978-7-208-19237-9/I・2190

图书在版编目（CIP）数据
当代小说诗论 / 谢尚发著．-- 上海：上海人民出版社，2024. -- ISBN 978-7-208-19237-9
Ⅰ．I206.7-53
中国国家版本馆 CIP 数据核字第 2024ZN0877 号